KNAUR

KÄSTNER KÄSTNER

TATORT HAFEN

DIE LETZTE FÄHRE NACH DOCKLAND

KRIMINALROMAN

KNAUR

Erklärungen zu nautischen und polizeilichen Fachbegriffen rund um den Hafen Hamburg finden Sie im Glossar auf S. 363.

Besuchen Sie uns im Internet:
www.droemer-knaur.de

MIX
Papier | Fördert gute Waldnutzung
FSC® C083411

Originalausgabe Oktober 2025

Ein Imprint der Verlagsgruppe
Droemer Knaur GmbH & Co. KG
Maria-Luiko-Straße 54, 80636 München

Redaktion: Dr. Ulrike Brandt-Schwarze
Covergestaltung: semper smile, München
Coverabbildung: semper smile
unter Verwendung mehrerer Motive von Shutterstock.com
Illustration Anker: veronchick_84 / Shutterstock.com
Satz und Layout: Adobe InDesign im Verlag
Druck und Bindung: CPI books GmbH, Leck
ISBN 978-3-426-53068-9

Kontaktadresse nach
EU-Produktsicherheitsverordnung:
produktsicherheit@droemer-knaur.de

2 4 5 3 1

Unter der Köhlbrandbrücke fließen Schicksale.

KAPITEL 1

Sie hatte kräftig in die Pedale getreten und erreichte den Fähranleger Waltershof einige Minuten zu früh. Trotz der kühlen Brise der Aprilnacht schwitzte sie. Mit zitternden Händen öffnete sie den Reißverschluss ihrer Jacke und kettete das Fahrrad am Fahrradständer oberhalb des Anlegers an. Sie hatte gehofft, dass die körperliche Anstrengung das Feuer in ihrem Inneren ersticken würde, aber stattdessen brannten ihre Muskeln vor Erschöpfung, und ihre Beine waren bleischwer.

Tief atmete sie die Nachtluft ein, die seit einigen Tagen die kneifende Kühle des Winters verloren hatte und Hoffnung auf den nahenden Frühling hinterließ. Die letzte Fähre Richtung Dockland war noch nicht zu sehen, und so schlenderte sie bis zum Ende des betonierten Anlegers. Mit jedem Schritt hallten das Echo der langen Spätschicht und die Auseinandersetzung mit ihrem Kollegen in ihr nach.

Es hatte Probleme mit der Containerreihung auf dem Terminal gegeben. Ihr neuer Kollege war nicht nur jung, sondern auch sehr von sich überzeugt. Er plante seine Karriere genau und rannte alles um, was sich ihm in den Weg stellte. Ihr war es recht, umso schneller wäre sie ihn wieder los. Nur sollte sein Aufstieg nicht auf ihre Kosten gehen. Mit Sicherheit hatte sie den Container nicht an die falsche Position bringen lassen, das war *sein* Fehler gewesen. Der Container war für Oslo bestimmt und nun auf einem Schiff gelistet, das nach Istanbul fuhr. Ein katastrophaler, weil teurer Schnitzer! Benjamin hatte ihre Aufregung mit einem herablassenden Grinsen abgetan und angeboten, das *Missverständnis* mit ihr zusammen bei einem Gläschen Wein und einer Pizza auszuräumen. Er kenne da einen netten Italiener. Dabei hatte er die Frechheit besessen, ihr den Po zu tätscheln und sich so nah an sie heranzudrängen, dass ihr vom Geruch seines Herrenparfüms übel wurde.

Unfassbar. Beides.

Noch nie in ihrer langjährigen Arbeit auf dem Eurocon-Terminal war ihr ein solcher Fehler unterlaufen. Sie war geradezu zwanghaft perfektionistisch, und das zahlte sich in ihrem Job aus. Sie war die beste Disponentin hier im Central-Planning. Dem Platz im Hafen, der die Container dahin brachte, wo sie hinsollten. Da brauchte er sich mit seinem weißen Hemd, der Anzughose mit Bügelfalte und den polierten Schuhen gar nicht vor ihr aufzubauen und überheblich zu grinsen. Und überhaupt, wer trug schon Anzug im Hafen. Lächerlich!

Melanie zog die Jacke wieder enger um sich und verschob den drückenden Rucksack ein wenig, als die Erinnerung an sein *»Ach komm, Melle, du biegst das doch im Handumdrehen gerade«* sie frösteln ließ. Für diesen Widerling war sie immer noch Melanie. Klar war der Ton im Hafen rau, damit konnte sie umgehen. Aber kein Kollege hatte sie je auf diese Art begrapscht. Und fachlich war er auch ein Idiot. Der hatte nicht die geringste Ahnung, wie schwierig es war, den Container zurückzuholen. Ihre Augen füllten sich mit Tränen, und sie schüttelte unwirsch den Kopf. Jetzt bloß nicht heulen.

Am Himmel verblassten die aquarellfarbenen Blautöne und kündigten damit die Nacht an. Der unverstellte Blick vom Ende des Anlegers auf die in der Dämmerung beleuchtete Köhlbrandbrücke lenkte sie für einen Moment vom Grübeln ab.

Die Schrägseilbrücke mit den beiden Pylonen strahlte eine erhabene Macht aus, die Melanie gerne in sich gespürt hätte. Am liebsten hätte sie dem Kollegen die Hand weggeschlagen, aber sie ahnte, dass seinem Narzissmus diese Kränkung nicht gefallen hätte. Sie musste sich vorsehen, er könnte ihr noch gefährlich werden, hatte er doch einen guten Stand bei ihrem Vorgesetzten.

Sie seufzte erneut, und ihre Augen suchten den Horizont nach der Fähre ab. Langsam verschluckte die zunehmende Dunkelheit das Ufer, und die Geräusche des Hafens hallten auf eine seltsam intime Weise wider. Das rhythmische Plätschern des Wassers mischte sich mit dem gelegentlichen Kreischen einer Möwe, die spät noch unterwegs war. Melanie schlenderte zurück in die Mitte des Anlegers, dorthin, wo die Fähre ihre Rampe herunterlassen würde. Sie war inzwischen auch nicht mehr allein. Drei Männer warteten ebenfalls auf ihr Transportmittel in den Feierabend, doch sie hatte keine Lust auf Small Talk. Sie wollte nur zu Fred und dem Frieden ihres Zuhauses.

Normalerweise erkannte Melanie die Pendler, die mit ihr auf dem Anleger standen. Im Laufe der Jahre sah man sich, wenn man am gleichen Tag Spätdienst hatte, sie grüßten sich und tauschten auch ein paar Worte. Heute kannte sie nur den Bärtigen, der eine Zigarette rauchte, die beiden anderen Männer hatte sie noch nie gesehen. Neue Hafenarbeiter? Dafür waren sie einen Tick zu teuer angezogen. Andererseits war edler Zwirn im Hafen offenbar ein heißer Trend. Endlich näherte sich das Schiff mit einem tiefen Brummen, einem beruhigenden Geräusch. Sie fand eine Art Trost in dem wiederkehrenden Anlegemanöver der Fähre. Das Knarren der hydraulischen Rampe, die mit einem Piepen auf den Anleger heruntergelassen wurde, das Knirschen des Schiffs. Ein Gefühl der Beständigkeit in dem immerwährenden Kreislauf von Abfahrt und Rückkehr. Heute fuhr die *Altenwerder* auf der Linie 61 zum Dockland-Fischereihafen. Der Anblick der knallgelben Fähre mit dem Schriftzug *König der Löwen* und dem gezeichneten Löwenkopf an den Aufbauten fühlte sich wunderbar vertraut an.

Die zwölf Minuten Fahrzeit vergingen wie im Flug, und am Dockland stieg sie wieder aus, um auf die Fährlinie 62 nach Finkenwerder umzusteigen. Ein wenig umständlich, aber Fred hatte heute das Auto mit Beschlag belegt, und der Bus brauchte länger. Außerdem liebte sie die alten »Bügeleisen«, wie die Hamburger ihre Hafenfähren wegen ihrer merkwürdigen Form nannten. Sie sah, dass fünf Männer mit ihr auf die Anschlussfähre warteten. Frauen waren heute Abend nicht mehr unterwegs. Der bärtige Raucher und die beiden Anzugträger vom Fähranleger Waltershof standen in ihrer Nähe. Seltsam, dass sie die gleiche Strecke fuhren. Touristen waren sie nicht, dafür war es zu spät. Die Typen warfen ihr immer mal wieder Blicke zu, als hätten sie noch nie eine Frau gesehen.

Der Bärtige, mit dem sie öfter nach Finkenwerder fuhr, lächelte sie an. Warum hatte sie ihn nie gefragt, wie er hieß, wo er wohnte, wo er arbeitete? Sein dichter, grau melierter Bart umrahmte ein wettergegerbtes Gesicht, und seine braunen Augen strahlten Wärme aus. Neidisch sah sie zu, wie er schon wieder eine Zigarette aus der abgewetzten Lederjacke hervorholte. Seit 142 Tagen hatte sie keinen Tabak mehr angefasst, aber der fiese Möchtegern-Macho aus dem Büro brachte sie beinahe dazu, rückfällig zu werden. Sie biss sich auf die Unterlippe und stellte sich zwei Schritte hinter den Bärtigen, um den Rauch, den er in die Nacht blies, einzuatmen.

Endlich kam die Fähre. Diesmal eine weiße namens *HafenCity*. In zwanzig Minuten würde sie auf Finkenwerder ankommen, weitere fünf Minuten später ihre Schuhe ausziehen und das Glas Wein in Empfang nehmen, das Fred ihr hoffentlich eingeschenkt hatte.

Langsam wurden die Blicke der beiden Kerle unangenehm. Und dann setzten sie sich auch noch direkt in die Reihe hinter ihr. Als ob es nicht genug freie Plätze gäbe, dachte sie. Was wollten sie von ihr? Sie umklammerte ihren Rucksack, weil ihr Nacken kribbelte und ihr Puls sich beschleunigte, als ob sie jeden Moment mit einem Übergriff rechnen müsste. Sollte sie den Bärtigen ansprechen? Wäre das peinlich und übertrieben?

Hektisch kramte sie ihr Handy aus dem Rucksack und schrieb Fred eine Whatsapp-Nachricht. Schon als sie das Telefon entsperrte, fühlte sie sich besser. »*Hey, Liebling. Bin auf der Fähre und froh, wenn ich im Nest bin.*« Ihre Finger zitterten, während sie tippte. Sie schickte noch einen Smiley hinterher. Hoffentlich sah Fred die Nachricht zeitnah.

Melanie ließ den Blick durch das Innere der Fähre schweifen und drehte sich dann ruckartig zu den Anzugträgern um. Sie schauten weg.

Ein kleiner Sieg. Was, wenn die Kerle sie gar nicht meinten und ihre Befürchtungen nur ihrer gereizten Verfassung zuzuschreiben waren?

Wenigstens war auf Fred Verlass. »*Schlimmer Tag?*«, schrieb er.

Sie kaute auf ihrer Wange, zögerte. Sollte sie ihm sagen, dass sie sich belästigt fühlte? Es war nur ein Eindruck, und der war vielleicht dem Verhalten ihres Kollegen geschuldet. »*Ach, nur ein doofes Gefühl, erzähle ich dir später. Kannst du mich von der Fähre abholen?*« Sie legte das Handy in den Schoß und nahm die Wasserflasche aus dem Rucksack. Ihre Kehle fühlte sich staubtrocken an. Auf der Fähre war sie in der Öffentlichkeit, und sicher würden die Typen sie hier nicht anmachen, aber der Fußweg nach Hause … da wäre sie allein.

»*Es ist mir ein Vergnügen*«, schrieb Fred.

Der Druck in ihrem Hals löste sich augenblicklich. Fred holte sie ab und würde sie beschützen. Ihr Ehemann, ihr Rettungsanker, ihre große Liebe.

Sie steckte das Handy in die Jackentasche und fummelte ein Feuerzeug heraus, damit ihre Hände beschäftigt waren. In diesem

Moment räusperte sich der Bärtige ein paar Sitze rechts von ihr. Er hatte seine Zigarettenpackung herausgepult und hielt sie fragend hoch.

Melanie lächelte. Ein verlockendes Angebot.

Sie rutschte zwei Sitze auf und lehnte sich zu ihm hinüber.

»Danke! Ich hab aufgehört, aber darf ich sie trotzdem in der Hand halten und daran riechen?«

Der Bärtige lachte und zeigte dabei eine Reihe makelloser weißer Zähne.

»Ich will Sie nicht verführen!«, sagte er und hielt ihr weiterhin die Packung hin.

Da! Schon wieder starrten die beiden Männer zu ihr herüber! Quatsch, sie sah Gespenster.

Melanie zog sich eine heraus und schnupperte daran. Sie ließ ein wohliges Seufzen hören und wies auf die Tür. »Wir sind gleich da!«

Er nickte. Blieb aber sitzen.

Schade, er war ihr sympathisch.

Am Eingang war es kalt und zugig, doch sie bekam hier besser Luft. Sie schulterte ihren Rucksack und stellte sich direkt an die Außentreppe, mit Blick auf die Bordkamera. Dass die Kamera dort hing, hatte sie schon oft gesehen. Erstmals bekamen die Kameras eine neue Bedeutung. Sie schufen die nötige Sicherheit, die sie brauchte.

Voraus erschien der Anleger Bubendey-Ufer. Sollte sie eine Haltestelle zu früh aussteigen? Wenn die Männer ihr dann nachkämen … Unsinn, auf Finkenwerder wartete Fred auf sie. Der kleine rote Leuchtturm war in der Finsternis kaum noch auszumachen. Nur in den Fenstern des Lotsenhauses am Seemannshöft brannten Lichter.

Das dunkle Wasser zog vorbei, und das Rauschen der Wellen, die das Schiff verursachte, klang beruhigend. Noch wenige Minuten, dann würde Fred sie in die Arme nehmen, und ein schrecklicher Tag wäre zu Ende.

Sie drehte sich um, um ins Innere zu sehen, als die beiden Anzugträger auftauchten und ihr den Rückweg versperrten. Sie wich zurück und wandte sich wieder Richtung Ausgang. Voraus musste eh bald der Fähranleger in Sicht kommen. Die Männer folgten ihr. Plötzlich machte ihre Erschöpfung einem alarmierenden Adrenalinschub Platz. Ihr Herz schlug bis zum Hals. Wollten die Kerle sie hier vor allen Leuten angraben? Sie hatte schon gehört, dass es sogar in einer Fußgängerzone zu einer Vergewaltigung gekommen war. Angeblich hatte niemand etwas bemerkt. Nun, kommt nur näher, ich werde schreien, bis ihr taub seid!

Sie entschied sich, nicht abzuwarten, bis die näher kommenden Männer sie erreicht hätten. Bemüht gelassen stieg sie zwei Stufen auf der Treppe hoch, die zum Oberdeck führte, ihre Schritte bewusst ruhig haltend, um keine Panik zu zeigen. Doch ihr Verstand arbeitete fieberhaft. Ihr Hafen, sonst ein Ort der Sicherheit und Vertrautheit, fühlte sich plötzlich fremd und bedrohlich an. Was hatten die beiden Männer nur an sich, dass sie so in Unruhe verfiel? Sie redete sich ein, dass ihre Nervosität unbegründet sei, aber ihr Instinkt suggerierte ihr etwas anderes.

Mit einem Nicken entschloss sie sich. Sie war genau im Blickwinkel der Bordkamera und steckte sich demonstrativ die Zigarette des Bärtigen mit ihrem Feuerzeug an. Der Skipper konnte das auf seinem Monitor nicht übersehen und würde sie über das Bordmikrofon auf das Rauchverbot hinweisen. Er würde sie im Auge behalten. Und noch etwas fiel ihr ein. Fred. Er würde … sie kramte in ihrer Jackentasche nach dem Handy und tippte mit zitternden Fingern seine Nummer ins Display.

Sie traute sich nicht, sich nach den Männern umzudrehen.

»Na, vermisst du mich so sehr?«

Freds Stimme klang atemlos.

»Fred, bist du … schon auf dem Weg?« Sie merkte selbst, wie aufgeregt sie sich anhörte.

»Yep, bin fast am Anleger. Bist du schon da?«

»Nein, gleich, ich weiß nicht, irgendetwas stimmt nicht.«

»Was ist los?«

Sie merkte seiner Stimme an, dass er stehen geblieben war und seine ganze Aufmerksamkeit ihr galt. Ein warmes Gefühl durchflutete sie. Fred nahm sie immer ernst. Er machte sich nicht über sie lustig.

»Ich habe das Gefühl, dass ich … verfolgt … also beobachtet werde. Aber ich bin mir nicht sicher. Vielleicht bilde ich es mir nur ein …« Sie schloss die Augen, während sie auf seine Antwort wartete.

»Bist du auf der Fähre? Auf welcher Höhe seid ihr? Geh sofort zu anderen Menschen. Sprich sie an!«

Er klang alarmiert, und plötzlich beunruhigte Melle das Telefonat mehr, als dass es ihr half.

»Ich kann nicht … im Weg. Ich …«

Sollten die Männer sie belästigen … Sie sah hoch in die Kamera und nahm aus dem Augenwinkel eine Bewegung wahr. Einen lähmenden Augenblick glaubte sie, den Mann lächeln zu sehen. Dann spürte sie einen heftigen Stoß im Rücken. Der zweite Kerl riss ihr Bein schneller hoch, als sie sich wehren konnte.

»Melle, was war das? Melle? Bist du noch da? Melle?«

Sie hörte Fred noch schreien, als sie über die Reling stürzte.

In die tiefschwarzen Fluten.

Den Gedanken, dass sie Fred unbedingt sagen musste, dass die Männer sie nicht aufreißen, sondern töten wollten, brachte sie nicht mehr zu Ende.

KAPITEL 2

Das Blaulicht warf flackernde Reflexe auf den von der Nacht noch nassen Asphalt, und das Martinshorn sorgte dafür, dass die Autos auf der linken Spur hastig nach rechts auswichen. Als der Streifenwagen die Steigung der Köhlbrandbrücke vom Roßdamm hinaufzog, genoss Tom den Augenblick. Die Weite der Aussicht, den Wind, der durch das offene Fenster strich, und das Gefühl, für einen Moment über der Stadt zu schweben.

Die Sonne hatte um kurz nach sieben Uhr morgens noch nicht genügend Kraft, um zu wärmen, doch sie ließ die Köhlbrandbrücke wie ein Tor zu einer anderen Welt erscheinen. In zweiundfünfzig Metern Höhe belohnte ihn die Brücke mit dem schönsten Blick über den Hafen.

Von hier oben breitete sich das Panorama über die sonnengelben Lagerhäuser der Reemtsma-Zigaretten oder das imposante Containerterminal Tollerort aus. Links blitzten die Silos der Ölmühle über die Leitplanke, unter ihnen schlängelte sich die Elbe glitzernd durch die Hafenlandschaft. Der Klang des Hafens stieg als leise Melodie empor und vermischte sich mit dem Wind, der über die Brücke wehte und die muffigen Gerüche der Raffinerie mit sich trug.

Als die Meldung vom Michel-Sprecher der Einsatzzentrale über Funk ins WSPK 2 kam, hatte Tom nur zu gerne nach seiner Jacke gegriffen und war aus seinem Büro an den Wachtresen des Wasserschutzpolizeikommissariats geeilt. Natürlich war ein liegen gebliebener Pkw oder womöglich ein Lebensmüder, der von der Brücke springen wollte, kein schöner Einsatz, aber alles war ihm lieber, als am Schreibtisch zu sitzen und die regelmäßigen

Beurteilungen über seine Kollegen zu schreiben, deren vorgefertigte Auswahlmöglichkeiten selten jemandem gerecht wurden. Diesen Teil seiner Aufgaben als vorgesetzter Dienstgruppenleiter hasste er. Deshalb war er nicht Polizist geworden.

Neben ihm starrte sein Kollege Tilo Andersen, aus guten Gründen *Quetsche* genannt, aus dem Beifahrerfenster, und auf dem Rücksitz kauerte Marvin. Der war eingeschüchtert ins Auto gestiegen, nachdem Quetsche Tom angemeckert hatte, dass er den Einsatz allein übernähme. Auf Toms Einwand, dass er gerne mitfahre, hatte Quetsche ihn schlecht gelaunt abgekanzelt.

»Spar dir den Eifer für deinen Schreibtischkram. Du wirst mir nur im Weg stehen.«

Marvin hatte sich sofort weggeduckt. Quetsche hatte schon öfter seine schlechte Laune der letzten Wochen an Marvin ausgelassen. Diesmal hatte es Tom getroffen.

»Die Beurteilungen können warten. Ich brauche ein bisschen Leben«, antwortete er sachlich. Er wollte keinen Streit mit Quetsche.

»Das bekomme ich schon selbst gebacken!«

Tom hatte sich auf kein Wortgefecht eingelassen, sich den Autoschlüssel vom Haken gegriffen, und Quetsche musste notgedrungen hinter ihm herlaufen.

Seit er aus dem Weihnachtsurlaub zurückgekehrt war, ging es mit Quetsches Stimmung rasend bergab. Seine einsilbigen Antworten und seine Gereiztheit passten überhaupt nicht zu seiner Persönlichkeit. Er war normalerweise ein gutherziger Riese, ein Genussmensch und Polizist mit einem inneren Kompass, der ihm stets zuverlässig die Richtung wies. Davon war derzeit nicht mehr viel übrig, und die Kollegen reagierten zunehmend ratlos auf seine Wesensveränderung.

Sie waren beinahe auf dem Scheitelpunkt der Brücke angekommen und sahen in Fahrtrichtung Waltershof einen roten Opel

Corsa mit eingeschalteten Warnblinkern auf der rechten Spur stehen. Tom hielt gut zehn Meter dahinter an und ließ über den Signalgeber auf dem Dach des Streifenwagens die beiden roten Pfeile aufblinken, die den Verkehr aufforderten, auf die linke Fahrspur zu wechseln.

»Los, Marvin, du übernimmst«, forderte Tom mit einem Lächeln in den Rückspiegel den jungen Kollegen auf.

Quetsche stieg wortlos aus und steckte sich eine Zigarette an. Tom runzelte die Stirn. Rauchen war im Streifenwagen nicht nur verboten, es gab nicht einmal einen Aschenbecher. Neuerdings schaffte Quetsche nur noch kurze Fahrten, ohne anzuhalten und sich eine Zigarette anzuzünden. Er zog an dem Glimmstängel, als ob er damit seine Sorgen vertreiben könnte, doch offenbar klammerten die sich nur noch fester an ihn.

Er ignorierte Quetsche und wies Marvin mit einer Handbewegung an, rechts über die Leitplanke in den Betriebsgang zu klettern, um dort sicher zu dem Pkw zu gelangen.

Der Wagen hatte derart beschlagene Scheiben, dass Tom nicht erkennen konnte, ob jemand darin saß. Vorsichtig näherten sie sich von beiden Seiten. Marvin klopfte an die Fahrerscheibe.

Nichts passierte.

Der Motor lief, das Auto war fahrtüchtig, oder?

Marvin trommelte gegen die Scheibe. »Öffnen Sie das Fenster!«

Keine Reaktion.

»Eine Frau. Mittleres Alter«, sagte Marvin. »Guckt mich nicht an. Bewegt sich nicht.« Er sah ratlos auf. »Hallo! Öffnen Sie das Fenster!«, rief er mit Nachdruck.

Endlich kurbelte die Frau das Fenster herunter.

Tom trat zu Marvin, da die Frau allein im Wagen saß.

»Haben Sie eine Panne?«, fragte Marvin.

Die Frau starrte Marvin durch ihre Brille mit weit offenen Augen an, antwortete aber nicht. Sie war vielleicht Anfang vierzig, ihre Hände hielten krampfhaft das Lenkrad umklammert. Ihr Atem ging stoßweise, die Schultern bebten.

Tom beschlich eine Ahnung. Er entspannte sich, und seine Gedanken schweiften ab.

Vor fünf Monaten hatten sie gegen ein enormes Hochwasser im Hafen gekämpft, was sie an den Rand ihrer Belastungsfähigkeit gebracht hatte. Er und Quetsche hatten Hand in Hand gearbeitet und die Lage gemeistert. Als ob das nicht schon schwierig genug gewesen wäre, war gleichzeitig ein Mord an Bord des Containerfrachters *Global Endeavour* passiert. Die Zusammenarbeit mit Jonna Jacobi von der Mordkommission hatte sich für Tom als großes Abenteuer herausgestellt, aber angesichts des Hochwassers im Hafen auch als ausgesprochen kräftezehrend. Am Ende hatten sie den Täter aufgespürt …

»Tom? Sie reagiert nicht.« Tom hörte die Unruhe in Marvins Stimme. Es war ihm unheimlich, dass die Frau ihn mit Panik im Blick anstarrte und kein Wort von sich gab.

Tom zwang seine Gedanken auf die Brücke zurück. Er trat näher. Die Frau schwitzte stark. »Geht es Ihnen gut? Haben Sie medizinische Probleme? Schmerzen?«

Sie drehte langsam den Kopf, als müsse sie erst aus einer entfernten Welt zurückkehren. Dann fing sie an zu wimmern, bewegte die Lippen. Leider verstand Tom nicht, was sie flüsterte.

»Versuchen Sie es noch mal. Sie müssen hier von der Straße weg, Sie dürfen auf der Brücke nicht anhalten. Das ist streng verboten.«

Ihre Finger gruben sich ins Lenkrad, als wäre es das letzte Stück Realität, an das sie sich klammern konnte. Ihr Blick huschte seitlich aus dem Beifahrerfenster nach draußen – zum Geländer der Brücke. Ein scharfer Atemzug.

»Es geht … immer höher!« Ihre Stimme war so dünn, dass Tom Mühe hatte, sie über das Dröhnen der Motoren, die an ihnen vorbeirauschten, und dem Rauschen der Reifen auf dem nassen Teer zu hören. Auch der Asphalt unter den Füßen vibrierte deutlich.

Er hatte es geahnt. »Haben Sie Angst?«, fragte er so sanft wie möglich.

Sie nickte. »Ich kann … nicht weiter.«

»Wovor genau haben Sie Angst?«

»Es ist die Höhe … ich hab lieber angehalten. Ich …«

»Okay. Kein Problem. Sie müssen nicht weiterfahren.« Tom griff durch das heruntergelassene Fenster von innen an den Türgriff und öffnete die Tür. »Keine Sorge, wir sind da. Sie sind bei uns in Sicherheit!« Er wandte sich an Marvin. »Sie hat einen Höhenkoller. Wir bringen sie hier runter, bevor es einen Unfall gibt.«

Er hörte Quetsche funken.

»Michel von 52/1.«

»Michel hört.«

»Entwarnung. Pkw auf Köhlbrandbrücke kein Suizid. Frau mit Höhenangst. Wir begleiten das Fahrzeug nach Waltershof. Spur ist gleich wieder frei. 52/0, habt ihr das mit?«

»Ja, das haben wir mitgehört.«

»52/1, braucht ihr RTW?«

»Vielleicht später.«

»Michel-Sprecher hat verstanden.«

Toms Gedanken wanderten weg von der Frau, deren Brust sich hektisch hob und senkte, als hätte sie vergessen, wie man Luft holt.

Er musste sich etwas überlegen, was Quetsche betraf. Quetsche war mehr als ein Kollege, ein Freund. Sie lagen auf der gleichen Wellenlänge und arbeiteten harmonisch zusammen. Warum war Quetsche so auf Distanz gegangen und ließ niemanden mehr an sich heran? War es ein Freundschaftsdienst, ihn nicht länger zu bedrängen, sondern ihn in Ruhe zu lassen? Aber das war unmöglich, so wie Quetsche sich benahm. Freundschaften waren zerbrechlich, und Tom wusste, dass er ihm in stürmischen Zeiten beistehen musste – auch wenn es ihn zunehmend Kraft kostete, seine üble Laune zu ertragen. Er befürchtete, dass Quetsche die Kollegen vor den Kopf stieß und sich seinen Ruf versaute.

Marvin bat die Frau auszusteigen. Doch sie machte sich steif und klammerte sich nur noch fester an das Lenkrad.

»Kommen Sie, wir gehen nur auf die andere Seite, wir nehmen Sie in die Mitte, es passiert Ihnen nichts.«

»Es weht so furchtbar! Es wackelt! Die Brücke stürzt ein!« Ihr liefen Tränen über das Gesicht.

Ohne Vorwarnung keuchte Marvin auf. Ein Windstoß hatte ihm die Mütze vom Kopf gerissen. Er versuchte, sie mit einer Hand aus der Luft aufzufangen, doch die Mütze segelte direkt vor ihren Augen die Brücke hinunter.

Quetsche schnalzte missbilligend. »Die is' weg«, murmelte er und sah der Mütze hinterher.

»O Gott, o Gott, wir werden sterben.«

»Na, 'n büschen Wind gibt es«, sagte Tom beruhigend, »aber die Brücke hält das aus.« Er überließ Marvin die Frau und wandte sich an Quetsche. »Wir müssen reden. So geht es nicht weiter!«

Quetsche zog trotzig an seiner Zigarette.

»Rutschen Sie rüber auf die Beifahrerseite. Wir fahren Sie runter!« Marvin redete mit Engelszungen auf die Frau ein. »Das schaffen Sie!«

Langsam hob sie ein Bein, um sich über die Schaltung auf den Beifahrersitz zu hieven. »Wir treffen uns unten«, sagte Tom. Er klopfte beruhigend auf das Dach, als wäre die Gefahr damit endgültig gebannt.

Marvin sprach der Frau, die sich in Zeitlupe auf den Beifahrersitz kämpfte, weiter Mut zu.

Tom griff zu seinem Funkgerät.

»Michel von 52/1.«
»Michel hört.«
»Köhlbrandbrücke Richtung Waltershof wieder frei.«
»Verstanden!«

Er setzte sich mit Quetsche zurück in den Streifenwagen. Der Kollege würde sich anhören müssen, was Tom ihm zu sagen hatte. Er schaltete das Blaulicht aus und fuhr langsam hinter Marvin in dem roten Corsa die Brücke herunter. Der Verkehr folgte ihm.

»Lass uns zusammen frühstücken«, sagte Tom. »Ich muss mit dir über die Kiste mit den Containerplomben sprechen. Es gibt Neuigkeiten.«

Quetsche murmelte Unverständliches.

Unten angekommen, lenkte Marvin das Auto auf den Zollhof und nahm die Personalien der Frau für seinen Kurzbericht auf. Sie hatte sich erstaunlich schnell erholt, und nun war es ihr peinlich, einen Polizeieinsatz verursacht zu haben.

Endlich war Marvin fertig, kam zu ihnen und setzte sich auf den Rücksitz.

Sie wendeten auf die andere Brückenseite, um zurück zur Wache zu gelangen.

»Ist echt 'ne Achillesferse von Hamburg, oder?«, fragte Marvin und lehnte sich zwischen die Vordersitze. »Wenn ein Auto stehen bleibt, ist sofort Stau, und nix geht mehr.«

Tom nickte. »Das kannst du laut sagen. Der ganze Verkehr von Ost nach West und umgekehrt quert die Elbe ja nur über diese zwei Brücken: die Köhlbrandbrücke im Norden und die Kattwykbrücken im Süden. Wird der Verkehr gestört, gibt es

Rückstau, verspätete Lkw auf den Terminals mit dem entsprechenden Chaos. Hier donnern täglich 40 000 Fahrzeuge drüber. Ein Drittel davon sind Lastwagen und Schwertransporte. Du kannst dir ausmalen, was passiert, wenn die Brücke gesperrt ist!« Tom warf Quetsche einen Blick zu. »Weißt du noch 1998, als der holländische Schwimmkran zwei Löcher in die Brücke gestanzt hat?«

Als die Einsatzmeldung damals kam, dass jemand die Köhlbrandbrücke gerammt habe, hatte Tom vermutet, dass ein Auto *auf* der Brücke gegen die Leitplanke gefahren war. Wie sollte irgendetwas vom Wasser aus die zweiundfünfzig Meter hohe Brücke rammen? Tatsächlich hatte ein Kapitän geglaubt, er passe mit seinem einundfünfzig Meter hohen Kran unter der Köhlbrandbrücke durch. Tja, die Flut hatte er nicht beachtet und lag damit zu hoch im Wasser. Dann krachte es auch schon.

»War das eine Aufregung. Wir hatten schon Angst, dass die Brücke einstürzt. Die Statiker und Stahlbauer haben sie, Gott sei Dank, schnell repariert.« Tom lächelte bei dem Gedanken daran. Er war dabei gewesen und würde die hektischen Minuten bis zur Vollsperrung der Brücke nie vergessen.

Quetsche würdigte ihn keiner Antwort. Die Luft im Streifenwagen war so dick und schwer wie ein Gewitter, das jeden Moment losbrechen konnte. Toms Kiefermuskeln spannten sich an, und er fixierte die Straße, als könne er durch bloßes Anstarren die Welt da draußen und die Konflikte hier drinnen verändern. Das monotone Brummen des Motors schwebte wie eine Drohung zwischen ihnen.

»Echt? Krass! Was, wenn die Brücke nicht hält, bis die neue gebaut ist? Sie ist fünfzig Jahre alt, und wenn sie einstürzt?« Marvin bekam von der Stimmung wenig mit, so faszinierte ihn die imaginierte Katastrophe.

Quetsche wirbelte zu Marvin herum. Seine Augen blitzten.

»Hat die Frau dir das eingeredet? Diese verdammte Brücke ist bestens in Schuss und wird noch dreißig Jahre stehen. Hier stürzt gar nix ein. Die neue Querung wird eh nicht kommen! Von diesem bekloppten Neubau haben die schon geredet, als ich 1992 zur Wasserschutz gekommen bin. Und? Siehst du eine neue Brücke?«

»Beruhig dich!«, erwiderte Tom scharf. »Er stellt nur eine hypothetische Frage. Er hat das Recht, zu wissen, was passieren könnte!«

Quetsche knurrte und drehte sich wieder nach vorn. »Hypothetische Frage? In unserer Welt gibt es nur Realitäten. Und die Realität ist, dass wir mit den Altlasten zurechtkommen müssen.«

Tom spürte sofort, dass Quetsche nicht mehr über die Brücke sprach. »Das stimmt. Das ist unsere Aufgabe, und die erledigen wir. Denn nach uns, nach der Polizei, kommt keiner mehr! Wir haben die Verantwortung, wir bringen die Lage unter Kontrolle.«

Tom fixierte Marvin im Rückspiegel, um ihm zu signalisieren, dass er sich aus dem Gespräch raushalten solle.

Quetsche schnaubte verächtlich. »Und wenn man keine Lust mehr hat, der Ausputzer zu sein? Ich frage mich, ob das alles überhaupt einen Sinn hat. Immer der Kerl zu sein, der den Dreck wegräumt. Den Bürger interessiert es sowieso nicht.«

Tom warf Quetsche einen langen Blick zu. Traute sich kaum zu atmen, um ihn nicht zu unterbrechen.

Quetsche zuckte mit den Schultern. »Manchmal spielt das Hirn einem Streiche. Man sieht Dinge, die man nicht sehen will. Erinnert sich an Sachen, die man lieber vergessen würde. Und jedes Mal kommt die Angst näher, frisst sich ins Gehirn wie ein verdammter Parasit! Warum müssen immer *wir* unser Kreuz hinhalten?«

Tom schluckte. Noch nie hatte er Quetsche so verletzlich hinter der harten Fassade erlebt – und erst recht nicht über den tödlichen Schuss sprechen hören.

»Das bringt der Job mit sich. Wenigstens können wir uns aufeinander verlassen«, sagte er leise. »Manchmal zählt jede Sekunde, und wir müssen handeln, bevor Zeit zum Nachdenken ist. Dein Instinkt hat uns schon mehr als einmal den Arsch gerettet.« Er ließ die Worte kurz wirken. »Und wenn's drauf ankommt, gibt's keinen, auf den ich mich lieber verlassen würde als auf dich!«

KAPITEL 3

Zurück an der Wache, ging Tom direkt in die Küche und sortierte seine Gedanken und den Plan, den er Quetsche gleich unterbreiten würde. Er hatte lange darüber nachgedacht und seinen Eindruck eben auf der Köhlbrandbrücke bestätigt gesehen. Er musste handeln, so ging es mit seinem Freund nicht weiter. Er war nicht in der Lage, Quetsche aus seinem Unglück zu befreien, doch er wollte wenigstens versuchen, ihm einen neuen Weg aufzuzeigen. Eines war Tom klar geworden, Quetsche war nicht nur ein Kollege, er war sein engster Vertrauter. Und er vermisste ihn bitterlich.

Er stellte zwei vorbereitete Wurst- und Käseteller aus dem Kühlschrank auf ein Tablett, um es in den Aufenthaltsraum zu tragen. Dort hatten die Kollegen noch Frühstücksgeschirr, Brötchen und Marmeladen für sie stehen gelassen.

Vor fünf Monaten hatten Quetsche und er am Morgen der höchsten Sturmflut seit Jahrzehnten nicht nur eine Wasserleiche geborgen, sondern auch eine Kiste mit Containerplomben. Diese im Wasser treibende Alukiste wäre in den Händen von Straftätern viel wert, denn mit diesen Plomben ließen sich Container fälschungssicher neu versiegeln, und weder Polizei noch Zoll würde je auffallen, dass an den Containern manipuliert worden war. Jeder, der im Besitz solcher Siegel wäre, könnte Container bedenkenlos öffnen und etwas Illegales hineinpacken oder etwas entnehmen und sie wieder verschließen. Wenn dann noch die Frachtpapiere entsprechend auf die Siegelnummern ausgestellt wären, war der Schmuggel eine sichere Sache und ein offenes Tor für kriminelle Machenschaften.

Tom gab Wasser in die Kaffeemaschine, löffelte das Kaffeepulver in den Filter und stellte die Maschine an.

Er sah auf die Uhr. Zehn Minuten waren vergangen, und von Quetsche war weit und breit nichts zu sehen.

Tom konnte sich nicht vorstellen, woher die Kiste gekommen war, wie es jemandem gelungen war, an diese Originalplomben heranzukommen. Es gab nur wenige Möglichkeiten: die Polizei, den Zoll oder die Hafenfirmen, die auf dem Eurocon-Terminal tätig waren. Aus welcher Quelle stammte die Kiste, und wie war sie in der Elbe gelandet? Gab es womöglich noch weitere gestohlene Siegel?

Der Kaffee tröpfelte in die Kanne, und Tom entschied sich, noch Eier mit Speck zu braten. Das bevorstehende Gespräch hatte ihn so beschäftigt, dass zu Hause das erste kleine Frühstück des Tages ausgefallen war.

Endlich ließ sich Quetsche blicken. Mürrisch betrachtete er Toms Vorbereitungen.

»Wir gehen rüber. Die Kollegen haben das Frühstück stehen gelassen, und wir haben dort mehr Ruhe«, sagte er, ohne Quetsche anzusehen. »Ich habe vor ein paar Tagen einen Anruf vom LKA bekommen, von der gemeinsamen Ermittlungsgruppe Rauschgift.«

Quetsche zog eine Augenbraue hoch.

Tom brauchte ihm nicht zu erklären, dass diese Sondereinheit aus einem Zusammenschluss zwischen LKA und spezialisierten Kräften des Zollfahndungsdienstes den organisierten Drogenschmuggel im Hafen bekämpfte. Schade, dass Quetsche nicht wenigstens den Elan für eine Nachfrage aufbrachte.

»LKA und Zoll haben keine relevanten Ermittlungsergebnisse erzielt. Sie haben gefragt, ob die Containerplomben von uns stammen könnten.«

Quetsche grunzte empört. »Genau, wir machen jetzt mit der kriminellen Mischpoke gemeinsame Sache.«

»Ich hab ihnen das Vorgehen unserer HaSiBe erklärt.« Tom wollte im ersten Moment ähnlich reagieren wie Quetsche, aber er hatte dem Kollegen versichert, dass die Hafensicherheitsbeamten der Wasserschutz, kurz HaSiBe genannt, vor allem Gefahrgutcontainer daraufhin untersuchten, ob die Ladung sicher gestaut worden war. Anschließend versiegelten sie die Container neu, trugen das in die Frachtpapiere ein, und damit waren die Siegel jederzeit als Polizeisiegel zu identifizieren. Und nein, die lagen nicht stapelweise in den Diensträumen herum, sondern über die Plomben wurde streng Buch geführt. Tom hatte es überprüft: Es fehlte nicht ein einziges Siegel, es gab keine Unregelmäßigkeiten, die Wasserschutzpolizei hatte kein Leck. Der Zoll und eine letzte Hafenfirma hatten ihre Revision noch nicht abgeschlossen. Bis jetzt blieb alles ohne Ergebnis. »Die Gruppe hat die Zivilfahnder von LKA und Zoll von dem Fall abgezogen. Sie halten die Augen offen, aber …«

Quetsche würdigte ihn keiner Antwort. Das Blubbern der Kaffeemaschine und das leise Brutzeln des Specks waren die einzigen Geräusche, die den Raum erfüllten.

Tom merkte, dass seine Geduld sich dem Ende zuneigte. Er wollte endlich seinen Freund und kollegialen Sparringspartner zurück. Er brach die Eier mit einer ungewöhnlichen Sorgfalt in die Pfanne, als ob das kleinste Missgeschick seinen Geduldsfaden reißen lassen würde. Er musste jetzt Fingerspitzengefühl beweisen, sonst würde Quetsche dichtmachen.

»Ich habe gestern mit dem Revierleiter gesprochen, bevor er in die Schwerpunktrunde in den Stab gefahren ist«, sagte Tom. »Ich habe ihm eine Idee mit auf den Weg gegeben, die er unterstützt.«

Quetsche füllte den Kaffee in eine Thermoskanne, die er in der Hand behielt.

Vielleicht war er auch nervös?

»Ich möchte dich von der Schicht abziehen.«

Die Kanne krachte auf die Tischplatte, als ob Quetsche die Kraft ausgegangen wäre, sie zu halten.

Tom musterte ihn und suchte den Augenkontakt. »Ich möchte dich für einen Schwerpunkteinsatz auf dem Eurocon-Terminal haben. Wir schleusen dich in eine Sicherheitsfirma ein, und du hörst dich als ziviler Ermittler um. Das Terminal liegt im Reviergebiet vom WSPK 1, und dort kennt man dich nicht. Du bist die ideale Besetzung dafür. Finde heraus, was es mit dieser Kiste auf sich hat. Ich bin sicher, wir übersehen irgendwas! Sei kreativ, und setz endlich deine Fähigkeiten wieder ein!« Tom nahm die Bratpfanne vom Herd und hielt sie wie eine Drohung zwischen ihnen. »Und, verdammt noch mal, sprich mit mir!« Er wedelte mit der Pfanne. »Reich mir mal zwei Teller.«

Tom kratzte die angebrannten Spiegeleier mit dem Speck auf die beiden Teller, die Quetsche ihm dann doch noch hinhielt, und sie gingen schweigend Richtung Aufenthaltsraum, um ein spätes Frühstück zu sich zu nehmen.

»Du willst mich loswerden«, murmelte Quetsche. »War ja klar!«

»Ich will dich aus der Schusslinie haben. Du verbreitest zu viel schlechte Laune, und außerdem bist du der beste Mann für diese Aufgabe!«

»Schusslinie …«, er lachte trocken auf, »… wie passend. Hast du Muffe, dass ich wieder jemanden abknalle?«

Tom ließ sich nicht zu einer schnellen Reaktion hinreißen. Seine Gedanken wanderten zurück in die Nacht des Hochwassers.

Sie hatten im Verlauf der Nacht auch einen Täter verfolgt, der einen blinden Passagier auf dem Terminal jagte. Quetsche hatte auf zwei kämpfende Männer im Wasser geschossen, und den Täter tödlich verletzt.

Die Schusswaffe zu benutzen, war eine Hochstresssituation für jeden Polizisten, und das Risiko, jemanden tödlich zu treffen, trug jeder von ihnen. Das wusste Quetsche nur zu gut. Was er nicht wusste, war, wie er diese Belastung verarbeiten sollte. Nirgendwo stand geschrieben, wie man selbst reagierte und wie man seinen inneren Frieden damit machte, für den Tod eines Menschen verantwortlich zu sein.

Offenbar hatte es Quetsche nicht getröstet, dass die dienstinterne Ermittlung ihn rehabilitiert hatte. Nach den Aussagen der beteiligten Kollegen und einer Security-Frau vom Terminal konnte eindeutig festgestellt werden, dass die Situation als Tötungsabsicht seitens des Täters gegen das Opfer gewertet und der Schusswaffengebrauch als Nothilfe eingestuft werden konnte. Leider hatten die Taucher die Tatwaffe im Elbschlick nicht gefunden. Der zweite Täter, der noch in Untersuchungshaft saß und auf seinen Prozess wartete, nutzte das, indem er behauptete, sie hätten den Mann aus dem Wasser retten wollen.

Quetsche hatte nicht wieder in den Tritt gefunden.

Gerade öffnete er die Tür zum Aufenthaltsraum und blieb so abrupt stehen, dass Tom beinahe in ihn hineingerannt wäre.

»Ach du Scheiße, die neuen Stühle sind gekommen. Sieht ja richtig nobel aus, die Hütte.« Er stellte die Teller mit den Spiegeleiern auf den Tisch.

Auch Tom sah sich erstaunt um. Die neue Bestuhlung für den Raum musste in seiner Freischicht geliefert worden sein.

Quetsche zog sich einen Stuhl heran und setzte sich. Vielmehr versuchte er vergeblich, sich zu setzen.

»Das ist doch wohl nicht wahr!«, rief er ungehalten.

»Was gibt es jetzt schon wieder zu motzen?«

Quetsche stand ihm gegenüber und zeigte mit einem ironischen Lächeln auf die neuen Stühle. »Schick! Aber unbrauchbar.«

Tom schüttelte den Kopf, zog sich ebenfalls einen Stuhl heran und wollte sich setzen. »Das …« Er lachte. »Ich gebe zu, das ist etwas, na ja, umständlich.« Er schnallte sein Koppel ab und legte es auf den Tisch. Tatsächlich hatten die modernen Stühle Armlehnen, die es unmöglich machten, sich mit der Waffe in den Stuhl zu setzen. Sie waren schlichtweg zu schmal. Ein glatter Fehlkauf.

»Ich will dich nicht loswerden, im Gegenteil«, sagte er und ignorierte den maulenden Kollegen, der sich immer noch nicht gesetzt hatte. »Ich meine, es war eine heikle Situation. Du hattest keine Wahl, du warst nur schneller, sonst hätte ich geschossen.«

Quetsche griff nach einer Tasse, schenkte sich Kaffee ein und setzte sich endlich in den Stuhl, nachdem auch er sein Koppel abgelegt hatte. »Ja, das sagen alle. Es fühlt sich aber anders an, wenn du wirklich abdrückst.« Er starrte in die dunkle Flüssigkeit, als ob dort Antworten lägen. »Wenn ich die Augen schließe, sehe ich ihn untergehen.« Er trank vorsichtig, als ob er darauf achtete, nichts zu verschütten.

»Ich wünschte, ich könnte etwas für dich tun«, sagte Tom. »Manchmal hilft es, wenn man darüber spricht«, sagte er schließlich. »Du hättest die Angebote der Polizeiseelsorger nicht ablehnen sollen.«

Quetsche legte sein Messer neben seinen Teller, nahm einen tiefen Atemzug und sah Tom an. »Manchmal reicht es, einfach hier zu sitzen«, antwortete er und stieß seine Gabel fest in das Spiegelei. »Ich brauche keinen Pfaffen.«

Ohne Vorwarnung schallte dröhnend eine Einsatzdurchsage durch die Lautsprecher des Reviers.

»Einsatz für das Boot. Die 35 besetzen. Einbruch gewesen auf Yacht Billwerder Bucht.«

Quetsche zuckte mit den Schultern und ließ sich nicht stören, er war nicht auf dem Boot eingeteilt.

Auch Tom kaute eine Weile schweigend, dann seufzte er. »Weißt du, du kannst dich nicht ewig vor dem Gespräch drücken.

Wir sind Polizisten, wir reden ständig darüber, wie wir mit unseren Einsätzen umgehen. Ich sehe doch, dass die Sache dich immer mehr einholt. Soll das so weitergehen?«

»Ich weiß nicht«, murmelte er. »Vielleicht hab ich gehofft, dass es mit der Zeit besser wird.«

Tom schob seinen Teller ein Stück von sich weg, das Besteck klapperte leise. »Nichts wird von allein besser. Du weißt das so gut wie ich. Also, was auch immer du brauchst – eine Auszeit, ein Gespräch, meinetwegen einen verdammten Boxsack –, mach es. Sonst frisst es dich auf.«

Die Worte hingen schwer in der Luft.

»Okay, ich mime dir den Undercover-Ermittler mit Heimlichtuerei und allem, was dazugehört. Ich hab sogar eine Sonnenbrille für nächtliche Einsätze und einen Trenchcoat, der bei jedem Windstoß dramatisch weht. Du wirst schon sehen, was du davon hast.« Quetsche holte tief Luft. »Unter einer Bedingung!«

Tom zog eine Augenbraue hoch.

»Du stehst zu deinem Antitalent und kochst nicht mehr! Ganz ehrlich, selbst das Toastbrot springt lieber in den Mülleimer, als sich von dir rösten zu lassen. Wie hast du es geschafft, Spiegeleier in schrumpelige, angebrannte Lappen zu verwandeln?« Er runzelte die Stirn. »Und du sorgst dafür, dass diese Stühle wegkommen!«

Tom lächelte. Quetsches Art, sich zu entschuldigen und die neue Aufgabe anzunehmen.

KAPITEL 4

Die Sonne tauchte als glühender Punkt über dem Wasser auf und überzog den Finkenwerder Yachthafen am Rüschkanal mit rosaroten Farben. Johann fand, dass es ein guter Morgen war. Die Luft roch frisch, die Elbe stand hoch, und die Möwen kreischten unruhig über ihm. Ein perfekter Tag zum Angeln.

Er pfiff leise eine Melodie, als er seine Angelschnur einholte. Wieder nichts dran. Vielleicht sollte er sein Glück etwas weiter rechts probieren. Er hatte seinen Wurmhaken ins Wasser gelassen, um bei der heutigen Flut ein paar Flundern aus der Elbe zu ziehen. Das klappte eigentlich immer und sorgte für ein leckeres Abendessen. Nur bei Ebbe war es hier zu flach zum Fischen.

»Der Bootsmann, das ist unser bestes Stück, heijo, und die Buddel mit Rum«, sang er mit tiefer Bassstimme und freute sich darüber, dass weit und breit kein Tourist in Sicht war, der ihm mit lauten Gesprächen den Fang vermieste. Penetrantes Geplapper vertrieb die Fische, seine Shantys fanden sie toll. Die kleine Parkfläche war leer, die alte U-Boot-Bunkeranlage gegenüber ließ sich vom Wasser sanft umspielen. Johann, genannt Schrotti, mochte die monströse Bunkerruine mit dem alten Tarnnamen Fink II. Ein Lost Place direkt neben dem schönen Yachthafen.

In den fünf riesigen Betonquadern waren im Zweiten Weltkrieg U-Boote gebaut und repariert worden. 1945 hatten sie den Bunker gesprengt, und lediglich das Fundament und die Außenwände der Boxen waren als Mahnmal erhalten.

Heute gehörte das steinige Ufer ihm ganz allein.

Er griff nach Eimer und Kescher und bewegte sich langsam über die Steine Richtung Osten. Mühsam kletterte er die Böschung hinunter, um weiter unten seine Angelrute erneut ins Wasser zu halten.

Nach ein paar Schritten sah er etwas halb im Wasser, halb auf den Steinen liegen. Er kniff die Augen zusammen, trat noch einen Schritt näher und zog dann überrascht die Augenbrauen hoch.

Seltsames Treibgut. Und mit Treibgut kannte er sich aus. Niemand hatte ein so gutes Händchen, Treibgut und Schrott zu sammeln, aufzubereiten und an Touristen, die auf der Suche nach einer urigen Lampe oder einer alten Boje waren, zu verkaufen. Jeder auf Finkenwerder kannte ihn, schließlich war er mit seiner Schrottsammlung und seinen kuriosen Geschichten aus dem Hamburger Hafen eine lokale Berühmtheit. Oder der verrückte alte Kauz. Je nachdem, ob die Leute ihn mochten oder nicht. Alle nannten ihn jedoch Schrotti und gaben seine Adresse an die Touristen weiter. Ein Ladengeschäft hatte er nicht, das war nichts für ihn, außerdem bot die Grünfläche um seinen umgebauten Kutter in direkter Nachbarschaft zur Bootswerft genug Platz für seine Fundstücke aus dem Hafen.

Er war nicht immer Schrottsammler gewesen, doch sein bürgerliches Leben war vorbei, und er erinnerte sich nicht mehr … Er kniff erneut die Augen zusammen. War das möglich?

Fischkisten und Bojen landeten hier häufiger mal an, sogar Autoreifen und Fahrräder, wenn bei Ebbe der Grund zu sehen war. Aber eine Schaufensterpuppe?

»Schrotti, mien Jung, du musst weniger trinken«, murmelte er leise und starrte weiter auf die Uferböschung und das schwappende Wasser.

Auch nach gefühlten Ewigkeiten sah er nichts anderes. Schrotti schüttelte den Kopf. Immer passierte ihm so ein Ärger. Das war nicht gut. Widerstrebend trat er ganz nahe heran. Und dann begriff er …

Er ließ sich auf ein Knie nieder, nahm seine Mütze, einen wollenen Elbsegler, ab und legte sie ehrfürchtig über seine Brust.

Leise stimmte er an: »*What shall we do with the drunken sailor, what shall we do with the drunken sailor, early in the morning …*«

Er beendete sein Lied mit einem langen Seufzer. Erste Tränen liefen ihm über die Wangen.

Die Augen der toten Frau starrten ins Leere.

»Ach, meine Liebe, was hat dich hierhergebracht? Die kalte Elbe ist ein grausamer Ort für eine gute Seele wie die deine.« Seine Hand strich behutsam über ihre kalte Stirn, an der das nasse Haar klebte.

Er wischte es beiseite … hob langsam den Kopf und sah in den strahlend blauen Himmel. Wolkenlos. Er stand auf und kramte sein Mobiltelefon aus der Hosentasche. Ihm blieb keine andere Wahl, denn weit und breit war niemand zu sehen. Wozu er sich eben noch beglückwünscht hatte, verfluchte er nun. Er ahnte den Ärger und die Verzweiflung, den dieser Fund mit sich bringen würde. Er kratzte sich die Kopfhaut unter seinen grauen Haaren und setzte die Mütze wieder auf.

»Hier ist Schrotti«, sprach er ins Telefon, als sich die Polizei meldete, »ich habe hier etwas gefunden, was ihr sehen müsst, nech!«

Sollte er ihren Mann holen? Nein, das war Aufgabe der Polizei. Er konnte nichts mehr an den traurigen Tatsachen ändern.

Er setzte sich zu ihr, um sie nicht allein zu lassen. Zu dieser wundervollen Frau, die ihn nie wieder anlächeln würde.

Es dauerte nicht lange, bis sich die Polizeisirenen näherten. Bis sie ihn fluchend aufforderten, sofort von der Leiche wegzutreten. Was er sich dabei denken würde? Ob er sie angefasst habe? Hatte er sie auf die Steine gezogen?

So viele Fragen, so viel Krach. Keinen Blick für die arme Frau.

Schrotti sah sofort, dass es nicht nur die beiden bekannten Schutzpolizisten der Außenstelle Finkenwerder waren, sondern

Polizisten der Wasserschutz. Die hatten Streifen auf den Schulterklappen, die Schutzpolizei Sterne. Leiser waren sie aber auch nicht. Hatten sie denn gar kein Mitgefühl?

Während der eine in sein Funkgerät sprach, forderte ein anderer ihn auf, sich in den Streifenwagen zu setzen. Als ob Schrotti im Weg rumstünde. Er krabbelte langsam und mühsam die Böschung hoch, ging zu dem Streifenwagen, lehnte sich dagegen und sah zu, wie der Polizist sich zu der Toten herunterbeugte. Erkannte er sie?

Ganze Wagenkolonnen aus Polizei, Feuerwehr und Rettungswagen trafen ein und bevölkerten den kleinen asphaltierten Parkplatz, der von Eichen umgeben war, deren Äste wie schützende Arme über die Fahrzeuge ragten.

Ein Boot der Wasserschutzpolizei näherte sich und blieb in der Einfahrt zum Rüschkanal liegen.

Immer mehr Leute lösten sich aus dem Schatten der Bäume, ihre Gestalten wurden größer, und sie kletterten mühsam und fluchend die Böschung hinunter zu Melanie. Menschen, die sie vermessen, untersuchen und fotografieren würden und nicht ahnten, was für eine wunderbare Frau sie gewesen war.

Er konzentrierte sich auf die kühle Brise des Flusses, das Licht und das leise Plätschern der Wellen. Das half ihm, nicht daran zu denken, dass Melles Jacke hochgerutscht und etwas von ihrem nackten Bauch gezeigt hatte. Die Flut musste sie über die Steine gespült haben. War sie von einem Steg im Yachthafen ins Wasser gefallen und in der Strömung des Flusses ertrunken? Auch erfahrene Schwimmer richteten gegen die Unterströmungen nichts aus. Wobei Melle natürlich nicht baden gewesen war, denn sie war vollständig bekleidet.

Die Spurensicherung fertigte unzählige Fotos von ihr an, als ob sie die letzten unaussprechlichen Momente ihres Lebens in ihrem kalten, unbarmherzigen Licht festhalten wollten. Solche Bilder, dachte er, möchte niemand jemals von sich machen lassen. In ihren weißen Schutzanzügen wirkten die Männer wie eine fremde Spezies, die mit bedächtiger Präzision jeden Millimeter des Ufers untersuchte. Sie knieten sogar am Boden und nahmen Proben vom Wasser und den Steinen. Wozu sollte das gut sein?

Eine Frau mit halblangen grauen Haaren und ein großer, schlanker Mann eilten vom Parkplatz herüber. Schrotti erkannte sofort, dass die beiden zum LKA gehören mussten, denn die uniformierten Polizisten stellten ihre Gespräche ein, sahen ihnen entgegen und richteten ihre ganze Aufmerksamkeit auf die beiden.

Mittlerweile glich das Ufer einem wimmelnden Treiben aus Einsatzkräften in einem sorgfältig inszenierten Drama. Einem Drama, dessen Dimension sie noch gar nicht erfassten. Noch hatten sie nicht mit Melles Ehemann gesprochen. Noch ahnten sie nicht, mit wem sie es zu tun bekamen.

Einen Moment später zeigte ein uniformierter Beamter erst auf die Leiche, dann auf Schrotti. Na wunderbar, jetzt war es zum Weglaufen zu spät.

Die beiden Kommissare verbrachten eine ganze Weile bei Melle. Die Männer in weißen Ganzkörperanzügen hievten sie an Land und legten sie auf der Bahre ab, die zwei Männer eines Beerdigungsunternehmens ihnen hinschoben. Der Tatort zog die Einsatzkräfte an wie Aas die Geier, während Schrotti nur an die arme Melanie denken konnte, die im Zentrum dieses düsteren Chaos lag.

Sein Blick schweifte über die große Schiffsschraube und die steinerne Tonne, die als Kunstwerke vor dem Parkplatz standen. Erstmals versagten ihm die Bauwerke den Trost.

Die Kommissare kamen direkt auf ihn zu.

»Johann Hansen? Jacobi, Landeskriminalamt. Mein Kollege Van der Waal. Sie haben die Frau gefunden?«

Die Kommissarin kam sofort zum Punkt. Das gefiel ihm. Er nickte.

Sie musterte ihn. Das wiederum gefiel ihm nicht. Trotzdem fragte er sich seit langer Zeit das erste Mal, was die beiden wohl sahen und über ihn dachten. Mit Anfang siebzig hatte er seine besten Tage hinter sich, das wusste er. Und man sah ihm an, dass er nicht viel zu bieten hatte. Die Haut sonnengebräunt und lederartig, die grauen Haare wirr unter seinem abgetragenen blauen Elbsegler, und der Bart ungepflegt. Der schmutzige Overall und die abgenutzten Stiefel waren schrottig. Na und? Er hatte vor langer Zeit aufgehört, die Erwartungen anderer Menschen zu erfüllen. Es war ihm egal, was sie über ihn dachten.

Er schwieg.

»Sie kennen sich hier aus? Ich denke, Sie wissen sogar, wer die Tote ist, nicht wahr?«

Die Frau überraschte ihn. Sie wälzte andere Gedanken, als er ihr unterstellt hatte. Er musste vorsichtig sein, sie war klug.

Ein angestrengtes, zittriges Atmen ließ ihn kurz die Augen schließen. »Es ist Melanie Cullmann. Die Ehefrau von Fred.«

Diesmal war sie es, die nickte. »So steht es in dem Ausweis, den wir in ihrem Rucksack gefunden haben.« Sie rollte mit dem Fuß ein paar Kieselsteine zur Seite. Der Mann schrieb in ein Notizbuch. Dabei hatte Schrotti ihnen noch nichts Neues erzählt.

»Haben Sie den Rucksack angefasst?«, fragte der Mann.

»Nee, mien Jung.«

»Wie gut kannten Sie Melanie Cullmann? Können Sie mir etwas über sie erzählen?«, fragte die Frau.

Er hätte gerne gewusst, von welcher Abteilung des LKA sie kamen. Vielleicht vom Kriminaldauerdienst? »Sie war eine freundliche Frau. Hat manchmal was bei mir gekauft. Ich verkaufe alte Sachen. Ihr Mann Fred arbeitet beim Sicherheitsdienst der Werft.«

Er zeigte vage hinter sich. »Man kennt sich auf Finkenwerder.« So viele Sätze am Stück hatte er lange nicht mehr gesprochen. Es erschöpfte ihn beinahe. Oder erschöpfte ihn die Tatsache, dass er in der Vergangenheitsform von Melle geredet hatte?

»Sie verkaufen Schrott?«

Er neigte den Kopf. Sie hatte sich über ihn informiert. Das war zu erwarten gewesen, die beiden Schutzpolizisten der Außenstelle des PK 47 kannten und mochten ihn. »Vieles ist alt und mitgenommen, aber nicht zwangsläufig Schrott und nutzlos.«

Sie sah ihn nachdenklich an. »Sie sprechen nicht nur von Ihrem Geschäft, oder?«

Genau in diesem Augenblick schoben die Bestatter die Bahre mit dem Leichensack an ihnen vorbei und erlösten Schrotti von einer Antwort.

»Ruhe in Frieden, meine Schöne«, murmelte er und war froh, dass die grauhaarige Kommissarin und ihr Kollege ebenfalls einen Moment innehielten.

»Ist Ihnen irgendetwas Ungewöhnliches aufgefallen? Haben Sie jemanden gesehen?«

Er schüttelte den Kopf. »Kann ich jetzt gehen? Sie haben ja meine Adresse.«

»Was hat Melanie Cullmann hier gemacht? Könnte sie freiwillig ins Wasser gegangen sein?«, fragte die Kommissarin.

»Ist es das, was Ihr Beruf mit Ihnen macht? Immer nur schlecht über die Menschen denken?«

»Wenn sich jemand das Leben nimmt, heißt das doch nicht, dass ich negativ über ihn urteile!« Sie wehrte sich. »Vielleicht war sie depressiv?«

»Sie liebte ihr Leben.«

»Woher wissen Sie das?«

»Fragen Sie mich nicht, wenn Sie die Antwort nicht hören wollen.«

»Sie waren nicht immer Schrotthändler, stimmt's? Was ist Ihnen passiert?«

»Um mich geht es hier nicht. Ich rate Ihnen, Fred nicht mit Ihrer Selbstmordtheorie zu kommen, das verkraftet er nicht!«

Sie sah ihn nachdenklich an. »Wir werden jetzt zu ihm fahren und ihm die traurige Nachricht überbringen.«

»Er weiß es schon!«

»Wie bitte?«, krächzte ihr schlaksiger Kollege.

Schrotti verspürte einen winzigen Moment lang ein Gefühl der Genugtuung. Sie hatten nicht halb so viel im Griff, wie sie dachten.

Er zeigte hinter sich, Richtung Yachthafen.

»Er stand in der Absperrung!«

»Das glaube ich nicht. Hätte er nicht versucht, zu seiner Frau zu kommen?«, fragte die Kommissarin, deren Namen er sich nicht merken wollte.

Er schüttelte den Kopf. »Ich habe keine Worte. Er auch nicht. Wir haben uns gesehen. Das reicht. Er weiß, dass ich bei ihr bin, solange es geht. Seine Welt ist zerbrochen.«

»Herr Hansen, wir werden Sie noch einmal kontaktieren und Ihre Zeugenaussage schriftlich aufnehmen. Bitte bleiben Sie für uns erreichbar.«

Die Frau verstand nicht, dass Fred sich niemals im Beisein all dieser fremden Menschen von Melle verabschieden würde.

Jeder trauerte eben auf seine Weise.

KAPITEL 5

Also wenn dieser Mann sein Leben lang Schrotthändler war, bin ich eine internationale Geheimagentin! Seine Antworten … ehrlich, über den möchte ich mehr erfahren, bevor wir noch mal mit ihm sprechen.« Jonna wandte den Kopf zu Daan Van der Waal, der auf dem Beifahrersitz saß.

»Er war irgendwie … liebenswert … trotz seiner schroffen Antworten.« Er überlegte. »Die Art, wie er sich von der Frau verabschiedet hat, war berührend. Ich glaube, die waren enger befreundet, als er zugegeben hat.«

Jonna fuhr vom Tatort parallel zum Steendiekkanal den Hein-Saß-Weg herunter und steuerte auf das Wohngebiet der kleinen Landzunge zu. Dies war die eingetragene Wohnanschrift der Eheleute Cullmann. Traditionelle Rotklinkerhäuser reihten sich mit gepflegten Gärten aneinander.

»Vielleicht ist Tom dem Mann schon mal begegnet? Scheint ja ein Unikat zu sein, und Tom kennt doch seine Hafenleute!«

Daan grinste. »Du meinst, wir sollten Tom mal wieder so richtig in Schwierigkeiten bringen? Der Arme hat seit der Sturmflut bestimmt die Nase gestrichen voll von uns! Außerdem gehört Finkenwerder nicht in sein Reviergebiet, oder?«

Jonna zuckte mit den Schultern. Das war ihr egal. Sollte sich herausstellen, dass die Frau eines nicht natürlichen Todes gestorben war, brauchten sie Tom.

Zuerst musste sie dem Ehemann der Toten die traurige Nachricht überbringen, und falls er tatsächlich schon Bescheid wissen sollte, wäre er hoffentlich in der Lage, ihr ein paar Fragen zu beantworten. Das konnte sie keinem Angehörigen ersparen.

»Laut Personalausweis war sie dreiundvierzig Jahre alt. Keine Kinder«, raunte Daan, als ob er ihre Gedanken erraten hätte.

Gott sei Dank, dachte Jonna. Oder auch nicht. Kinder konnten ein Anker sein. »Wissen wir schon etwas über den Ehemann? Du hast doch mit den Schutzpolizisten gesprochen.«

Sie lenkte den Wagen in den Finksweg. Sie fuhr langsamer und sah sich die Häuser an. In der nächsten Straße wohnten die Cullmanns. Was sagte die Wohngegend über sie aus? Eine ruhige Siedlung neuerer Einfamilienhäuser und alten Hafenarbeiterhäuschen.

»Tatsächlich hat der Ehemann bereits gestern Abend eine Vermisstenanzeige aufgegeben. Er war am WSPK 1 und hat die Kollegen dort so lange genervt, bis sie ein Boot losgeschickt haben. Sie haben ihn wohl nicht so richtig ernst genommen und zur Anzeigenaufnahme zum Polizeirevier 47 nach Fischbek geschickt, weil die Außenstelle bei ihm um die Ecke um die Uhrzeit nicht besetzt ist. Die Leiche ist erst heute Morgen entdeckt worden.« Daan stockte kurz. »Der Ehemann hat angegeben, dass er bei ihrem Tod dabei war.«

»Wie bitte?« Jonna stieg reflexartig auf die Bremse und war froh, dass niemand hinter ihr fuhr.

»Na ja, er sagt, seine Frau sei mit der Fähre auf dem Heimweg gewesen, und er hätte sie am Telefon gehabt, als die Verbindung abriss. Er ist sich sicher, dass das der Moment war, als sie von Bord der Fähre gestoßen wurde.«

»Wieso gestoßen?«

»Das ist wohl das, was die Kollegen auch nicht glauben konnten und weshalb sie verhalten reagiert haben.«

»Hat die Wasserschutz etwas unternommen?«, fragte Jonna.

Langsam bog sie in den Focksweg ein. Cullmanns Wohnanschrift.

»Sie haben eine Meldung an ihre Streifenboote rausgegeben und den Skipper der Fähre kontaktiert. Dem war nichts Ungewöhnliches aufgefallen, er hat die Frau nicht an Bord gesehen. Sie sind Streife gefahren, aber die Frau ist abgetrieben.« Er räusperte sich. »Die Kollegen vom PK 47 befürchten einen Suizid!«

»Aha. Haben die einen Anlass oder Ermittlungserkenntnisse, das zu vermuten?« Sie sah wieder kurz zu Daan, der mit den Schultern zuckte.

Die Leiche wies keine sichtbaren Verletzungen auf, und wenn die Rechtsmedizin nicht weitere Erkenntnisse zutage förderte, wäre ein Suizid die naheliegendste Erklärung. Wenn man dem Schrotthändler glauben durfte, keine Hypothese, die dem Ehemann gefallen würde. Was nachvollziehbar war. Wenn jemand nicht krank war oder schon mal einen Suizidversuch unternommen hatte, kam das Drama für die meisten Angehörigen aus heiterem Himmel. Jonna ahnte, dass das Gespräch mit dem Ehemann schwierig werden würde.

»Gab es auf der Fähre Zeugen?«

Daan rümpfte die Nase. »Niemand hat den Sprung bemerkt, und so hat auch keiner die Fahrgäste aufgehalten und befragt. Wir werden sie mühsam suchen müssen!«

»Könnte es ein Unfall gewesen sein? Nee, oder? Man fällt ja nicht so einfach von einer Fähre. Außerdem hätte sie doch um Hilfe geschrien, wenn sie ins Wasser gefallen wäre?«

»Stopp, hier ist es.« Daan zeigte mit dem Finger voraus.

Sie parkten den Wagen und stiegen aus.

Durch den stählernen Zaun vor einer Hecke blickten sie auf ein hübsch saniertes Rotklinkerhaus, umgeben von einem blühenden Garten. Ein elektrisches Tor, das von Kameras überwacht wurde, versperrte die Einfahrt.

Jonna warf Daan einen Blick zu. »Die haben aber ein hohes Sicherheitsbedürfnis in dieser Idylle.« Sie klingelte.

Kurze Zeit später schwang nicht nur das Tor auf, sondern an der Eingangstür des Hauses erschien ein Mann. Der um die Fünfzigjährige trug Jeans und T-Shirt, welche keine Fragen zu seiner durchtrainierten Figur offenließen. So fit wie sein Körper, so gramerfüllt sah sein Gesicht aus. Als Jonna vor ihm stand, erkannte sie, dass sein Augenweiß voller geplatzter Äderchen war und von einer durchwachten Nacht zeugten. Seine markante Kieferpartie war mit kleinen Narben verziert und verlieh ihm ein autoritäres Aussehen, das keinen Widerspruch duldete. Was Jonna am meisten irritierte, war der stechende Blick des Mannes. Hart. Distanziert. Beinahe feindselig.

»Fred Cullmann?«, sagte sie vorsichtig. »Jonna Jacobi. Mein Kollege Van der Waal und ich sind vom Landeskriminalamt. Wir müssen mit Ihnen sprechen. Dürfen wir reinkommen?«

Er verzog keine Miene, blinzelte nur einmal, als würde er sich mit einem letzten Blick auf die bevorstehende Konfrontation vorbereiten. »Ich weiß, weshalb Sie hier sind.«

Er trat einen Schritt zurück und ließ sie herein.

Jonna dachte kurz an den Schrotthändler. Er hatte recht behalten. Cullmann wusste bereits, dass er Witwer geworden war.

»Sie wissen, dass Ihre Frau tot aufgefunden wurde?«, fragte sie dennoch. »Unser herzliches Beileid.«

Er nickte knapp. Sein Gesicht war eine steinerne Maske, jede Emotion verborgen hinter einem abschätzigen Blick, der Jonna signalisierte, dass er nicht bereit war, irgendetwas preiszugeben.

»Und?«, fragte er.

Jonna wurde klar, dass diese kurze Frage trotz seiner abwehrenden Haltung Hoffnung bedeutete. Die letzte Chance, dass alles ein großer Irrtum war und Jonna seine traurige Realität korrigieren würde. Mit ihren nächsten Worten würde der Hoffnungsfunke erlöschen.

»Können wir uns setzen? Wir untersuchen den Tod Ihrer Frau und haben ein paar Fragen an Sie.« Jonna wies auf eine Tür, ohne zu wissen, ob sie überhaupt in einen Wohnraum führte.

Er öffnete die Tür und ging voraus ins Wohnzimmer, auf einen langen Holztisch zu. Auf dem Tisch standen ein Glas mit einem kleinen Rest bernsteinfarbener Flüssigkeit und daneben eine Flasche Whisky. Das Arrangement erzählte die Geschichte der langen Nacht, die hinter Fred Cullmann lag.

»Haben Sie mit dem Skipper der Fähre gesprochen? Mit den Pendlern?«

Seine Stimme war tief und rau, voll unausgesprochenem Leid.

»Ich muss Ihnen ein paar Fragen stellen, um den Ablauf der Ereignisse zu verstehen«, erklärte sie ihm, ohne auf seine Fragen einzugehen. Sie zog sich einen Stuhl heran und setzte sich. Daan tat es ihr gleich, nur Cullmann blieb stehen. »Haben Sie in der letzten Zeit irgendeine Veränderung an Ihrer Frau bemerkt? Ist etwas Ungewöhnliches passiert?«

»Nein. Nichts.«

»Hat Ihre Frau irgendetwas geäußert, was Sie mit dem Wissen von heute als Drohung oder Gefahr interpretieren würden?«

»Nein.«

»Hatte sie Angst oder war besonders besorgt in letzter Zeit?«

»Nein.«

»War Ihre Frau krank? Steckte sie in irgendwelchen Schwierigkeiten?«

Nicht nur seine verschränkten Arme signalisierten Ablehnung, er drehte sich auch von ihnen weg, hatte offenbar genug von ihren Fragen und ging ruhelos im Raum auf und ab. Er war eher wütend als traurig, das war in Ordnung, doch brauchte sie trotzdem seine Hilfe, wenn sie herausfinden wollte, was seiner Frau passiert war.

Jonna nutzte die Gelegenheit, um sich in dem Wohnzimmer umzusehen. Tiefe Deckenbalken aus dunklem Eichenholz harmonierten mit den cremefarben gestrichenen Wänden, die in sanftem Licht erstrahlten. Auf den Dielen des Holzbodens lag ein persischer Teppich. In einer Ecke stand ein gemütlicher Ohrensessel, dessen weiches, grünes Polster dazu einlud, sich mit einem guten Buch darauf niederzulassen. Daneben standen zwei alte hüfthohe Teekisten aus Holz, auf denen Stapel von Büchern darauf warteten, gelesen zu werden. Auf dem Fensterbrett thronte eine Sammlung maritimer Fundstücke: Muscheln, Treibholz und das Modell eines Segelschiffes. Durch die großen Sprossenfenster sah Jonna in einen Garten voller blühender Rhododendren.

»Ich weiß, dass es schwer für Sie ist, aber ...«

»Schwer?«, unterbrach er sie scharf und wirbelte zu ihnen herum. »Sie wissen gar nichts. Bislang hat die Polizei mir ja nicht mal geglaubt, dass Melle von der Fähre gestoßen wurde. Finden Sie den Täter!«

Jonna nickte beruhigend. »Sie nennen Ihre Frau Melle? Erzählen Sie mir von ihr.« Sie wartete, und als sie sah, wie sich seine Kiefermuskeln anspannten, schob sie schnell ein sanftes »Bitte« hinterher.

»Wir haben uns erst vor fünfzehn Jahren kennengelernt.« Sein Atem ging schwer, doch er entspannte sich etwas, und seine Stimme klang nicht mehr ganz so aggressiv. »Sie ist das Wichtigste in meinem Leben. Eine kluge, sanfte und willensstarke Frau, die ich mehr liebe als mein eigenes Leben.« Ein raues Lachen entwich seinen Lippen. »Dann habe ich wohl jetzt nichts mehr!«

Jonna hörte die Verzweiflung hinter der ruppigen Fassade.

»Sie hat mich angerufen – letzte Nacht. Sie hatte Spätdienst«, er räusperte sich. »Sie wissen, wo Melle arbeitet?«

Daan schüttelte den Kopf, bevor Jonna reagieren konnte.

»Sie ist als Disponentin in der Hafenlogistik bei Eurocon tätig. Sie koordiniert den Containerumschlag, plant die Be- und Entladung der Containerschiffe, organisiert den Transport der Container innerhalb des Terminals und weiter auf Lkw oder Schiene.«

Jonna hörte den Stolz in seiner Stimme.

»Sie nimmt die Fähre, wenn ich mit dem Auto unterwegs bin. Hat ein altes Klapprad an den *Duckdalben,* dem Seemannsclub, stehen. Sie geht zu Fuß von Eurocon dorthin und fährt dann mit dem Rad zum Anleger Waltershof. Das dauert nur ein paar Minuten. Zu Fuß wäre sie fast eine halbe Stunde unterwegs. Am Gate vom Terminal haben sie ihr schon zweimal das Rad geklaut, deshalb ...«

Er wischte sich über die Augen, ohne dass Jonna erkennen konnte, ob ihm die Tränen kamen. Sie sah seinen Adamsapfel von den trockenen Schlucken hüpfen.

»Sie hat mich von der Fähre aus angerufen, gebeten, sie abzuholen ... sie hatte ein komisches Gefühl.« Er nahm seine Wanderung durch das Wohnzimmer wieder auf. »Ich hab gesagt, dass ich am Anleger auf sie warte. Ich bin sofort losgegangen. Als die Fähre kam, war sie nicht an Bord.« Er stand vor Jonna und fixierte sie mit seinem Blick. »Können Sie mir das erklären? Sie war doch nicht allein an Bord. Es muss doch jemand etwas gesehen haben!«

»Sind Sie sicher, dass Ihre Frau auf der Fähre war? Könnte sie theoretisch von woanders angerufen haben?«

»Nein, sie war auf der Fähre. Ich habe den Fahrtwind gehört. Ich habe sie gebeten, jemanden anzusprechen ... sie kam nicht mehr dazu. Plötzlich riss das Gespräch ab.«

Das war Jonna zu vage.

»Hat Ihre Frau Sie auf dem Festnetz oder dem Handy angerufen?«, fragte Daan. »Sind Sie Richtung Anleger gegangen, während Sie telefoniert haben, oder danach?«

»Sie hatte mir eine Whatsapp-Nachricht geschrieben, daraufhin bin ich losgegangen. Unterwegs kam der Anruf aufs Handy.« Er griff sich an seine Hosentasche und holte ein Mobiltelefon hervor. »Überprüfen Sie das, damit Sie mir endlich glauben. Jemand hat Melle von der Fähre gestoßen!« Er wischte auf dem

Handy umher und reichte Daan seinen Chat-Verlauf mit der Ehefrau.

Daan nickte kaum merklich und las. »Wenn Sie recht haben – gibt es einen Verdacht, wer Ihrer Frau etwas antun wollte?«

Cullmann schüttelte resigniert den Kopf.

»Hatte Ihre Frau Konflikte, Ärger, Feinde?«, bohrte Daan weiter.

»Nein.«

»Wenn Ihre Frau von der Fähre gestoßen worden wäre, müssten die Fahrgäste nicht etwas gesehen haben? Der Täter konnte ja nicht von der Fähre weg. Sind Sie jemandem am Anleger begegnet, der Ihnen auffiel?«

Cullmann schüttelte langsam den Kopf.

Jonna nahm den ungeliebten Staffelstab auf und konfrontierte den verzweifelten Ehemann mit der naheliegendsten Hypothese, die sie überprüfen mussten. Sie pirschte sich langsam heran. »Warum sollte jemand Ihre Frau von einer Fähre stoßen? Es waren Pendler anwesend, es hätte Zeugen geben können. Warum sollte man das einer unbescholtenen Frau antun? Normalerweise gibt es eine Beziehung zwischen dem Täter und dem Opfer.«

»Melle war ein harmonischer Mensch. Sie kam mit jedem aus.«

»Fuhr Ihre Frau regelmäßig mit dieser Fähre? Wer wusste davon?«

Er schüttelte den Kopf. »Sie wollen also nichts unternehmen?«

»Das habe ich nicht gesagt.« Jonna hielt einen Moment inne und sammelte sich. »Ich respektiere Ihren Schock, aber ich muss Sie noch etwas fragen. Hatte Ihre Frau psychische Probleme? Depressionen?«

Er würdigte sie keiner Antwort.

»Es ist nie zu verstehen, warum ein geliebter Mensch einen freiwillig verlässt, aber könnte es sein, dass Ihre Frau aus freiem Entschluss von der Fähre gesprungen ist?«

Jonna merkte in der Sekunde, dass diese Frage die eine zu viel war. Sie traf Cullmann wie ein Schlag ins Gesicht. Er taumelte.

Sie wappnete sich gegen die Feindseligkeit, die ihr sicher gleich entgegenschlagen würde, trotzdem hatte sie die Frage stellen müssen.

»Ich verstehe, Sie wimmeln den Fall ab.« Er schüttelte den Kopf und drehte sich weg.

Jonna warf Daan einen schnellen Blick zu. Der beobachtete Fred Cullmann mit Argusaugen. Dessen ganze Körperhaltung drückte höchste Anspannung aus, bebend vor unkontrollierter Energie.

»Niemals hätte Melle sich etwas angetan. Nicht einmal, wenn sie todkrank gewesen wäre.« Er schrie seinen Schmerz heraus und spuckte die Worte förmlich in den Raum. »Sie war eine Kämpferin, eine Optimistin … Sie hatte keine Depressionen!«

Jonna seufzte innerlich. Natürlich hatten sie eine Zukunft geplant. Der plötzliche Tod machte allen einen Strich durch die Rechnung. Wie oft hatte sie diese Worte schon gehört. Und sie stimmten jedes Mal. Nur sagten sie nichts darüber aus, ob der Ehemann etwas mit dem Tod seiner Frau zu tun hatte oder ob die Frau freiwillig ins dunkle Wasser gesprungen war. Nun, Jonnas Aufgabe war es, das herauszufinden. Und sie hatte keinen Zweifel, dass ihr das gelingen würde. Die Frage war nur, wie lange es dauerte.

Vielleicht hätte sie Charlotte mitnehmen sollen? Ihre liebe Kollegin vom polizeilichen Opferschutz gewann schnell das Vertrauen der Angehörigen.

Daans Mobiltelefon klingelte. Er nahm das Gespräch mit einem knappen »Ja« an und hörte schweigend zu, bis er sich mit einem »Danke« wieder verabschiedete.

»Herr Cullmann, hat Sie jemand am Fähranleger gesehen? Haben Sie mit jemandem gesprochen?«

Jonna sah Daan irritiert an. Auch Fred Cullmann zog die Stirn in Falten. Hilflos hob er beide Arme.

»Ich meine, Sie haben kein Alibi für den Abend, oder? Die Whatsapp-Nachricht hätten Sie überall bekommen können.«

»Daan?«, flüsterte Jonna.

»Warum haben Sie uns nicht gesagt, dass Sie wegen Körperverletzung an einer Frau vorbestraft sind?«

KAPITEL 6

Tom stand am Heck des Streifenboots WS 35 und sah auf das Wasser der Norderelbe, das im Sonnenschein des späten Aprils glitzerte. Er genoss die Streifenfahrten noch immer genauso wie an seinem ersten Arbeitstag.

Sie waren zu viert unterwegs und passierten backbord den Parkhafen. Es war Flut, und sie kamen gerade rechtzeitig, um zuzusehen, wie drei achttausend PS starke Schlepper die pinkfarbene *One Innovation* drehten, um sie anschließend rückwärts an die Pier des Burchardkais zu bugsieren.

Marvin und Gunnar kamen ebenfalls zum Heck und stellten sich neben ihn an die Reling. Tom sah, wie Marvin das Containerschiff bestaunte. Der Anblick des schwimmenden Wolkenkratzers, der majestätisch durch die Wasserstraße glitt, versetzte jeden in Ehrfurcht.

»Es ist eines der größten Schiffe weltweit«, sagte Tom. »Es ist vierhundert Meter lang, und siehst du, wie neuartig es gebaut ist?«

»Meinst du den Bug?«

»Genau. Das auffällig gebaute Schott auf der Back hat aerodynamische Gründe, es soll den Windwiderstand verringern, damit den Spritverbrauch senken und die Container gegen Wellenschlag schützen.«

Die drei Schlepper sahen im Vergleich zur *One Innovation* mickrig aus, und doch manövrierten sie den Riesen mit äußerster Präzision in Richtung des Burchardkais. Jeder Schlepper hatte seine spezifische Aufgabe: Mit Schleppleinen verbunden, zog einer am Bug, einer bremste am Heck, und ein frei schwimmender Kraftprotz drückte den Containerriesen an die Pier.

»Wahnsinn! Die legen den Pott an, ohne dass da auch nur ein Kratzer rankommt«, raunte Marvin beeindruckt. »Was bezahlt eigentlich so ein Koloss für eine Tankfüllung?«

Tom rückte sich den Rettungskragen zurecht, der ihn zwickte. »Soweit ich weiß, fassen die Tanks über elftausend Tonnen Schweröl und vierhundert Tonnen Dieselöl. Da blättert die Reederei schon mal fünf Millionen Dollar für einen vollen Tank hin.«

»Krass!«

»Damit fahren sie aber auch anderthalbmal um die Welt. Scheint sich zu lohnen.«

Sie sahen schweigend zu, wie die Schlepper das Schiff rückwärts an die Pier bugsierten. Das grelle Rosa der *One Innovation* mit ihren pinken Containern kontrastierte mit dem lichten Blau des Himmels.

Toms Gedanken wanderten zurück zu Quetsche, der nach dem Gespräch abgehauen war. Hatte er die neue Aufgabe nur angenommen, um einem Konflikt mit Tom aus dem Weg zu gehen, oder unterstützte er sein Vorgehen? Er vermochte es nicht mit Sicherheit zu sagen.

Gunnar Wagner zündete sich eine Zigarette an, was Marvin dazu brachte, wieder ins Ruderhaus zurückzugehen. Er hatte eine starke Abneigung gegen Zigarettenrauch. Er hatte erklärt, dass er als Triathlet seine Leistungsfähigkeit nicht durch das Einatmen von Rauch gefährden wolle.

»Was hältst du von der Sache?«, fragte Gunnar und blies den Qualm in die Luft. »Schrottis Leiche!«, ergänzte er.

Toms Kopf schnellte herum und griff nach Gunnars Arm. »Schrotti ist tot?« Er runzelte die Stirn.

»Kam als wichtige Meldung rein, als du mit Quetsche gefrühstückt hast. Ich dachte, der Wachhabende hätte es dir erzählt.«

Tom drückte noch fester zu. »Jetzt red schon!«

»Lass los, verdammt!« Gunnar klopfte auf Toms Hand. »Eine Frauenleiche wurde im Rüschkanal, gegenüber der Bunkeranlage angespült. Soll von einer HADAG-Fähre gefallen sein. Schrotti hat sie gefunden. WSPK 1 hat die Sache aufgenommen und das LKA angefordert.«

»Er ist also nicht tot? Mann, erschreck mich doch nicht so.« Tom stieß die angehaltene Luft lautstark aus. Seine Gedanken überschlugen sich. Der arme Schrotti! Und wie konnte jemand von einer Fähre fallen? Die Fähren fuhren auf verschiedenen Strecken als öffentlicher Nahverkehr durch den Hafen und waren so sicher wie ein Leuchtturm im Sturm.

»Der neue Dienstgruppenleiter von Revier 1 hat den Einsatz geleitet. Der Ehemann hat ihm gestern Abend ordentlich eingeheizt, aber sie haben die Frau nicht gefunden. Heute Morgen hat dann Schrotti in seiner typischen Art gemeint«, er zeichnete mit einer Hand Gänsefüßchen in die Luft, »dass wir uns das mal ansehen sollten. Vielleicht hat ja deine LKA-Frau den Fall, dann kannst du wieder mitmischen.«

»Quatsch. Ist doch überhaupt nicht unser Reviergebiet.« Im Dunstkreis des WSPK 2 hatten bisher nur wenige Kollegen mit Schrotti zu tun gehabt. »Kannte Schrotti die Tote?«

»Jo! Hab den Namen vergessen. Wahrscheinlich hat er irgendeine kuriose Geschichte zum Besten gegeben. Kennst du die, die er letzte Woche Marvin erzählt hat?«

Schon wieder musste Tom den Kopf schütteln. Erfuhr er denn gar nichts mehr?

»Schrotti ist mit einem winzigen Holzboot am Köhlbrandhöft rumgefahren und hat den Schiffsverkehr behindert. Ein Barkassenkapitän hat ihn gemeldet, und Marvin ist rausgefahren, um ihn aufzustoppen. Schrotti hatte wieder eine seiner Anekdoten parat. Hat Marvin verkaufen wollen, dass er den versunkenen Schatz der *Athabaska* sucht.« Gunnar lachte lauthals. »Darauf ist nicht mal Marvin reingefallen!«

Tom lächelte. Nicht weil er sich über Schrottis Ansinnen lustig machte, sondern weil er sich vorstellte, wie Schrotti von einem winzigen Boot aus den 1891 vor Parksand gesunkenen englischen Schraubendampfer *Athabasca* finden wollte. Zwar wurde das Wrack nie geborgen, doch beim Ausbau der Hafenanlagen verschwand es unter dem Elbsand. Nur der Name *Athabaskahöft* und der *Athabaskakai* erinnerten noch an das Schiff. Und von einem Schatz war nie die Rede gewesen.

Gunnar inhalierte ein letztes Mal den Zigarettenrauch. »Mir hat er mal verkaufen wollen, dass sich während des Baus des alten Elbtunnels ein Arbeiter um eine streunende Katze gekümmert hat, die regelmäßig in den Tunnel kam.« Er drückte seine Zigarette aus und steckte sie in eine kleine Dose, die er aus der Hosentasche zog.

Tom war froh, dass Gunnar den Stummel nicht ins Wasser schmiss. Bevor er ihn unterbrechen konnte, fuhr dieser unbeirrt fort, sich über Schrotti lustig zu machen.

»Die Katze sei das Maskottchen der Arbeiter geworden und soll sie angeblich gewarnt haben, als Wasser in den Tunnel eindrang. Sie hat so laut vor der undichten Stelle miaut, dass die Männer das Problem bemerkt hätten.« Er lachte wieder. »Kannst du dir das vorstellen? Der Mann hat eine Fantasie!«

Tom störte es, dass Gunnar so spöttisch über Schrotti sprach. Das Leben hatte Schrotti, der bürgerlich Johann Hansen hieß, mehr Narben verpasst, als irgendjemand aushalten konnte. »Die Geschichte mit der Katze ist wahr! Und du solltest nicht so über ihn sprechen. Er hat so viel durchgemacht, er darf so viele Döntjes erzählen, wie er will, wenn es ihm hilft, das Leben auszuhalten.« Tom spürte Gunnars fragenden Blick auf sich, doch sah lieber weiter aufs Wasser. »Das Leben ist wie ein Segeltörn. Manchmal hast du den Wind in den Segeln, und die See ist ruhig, und dann gibt es Tage, an denen du gegen einen Sturm kämpfst, der dein

Boot zum Kentern bringt. Unser alter Freund hat so viele Stürme durchgemacht, und trotzdem hält er den Kurs! Das flößt mir Respekt ein, ich könnte das nicht! Ich wäre verrückt geworden.«

Gunnar zuckte nur mit den Schultern. »Verrückt trifft es gut! Wer weiß, ob der Alte nicht seine Finger im Spiel hat. Ist doch merkwürdig, dass ausgerechnet *er* die Leiche findet.«

Tom nahm sich vor, sofort nach Rückkehr an die Dienststelle herauszufinden, was es mit der Frauenleiche auf sich hatte.

Ob Jonna in den Fall involviert war? Er hatte zuletzt vor ein paar Wochen mit ihr telefoniert, nachdem Tom im Hafen die Köhlbrandbrücke hatte sperren müssen und der Feierabendverkehr in der Stadt zusammengebrochen war. Bei Sondierungsarbeiten in der Straße Alter Rethedamm war eine eintausend Pfund schwere amerikanische Fliegerbombe gefunden worden, und der Kampfmittelräumdienst der Feuerwehr hatte einen Sperrradius von fünfhundert Metern angeordnet, was die Vollsperrung der wichtigsten Hafenquerung zur Folge hatte. Auch Jonna stand in dem Stau und nutzte die Zeit, sich bei ihm zu beschweren und dann über die neuesten Fälle zu plaudern.

Das Klingeln seines Diensthandys unterbrach seine Gedanken. Kamprath, sein Revierleiter. Tom zeigte Gunnar das Display, damit dieser sehen konnte, wer anrief. Der zog beide Augenbrauen nach oben und machte sich schleunigst auf den Rückweg in den Fahrstand zu den Kollegen.

»Tom Bendixen, Revier 2«, meldete sich Tom brav, obwohl sein Chef natürlich wusste, wen er anrief.

»Herr Bendixen, es geht um die Leichensache in Finkenwerder, Sie wissen schon.«

Tom zuckte zusammen. Nicht nur, dass sein Chef ein Thema ansprach, über das Tom bis vor wenigen Minuten noch nichts gehört hatte; er sagte auch *in Finkenwerder*. Einheimische sagten *auf* Finkenwerder, da die Elbinsel noch keine hundert Jahre ans Festland angebunden war. Hamburger gewöhnten sich mitunter nur langsam um.

»Ja, ich hab davon gehört.«

»Gut, gut, gut. Das Revier 1 hat Personalmangel, die großen Küstenstreifenboote von Revier 1 und Cuxhaven müssen besetzt werden. Bremens Boot ist ausgefallen, und wir übernehmen die Nordseepräsenz … aber gut, das ist ein anderes Thema.«

Der Mann holte kaum Luft, und Tom hatte keinen blassen Schimmer, worauf das Gespräch hinauslief.

»Sie übernehmen diese Leichensache. Ist nicht Ihr Reviergebiet, trotzdem brauchen wir zackig Ermittlungsergebnisse, denn das LKA behauptet, die Frau sei von einer Hafenfähre gefallen. Unsinn, aber na ja. Ihre letzte Zusammenarbeit mit dem LKA klappte ja ganz erfreulich.«

Tom dämmerte, dass sein Chef über Jonna sprach, aber noch immer kam er nicht dazu, nachzufragen.

»Wir brauchen gute Presse, Bendixen! Wie damals mit dem Barkassenkapitän oder diesen blinden Passagieren. Das lief doch ganz passabel … wenn man mal von der Schussabgabe durch den Kollegen Andersen absieht. Wobei, da gab es nix zu meckern. Will sagen: Das LKA hat Sie offiziell für die Ermittlungen angefragt. Helfen Sie, den Fall zu klären, halten Sie den Hafen aus den Schlagzeilen, oder sorgen Sie wenigstens dafür, dass wir gut dastehen. Verstanden?«

Nicht wirklich, doch das kümmerte seinen Vorgesetzten nicht, er hatte bereits das Gespräch beendet.

Tom starrte ungläubig auf das stumme Handy, das immer noch warm in seiner Hand lag. »Er hätte ja wenigstens so tun können, als formuliere er eine Frage!«

KAPITEL 7

Freds Fäuste ballten sich in der gleichen Sekunde, in der dieser holländische Kommissar ihm die dumme Frage stellte. Seine Vorstrafe – natürlich kamen die Bullen damit als Erstes. So falsch und so ärgerlich. Die Wut schwappte wieder an die Oberfläche.

Er ging auf den Tisch zu und schnappte sich das Glas mit dem letzten Schluck Whisky. Den hatte er bitter nötig. Er ließ ihn die Kehle herunterrinnen, und das Brennen lenkte ihn für einen winzigen Moment ab. Nicht lange genug. Hitze stieg ihm in den Kopf, und seine Hand mit dem Glas zitterte, so fest hielt er es umklammert. Er stellte es schnell ab. Er verachtete diese beiden jämmerlichen Kripoleute. Und er hasste sein Zittern.

Was war mit Melle passiert? Wie hatte sie ihn allein zurücklassen können? Wer hatte ihnen das angetan?

Er schrie. Ein unartikulierter Ton seines Schmerzes. Seiner Wut und seiner verdammten Hilflosigkeit. Er sah nichts mehr, holte aus und schlug mit der geballten Faust gegen die Glasvitrine der Schrankwand. Ein ohrenbetäubendes Knirschen erfüllte den Raum, als das Glas nachgab und in Scherben zersprang, die wie glitzernde Schneeflocken zu Boden rieselten.

Für einen Moment verharrte er regungslos, die Hand noch immer in den Überresten des zersplitterten Glases, während dünne Blutlinien sich langsam über seine Finger zogen. Seine Brust hob und senkte sich schwer.

Die beiden Kripoleute waren mit einer Bewegung von ihren Stühlen gesprungen. Der Mann hatte schon die Hand an der Waffe. Idioten.

»Ich habe mein verdammtes Leben verloren, und Sie kommen mir mit der alten Sache?« Er keuchte. Die Wut hatte ihm die Luft genommen.

»Beruhigen Sie sich. Sofort! Sonst nehmen wir Sie mit ins Präsidium!«

Er sah auf die verletzte Faust, fischte aus seiner Hosentasche ein Stofftaschentuch, das er um die Hand wickelte. Die Anspannung wich aus seinen Schultern, als ob der Schrei und der Schmerz des Schlags einen Schalter umgelegt hätten. Es hatte gutgetan. Etwas, was diese beiden Kripoleute nicht verstanden, denn sie ahnten nicht, was er verloren hatte.

Er rieb sich die Schläfen und setzte sich erschöpft zu ihnen an den Tisch.

Die Mordermittlerin sah ihn mit einem Blick an, der nervte. Scharf und unerbittlich fixierte sie den Falschen. Besser, sie konzentrierten sich darauf, den Täter zu finden, der Melle das angetan hatte.

Er zwang sich, dem Blick standzuhalten, und wählte seine Worte mit Bedacht. »Wer hat Ihnen das erzählt? Gott, das liegt ewig lang zurück. Ich habe meine Strafe abgesessen und bin seitdem ein anderer Mensch.«

Die Frau nickte langsam, als müsse sie darüber nachdenken, ob sie ihm glaubte oder nicht, und setzte sich wieder.

»Erzählen Sie uns davon«, forderte der Kommissar ihn auf. »Ein Kollege der Schutzpolizei hat uns vom Fundort Ihrer Frau angerufen. Er kennt Sie.«

Er stöhnte auf. Hier kannte jeder jeden. Grässlich. »Sie verplempern Ihre Zeit. Ich war jung und dumm, hab mich provozieren lassen. Nichts, was in meinem Leben noch eine Rolle spielt.«

»Jung und dumm …«, wiederholte sie nachdenklich. »Erzählen Sie mir von der Frau.«

Sein Magen zog sich wieder zusammen. Er wollte nicht darüber sprechen. Sein Schmerz war grenzenlos. Fühlte sich so Trauer an? Wie hielten Menschen das aus?

Er räusperte sich. »Ich war Security-Mitarbeiter in einem Tanzclub. Eine Frau wollte rein. Ich ließ sie nicht.« Er schüttelte genervt den Kopf. »Sie übertrieb, griff mich an. Ich war stärker. Mehr nicht.«

»Der Kollege sagte, Sie hätten ein Jahr gesessen?«

Er presste die Lippen zusammen. »Bei dieser Sache finden Sie keine Antworten auf Melles Tod.«

»Wusste Ihre Frau davon?«

»Wir hatten keine Geheimnisse voreinander.« Die Lüge brannte auf seiner Zunge.

»Aha. Und wie würden Sie Ihre Ehe beschreiben? Gab es Konflikte, Streit, Handgreiflichkeiten?«

Er hob eine Augenbraue und musterte sie kurz. »Falsche Richtung. Wir waren glücklich. Sie hat mich zu einem besseren Menschen gemacht. Ich arbeite schon lange in der Sicherheitsabteilung der Faeser-Werft auf Finkenwerder.« Er hielt inne. »Ein wundervolles Leben. Jemand hat es uns genommen.«

Er bereute es, die Vitrine zertrümmert zu haben. Die hatte nicht nur gut ins Zimmer gepasst, sondern sie sahen in ihm nun den Schläger, der seine Gefühle nicht im Griff hatte. Doch sie hatten nicht den Hauch einer Ahnung, wie er sich fühlte! Er war das Pendant der kaputten Glasvitrine. Sein Herz war zersplittert in unzählige Stücke, die überall verstreut lagen, weil er nicht mehr er selbst war. Sein Leben war zu Bruch gegangen.

Die Mordermittlerin wechselte abrupt das Thema.

»Hätten Sie etwas dagegen, wenn wir den Laptop Ihrer Frau mitnehmen? Kennen Sie ihr Passwort?«

Sollten sie doch einpacken, was sie wollten. Hauptsache, es half, den Mörder zu finden. Er wies mit einer vagen Handbewegung auf den kleinen Sekretär hinter sich.

»Sie waren an der Absperrung am Rüschkanal. Warum sind Sie nicht zu Ihrer Frau gegangen?«

Er stutzte. »Woher wissen Sie das?« Kurz abgelenkt von dem Holländer, der schon wieder ein Telefonat entgegennahm, brauchte er einen Moment, bis er draufkam. »Ach so, Schrotti!« Er sog scharf die Luft ein. »Ich … ich kann ihr noch nicht gegenübertreten. Es wird das letzte Mal sein … wenn ich zu ihr gehe …«

Erstmals hatte er den Eindruck, dass sie etwas von dem verstand, was er auszudrücken versuchte.

»Woher kennen Sie Herrn Hansen? So heißt er doch, oder?«

»Schrotti ist alt, lassen Sie ihn in Ruhe!«

»Das müssen Sie schon uns überlassen«, sagte sie schnippisch. »Also woher?«

»Er kannte meine Frau bereits, als ich nach Finkenwerder kam. Er hat uns auf das Häuschen aufmerksam gemacht. Wir haben es gekauft, und er hat uns beim Sanieren geholfen. Er hat … ist unserer Familie auf viele Art und Weise verbunden.«

»Welche?«

»Wir trinken ein Bier nach Feierabend. Wir arbeiten gelegentlich zusammen.« Er richtete sich auf. »Gibt es Zeugen auf der Fähre? Die Pendler, was haben sie gesagt? Haben Sie ihr Handy gefunden?« Mit dem nächsten Gedanken sackte er nach vorne. »Gibt es Anzeichen von einem Kampf? Von Gewalt? Hat der Täter eine Waffe benutzt?«

In diesem Moment klingelte es an der Haustür. Schrotti? Wer sonst?

Bevor er aufstehen konnte, mischte sich der Holländer ein, der sein Telefonat beendet hatte. »Ich gehe aufmachen, die Frau gehört zu uns.«

Er schloss die Tür zum Wohnzimmer, und Freds Gedanken waren sofort wieder bei Melle. Sie hatte Angst gehabt! Warum war er nicht an ihrer Seite gewesen? Warum hatte er sie nicht von der

Arbeit abgeholt, statt sie so spät noch mit der Fähre fahren zu lassen?

»Hallo. Ich bin Charlotte Severin vom polizeilichen Opferschutz.«

Die Frau hatte plötzlich neben ihm gestanden. Er hatte nicht gehört, dass sie ins Wohnzimmer gekommen waren. Die zierliche Blonde sah ihn unverwandt und vollkommen ruhig an. Sie zuckte nicht zusammen und wich keinen Schritt zurück, als er aufstand und sie um einiges überragte.

»Opferschutz? Was soll das? Ich bin kein Opfer! Meine Frau ist das Opfer! Was wollen Sie?«

Sein aggressiver Tonfall beeindruckte sie nicht.

»Ich wollte Ihnen Unterstützung anbieten. Meine Kollegen haben mich informiert. Und ich werde Sie begleiten, wenn Sie von Ihrer Frau Abschied nehmen möchten.«

»Meine Frau ist ermordet worden, und daran können Sie nichts ändern.« Er hatte keine Kraft mehr, sich auch noch einer Seelenklempnerin zu erwehren. »Ich brauche keine Betreuung. Ich suche den Mörder meiner Frau!« Er wies mit dem Arm Richtung Haustür. »Gehen Sie. Alle!« Er drehte sich zur Kommissarin. »Melle wurde ermordet, ob Sie es wahrhaben wollen oder nicht. Finden Sie den Mörder meiner Frau, sonst tue ich es!«

KAPITEL 8

Charlotte stand mit Jonna und Daan vor dem Eingangstor. Sie sahen sich betreten an.

»So unverhohlen bin ich schon lange nirgendwo mehr rausgeschmissen worden!« Daan sah amüsiert aus. »Der Kerl gefällt mir. Nur hat er ein paar Probleme mit der Impulskontrolle!«

»Zu viel Testosteron.« Jonna runzelte die Stirn. »Der kann von Glück sagen, dass wir von einem Suizid ausgehen, sonst hätte ich mich nicht so abwimmeln lassen.« Sie sah Charlotte zerknirscht an. »Es tut mir leid, dass du umsonst gekommen bist. Wenn ich gewusst hätte, wie er reagiert, hätte ich dir keine Whatsapp geschickt.«

Charlotte brauchte einen Moment für die naheliegende Antwort. Sie war in ihren Gedanken bei Fred Cullmann, dessen Erscheinung und seine hinter der Aggressivität spürbare Trauer sie beeindruckt hatte. »Er erträgt es nicht, dass die Minuten verrinnen und die Kripo nicht nach dem Täter sucht.«

»So es überhaupt einen gibt!«, sagte Jonna und hakte sich bei Charlotte ein. »Ich spreche mit der Rechtsmedizin, wenn die Obduktion durch ist, dann wissen wir mehr.«

Charlotte merkte ihr an, dass sie etwas auf dem Herzen hatte. »Und sonst?«

Jonna ließ sie wieder los. »Ich traue ihm nicht über den Weg. Ich hab da so ein Gefühl …«

Charlotte lächelte. »Du hast da ein Gefühl?« Sie konnte sich das Lachen kaum verkneifen, als sie Jonnas enttäuschte Miene sah. »Gib ihm ein bisschen Zeit!«

Jonna knuffte sie in die Seite und wandte sich an Daan. »Kommst du mit?«

Der tippte in sein Handy und antwortete, ohne aufzublicken: »Ich schmeiße dich bei Tom raus und fahre weiter ins Präsidium. Zuerst ziehe ich mir die Strafakte von Cullmann und schau mir den Laptop der Frau an. Das Haus ist eine Festung, und das wird seinen Grund haben! Wenn ihr mich fragt, haben wir auch eine Akte von diesem Schrotti. Komische Vögel hier auf Finkenwerder!«

»Tom?«, fragte Charlotte. »Ist er in den Fall involviert?«

Daan sah sie an. »Willst du mit uns fahren?«

Charlotte sah auf ihre Armbanduhr, überlegte eine Sekunde und entschied sich. »Ich nehme die Fähre!«

»Na, dann immer eine Handbreit Wasser unterm Kiel!« Jonna grinste wie ein Fischer, der ein Netz voller glänzender Dorsche einholte.

Charlotte schlenderte den Weg von Cullmanns Haus zum Anleger Finkenwerder. Jonna hatte sofort durchschaut, dass Charlotte mit den Ermittlungen begann. Sich ein eigenes Bild vom potenziellen Tatort zu machen, gehörte dazu. Sie hoffte nur, dass Tom nicht mit dem Fall befasst war. Das würde alles verkomplizieren.

Langsam setzte sie einen Fuß vor den anderen, ließ den Blick über die Straße schweifen und sog die Atmosphäre des Nachmittags in sich auf. Cullmanns Haus lag in einer Reihe mit anderen Häusern und doch seltsam abgeschottet.

Ein Pärchen kam ihr entgegen und musterte sie neugierig. Erkannten sie, dass Charlotte nicht hierhergehörte? Kannte hier jeder jeden? Unmöglich, es lebten doch sicher Tausende Menschen in diesem Stadtteil.

Der Mann streifte wie zufällig ihren Arm, und Charlotte zuckte unwillkürlich zusammen. Nicht wegen der Berührung, sondern weil sie für einen Moment den Duft seines Aftershaves in der Nase hatte.

Es war dasselbe Parfüm, das Daniel immer getragen hatte.

Sie hasste ihn.

Den Duft. Und Daniel.

Ihr Ex-Freund, Vater ihrer Tochter Nathalie und ein Psychopath, wie er im Buche stand. Ein Kerl, der aus gekränkter Eitelkeit ihr Leben und das ihrer Tochter bedrohte. Der sie in Angst und Schrecken versetzte.

Nun war alles vorbei.

Seit Monaten war Ruhe.

Tom hatte … schon wieder Tom. Sie schüttelte unwirsch den Kopf. Tom hatte herausgefunden, wo Daniel abgeblieben war, nachdem Charlotte mit ihrer Tochter wieder in ihre eigene Wohnung zurückgezogen war.

Nie würde sie vergessen, wie Tom ihr gegenübergestanden und mit leiser Bewunderung verkündet hatte, was in Wahrheit eine Straftat war. Jemand hatte Daniel ein Knie so schwer zertrümmert, dass er seit dieser Nacht im November letzten Jahres im Rollstuhl saß. Daniel hatte ausgesagt, dass er in einem Club betäubt worden sei und sich an nichts erinnern könne. Er sei erst wieder im Krankenhaus aufgewacht. Passanten hatten ihn hilflos auf dem Bürgersteig aufgefunden. Es blieb unklar, ob er jemals wieder würde laufen können. Die Täter waren flüchtig. Laut Tom gab es keine neuen Ermittlungsansätze.

Charlotte fühlte eine seltsame Mischung aus Erleichterung und Schuld. War sie für Daniels Verletzungen verantwortlich?

Sie hatte damals Adas Vorschlag angenommen. Das Angebot ihrer besten Freundin aus Kindheitstagen, einem geheimen Netzwerk von Frauen beizutreten, die sich um die Probleme der von Männergewalt erschöpften Frauen kümmerten.

Anonym und geheim.

Und illegal. Kriminell. Strafbar.

Und sie war eine Polizistin.

Charlotte hatte es nicht glauben können, als Ada sich ihr damals offenbart hatte. Sie hatte nicht viel wissen wollen, als Kripobeamtin überschritt sie damit eine rote Linie. Ahnungslos zu bleiben, beruhigte ihr Gewissen insoweit, als dass sie nicht vor Sorge um Ada ausflippte.

Nun war Daniel schwer verletzt, und Charlotte ahnte, dass sich seine Wut potenziert hatte, obwohl er sich nie wieder bei ihr gemeldet und keine Drohbotschaften mehr hinterlassen hatte.

Würde sie je erfahren, was genau geschehen und wer dafür verantwortlich war? Wollte sie das überhaupt wissen?

Sie würde sich im Netzwerk revanchieren müssen! Einer anderen Frau beistehen. Was würde von ihr verlangt werden?

Sie seufzte und versuchte, sich auf den Weg zu konzentrieren, weil der Gedanke an ihren Ex vor allem Schuldgefühle und Angst schürte.

Sie war am Anleger Finkenwerder angekommen und schlenderte die Rampe hinunter auf den Ponton. Dort standen Touristen mit Kindern und Hunden, die voller Vorfreude auf die Fähre warteten. Die Elbe lag ruhig vor ihnen, gegenüber war nur grüne Böschung zu sehen.

Charlotte stieg mit den Urlaubsgästen über die Rampe ins Schiff, und im Gegensatz zur Masse strebte sie nicht sofort die Treppe hoch auf das Oberdeck, sondern sah sich zunächst in dem geschlossenen Gastraum um.

Hier hatte Melanie Cullmann angeblich auf einer der Stuhlreihen gesessen und sich unwohl gefühlt. Hier hatte sie ihren Mann angeschrieben und darum gebeten, abgeholt zu werden. Was war passiert? Charlotte fand keinen Zugang dazu. Alles lag offen und harmlos vor ihr. Leere Sitzreihen. Keine Nischen. Nur eine Tür zur Toilette.

Sie wandte sich wieder dem Ausgang zu. Hatte Melanie Cullmann hier gestanden und die letzten Meter kaum noch erwarten können, bis sie auf Finkenwerder ankam? Die Rampe war eingezogen, es ging nur die Treppe hinauf auf das Oberdeck oder zurück in den Fahrgastraum.

Charlotte stieg nach oben. War die Frau vom Oberdeck gesprungen? Möglich wäre es. Sie nahm sich vor, den Schiffsführer danach zu fragen, ob es jemals vorgekommen war, dass jemand freiwillig von der Fähre gesprungen war. Dass Betrunkene schon mal im Übermut über Bord sprangen, konnte sich Charlotte eher vorstellen.

Die *Altenwerder* glitt ruhig durch das Wasser, nur die Bugwelle machte leise schwappende Geräusche. Wie kalt mochte die Elbe derzeit sein? Und wie stark die Strömung?

Sie nahm sich vor, Jonna zu bitten, Tom danach zu fragen.

Ach, Tom. Sie hatte ihn seit der Hochwassernacht kaum gesprochen. Seit der Nacht, in der sie zu ihm nach Hause gefahren war, um seine vermisste Ehefrau zu suchen. Seit sie gesehen hatte, wie fest er sie in die Arme geschlossen hatte.

Da wusste sie Bescheid.

Sie hatte sich geirrt.

Sie hatten keine Gefühle füreinander. Durften sie auch nicht. Er war verheiratet, und sie hatte andere Sorgen. Dabei hätte sie ihm so gerne von ihren Schuldgefühlen erzählt. Von Adas Netzwerk. Aber sie hatte seine Nachrichten kurz und knapp, nichtssagend und distanziert abgebügelt. Nach ein paar Wochen hatte er aufgegeben. Sie wollte weder ihn noch sich selbst in Versuchung führen. Das brachte nichts.

Sie ermahnte sich, sich wieder auf den Fall zu konzentrieren. Was war Melanie Cullmann zugestoßen?

Die Überfahrt verlief ruhig und ohne müde Kalauer seitens des Schiffsführers. Nur die Lautsprecheransage vom Band *Zurückbleiben, bitte! Attention, stay back* beim An- und Ablegen sowie das Glitzern des Wassers begleiteten sie.

Nach Finkenwerder stoppte die Fähre am Bubendey-Ufer. Von Google erfuhr Charlotte, dass der historische Backsteinbau die Lotsenstation Seemannshöft beherbergte. Das Betriebsgebäude der gut sechzig Hamburger Hafenlotsen. Im Turm des beeindruckenden Bauwerks war eine Pegelangabe weithin sichtbar: *F 31*. Die Flut stand einunddreißig Zentimeter über Normalhöhennull.

Unmittelbar daneben erhob sich ein lang gezogener, moderner Flachbau, der sich an den Rand der kleinen Landzunge schmiegte. Dieser unscheinbare Bau war die Heimat der Nautischen Zentrale, dem unsichtbaren Nervenzentrum des Hafens. Auf dem Dach ragten die Radaranlagen wie stählerne Wächter in die Luft, begleitet von der Antenne der AIS-Landstation, deren Funksignale den gesamten Schiffsverkehr überwachten. Hier, in der Zentrale, wurde jeder Meter der Elbe genauestens beobachtet. Von dieser Kommandozentrale aus koordinierte man die Bewegungen aller Schiffe, von gewaltigen Containerriesen bis zu kleinen Schleppern, die ihren Weg durch das Labyrinth von Wasserstraßen und Liegeplätzen suchten. Jedes einlaufende Schiff wurde auf den Bildschirmen erfasst und mit Präzision durch den Hafen geleitet.

Den Rest der Fahrt über Övelgönne, Dockland, Altona (Fischmarkt) und Sankt-Pauli-Landungsbrücken genoss Charlotte die Fahrt über das Wasser, die Sonne und die langsam einsetzende Kühle der Frühlingsluft.

An den Landungsbrücken rumpelte die Fähre an den Ponton, die Rampe wurde mit leisem Piepen heruntergelassen, und die Menschen strömten von der *Altenwerder* herunter. Auch Charlotte musste kurz aussteigen. Auf dem Ponton herrschte Hochbetrieb, und massenhaft Touristen schoben sich durch den Duft von frischem Fisch und knusprigen Pommes den Ponton entlang auf die verschiedenen Schiffe zu. Charlottes Magen knurrte und erinnerte sie daran, dass sie seit dem Frühstück noch nichts gegessen hatte. Leider reichte die Zeit nicht, um sich ein Fischbrötchen zu kaufen, bevor der Skipper die Fähre erneut zum Besteigen freigab. Sie fuhr die gleiche Strecke wieder zurück, ihr Auto stand ja noch auf Finkenwerder.

Das Bugstrahlruder arbeitete lautstark, als die Fähre sich von dem Ponton wegdrückte. Möwen kreischten empört dazu, da sie nicht gefüttert worden waren. Charlotte hatte vollstes Verständnis für die hungrigen Mäuler.

Als sie am Museumshafen Övelgönne stoppten, riss sie sich vom Anblick der historischen Schiffe los, um die wenigen Stufen zum Ruderhaus hinaufzugehen und zu klopfen. Sie hielt ihren Polizeiausweis hoch, um dem Schiffsführer zu signalisieren, dass sie in offizieller Mission unterwegs war. Sie öffnete die Tür und stellte sich und ihr Anliegen kurz vor.

Momente später konnte sie ihr Glück kaum fassen, dass der Skipper derselbe war, der die Fähre in der letzten Nacht gesteuert hatte. Er hatte die Spätschicht eines erkrankten Kollegen übernommen, um zusätzliches Geld zu verdienen, obwohl er heute Morgen um fünf Uhr schon wieder auf der Brücke stehen musste.

»Ein tolles Verkehrsmittel!«, sagte Charlotte und genoss den Blick auf die Elbe. Die Fähre wand sich zwischen den großen Frachtschiffen, die in den Hafen einliefen oder langsam hinausglitten, hindurch.

»Stau gibt's bei uns nicht«, brummte der Skipper, »nur wenn die Elbe gesperrt wird, weil ein Containerschiff zum Anlegen gedreht werden muss. Dann müssen auch wir warten.«

»Ich wusste gar nicht, dass die Hafenfähren so wichtig sind?«

»Acht Linien, zwanzig Haltestellen, über fünfundzwanzig Fähren. Wir transportieren mehr als neun Millionen Passagiere pro Jahr.«

Charlotte hörte den Stolz in seiner Stimme und nickte ihm anerkennend zu. Dann deutete sie auf den großen Monitor, der verschiedene Ecken der Fähre überwachte.

»Hier ist alles kameraüberwacht. Ich hätte doch gesehen, wenn jemand über die Reling geklettert wäre!« Er rechtfertigte sich, bevor Charlotte auch nur eine Frage formuliert hatte. »Kein Streit, kein Geschrei, keine Unruhe unter den Fahrgästen. Es war alles in Ordnung!«

»Aber irgendetwas ist der Frau zugestoßen …« Charlotte dachte weiter. »Werden die Aufnahmen gespeichert?«

Er schüttelte heftig den Kopf. »Es war kein Mord!« Der Skipper schlug auf die Armlehne. »Ich hätte es doch gemerkt? Ich kann nicht immerzu auf die Monitore starren. Ich muss fahren – es war dunkel. Wozu sollten wir die Aufnahmen speichern?«

»Niemand hat Sie beschuldigt!«, sagte Charlotte. »Ich möchte nur verstehen, was passiert sein könnte!«

Der Skipper seufzte tief. »Ich habe die ganze Nacht darüber gegrübelt, nachdem die Polizei mich aus dem Bett geklingelt hat. In all meinen Jahren ist noch nie ein Fahrgast zu Schaden gekommen. Und jetzt ist sie tot.«

Charlotte schwieg, ließ ihm Raum. Sie hörte seine Sorge, doch es brachte nichts, ihn vorschnell zu beruhigen. Sie musste herausfinden, ob jemand Melanie Cullmann unbemerkt über Bord gestoßen haben konnte. »Was denken Sie, was passiert ist?«, fragte sie schließlich.

»Die Passagiere werden elektronisch gezählt«, murmelte er. »Am Ende meiner Schicht fehlte eine Person. Ich dachte an einen Irrtum. Die Technik ist nicht unfehlbar. Vielleicht war sie auf dem Oberdeck oder am Fuße der Treppe? Da ist die Reling niedrig, und wenn sie springen wollte …« Er sah Charlotte an.

Sie nickte. Melanie Cullmann war nicht lautstark bedroht worden, sie hatte nicht um Hilfe gebeten. Trotzdem hatte sie ihrem

Mann geschrieben, dass sie sich unwohl fühle. Charlotte kannte das Gefühl nur zu gut, wenn in der Dunkelheit die Unsicherheit wuchs, jedes Geräusch, jeder Schatten eine Geschichte erzählte, die selten harmlos war. Hatte Melanie Cullmann eine stille, unheimliche Präsenz gespürt? Ein leises Flüstern im Kopf, das ihr sagte, sie müsse wachsam bleiben? Hatte sie eine vage Angst empfunden, die schwer zu fassen war, weil sie in einem Graubereich lag zwischen dem, was real war, und dem, was sein könnte? War ihr jemand gefolgt? War sie aufgestanden und zur Rampe gegangen, um schneller als alle anderen von der Fähre herunter und in die Arme ihres Ehemannes zu gelangen?

Charlottes Gedanken wurden jäh unterbrochen, als sich die Fähre voraus Finkenwerder näherte und sie auf dem Anleger Fred Cullmann erkannte. Was wollte er auf der Fähre?

»Darf ich noch einen Moment bei Ihnen bleiben? Ich störe Sie auch nicht länger.«

Der Skipper brummte etwas Unverständliches und legte das Schiff routiniert an den Anleger. Sie beobachtete, wie die hydraulische Rampe langsam heruntergelassen wurde und mit lautem Rattern auf dem Ponton aufschlug. Die Passagiere verließen die Fähre eiligen Schrittes, und noch bevor der letzte Gast von Bord war, drängten die neuen Fahrgäste die Rampe hinauf. Fred Cullmann war mitten unter ihnen. Er ging die Sitzreihen im Innern der Fähre ab und sprach einen Fahrgast nach dem anderen an. Was hatte er vor?

Charlotte machte den Skipper auf Cullmann aufmerksam. »Kennen Sie diesen Mann?«

Der Schiffsführer kniff die Augen zusammen und beugte sich näher zum Monitor. »Nee, nie gesehen.«

»Ich danke Ihnen! Sie müssen Ihre Aussage noch schriftlich bei der Polizei hinterlegen, aber Sie haben nichts zu befürchten, machen Sie sich keine Sorgen!«

Er kniff die Lippen zusammen, und es tat Charlotte leid, dass er sich so verantwortlich für Melles Tod fühlte.

Sie stieg langsam die Treppe in den Fahrgastraum herunter und blieb hinter Fred Cullmann stehen.

»Waren Sie gestern Nacht auf dieser Fähre? Haben Sie etwas Seltsames bemerkt? Einen Streit gehört?«

Charlotte hörte den flehenden Klang in seiner Stimme, doch die anderen Fahrgäste konnten mit seinen Fragen nichts anfangen, fühlten sich unwohl und schüttelten stumm die Köpfe, als er ihnen ein Foto seiner Frau hinhielt.

Als er sich umdrehte und Charlotte erkannte, kniff er die blutunterlaufenen Augen zusammen. »Sie schon wieder. Folgen Sie mir etwa?«

»Kommen Sie, setzen wir uns dort hinten einen Moment hin. So bringt Ihre Befragung doch nichts. Es werden nicht dieselben Pendler sein wie gestern Abend. Das sind Touristen.«

Cullmann ließ sich auf einen Sitz fallen wie ein müder Boxer nach dem letzten Gongschlag. Sein Kopf neigte sich schwer nach vorn, als könne er die Welt und ihre unbarmherzigen Wendungen nicht länger ertragen.

»Was machen Sie hier?«, fragte er.

»Ich habe mir die Fähre angesehen.« Ein kurzes Zögern. »Den Weg, den Ihre Frau genommen hat.«

Sein Kopf schnellte hoch, Hoffnung blitzte in seinen Augen. »Sie glauben mir?«

Charlotte schürzte die Lippen. »Es ist möglich. Ich habe mit dem Schiffsführer gesprochen. Ihm ist nichts aufgefallen! Es gibt zwar Monitore, doch er hat nicht ständig draufgeschaut. Wenn Ihre Frau freiwillig gesprungen sein sollte, hat er es jedenfalls nicht bemerkt. Und niemand hat aufgeschrien oder ihm Bescheid gesagt, dass etwas Ungewöhnliches vor sich gegangen ist.«

»Sie wurde gestoßen!«

»Das kann nur von der Treppe oder dem Oberdeck passiert sein.«

Er nickte, seine Augen verengten sich. »Sie wäre nie aufs Oberdeck gegangen. Ich habe ihr gesagt, sie soll bei den Pendlern bleiben.« Sein Blick wanderte umher. »Wenn überhaupt, hat sie an der Rampe …« Er deutete mit der Hand nach vorne. »Dort, bei der Treppe. Sie wollte so schnell wie möglich runter von der Fähre, oder?«

»Ich werde veranlassen, dass die Polizei die nächsten Nächte mit der Fähre fährt und Pendler befragt.«

»Wenn es Hafenarbeiter waren, haben sie nicht jeden Tag Spätschicht.«

»Dann müssen wir etwas Geduld haben.«

»Sie sind anders«, sagte er.

Charlotte hob eine Augenbraue.

»Sie sind keine Schreibtischtussi. Sie …«, er zeigte auf ihre Narbe, die sich vom Wangenknochen zu ihrem Kinn zog. »Sie stecken mittendrin, statt sich rauszuhalten.«

Charlotte lachte. »Danke, das nehme ich mal als Kompliment.« Sie fuhr sich unwillkürlich mit dem Finger über die Linie. »Das war der Vater meiner Tochter. Ein Psychopath. Da hätte ich mich lieber rausgehalten.« Sie wunderte sich über sich selbst. Warum erzählte sie das einem Fremden?

Cullmann nickte langsam. »Vor langer Zeit war es mein Job, Frauen zu beschützen. Bei mir hätten Sie diese Narbe nicht bekommen.« Er lachte bitter. »Oder vielleicht doch. Meine Frau konnte ich nicht schützen.«

»Haben Sie eine Ahnung, wer das getan haben könnte?«

»Das hat die Kommissarin mich auch gefragt. Melle hatte keine Feinde.«

Charlotte antwortete nicht sofort. »Sie haben in einem Club gearbeitet? Wo war das?«

»Das ist lange her. Ich war jung, wild und brauchte das Geld.« Sein Lächeln fiel kläglich aus. »Keine Vergangenheit, auf die ich stolz bin.«

»Und wenn es Ihre Feinde waren, und nicht die Ihrer Frau?«

KAPITEL 9

Das letzte Mal, dass Jonna im WSPK 2 gestanden hatte, herrschte im Lagezentrum im ersten Stock kontrolliertes Chaos. Telefone hatten unaufhörlich geklingelt, und das Flimmern der Bildschirme hatte steigende Pegelstände und Einsatzorte angezeigt. Zwischen dem Kaffeeduft, der sich wie ein Schutzschild über alles gelegt hatte, wehte damals eine Mischung aus Erwartung und Sorge, die die Luft schwer machte. Nervöse Anspannung war in jedem Gespräch, jedem Blick und jeder Bewegung zu spüren gewesen. Von draußen hatte der Regen gegen die Fenster gepeitscht, als wolle der Sturm das Gebäude mit einem Strich wegfegen.

Heute war alles anders.

Die Nachmittagssonne ließ das Wasser hinter dem Anleger blau und unschuldig glänzen, was Jonna, die vor dem Gebäude stand, gut sehen konnte, da das Revier auf Stelzen gebaut war.

Das schwere Streifenboot legte am Anleger an, und Jonna erkannte Tom sofort. Ein Schauer lief ihr über den Rücken, als sie daran dachte, dass sie schon wieder mit einem neuen Fall hier war.

Sie schlenderte um den Bau herum zum Anleger und sah, wie vorn und achtern je ein Wasserschutzkollege die Leinen über die Poller legten. Tom stand im Ruderhaus, um den Mast des Bootes hydraulisch abzuklappen. Er hatte ihr mal erklärt, dass dies eine Vorsichtsmaßnahme war, da sie häufig von der Wache zuerst in die Ellerholzschleuse einbogen, und für die war der Mast zu hoch. Wenn man nun in der Hektik des Einsatzes vergaß, den einzufahren … das konnte Jonna sich lebhaft vorstellen.

Sie winkte Gunnar Wagner zu. Er und ein junger Kollege kamen bereits auf sie zu, während Tom sie noch nicht entdeckt hatte.

Wagner war bei den Ermittlungen an Bord der *Global Endeavour* dabei gewesen, und es war schön, immer mehr bekannten Gesichtern bei der Wasserschutz zu begegnen.

»Besuchst du uns, oder bekommen wir wieder einen großen Fall?« Wagner legte den Finger gleich in die Wunde.

Jonna verzog verlegen den Mund. »Beides?«

»Cool! Wir sind dabei.« Wagner boxte dem jungen Mann so heftig gegen den Arm, dass der einen Schritt zur Seite stolperte. »Unser Seemännchen hier fährt dich gern überallhin, das gibt ordentliche Einsatzpunkte für sein Praktikumsheft.«

Jonna schmunzelte, als rote Flecken den Hals des Angesprochenen überzogen.

Jetzt verließ auch Tom das Boot und kam ihr mit schnellen Schritten entgegen. »Jonna! Da bist du ja schon!« Er zog sie in eine stürmische Umarmung. »Mein Revierleiter höchstpersönlich hat mich gerade angerufen – wir mischen bei deiner Wasserleiche mit!« Ein breites Grinsen breitete sich auf seinem Gesicht aus.

»Da schwimmt eine Leiche im Wasser, und du freust dich auch noch drüber! Brummelst du nicht ständig, dass dein Hafen ein Biotop der Harmonie ist?«

»Erzähl!«

Und das tat sie. Bei einer Tasse Kaffee in Toms Büro berichtete Jonna ihm über den Fund der Frauenleiche, der Begegnung mit Johann *Schrotti* Hansen und der ersten Aussage des Ehemanns der Toten, Fred Cullmann. Sie ließ weder Cullmanns beleidigte Reaktion auf ihre Suizid-Hypothese aus noch die Tatsache, dass er Charlotte, Daan und sie quasi rausgeschmissen hatte.

Tom lehnte sich in seinem Schreibtischstuhl zurück, hörte aufmerksam zu, erst als sie Johann Hansen erwähnte, zog sich seine Stirn in Falten, doch er unterbrach sie nicht.

»Du kennst also den Schrotthändler! Was hältst du von ihm?«

»Viele kennen Schrotti.« Er senkte den Blick und rührte mit dem Löffel in seinem Becher. »Er ist … na ja, nicht der geselligste Mensch. Das liegt an all dem, was er durchgemacht hat. Wenn du mehr über ihn wissen willst, erzähle ich dir alles, aber sag mir noch mal den Namen der Toten.«

»Melanie Cullmann. Ihr Ehemann ist Fred Cullmann.«

»Nie gehört!«

»Sie hat auf dem Containerterminal Eurocon als Disponentin gearbeitet. Sie war verantwortlich für die Staupläne an Bord und an Land.«

Tom nickte nachdenklich, und Jonna bemerkte, dass mehr in seinem Kopf vorging, als er preisgab. Hoffentlich rückte er bald mit der Sprache heraus.

»Komm, lass uns sofort zum Terminal fahren«, sagte er entschlossen und stellte seinen Becher ab. »Über Schrotti sprechen wir später, der läuft uns nicht weg.«

Kurz vor dem Eingang zum Terminal schaltete Tom das Blaulicht ohne Signalhorn ein und verlangte Jonnas Dienstausweis.

Der Wachmann stand schon an der Schranke.

»Moin. Ist was passiert?«

Tom hielt dem Mann ihre Ausweise hin, als ob der Streifenwagen nicht genug Hinweis auf ihre Identität wäre. »Wir sind auf dem Weg in die Verwaltung. Kündigen Sie unser Kommen auf keinen Fall an! Wir fahren direkt durch.«

Jonna amüsierte sich über Toms strengen Tonfall, der seine Wirkung nicht verfehlte. Der Wachmann warf zwar einen Blick auf die Ausweise und murmelte »Kripo?«, öffnete aber die schwere Schranke, ohne eine Antwort abzuwarten.

»Ich liebe es, wenn du streng wirst!«

Tom grinste. »Das Eurocon-Terminal ist eines der vier großen

Containerterminals in Hamburg. Hier werden jährlich zwölf Millionen TEU, also 20-Fuß-Standardcontainer, umgeschlagen. Ein Big Player! Die Container aus aller Welt werden von hier per Bahn, Lkw oder auf Binnenschiffen weitertransportiert. Hier hat Sicherheit oberste Priorität.« Er stoppte vor einem hohen Gebäude. »Wissen die Arbeitskollegen überhaupt schon über den Tod von Melanie Cullmann Bescheid?«

Jonna schüttelte den Kopf. »Von uns nicht.« Sie kurbelte das Fenster herunter und atmete tief durch. Es roch nach dem metallischen Aroma von rostigem Stahl der bunten Stahlboxen, die überall aufgetürmt standen wie Legosteine.

Auf ihr Klingeln wurde ihnen die Tür zu einem Großraumbüro von einem jungen Mann im dunkelblauen Anzug und viel Gel in den blonden Haaren geöffnet.

»Polizei?«

Tom lächelte freundlich. »Wir müssen den diensthabenden Logistikmanager sprechen.«

»Haben Sie einen Termin?«, fragte der Mann mit ernster Stimme. »Worum geht es denn?«

»Wir brauchen keinen Termin«, erwiderte Tom und lächelte stoisch weiter. »Und Sie sind?«

Erstmals wirkte der junge Mann nicht mehr ganz so forsch.

»Benjamin Unger. Äh, einen Moment, ich sage Bescheid. Warten Sie bitte hier.« Er schloss die Tür vor ihnen, und Jonna freute sich schon darauf, dass Tom einen Fuß zwischen die Tür stellte, was er aber leider nicht tat. »Hübscher Junge«, kommentierte sie und hob die Augenbrauen.

»Findest du? Eine Art Lieblingsschwiegersohn?«

Jonna lachte und wollte erwidern, dass sie ja nicht mal eine Tochter hätte, als die Tür aufgerissen wurde. Ein Mann in den Fünfzigern stand mit sorgenvoller Miene in der offenen Tür.

»Ist etwas passiert?«

»Sind Sie der Vorgesetzte von Melanie Cullmann?«, fragte Jonna. »Wir bitten Sie, uns hereinzulassen. Es ist wichtig!«

Er nickte. »Melanie hat heute keinen Dienst. Hat sie etwas angestellt?«

Er ließ sie in das Großraumbüro eintreten und ging voraus in sein angrenzendes Büro, was zwar voll verglast war, aber eine Tür hatte, die er hinter ihnen schloss.

»Ich bin Otto Timmermann.« Er setzte sich in seinen Schreibtischstuhl und wies auf die beiden Stühle vor ihm.

Jonna ließ sich ebenfalls nieder. »Mein Name ist Jacobi, ich bin vom Landeskriminalamt. Ich muss Sie leider darüber informieren, dass Ihre Angestellte Melanie Cullmann tot aufgefunden wurde.« Wie sie es von Charlotte gelernt hatte, hielt sie die Stille aus, die dieser schrecklichen Nachricht folgte, und versuchte nicht, die unangenehme Pause mit Worten zu füllen.

Der Mann erbleichte, blies die angehaltene Luft hörbar aus und lehnte sich in seinem Stuhl zurück.

»Das ist ein Scherz? Das ist unmöglich! Melle … sie war doch gestern Abend noch hier! Was ist passiert? Ein Autounfall?«

Jonna schüttelte den Kopf. »Sie wurde in einem Elbkanal bei Finkenwerder gefunden.« Sie beobachtete den Mann, der womöglich noch blasser wurde. »Wir brauchen einige Antworten, um zu verstehen, was geschehen ist.«

»Melle ist unsere beste Mitarbeiterin. Ganz klar! Ich …« Er rieb sich mit der Hand über die Stirn und lehnte den Kopf dagegen. »Ich fasse es nicht! Melanie? Wir brauchen sie. Sie ist … Scheiße … ist sie wirklich tot?«

»Was genau war die Aufgabe von Frau Cullmann?«, mischte Tom sich ein.

Der Mann schüttelte weiter ungläubig den Kopf. Die Nachricht brachte ihn aus der Fassung.

»Sie plant und erfasst die Be- und Entladung der Container von den Schiffen mit allem, was dazugehört.« Er wedelte mit der Hand. »Kommunikation mit Schiffsagenten, Transportunternehmen, Zoll, Polizei und unseren eigenen Abteilungen. Sie sorgt dafür, dass alle Sicherheitsvorschriften und Richtlinien eingehalten werden.« Ihm versagte beinahe die Stimme. »Sie kennt jede noch so seltene Stauvorschrift, gerade bei den Gefahrgutcontainern. Sie weiß, wo die explosiven oder hochbrennbaren Stoffe gelagert werden müssen und wie man sie im Ernstfall von Bord bekommt. Sie … sie weiß einfach alles!« Er räusperte sich. »Melle ist unsere beste Disponentin. Sie arbeitet seit Jahren bei uns. Sie hat als Van-Carrier-Fahrerin auf dem Terminal begonnen. Jeder kennt sie. Jeder mag sie. Sie hätte schon lange ins Management wechseln können, aber das wollte sie partout nicht. Sie war glücklich mit ihrem Job.« Er lockerte mit fahrigen Händen seine Krawatte, als bekäme er nicht mehr genug Luft. »Wer kann das schon von sich sagen? Sie war immer gut gelaunt, beliebt, kollegial …«

»Hatte sie mit niemandem Konflikte? Keine Sorgen?«, fragte Tom.

Der Mann sah ihn bekümmert an. »Nein, sie war … die Seele in diesem Laden.« Er wies mit einer ausladenden Geste auf das Großraumbüro. »Wie erkläre ich das den Kollegen?«

Jonna neigte den Kopf. Sie konnte sich vorstellen, dass das keine leichte Aufgabe war. »Wirkte Frau Cullmann verändert in der letzten Zeit?«

Timmermann schüttelte den Kopf, bevor Jonna den Satz zu Ende gesprochen hatte. »Nein, nein … Sie können die Kollegen fragen, hier ist alles in Ordnung. Warten Sie …«

Er sprang auf und riss die Tür zum Großraumbüro auf. »Benjamin, komm mal!«

Durch die offene Tür drangen das schrille Klingeln der Telefone, rhythmisches Tastaturgeklapper und gedämpfte Gespräche wie ein leises Hintergrundrauschen zu ihnen.

Der gegelte Blonde in dem schicken Anzug schnellte von seinem Schreibtischstuhl hoch, als hätte jemand plötzlich den Startschuss zu einem Rennen gegeben.

Sekunden später haute ihm Otto Timmermann wenig empathisch die Todesnachricht um die Ohren. »Erzähl der Polizei etwas über unser Betriebsklima. Über Melanie …«, forderte er. »War sie anders als sonst?«

»Natürlich, ich werde mein Bestes tun, um zu helfen!«, stotterte Unger und trat verunsichert einen Schritt zurück.

»Gab es Probleme bei der Arbeit?«, fragte Jonna.

Als ob er plötzlich keine Kraft mehr hatte, lehnte er sich gegen die Wand und starrte auf seine Hände.

»Sie hat gestern einen Fehler gemacht, das hat sie gestresst. Sie hat einen Container falsch geroutet, aber das … war kein Problem … ich habe es bemerkt, und wir konnten es heilen. Sie ist dann nach Hause.«

»Warum weiß ich nichts von diesem Fehler?«, bellte Timmermann.

»War ja alles längst geklärt. Ich hab ihr geholfen, kein Ding!«

»Wissen Sie, wie Frau Cullmann von hier weggekommen ist?«

»Sie hat gesagt, sie geht rüber zum *Duckdalben*. Der Seemannsclub hat nachts geschlossen, aber da stellt sie ihr Fahrrad ab und fährt von dort zum Fähranleger.« Er schüttelte fassungslos den Kopf. »Ich mag mir gar nicht vorstellen, dass der Fehler sie so mitgenommen hat, dass sie …«

»Ist die Tage davor noch irgendetwas Ungewöhnliches vorgefallen? Gab es etwas, was Frau Cullmann zusätzlich zu diesem Fehler belastet haben könnte?«

Benjamin Unger schüttelte vehement den Kopf. »Nicht, dass ich wüsste.« Er zeigte mit ausladender Geste auf das Großraumbüro. »Wir arbeiten eng zusammen.«

»Hm, Sie haben Melanie also als Letzter lebend gesehen?«

»Ich konnte doch nicht wissen, dass sie sich etwas antun will.«

Er sah sie so erschrocken an, dass Jonna ein Einsehen hatte.

»Nein, natürlich nicht. Wann sind Sie nach Hause gegangen?«

»Fragen Sie mich nach meinem Alibi? Ich dachte, so was gibt es nur im Fernsehen!«, krächzte er. »Ich war noch bis kurz vor elf hier, hab ein Schiff für heute vorbereitet.«

»So lange?«

»Checken Sie an meinen Log-in-Daten und Mails im Computer. Ich arbeite gerne abends allein!« Er warf seinem Chef einen Hilfe suchenden Blick zu.

Jonna wandte sich an Timmermann, der eifrig nickte.

»Und Sie?«

»Ich denke, Melle ist ins Wasser gegangen, ne? Ich war zu Hause, bei meiner Frau und den Kindern.«

»Wir wissen noch nicht genau, was passiert ist, aber danke für Ihre Auskünfte. Zeigen Sie uns bitte den Arbeitsplatz von Frau Cullmann?«

»Was machen wir denn mit ihren Sachen?«, fragte Unger. »Soll ich die ihrem Mann nach Hause bringen?«

»Sie kennen Fred Cullmann?«

»Vielleicht will er nicht extra dafür herkommen. Ich helfe ihm gerne!«

»Das klären Sie am besten mit ihm selbst. Wir schauen uns schnell noch ihren Arbeitsplatz an, und dann sind Sie uns auch schon wieder los.«

»Wie erkläre ich den Leuten denn, was passiert ist?«, wiederholte Timmermann betroffen. »Wie soll ich …? Ich hab noch nie …«

»Ich übernehme das!«, bot Jonna an.

Als Jonna die Stimme erhob, sich vorstellte und die Nachricht vom Tod Melanie Cullmanns wie einen bitteren Schauer über die Köpfe der Mitarbeiter rieseln ließ, ging ein kollektives Einatmen durch den Raum. Einige der Männer sanken in ihre Stühle zurück, andere hielten sich an der Tischkante fest, als könnten sie sonst den Boden unter den Füßen verlieren. Zwei Frauen fingen an zu weinen.

Otto Timmermann fand doch noch ein paar Worte für seine Mitarbeiter. »Wir müssen jetzt zusammenhalten«, sagte er und sah in die Runde. »Wenn jemand von euch Unterstützung braucht oder eine Auszeit, dann zögert nicht, es zu sagen. Wir finden schon eine Lösung, auch wenn die Arbeit ja irgendwie weitergehen muss.«

Jonna nickte ihm zu, und die Worte klangen in der Stille nach. Für einen Moment schien es, als würde die Last des Schocks etwas leichter werden, doch im gleichen Atemzug klingelte ein Telefon.

Der Apparat auf Melanie Cullmanns Schreibtisch.

KAPITEL 10

Die Reaktion von Melanie Cullmanns Kollegen hatte Bände gesprochen. Niemand mochte sich eine Selbsttötung vorstellen, und keiner hatte irgendwelche Probleme bemerkt.

Die Überprüfung ihres Arbeitsplatzes hatte ebenfalls nichts Interessantes zutage gefördert, und um ihren Computer genauer zu untersuchen, brauchte Jonna eine richterliche Genehmigung, die sie mit der noch ungeklärten Todesursache sicher nicht bekäme.

Tom hatte vorgeschlagen, an eine der Kaffeeklappen im Hafen zu fahren, um noch schnell einen Happen zu essen, bevor sie um vier Uhr schlossen. Jonna hatte gerne angenommen.

»Merkwürdig!«, sagte sie, als sie vor der kleinen Tafel standen, auf der die Tagesgerichte aufgeführt waren.

»Wieso? Das klingt doch ganz lecker.«

»Du!«

Tom runzelte die Stirn.

»Du verheimlichst mir etwas«, insistierte sie. »Das kenne ich gar nicht von dir. Spuck's aus, ich will nicht länger warten.«

Tom lächelte und entschied sich für die Currywurst. Jonna schloss sich ihm an.

Sie gingen an einen der wenigen Stehtische, der noch dazu etwas abseits stand. Sie schwiegen, da unablässig Lkw vorbeidonnerten und das Geräusch ihrer Motoren sich mit dem Knarzen der Container vermischte, die sie geladen hatten. Der Hafen war nur nachts stiller, und doch hatte Tom das Gefühl, dass der Lärm tröstlich war, wie eine vertraute Melodie, die ein Schweigen überbrücken konnte.

Er kramte sein Handy hervor und sah, dass der Fund der Leiche bereits groß in der Presse aufgemacht wurde. Selbst Fotos vom Abtransport im Leichenwagen gab es.

»Schau mal«, er hielt Jonna das Handy hin. »Die Aasgeier fabulieren sich schon wieder eine Story zusammen. Wenn wir wüssten, dass es sicher ein Suizid war, könnten wir sie stoppen, aber so …«

Sie zuckte mit den Schultern und sah sich stattdessen interessiert um. Am Nebentisch schaufelten zwei Hafenarbeiter im Blaumann mit Plastikgabeln den Kartoffelsalat in sich hinein, als hätten sie seit Tagen nichts mehr zu essen bekommen.

»Wieso heißt das eigentlich Kaffeeklappe? Hier trinkt niemand Kaffee«, sagte sie, nachdem der nächste Lkw durchgedonnert war.

»Kaffeeklappen haben eine lange Tradition. Ende des neunzehnten Jahrhunderts wuchs der Hafen immer schneller, die Schiffe wurden größer, und die Hafenarbeiter hat man in immer entlegenere Hafengebiete gebracht. Da hatte niemand Zeit, zum Mittagessen nach Hause zu gehen, Geschäfte durften nicht eröffnen, und so ist dann dieser gemeinnützige Verein entstanden, der den Leuten Essen und Getränke anbot, damit sie ihren Arbeitsbereich nicht verlassen mussten. Da die Sachen durch eine Klappe nach außen gereicht wurden, hieß das dann Kaffeeklappe.« Tom stand auf einen Zuruf auf, um die Currywürste zu holen. Er stellte ihr Mittagessen auf dem Stehtisch ab. »Der Hafen entwickelte sich immer weiter, seit der Industrialisierung gibt es immer mehr große Firmen mit Kantinen, und 1985 schloss die letzte originale Kaffeeklappe. Sie ist heute ins Hafenmuseum integriert. Jetzt gibt es nur noch ein paar Imbisswagen … wieder eine Tradition weniger.« Er seufzte und starrte auf seine dampfende Currywurst in der Pappschale vor sich. Er stützte einen Ellenbogen auf die krümelige Plastikplatte und überlegte.

»Was haben wir?«, fragte Tom. »Eine allseits beliebte Frau, von der wir noch nicht wissen, wie sie von der Fähre gefallen ist. Ein

Ehemann, der aggressiv darauf beharrt, dass es Mord gewesen sein muss, weil er einen Suizid nicht akzeptieren kann. Wenn wir mal eine Sekunde annehmen, dass er recht hat, sind Tötungsdelikte ja meistens Beziehungsdelikte, und damit ist Fred Cullmann doch am ehesten verdächtig, oder? Klar, wir warten den Befund der Rechtsmedizin ab, befragen die Pendler, stellen den Sturz von der Fähre nach, beleuchten ihre Vergangenheit und Pipapo, aber …«, er betonte das letzte Wort, »… das Auffälligste sind und bleiben doch ihr Ehemann und ihr Job!«

Jonna zeigte mit der Plastikgabel auf ihn. »Sag mal, wird das ein Bewerbungsgespräch für die Mordkommission? Lass dich nicht aufhalten, ich höre dir gebannt zu.« Sie spießte ein Stück Wurst auf und schwenkte es durch die Currysauce.

Jetzt gab es kein Zurück mehr. »Melanie Cullmann arbeitet in der Containerlogistik. Vielleicht schmuggelt sie!«

Jonna stoppte ihre Gabel direkt vor dem Mund. »Ist nicht dein Ernst!«

»Ich weiß, es klang eher nach einer Heiligen als nach einer Kriminellen, aber vielleicht war die Verlockung zu groß, oder das Ehepaar hatte Schulden?«

Jonna nickte. »Wir schauen uns ihre Finanzen an.« Sie lächelte. »Also wirklich, Tom, ich kann dir doch nicht alles aus der Nase ziehen. Nun spuck es endlich aus!«

Er hatte sich oft gefragt, wie Jonna so genau spüren konnte, was in ihm vorging. Es war unheimlich. Ihr Instinkt erschreckte ihn.

»Als wir im November die Wasserleiche des blinden Passagiers der *Global Endeavour* geborgen haben, haben Quetsche und ich auch eine Kiste aus der Elbe gefischt.« Er stockte – sollte er einen Zusammenhang herstellen, der an den Haaren herbeigezogen war?

Jonna schmunzelte. »Soso, eine Kiste!«

»Eine Kiste mit Containerplomben.« Jetzt war es heraus, und er würde in wenigen Sekunden wissen, ob er sich zum Deppen machte. »Ich weiß, es ist Monate her, und wir haben keine Unregelmäßigkeiten auf dem Terminal entdecken können, aber nun liegt eine Terminaldisponentin tot in der Elbe und … was ist, wenn diese beiden Ereignisse zusammenhängen?«

»Wie?« Jonna wirkte interessiert und lachte ihn keineswegs aus.

»Die Siegel sind fälschungssicher. Sie schützen Container vor unbefugtem Zugriff. Deshalb sind die Originale so wertvoll. Sie bestehen aus einem Stahlbolzen und einem Verschlusskopf, die miteinander verbunden sind und nur mit einem Bolzenschneider entfernt werden können. Mit diesen Sicherheitssiegeln kannst du Container öffnen und wieder verschließen, ohne dass jemand das merkt. Wenn überhaupt, fällt erst am Bestimmungsort auf, dass etwas aus den Containern fehlt oder … vielleicht etwas drin ist, was da nicht hingehört!«

»Drogen?«

»Zum Beispiel!«

»Melanie Cullmann im Drogenhandel?« Sie nickte langsam. Widmete sich hingebungsvoll ihrer Currywurst.

Er schob seine von sich. Es war einfach zu weit hergeholt. Wenigstens war Jonna so nett, ihn nicht auszulachen. »Willst du noch einen Kaffee?«

Jonna war abgelenkt. »Schau mal, da kommt Quetsche! Ihr Wasserschützer mögt Kaffeeklappen, was?« Jonna wies auf die andere Straßenseite.

Tom bedeckte seine Augen, um gegen die Sonne etwas sehen zu können. Tatsächlich näherte sich Quetsche mit zwei Security-Mitarbeitern. Alle drei mit grellen Warnwesten ausgestattet, auf denen in großen Lettern *Eurocon* stand.

»Sprich ihn nicht an, gib nicht zu erkennen, dass du weißt, wer er ist«, antwortete Tom drängend. »Er arbeitet derzeit als Zivilfahnder!«

Jonna zuckte gelangweilt mit den Schultern und steckte sich genüsslich das letzte Stück Wurst in den Mund.

Quetsche und seine Begleitung traten an einen Tisch schräg hinter ihnen und fragten, ob sie noch etwas zu essen bekämen. Sie mussten nehmen, was noch da war: Frikadellen mit Kartoffelsalat und jeweils ein Bier. Alle drei steckten sich eine Zigarette an.

»Bist du fertig? Dann lass uns gehen«, flüsterte Tom.

»Und der Kaffee?«

»Die schließen jetzt.«

Jonna wischte sich mit der Serviette den Mund ab und brachte ihre Pappschale zum Mülleimer.

Sie schlenderten schweigend zum Auto, und erst, als sie die Wagentüren schlossen, kommentierte Jonna seine Anweisung.

»Fahnder scheint mir auch ein netter Job. Schon nachmittags Bierchen trinken?«

»Quetsche hasst Knastpralinen!«

»Wie bitte?«

»Na, Frikadellen! Zerhacktes Kuhgewebe ist für ihn ein kulinarischer Albtraum. Er arbeitet also hart!«

»Aha. Was ist sein Auftrag?«

»Er versucht herauszufinden, wem die Siegel gehören!«

»Ach schau, deshalb kommst du drauf. Verstehe. Aber wir haben jetzt wirklich lange genug um den heißen Brei herumgeredet. Spuck es endlich aus!«

Tom sah sie fragend an. Was meinte sie?

»Was läuft da zwischen dir und Charlotte?«

KAPITEL 11

Als er die Haustür aufschloss, bemerkte Fred mit Erstaunen das leichte Zittern seiner verletzten Hand. Drinnen umfing ihn nicht nur ein Hauch von Melles Parfüm, sondern auch eine erdrückende Stille, die ihn wie unter einer schweren Daunendecke begrub. Jeder seiner Schritte hallte auf dem Holzboden, wie ein stummer Zeuge seines unfassbaren Verlusts.

Er blieb im Wohnzimmer stehen, wo das Sonnenlicht durch die Fenster schien und seine Traurigkeit verhöhnte. Die Möbel, die Bilder an den Wänden, alles war an seinem Platz. Und doch hatte sich sein gesamtes Leben verändert. Das Haus hielt den Atem an, als ob es wüsste, dass es nie wieder so sein würde wie früher.

Fred ließ sich in Melles Ohrensessel fallen. Die Worte von Charlotte Severin gingen ihm nicht aus dem Kopf. »Vielleicht waren es *Ihre* Feinde und nicht die Ihrer Frau?« Es war doch absurd, dass jemand etwas gegen ihn hatte, um dann Melle zu schaden … sie zu töten. Utopisch, oder?

Er griff nach einem ihrer Bücher, die sich auf den Teekisten neben ihrem Lesesessel stapelten. Ungefähr in der Mitte des Romans ragte ein Lesezeichen aus den Seiten, als hätte sie das Buch nur kurz beiseitegelegt. *Thirteen* von Steve Cavanagh. Er wünschte, er könnte sich besser daran erinnern, was Melle über den Roman gesagt hatte. Es ging um einen Anwalt und eine Jury oder so ähnlich. Er nahm sich fest vor, das Buch zu lesen. Dann würde er wissen, welche letzten Zeilen ihr etwas bedeutet hatten.

Er drückte die Zunge, so fest er konnte, gegen den Gaumen. Das half zwar, die aufkommenden Tränen zurückzuhalten, aber die Leere breitete sich unbarmherzig weiter in ihm aus.

Er sprang auf, tigerte im Wohnzimmer hin und her, um irgendetwas zu finden, was ihn ablenkte. Melle hatte einen kleinen Sekretär, an dem sie gerne saß und ihre Mails las oder persönlichen Bürokram erledigte. Er wischte unkonzentriert durch die Papiere, die auf der Platte lagen. Rechnungen. Die Handwerkerrechnung für das neue Garagentor. Die Bestellung für Feuerholz, das Melle beim Fachhändler geordert hatte. Er griff gedankenverloren danach, ohne wirklich hinzusehen. Haufenweise Kontoauszüge. Fotoausdrucke, die den Containerterminal in den frühen Morgenstunden zeigten. Schnappschüsse. Ein Gutschein für einen Drogeriemarkt. Alte Kinokarten. Die Einkaufsliste fürs Wochenende. Ihm verschwammen die Buchstaben vor den Augen.

Er wischte die Unterlagen mit einer einzigen wütenden Geste auf den Boden.

Wenn die Polizei auf Suizid entschied, gäbe es nur noch ihn, der die Wahrheit ans Licht bringen konnte. Hatte er die Kraft dazu? Was hätte Melle gewollt? Hatte die Kripofrau mit der Narbe recht? Galt Melles Tod ihm, und sie war nur Mittel zum Zweck gewesen?

»Melle!« Er schrie ihren Namen, um die unerträgliche Lautlosigkeit zu durchdringen. Diese beinahe greifbare Stille, weil die Wärme ihrer Stimme fehlte, ihr Lachen. Er war ein Fremder in seinem eigenen Zuhause.

Jäh erinnerte er sich an das Gespräch, das er vor fast fünfzehn Jahren mit ihr geführt hatte. Sie hatten in Övelgönne in der *Strandperle* im Sand gesessen, sich an ein Glas Wein geklammert und ihr Glück und ihren Mut kaum fassen können. Gab es eine gemeinsame Zukunft? Damals war es Ende und Anfang zugleich gewesen. Er hatte alles hinter sich gelassen und war aus seiner Welt geflohen, um mit dieser Frau nicht nur von einer Perspektive zu träumen, sondern es mit ihr zu erleben. Weit weg von Gewalt, Neid und Missgunst. Sie hatten über Kinder gesprochen, über einen Garten, darüber etwas aufzubauen und nie wieder etwas zu zerstören. Er war ihr nur zu gerne nach Finkenwerder gefolgt und war ein anderer Mensch geworden. Eine bessere Version seiner selbst. Durch sie, durch ihre Güte, ihren unbedingten Glauben an ihn.

Was war er ohne sie?

Er schreckte zusammen, als es klingelte. Jemand stand am Tor. Sollte derjenige dort verhungern, er würde nicht öffnen, er war für niemanden zu sprechen.

Die Stimmen in seinem Kopf kamen zurück. Wie willst du weitermachen, fragte eine dunkle Seite in ihm flüsternd. Du hast geschworen, sie zu lieben, zu ehren und zu beschützen. Du hast versagt!

Ein Klopfen an der Terrassentür ließ ihn herumschnellen. Er brauchte einen Moment, die dunkle Gestalt durch das Glas zu erkennen. Er atmete die angehaltene Luft wieder aus und öffnete. Hätte er auf die Überwachungskamera im Flur geachtet, hätte er ihm natürlich aufgemacht.

Fred erkannte den Schmerz und die Besorgnis in den Augen seines Freundes. Auch er hatte Melle verloren.

Er kam grußlos herein und setzte sich auf das Sofa. Wundersamerweise beruhigte ihn dieses einvernehmliche Schweigen, und er ließ sich in Melles Lesesessel nieder.

Nach einer Weile durchbrach Schrottis leiser Gesang die Stille. *»Hm, die letzte Fahrt, hinein ins Licht, dein Tag vergeht, dein Leben bleibt …«*

Fred lächelte, trotz allem. »Seit wann singst du Santiano?«

Schrotti ignorierte seine Frage und sang weiter.

»Ich kann nicht ohne sie weiterleben, Schrotti! Was soll ich nur tun?« Er starrte ins Leere.

Der Gesang endete abrupt. »Atmen«, sagte er. »Das ist ein guter Anfang.«

Fred schnaubte. »Die Polizisten glauben, sie hat sich das Leben genommen. Ich hab sie rausgeworfen.«

Schrotti nickte. »Ich weiß, was sie dir bedeutet hat! Sie war ein ganz besonderer Mensch.«

»Ich muss doch irgendwas tun«, flüsterte er. »Wenn ich herausfinde, warum sie sterben musste, wenn ich weiß, wer … und sie räche … dann ist es, als würde ich sie noch einmal verlieren. Ihre Prinzipien. Alles, wofür sie stand und wofür wir die Jahre gekämpft haben.« Eine Seite in ihm wollte dem Täter genau das Gleiche antun, was er Melle angetan hatte. Auge um Auge, Zahn um Zahn. Ein anderer Teil in ihm wehrte sich dagegen.

»Rache bringt niemanden zurück«, flüsterte Schrotti.

Das stimmte. Die klaffende Leere in Freds Herzen ließe sich dadurch nicht schließen.

»Weißt du noch …« Schrotti räusperte sich, als ob er Anlauf nehmen musste, um die richtigen Worte zu finden. »Weißt du noch, wie sie den Kerl in der Bar zur Rede gestellt hat, weil er die Kellnerin belästigt hat?«

Fred hob den Kopf, überrascht von der plötzlichen Erinnerung. »Ja«, murmelte er. »Sie hat keine Sekunde gezögert.«

»Er war doppelt so groß wie sie, ein riesiger Brocken. Sie hat sich vor ihn gestellt, ihn angefunkelt und ihm verklickert, dass er die Kellnerin in Ruhe lassen soll, sonst würde er es mit ihr zu tun bekommen. Und als er versucht hat, sie zu belächeln, hat sie ihm eine Standpauke gehalten, dass ihm Hören und Sehen verging. Die ganze Bar hat ihr zugejubelt.«

Fred lächelte. Natürlich erinnerte er sich. Wie Melle mit erhobenem Kopf den Mann zur Rede gestellt hatte. So war sie – furchtlos, bereit, für das Richtige einzustehen, egal wie groß die Herausforderung war. Aber war es nicht in einem Restaurant gewesen – kaum jemand hatte von ihnen Notiz genommen –, und hatte er nicht neben ihr gestanden? Die Geschichte, so wie Schrotti sie erzählte, fühlte sich auf eine seltsame Weise wahrer an als das, was vielleicht tatsächlich passiert war.

»Sie war immer eine Kämpferin ...«, flüsterte er mehr zu sich selbst als zu Schrotti, »... sonst hätte sie es auch nie mit mir versucht.«

»Genau. Sie war eine Frau, die nie aufgegeben hat, egal wie aussichtslos die Situation schien. Und sie hat auch uns dazu gebracht, für unser Leben zu kämpfen!« Schrotti nickte zu seinen Worten, als sei ihm gerade erst klar geworden, was Melle für ihn getan hatte.

»Ich muss doch irgendwas tun!«

Schrotti sah ihn traurig an.

»Wie hast du ... damals ... deinen Frieden gemacht? Wie lange hat es gedauert?«

Fred sah, wie Schrotti die Fäuste ballte. »Ich habe ein Leben gefunden, in dem es weder Krieg noch Frieden gibt. Das ist eine andere Geschichte.« Er sah ihn erstmals direkt an. »Geh zu ihr. Melle kennt die Antwort.« Er nahm seine Mütze ab und drehte sie verlegen in den Händen. »Ich werde an deiner Seite sein und dir helfen«, flüsterte er.

KAPITEL 12

Charlotte hielt sich am Anleger links und schlenderte zum Restaurant *Landungsbrücken Finkenwerder*. Heute war der Biergarten geöffnet, obwohl der Himmel sich bezogen hatte. Es war noch warm genug, um draußen zu sitzen. Sie schloss ihre Windjacke und vertiefte sich in die Speisekarte.

Die Entscheidung fiel rasch. Sie wählte eine klare Fischsuppe mit Brot und eine Saftschorle. Ihr Magen knurrte beim Bestellen so laut, dass der Kellner sie angrinste und meinte, er würde sich beeilen.

Gedankenverloren sah sie aufs Wasser und dachte über Fred Cullmann nach. Er hatte sich noch auf der Fähre von ihr verabschiedet und war mit schnellen Schritten in Richtung seines Hauses davonmarschiert. Er hatte sie nicht gebeten, mitzukommen, sie nicht eingeladen, weiter mit ihm zu sprechen. Er hatte sie konsterniert angestarrt und erklärt, dass er nachdenken müsse.

Dann war er abgerauscht.

Das Zusammentreffen mit Cullmann hatte sie aufgewühlt. Sie hatten auf eine Art und Weise miteinander gesprochen, wie es Fremde normalerweise nicht taten. Mehr noch, sie hatte ihm ein Detail aus ihrem Privatleben verraten, das sie nur ungern preisgab. Für ihre Narbe hatte sie weniger persönliche Erklärungen parat. *Eine bewegte Kindheit, ein Unfall, ein Einsatz …* was auch immer, nur nicht die Wahrheit. Wie hatte er die aus ihr herausgekitzelt? War sie so narzisstisch, dass sie auf ihn hereingefallen war, nur weil er ihr ein Kompliment gemacht hatte und sie nicht für eine »Schreibtischtussi« hielt? Nein, so einfach war es nicht. Er hatte etwas an sich, was sie zu einer gewissen Ehrlichkeit gedrängt hatte.

Der Kellner brachte die bestellte Apfelsaftschorle, von der sie gierig trank. Sie hatte nicht bemerkt, wie durstig und hungrig sie war. Selbstfürsorge sah anders aus.

Ihr Handy vibrierte in der Jackentasche. Sie zog es heraus und sah, dass die Anrufer-ID ihrer Tochter Nathalie gehörte.

»Hallo, Nat. Was gibt's?«

»Mama, wo ist mein rotes Kleid? Ich bin verabredet, da brauche ich das Kleid. *Jetzt!*«, schrie Nathalie aufgebracht.

»Das hängt in deinem Schrank.«

»Da hab ich schon geguckt, da ist es nicht. Ich hab nichts anzuziehen, Mama! Ich chille mit den anderen. Ich werde mich total blamieren!«, jammerte Nat. »Das ist so peinlich!«

Charlotte schloss kurz die Augen und atmete tief durch. »Beruhige dich, Liebes. Schau noch mal genau nach. Es ist garantiert dort, wo sollte es sonst sein?«

»Nein, Mama, ich hab schon dreimal nachgesehen!«

»Schatz, was soll ich jetzt machen? Ich bin auf Finkenwerder. Durch den Feierabendverkehr dauert es, bis ich zu Hause bin. Kannst du nicht einfach eine Hose anziehen?«, versuchte Charlotte es, wohl wissend, dass dieser Vorschlag auf taube Ohren stoßen würde. Wahrscheinlich war unter den *anderen* auch ein Junge, für den sich Nat interessierte, und da war das zweitbeste Outfit keine Option.

»Neeeein! Du verstehst das nicht!«, schrie Nat erneut. »Kann ich dein blaues nehmen? Das mit dem kurzen Rock?«

Ah, daher wehte der Wind. Sie seufzte innerlich und hatte keine Lust, sich gegen ihre Tochter zur Wehr zu setzen. Warum sollte sie nicht ein kurzes Kleid anziehen? Sie sollte ihr Leben genießen. Sie war ein Teenie und ihr Psychopath von Vater keine Gefahr mehr, oder?

»Okay, aber lass dein Handy an, damit ich dich jederzeit erreichen kann. Sei spätestens um neun zu Hause, hörst du?«

»Mama, du bist die Beste!«

Charlotte wusste noch, bevor Nat aufgelegt hatte, dass sie ihr Kleid so bald nicht zurückbekäme, und ob Nathalie wirklich vor der Dunkelheit zu Hause wäre, blieb ebenfalls offen.

Der Kontrast zwischen oberflächlichen Teenagerproblemen und Fred Cullmanns Verlust war groß. Natürlich durfte man diese beiden Leben nicht vergleichen, nicht gegenüberstellen, doch manchmal prallten die Welten schmerzhaft aufeinander. Das Leben hielt so viele verschiedene Formen von Leid und Schmerz parat. Für Fred Cullmann stand die Zeit still, weil er von der unerträglichen Last erdrückt wurde, seine Frau gewaltsam verloren zu haben. Ein Leben in Scherben.

Auf der anderen Seite ein Teenager, gefangen in der verwirrenden Phase der Pubertät, in der die Dramen des Alltags sich anfühlten wie das Ende der Welt. Ein falsches Wort, eine unerwiderte Nachricht, ein unpassendes Kleid – und plötzlich brach die Welt zusammen. Nats Schmerz war laut und aufbrausend, doch flüchtig. Cullmanns Schmerz war umfassend, verschlingend und anhaltend. Wie konnte es sein, dass zwei so unterschiedliche Welten gleichzeitig existierten? War das Leben so ungerecht, oder lag daran die Faszination des Menschseins – dass jeder Schmerz seine Berechtigung hatte und für den Betroffenen das Zentrum des Seins darstellte? Ein Vergleich war nicht möglich, nicht die Tiefe oder Ursache des Schmerzes war ausschlaggebend, sondern die menschliche Fähigkeit, ihn zu fühlen, egal wie groß oder klein er in den Augen anderer erscheinen mochte.

»Na, da komm ich ja gerade rechtzeitig.« Der Kellner zwinkerte ihr lächelnd zu und stellte die Fischsuppe vor sie hin. »Hätt der Magen noch lauter geknurrt, hätt ich den Rettungswagen gerufen!«

»Ja, das war echt knapp.« Charlotte lachte verlegen.

»Nu lass dir das mal schmecken!«

Und das tat Charlotte. Mit Inbrunst. Die Suppe war heiß, voller Lachs und Dorsch, Porree und Möhren und das Brot selbst gebacken. Besser ging's nicht.

Wieder vibrierte ihr Telefon. Eine unbekannte Nummer erschien im Display. Sie legte den Löffel beiseite.

»Charlotte Severin«, meldete sie sich und griff nach ihrem Glas.

»Cullmann.« Die Männerstimme am anderen Ende bebte. »Ich brauche Ihre Hilfe.«

Charlotte setzte sich alarmiert auf und stellte das Glas ab. »Was ist passiert?«

»Melle …«, sagte er, »ich bin im Institut für Rechtsmedizin. Sie … sie lassen mich nicht zu ihr. Das ist absurd, sie ist doch meine Ehefrau.«

Charlotte dachte fieberhaft nach. Was mochte passiert sein? »Das tut mir leid. Das kann ich gar nicht glauben, warum nicht?«

»Können Sie nicht irgendetwas tun? Irgendjemanden anrufen? Ich muss mich doch verabschieden dürfen«, bat Cullmann eindringlich.

»Ich werde sehen, was ich tun kann. Warten Sie auf mich, ich komme.«

»Danke«, sagte Cullmann mit einem Hauch von Erleichterung in der Stimme.

Nachdem sie aufgelegt hatte, atmete Charlotte tief durch. Sein Leid würde sich nicht so schnell lindern lassen wie das ihrer Tochter.

Sie stand auf, holte genügend Geld aus dem Portemonnaie, gab dem Kellner ein Zeichen und zerkrümelte das restliche Brot in kleine Bröckchen, um es einer Möwe hinzuwerfen.

Im Auto überlegte sie nicht lange, sondern wählte die Nummer von Falk Leitner, dem nettesten und engagiertesten Rechtsmediziner, den sie sich vorstellen konnte. Leider nahm er das Telefon nicht ab, und die Mailbox informierte sie, dass er drei Tage auf einem Kongress sei und man sich in dringenden Fällen an den Leiter des Instituts Prof. Wittenberg wenden sollte.

Charlotte biss sich auf die Lippen. Und nun? Was soll's, sie würde sich direkt zum Institutsleiter durchstellen lassen und ein gutes Wort für Cullmann einlegen.

Wittenbergs Sekretärin stellte sie vermutlich nur deswegen durch, weil sie Polizistin war und die Angelegenheit als dringend deklariert hatte. Wittenberg war kurz angebunden und antwortete schnippisch auf ihre Frage nach der Möglichkeit einer Verabschiedung von Melanie Cullmann, dass er kein Bestattungsinstitut führe, sondern die Rechtsmedizin der Universität.

Blödmann. Bevor Charlotte dazu kam, ihm zu erklären, wie wichtig es für die Angehörigen war, sich vom Tod der geliebten Menschen zu überzeugen, fuhr er in angespanntem Ton fort.

Es sei kein Suizid gewesen. Er habe die Staatsanwaltschaft bereits informiert. Zwar sei die Frau ertrunken, doch er habe massive Hämatome im unteren Bauchbereich und an den Beinen gefunden, die darauf hindeuteten, dass Melanie Cullmann gegen ihren Willen über die Reling von der Fähre gestoßen worden sei. Die Polizei müsse die Ermittlungen ausweiten, und da käme es nicht infrage, dass ein Angehöriger den Leichnam mit Spuren kontaminiere.

»Verstehe«, sagte Charlotte so ruhig wie möglich, während ihr Gehirn die neue Information einordnete. »Ich werde mich sofort mit der Staatsanwaltschaft in Verbindung setzen. Wir möchten gern ein kurzes optisches Abschiednehmen. Der Mann wird die Frau nicht berühren. Es besteht keine Gefahr der Kontamination. Brauchen Sie das Einverständnis der Staatsanwaltschaft schriftlich?«

Ein paar Sekunden herrschte Stille am Telefon, und Charlotte war nicht sicher, ob der Mann nicht einfach aufgelegt hatte. Dann hörte sie ein übertriebenes Seufzen.

»Das wird eine kurze Nummer, das versichere ich Ihnen. Kommen Sie sofort, meine Mitarbeiter sind bereits im Feierabend, und ich gehe auch bald.«

Und tatsächlich kam sie nicht mehr dazu, sich zu bedanken, eher er das Gespräch beendete.

Charlotte schwirrte der Kopf.

Mord! Kein Suizid!

Das bestätigte Cullmanns Befürchtungen und wäre für ihn die Aufforderung zum Tanz. Ihr Instinkt sagte ihr, dass dies der Anfang einer Reise war. Einer Reise, die Fred Cullmann unverzüglich antreten würde, um voller Verzweiflung den Tod seiner Frau aufzuklären.

Und diese Reise begann an ihrem Totenbett.

Sie würde Fred Cullmann zu seiner Frau bringen.

KAPITEL 13

Zehn Minuten«, murmelte sie. »Mehr konnte ich nicht heraushandeln.«

Fred saß neben Charlotte Severin im Empfangsbereich des Instituts für Rechtsmedizin. Er hatte sich sofort nach dem Anruf zurück in die Warteecke gesetzt und das Institut nicht verlassen, damit niemand auf die Idee kam, er hätte es sich anders überlegt. Es dauerte eine gefühlte Ewigkeit, und draußen dämmerte es bereits, als sie endlich zur Tür hereinkam.

Es war ihr sichtlich peinlich, einem Angehörigen eine Zeitvorgabe zu machen, wie viele Minuten ihm für den Ausdruck seiner Gefühle zur Verfügung standen. Fred waren ihre Empfindungen vollkommen gleichgültig, er wollte nur zu seiner Frau.

»Sie haben etwas gut bei mir«, murmelte er, und das meinte er auch so.

»Sie können in den nächsten Tagen noch einmal in Ruhe bei dem Bestatter von Ihrer Frau Abschied nehmen. Da gibt es keine Zeitvorgabe.«

Er schüttelte den Kopf. »Sparen Sie sich Ihre Sorgen, Sie haben getan, was Sie konnten.« Er hielt kurz inne, die Worte abwägend. »Ich konnte Melle nicht beschützen … Sie war immer die Starke von uns beiden, verstehen Sie? Ohne sie …« Sein Blick wanderte flüchtig zur Seite. »Ein Freund von mir, Schrotti, er meinte, ich solle loslassen, vielleicht hat er recht. Vielleicht auch nicht. Am Ende spielt's eh keine Rolle. Sie ist tot.« Ein knappes Schulterzucken. »Jetzt fehlt der Anker.«

Ein Arzt trat aus dem Inneren des Instituts zu ihnen in den Wartebereich, unterbrach ihr Gespräch und stellte sich als Doktor Wittenberg vor.

»Nehmen Sie den Ehering Ihrer Frau mit, wir können das hier nicht aufbewahren.«

Fred hätte dem Kerl am liebsten seine Visage poliert, doch er streckte nur die flache Hand aus, ließ sich den Ring aushändigen und betrachtete ihn. Er ballte die Faust und nickte.

Er war bereit.

In der Luft lag ein stechender Geruch von Desinfektionsmitteln und irritierte ihn, als er endlich vor ihr stand.

Er brauchte einen Moment, um zu verstehen, dass sie nicht mehr atmete, dass sie ihn nie wieder mit ihrem Lächeln belohnen würde, so friedlich lag sie in einer Art Sarg.

Es war falsch und ungerecht.

Er bemerkte ihre blasse Haut. Ihren leicht geöffneten Mund, als wollte sie zu ihm sprechen. Er wusste einfach, dass sie jemand ins Wasser gestoßen haben musste. Nie wäre sie freiwillig gesprungen und hätte ihn allein zurückgelassen.

Er hatte am Telefon keinen Schrei gehört. War sie zu überrascht gewesen, um noch etwas zu rufen, als der plötzliche Stoß kam? Unerwartet und brutal. Wie viel Angst hatte sie, als sie das dunkle Wasser auf sich zukommen sah?

Seine Muskeln verkrampften sich.

So musste es ihr auch ergangen sein. Die Kälte des Wassers hatte ihr die Luft abgeschnürt. Ein Schock für Körper und Geist. Sie hatte verzweifelt gekämpft, um wieder an die Oberfläche zu kommen. Um nach Luft zu schnappen. Hatte sie überhaupt verstanden, was ihr geschah? Verschluckt von der Dunkelheit. Die Strömung des Flusses, die nasse Kleidung, die sie wie Blei umklammerte. Die Panik, die es ihr unmöglich machte, zwischen unten und oben zu unterscheiden.

Hatte sie noch einen einzigen klaren Gedanken fassen können? Hatte sie an Fred gedacht? An ihr Zuhause? Oder war ihr Überlebensinstinkt reduziert darauf, einen Schwimmzug zu machen? Einzig konzentriert auf das Bedürfnis nach Luft und Wärme?

Hatte sie verstehen können, dass ihr Sturz nicht das Ergebnis eines Unfalls war, sondern der Albtraum, den ihr jemand angetan hatte?

Wann hatte das feindliche Wasser die Übermacht gewonnen? Wie lange hatte es gedauert, bis sie zu erschöpft war, um sich zu wehren? Bis sie den tödlichen Kampf verlor?

Er hörte den trockenen Schluchzer, der sich aus seiner Kehle schlich.

Und er hörte Melle in seinen Gedanken. Er vernahm ihr flüsterndes Gebet an die Dunkelheit. Ihre Verzweiflung. Und als der Tod schließlich kam, war es nicht mit der Kälte eines Eindringlings, sondern mit der Wärme eines lang erwarteten Freundes, der sie von ihren Qualen erlöste.

Schrotti hatte recht behalten. Warum war er nicht selbst darauf gekommen? Melle sagte ihm, was er tun sollte. Er hörte sie förmlich, wie sie ihn anflehte, den Täter nicht ungeschoren davonkommen zu lassen!

Und da wusste er es. Er würde ihr diese letzte Bitte erfüllen. Kein Preis wäre ihm dafür zu hoch. Nur dafür machte sein Weiterleben Sinn.

Den Täter zu stellen.

Ihn zu töten und Melle zu rächen!

Dafür würde er seine Welt verlassen und nicht zurückkehren.

Ein bitterer Moment der Klarheit. Nicht tröstend, nicht erleichternd, nicht lindernd.

Er streckte die Hand aus, um ihre Wange zu streicheln.

»Stopp!«, schrie Wittenberg, der an der Wand lehnte. »Fassen Sie sie nicht an!«

Die Stimme klang so seelenlos, wie der Mann wirkte. Fred nahm alles um ihn herum plötzlich glasklar wahr. Für Wittenberg war Melanie nur ein sterbliches Überbleibsel seiner forensischen Untersuchung.

Eine leise Stimme in ihm wehrte sich ein letztes Mal. »Ich habe auch Rechte gegenüber …«

Er wurde jäh unterbrochen.

»Tut mir leid, Herr Cullmann, Ihre Rechte enden dort, wo die Ermittlungen anfangen«, schnarrte der Mann. »Wenn Sie es noch nicht verstanden haben, wir untersuchen hier einen Mordfall und riskieren keine Spurenkontamination, nur weil Sie Ihre Trauer körperlich ausleben. Ich habe schon viel riskiert, indem ich Sie hier hereingelassen habe. Nun ist Schluss!«

Fred wirbelte herum. »Mord? Was ist los?«

Charlotte griff nach seinem Arm. »Kommen Sie, wir sprechen oben.«

Er schüttelte ihre Hand ab, sah aus dem Augenwinkel, dass die Kripobeamtin von heute Morgen eintrat. Sie war in Begleitung dreier Schutzpolizisten, die ihn sofort umzingelten. »Was zum Henker …?«

»Scheiße, ich hätte es nie zulassen dürfen«, rief Wittenberg und wedelte hektisch mit den Händen. »Gut, dass ich mich bei Ihnen abgesichert habe!«

Fred nahm alles gleichzeitig wahr und fühlte sich seltsam ruhig. Melle war da. Sie hatte ihm gesagt, welcher Weg der richtige war. Hindernisse galt es zu überwinden.

Und hier stand das erste Problem bereits vor ihm.

»Herr Cullmann, Sie begleiten uns aufs Präsidium«, sagte die Kommissarin.

Er lächelte.

KAPITEL 14

Am nächsten Morgen begleitete Jonna Tom auf der Streifenfahrt, weil er sich angeblich auf dem Wasser besser auf ihren Bericht konzentrieren und darüber nachdenken konnte. Gunnar Wagner und Marvin fuhren das Boot, Jonna stand mit Tom am Heck, und sie ließen den Blick schweifen. Sie glitten mit dem leichten Streifenboot WS 23 durch den Roßhafen und durchschnitten die sanften Wellen des Wassers, das in der Sonne schimmerte. Die Luft war klar und frisch.

Jonna berichtete Tom von dem anonymen Anruf, den das LKA tags zuvor erhalten hatte, lange nachdem sie sich an der Kaffeeklappe verabschiedet hatten. Sie hatte Cullmann zur Vernehmung direkt aus der Rechtsmedizin abgeholt. Cullmanns Lächeln im Keller des Instituts hatte sie nicht einzuordnen gewusst. Jeder gewöhnliche Mensch wäre aufgeregt, verärgert oder nervös gewesen, wenn die Mordkommission ihn unverhofft abholte. Nicht so Fred Cullmann. Offenbar hatte er in seinem Leben genug Begegnungen mit der Polizei erlebt, sodass er sich dran gewöhnt hatte.

Auf ihre Eröffnung, dass jemand ihn am Tatabend mit seiner Frau zusammen auf der Fähre gesehen haben wollte, hatte er nur müde gelächelt und gemeint, dass es ein Leichtes für ihn sei, sein Alibi nachzuweisen. Als Melanie ihn von der Fähre kontaktiert hatte, habe er im Wohnzimmer gesessen. Seine Überwachungskameras hätten aufgezeichnet, wann er das Haus verlassen habe. Wer etwas anderes behaupte, irre sich gewaltig.

Jonna ließ ihn den anonymen Telefonanruf abhören, den sie auf ihr Handy überspielt hatte, und fragte, ob ihm die Stimme bekannt vorkäme. Der Klang war stark verzerrt, dafür war der Inhalt umso eindeutiger: »Ich habe ihn gesehen, ich weiß, wer er ist. Der Ehemann von der Toten aus der Elbe … von dem sie in der Presse schreiben … er hat kleine Narben am Kinn … er sagt, er hätte sie, seit er als Kind vom Baum gefallen sei, aber das stimmt nicht. Ich habe ihn gesehen, mit seiner Frau … auf der Fähre, kurz bevor es passiert ist. Glauben Sie mir, er ist nicht der, für den er sich ausgibt.«

Cullmann schüttelte den Kopf, das sei eine haltlose Behauptung. Er ließ Jonna die Aufnahmen aus seiner Hauskamera selbst durchsuchen und ansehen. Und tatsächlich hatte er das Haus genau zu dem Zeitpunkt verlassen, der mit dem Notruf seiner Frau übereinstimmte.

Fred Cullmanns Alibi war so fest wie eine verschlossene Tür – es sei denn, jemand hatte einen zweiten Schlüssel dazu.

»Warum speichern Sie die Aufnahmen? Vielleicht manipulieren Sie die – ist doch heutzutage eine Kleinigkeit«, insistierte Jonna.

»Nehmen Sie alles mit, und überprüfen Sie es, ich habe nichts zu verbergen«, schlug Cullmann vor.

»Ach so? Warum haben Sie dann überhaupt Kameras am Haus installiert?«, fragte Jonna. »Was schützen Sie?«

Cullmann zuckte mit den Schultern. »Sicher ist sicher.«

»In dieser ruhigen Nachbarschaft? Wen oder was erwarten Sie denn?«

»Man weiß nie, wen man trifft«, antwortete er gelangweilt.

Jonna hatte noch eine Weile vergeblich versucht, ihn zu reizen, doch er ließ sich nicht aus der Ruhe bringen. Ihr blieb nichts anderes übrig, als die Befragung zu beenden.

»Jedenfalls fürs Erste«, sagte Jonna und sah Tom erwartungsvoll an. »Ich bin noch nicht fertig mit ihm.«

Tom sah unbeirrt aufs Wasser. »Nehmen wir mal an, Fred Cullmann ist nur ein trauernder Witwer. Wer ist dann der anonyme Anrufer? Und warum lügt derjenige? Niemand kann ihn gesehen haben, wenn er nicht da war.«

Jonna zuckte mit den Schultern. »Jemand macht uns auf den Ehemann aufmerksam. Wenn du mich fragst, ist er trotz des Alibis nicht koscher. Falls er der Mörder seiner Frau …« Ein spezieller Klingelton ihres Mobiltelefons unterbrach sie. »Die Chefin«, raunte sie Tom zu und stellte den Anruf auf den Lautsprecher.

»Frau Jacobi, wie weit sind wir in der Sache Cullmann? Van der Waal hat Leute angefordert, um auf der Fähre die Pendler zu befragen. Ist das der Tatort?«

»Der rechtsmedizinische Befund wird heute noch überstellt, die Frau wurde über die Reling gestoßen. Sie hat sich gewehrt. Es ist wichtig, dass wir mit den Pendlern sprechen, die an Bord der Fähre waren. Vielleicht haben sie etwas beobachtet.«

»Ja, ja, ich habe schon mit dem Stabsleiter der Wasserschutz gesprochen. Die kennen doch ihre Skipper und können von denen Unterstützung bekommen, was die Pendler angeht.«

Tom hob den Daumen.

»Ich bekomme aus deren Einsatzzug zwei Leute pro Nacht für sechs Tage. Ich schicke Ihnen die Telefonnummer des Zugführers, mit dem Sie kommunizieren.«

Jonna war sprachlos. Hatte die Xanthippe ein Problem gelöst? Ungewohnte Töne, die Jonna lange nicht von ihr gehört hatte. Zahlte es sich langsam aus, dass sie brisante private Details über die Chefin wusste und ihr dies gesteckt hatte?

»Ich möchte den Arbeitscomputer des Opfers beschlagnahmen. Wir haben den Verdacht, dass …«

»Nun werden Sie nicht gleich übermütig. Wir überzeugen bei dieser Spurenlage keinen Richter, ins System des Eurocon-Terminals einzusteigen. Der Hafenbetrieb darf nicht gestört werden. Also wirklich, wie stellen Sie sich das vor? Bringen Sie mir valide Ermittlungsergebnisse, dann denke ich darüber nach.«

Bevor Jonna etwas erwidern konnte, hatte Meyfahrt aufgelegt.

Sie fuhren gerade in Höhe des Kohlenschiffhafens direkt auf der Norderelbe. Man hatte einen weiten Blick und sah am gegenüberliegenden Ufer die Anlegestelle Dockland und das Cruise Center Altona in der Sonne liegen.

»Deine Chefin klingt ja herzig!«, bemerkte Tom. »Aber die Idee mit unserem Einsatzzug ist super. Das sind lauter junge Polizeimeister, voller Tatendrang und Ehrgeiz. Wenn es jemanden zu finden gibt, werden sie ihn aufspüren.«

»Elbe 23 für Elbe 52.«

Tom griff an sein Funkgerät.

»Hört.«
»Fahrt mal Roßkanal. Dort beschädigtes Schifffahrtszeichen. Schaut euch das an und macht Fotos.«
»Verstanden.«

Tom gab Gunnar ein Zeichen. Der streckte den Kopf aus der Tür des Fahrstands.

»Wir geben ein bisschen Gas und fahren den Köhlbrand runter«, rief Tom und drehte sich dann wieder zu Jonna um. »Wir schießen ein Foto und melden das dem Wasserstraßen- und Schifffahrtsamt. Sie sind für den Erhalt aller Wasserwege, Schleusen, Wehre und Brücken zuständig und kümmern sich um die Tafeln.«

Minuten später erreichten sie den Roßkanal, und die Landschaft veränderte sich. Die Ufer zogen sich enger zusammen, Industriehallen und Lagerhäuser warfen lange und kühle Schatten. Es wurde ruhig, und das Summen der Hafenanlagen drang nur noch wie ein leises Raunen zu ihnen.

Jonna wagte einen Vorstoß. »Charlotte und du … es ist kompliziert, oder?«

Toms Kopf fuhr herum. Er sah sie eine Weile an, ehe er antwortete. »Es ist nichts. Nur ein bisschen Verwirrung im Kopf. Das geht vorbei.«

Jonna sah aufs Wasser. Sie hatte also richtiggelegen. Zwischen den beiden waren Gefühle entstanden, die die Zusammenarbeit erschwerten. »Klingt nicht nach etwas, das vorbeigeht, wenn man's lange genug ignoriert.« Sie zögerte. »Du magst sie … sehr, oder?«

Diesmal antwortete er sofort. »Natürlich mag ich sie, Charly ist … du kennst sie doch auch schon lange … sie ist umwerfend. Aber da ist nichts. Ich bin verheiratet.«

»Und was in dir glaubt, dass es trotzdem eine Rolle spielt?«

Seine Antwort war kaum zu verstehen, so leise sprach er. »Ich weiß nicht. Vielleicht fühle ich mich von ihr gesehen?«

»Manchmal verliebt man sich nicht in eine Person, sondern in das Gefühl, das sie in einem weckt.« Tom beugte sich plötzlich über die Reling. Er zeigte mit dem Finger auf eine halb abgerissene Ankerverbotstafel, nahm sein Handy und schoss ein paar Fotos.

»Und was macht man damit?«

Jonna brauchte eine Sekunde, ehe sie begriff, dass er auf ihre letzte Bemerkung einging. »Ich weiß auch nicht, ich glaube, dass man manchmal jemandem genau im richtigen Moment – oder genau im falschen – begegnet, und derjenige rührt an etwas in uns. Man sollte genau hinschauen, was einem fehlt, bevor man wegläuft – oder etwas zerstört.«

Das Klingeln ihres Handys unterbrach sie.

»Es ist Daan«, sagte sie, lehnte sich dichter zu Tom und stellte das Gespräch laut.

»Jonna, interessante Neuigkeiten: Es gibt *keine* Strafakte über Fred Cullmann! Es ist nichts im System!«

Jonna zog die Stirn in Falten. »Er hat doch in Haft gesessen?«

»Yep, da ist gründlich was schiefgelaufen. Tom muss mal mit seinen Kollegen sprechen. Die haben in die Vermisstenanzeige seiner Frau unvollständige Daten aufgenommen!«

Tom riss erstaunt die Augen auf und schüttelte fragend den Kopf.

»Bei Melanie Cullmann ist ein Ehemann gemeldet«, fuhr Daan fort, »der nicht aktenkundig ist. Ich erspare dir die Einzelheiten. Emma hatte die Idee, die Passdaten aufzurufen. Dort ist ihr aufgefallen, dass Fred Cullmann nicht der Geburtsname, sondern sein Ehename ist.« Er holte tief Luft. »Guter Move, wenn man von der Bildfläche verschwinden will: Fred Cullmann hat den Nachnamen seiner Frau angenommen und führt einen gekürzten Vornamen. Er hieß – halt dich fest – vor seiner Heirat *Manfred Weigand!* Erinnerst du dich? Manni!«

»Ist nicht wahr!« Sie verzog den Mund. »Dann geht es gar nicht um seine Frau, sondern um ihn, um Weigand?«

»Unter dem Namen Manfred Weigand sind wir sofort fündig geworden.« Papier raschelte. »Da tun sich Abgründe auf.«

Tom signalisierte, dass er mehr wissen wollte. Ihm sagte der Name offenbar nichts.

»Kiez-Größe«, raunte Jonna.

»Im Computer gondelst du unter seinem alten Namen durch die Strafprozessordnung. Körperverletzung, Nötigung, unerlaubter Waffenbesitz, Hehlerei … Such dir was aus.«

»Scheiße«, keuchte Tom. »Wir sind in die Falle getappt.«

»Wir können froh sein, dass er nur die Vitrine zerdeppert hat, als wir mit ihm über seine Frau gesprochen haben«, schimpfte Jonna. »Mann, Mann, Mann, so was darf nicht passieren!« Sie schüttelte den Kopf, dankte Daan und bat ihn, sich die Einträge und Aktenlage zu Manfred Weigand auf potenzielle Feinde anzusehen. Wenn es um ihn und seine Verbindungen zum Kiez ging, nahm die Ermittlung eine neue Richtung. »Ich bin bei Tom auf dem Boot, und wir steuern jetzt zu Cullmanns oder Weigands oder wie auch immer Arbeitgeber auf die Werft. Bin gespannt, ob die überhaupt wissen, welch fauliges Ei sie sich ins Nest gelegt haben.«

Jonna beendete das Gespräch und sammelte sich einen Moment, bevor sie sich an Tom wandte. Es war nicht seine Schuld, aber seine Kollegen mussten doch aus dem Effeff Personalien aufnehmen, abgleichen und überprüfen können. Das war Routine, oder?

»So was darf nicht passieren!«, wiederholte sie. Tom wirkte so zerknirscht, dass er ihr schon wieder leidtat. Es war nicht sein Versäumnis. »Manni Weigand war so bis 2010 eine bekannte Nummer auf dem Kiez. Das waren die Hells-Angels-Zeiten auf der Reeperbahn. Er hatte den Ruf eines harten Kerls, arbeitete als Türsteher und in der Security.« Sie begleitete das letzte Wort mit gemalten Gänsefüßchen in die Luft. »Er war in viele Geschäfte involviert, ohne dass er im Drogengeschäft mitmischte – jedenfalls soweit ich mich erinnere. Daan wird uns sicher bald mehr sagen. Er ist schon in jungen Jahren auf dem Kiez angekommen. Sein Vater war gewalttätiger Alkoholiker und hat seine Frau erschossen.« Sie biss sich auf die Lippe. Sie erinnerte nicht mehr, ob der junge Manni Weigand alles mit angesehen hatte oder nicht. »Ich werde echt alt. Da war noch etwas … Na ja, Daan wertet die Akte aus, und dann sind wir klüger!«

Das Boot fuhr zügig auf die Köhlbrandbrücke zu. Jonna legte den Kopf in den Nacken und sah die Fahrbahnen hoch oben mit ihren winzigen Autos, die wie Ameisen über den Stahlkörper der Brücke krabbelten. Jonna verstand mit unerwarteter Klarheit, warum Tom so gerne das Streifenboot nahm. Es war, als sei man dem Himmel so nah wie sonst nirgendwo.

Sie hingen beide ihren Gedanken nach, während der Dieselmotor monoton durch die Stille rasselte und Wagner das Boot verlangsamte, als sie in die Rugenberger-Schleusenkammer einfuhren. Die Spundwand der Schleuse war von der Zeit gezeichnet.

Langsam öffneten sich die Schleusentore, und sie schipperten durch den Rugenberger Hafen Richtung Waltershof. Es dauerte eine Viertelstunde, bis sie den Rüschkanal erreichten und einbogen. Die Wasseroberfläche war hier spiegelglatt, als hätte der Kanal all den Lärm und die Bewegung der Elbe ausgesperrt. Auf beiden Seiten war das Ufer mit Linden, Ahornarten und dichten Sträuchern bewachsen, deren feine Äste im sanften Wind leise raschelten. Hier, fernab der Geschäftigkeit des Hafens, wirkte die Stadt wie in eine andere Zeit versetzt – still, schwer, fast unheimlich.

Die riesigen, beklemmenden Quader des U-Boot-Bunkers, die sie schon gestern gesehen hatte, untermauerten diesen Eindruck. Als ob man aus dem quirligen Hafen in eine verborgene Welt glitt. Es war doch sicher kein Zufall, dass in dieser Ecke Tatort, Wohnort des Zeugen und Arbeitsplatz des Ehemanns lagen. Da gab es einen Zusammenhang – nur welchen? Jonna merkte, wie ein Gefühl in ihr wuchs, das essenziell für jede Mordermittlung war. Unbändige Neugier. Was war hier geschehen?

Als sie ihren Blick von den steinernen U-Boot-Bunkern losriss und nach links sah, offenbarte sich vor ihr ein atemberaubender Anblick: ein Yachthafen, strahlend unter dem klaren, blauen Himmel. Hunderte Boote, makellos poliert und in verschiedenen Formen und Größen, dümpelten an ihren Anlegeplätzen, und die Sonne ließ das Wasser um sie herum in tausend kleinen Lichtpunkten tanzen.

Der elegante Hafen war ein verstecktes Paradies. »Mein Gott, ist Hamburg schön!«

Sie atmete tief ein, und ihr Blick wanderte über die Yachten, ein Versprechen auf Freiheit, auf Abenteuer – und zugleich auf den

Hauch von Exklusivität. Und genau hier, inmitten dieser stillen Pracht, ahnte sie, dass dieser Ort nicht nur das war, was er zu sein schien.

So wie Fred Cullmann nicht der war, für den er sich ausgab.

KAPITEL 15

Fred hockte am Küchentisch. Der Kaffee in dem Becher vor ihm war längst kalt. Das Morgenlicht, das durch das Fenster fiel, malte leuchtende Muster auf die Anrichte. Es war das Zuhause, das er und Melle sich gemeinsam aufgebaut hatten, ein Ort der Sicherheit und des Friedens. Doch der Sonnenschein hatte seine Wärme verloren, und das Haus gab ihm keine Ruhe mehr.

Jetzt gab es nur noch die eine Sache zu erledigen. Den Mörder finden. Er sprang auf, stellte den Becher weg, holte sich einen Kugelschreiber und ein leeres Blatt Papier. Wer übte Rache, indem er ihm das Wertvollste seines Lebens nahm: Melanie?

Er kniff die Augen zusammen. Hart kratzte der Stift über das Papier.

Jasmin Langenbeck

Er hatte ihren Namen nicht vergessen. Hatte sie den anonymen Anruf bei der Polizei getätigt und ihn beschuldigt? Späte Rache für die Verletzungen, die er ihr vor dem Club zugefügt hatte? Hatte er nicht genug für seine Impulsivität gebüßt, als er in den Knast eingefahren war?

Er würde sich gleich die Unterlagen zu dem Prozess aus dem Keller holen, dann hätte er zumindest ihre damalige Adresse, an der er ansetzen konnte. Auch wenn es zwanzig Jahre her war und sie sicher inzwischen umgezogen war.

Wer noch?

Rainer Schmitt

Rainer und ihn verband eine langjährige Feindschaft und Konkurrenz. Er seufzte. Wie viele seiner damaligen Konkurrenten musste er auf die Liste setzen, und was sagte eine lange Liste über sein Leben aus?

Fred erinnerte sich lebhaft an die Nacht, als Rainer aus Hamburg verschwand. Er schloss die Augen, und die Bilder stürzten auf ihn ein.

Er war noch nicht lange aus dem Knast zurück. Orientierungslos war er in seinen alten Job zurückgekehrt. Wo hätte er auch hinsollen? Es war eine andere Welt, ein anderes Leben gewesen. Eines, das ihm auf ewig in die Haut tätowiert und in die Seele gebrannt war.

Es war eine jener feuchtkalten Nächte, in denen der Regen den Asphalt wie schwarzes Öl glänzen ließ.

Fred stand vor dem Club *Elysium,* dem Herzstück des Viertels, ein Ort, der seine Hülle aus Glitzer und Glamour nach außen trug, während er innen schäbig blieb. Der Club war Lichtjahre von dem Paradies entfernt, den der Name Elysium suggerierte.

Dann tauchte er auf. Rainer, der Türsteher vom *Billabong,* der unbedingt ins Elysium, und damit in den Einflussbereich von Freds Ziehvater Karl, wechseln wollte. Das wollten sie alle!

Rainer, ein Riesenkerl, grobschlächtig, die Augen kalt und berechnend. Sie hatten sich unzählige Male in hitzigen Wortgefechten und handgreiflichen Zusammenstößen verloren. Es ging um Macht, um Respekt und um das Recht, in dieser schmutzigen Welt das Sagen zu haben.

Rainer warf Fred einen langen, verächtlichen Blick zu, während er sich wie ein Raubtier langsam näher heranpirschte. Die Menge vor dem Club verteilte sich sofort, sie ahnten, dass Unheil bevorstand. Fred ballte die Fäuste. Adrenalin schoss durch seine Adern.

»Bist du aus dem Knast zurück? Du solltest nicht hier sein!« Rainers Stimme klang wie Donnergrollen.

Freds aufkommende Wut war eine Mischung aus der dahinterliegenden Angst und Entschlossenheit. »Das hier ist mein Revier.«

»Nicht mehr!«, sagte Rainer kühl, seine Augen fest auf Fred gerichtet. »Du warst lange weg – du bist Geschichte. Du weißt es nur noch nicht.«

Was dann folgte, war kein normaler Schlagabtausch. Es war ein Kampf ums Überleben, brutal und gnadenlos. Fäuste trafen auf Fleisch, Knochen brachen, Blut spritzte auf den nassen Asphalt. Rainer, der Schlächter, Schmitt war stärker als jeder Gegner, gegen den Fred je gekämpft hatte. Doch Fred hatte etwas, was Rainer nicht besaß: die Wut der verschwendeten Zeit im Knast in sich, und die Aussichtslosigkeit seines versauten Lebens vor sich.

Der Höhepunkt des Kampfes kam, als Rainer ein Messer zog. Fred wich dem Angriff im letzten Moment aus und traf im Herumwirbeln mit der Faust Rainers Schläfe. Ein Zufallstreffer, doch der Hüne fiel wie ein gefällter Baum zu Boden und schlug mit dem Kopf auf den Bürgersteig.

Fred hatte damals einen Teil von sich selbst auf dem nassen Asphalt zurückgelassen. Hemmungen und Selbstachtung. Er hatte Rainer einfach liegen gelassen. Und wenn er nicht kurze Zeit später auf Melle getroffen wäre, wer weiß, ob er überhaupt noch leben würde.

Er strich sich über die Augen, als könnte er die Bilder wegwischen.

Rainer hatte Fred nicht an die Polizei verraten, die Zeugen hatten sich zerstreut, bevor der Krankenwagen eintraf. Fred hatte Rainer nach dieser Nacht nie wieder gesehen. Was damals sein Glück gewesen war, könnte heute seine größte Niederlage sein. Rainer hatte zweifellos eine Rechnung mit ihm offen. Hatte er sie beglichen, als Fred längst nicht mehr damit rechnete? Hatte er vor, ihn auf eine Weise zu treffen, die grausamer war, als ihn einfach abzustechen?

Es hieß damals, Rainer habe Hamburg verlassen. Doch niemand wusste genau, wohin, und Fred hatte nicht nachgefragt. Wäre er nur klüger gewesen. Karl hatte ihm beigebracht, sich gleichermaßen gut um Freunde wie um Feinde zu kümmern. Vielleicht wusste Karl … nein, er würde den Kontakt nicht wiederaufnehmen. Karl war seine Vergangenheit, ein Stück verlorene Heimat. Aber kroch man nicht in den Schoß der Familie zurück, wenn man nicht mehr weiterwusste? Fred hatte seine Familie enttäuscht, sie derart vor den Kopf gestoßen, dass es keinen Rückweg gab.

Er wischte das Papier vom Tisch, stand auf und schwor sich, es zu Ende zu bringen. Er atmete ein paarmal tief durch, beruhigte sich, hob den Zettel vom Boden auf und steckte ihn ein. Dann eilte er zur Haustür und zog den Schlüssel ab. Mit dem Schlüsselbund lief er die Kellertreppe hinunter und stand vor dem abgeschlossenen Raum, dessen Schloss widerwillig knirschte, als er es öffnete, um eine Welt zu betreten, die lange im Dunkeln gelegen hatte.

Der Raum war voll von Relikten seiner früheren Existenz – eine staubige Kiste mit Souvenirs. Eine mit den Prozessakten. An der Wand hing sein alter Boxsack, abgenutzt von unzähligen Schlägen. Fred ging langsam darauf zu, seine Finger glitten über die raue Oberfläche. Er griff nach seiner braunen Lederjacke, die daneben an einem Haken hing. Sie war abgetragen und roch nach alten Zeiten und vergessenen Versprechen. Er streifte sie über, und es fühlte sich an, als würde er damit seine alte Identität anlegen. In einer der Taschen fand er ein Feuerzeug und eine zerdrückte Schachtel Zigaretten. Er hatte ewig nicht mehr geraucht. Jetzt zündete er sich eine an, und der Rauch kringelte sich träge zur Decke. Mit jedem Zug glitt er tiefer in die Schatten seiner Vergangenheit.

Herbert Jarre

Auch Herbert gehörte auf die Liste. Die Erinnerung traf ihn unerwartet, und er verschluckte sich am Rauch der Zigarette. Er hustete, drückte den Glimmstängel verärgert an der Wand aus und warf den Stummel auf den Boden.

Scheiße, Herbert!

Wie hatte er den vergessen können? Wegen Freds Fehler hatte Herbert jahrelang hinter Gittern gesessen. Lange bevor Herbert aus dem Gefängnis entlassen worden war, hatte Fred seinem alten Leben den Rücken gekehrt und sämtliche Verbindungen, Kontakte und Beziehungen dorthin gekappt. Er war untergetaucht, hatte alle seine Spuren verwischt und mit Melle eine neue Existenz aufgebaut. Hatte Herbert ihn aufgespürt?

Er zog eine Kommode beiseite, um an den dahinterliegenden Safe zu kommen. Niemand wusste davon – nicht einmal Melle. Er hatte den Tresor einbauen lassen, als sie mit ihren Freundinnen ein Wellness-Wochenende an der Ostsee verbracht hatte. Und er hatte kein schlechtes Gewissen deswegen. Er hatte seine Frau geschützt. Vor seinen Feinden. Vor miesen Erinnerungen. Vor dem schalen Geschmack der Vergangenheit.

Er hatte versagt.

Er tippte die sechsstellige Zahlenkombination in die Tastatur, und der Safe sprang mit einem leisen Klicken auf.

Fotos, eine Dokumentenmappe. Er griff nach der Waffe und einem dicken Geldbündel. Seine Lebensversicherung, die er sich jetzt auszahlen ließ. Er zog die Ceska 9 mm heraus und wog sie in der Hand. Lange hatte er sie nicht mehr gehalten. Er liebte die Waffe. Mit ihren abgerundeten Kanten war sie schnell zu ziehen, und die hohe Magazinkapazität war in der Not ein Vorteil. Als er das Päckchen mit den Patronen herauszog, fielen ein paar der Fotos auf den Boden.

Fred wollte sie unbesehen wieder zurückstecken, als sein Blick auf eine Aufnahme traf. Die Gesichter waren verblasst, aber zu erkennen: Fred und Karl, Arm in Arm und glücklich lachend.

Karl Schrader, der Mann, der die tiefsten und dunkelsten Geheimnisse seiner Vergangenheit kannte. Der Mann, dem er alles verdankte, den er liebte und den er nie hatte enttäuschen wollen. Und es doch getan hatte.

Er schleuderte das Foto hastig in den Safe, wie ein Kind, das die zerbrochene Vase versteckt.

Einmal im Leben musste er ohne Karls Hilfe auskommen.

Er war kein Jugendlicher mehr, und Karl musste inzwischen über siebzig sein. Schwer vorstellbar, denn niemand versprühte so viel Lebensfreude und Charme wie er.

Mit einem letzten Blick quer durch den Raum steckte Fred die Pistole und das Geld in die Jackentaschen, schloss den Safe, zog die Kommode davor und trat hinaus in die Dunkelheit des Kellers. Dann eilte er hoch ins Schlafzimmer, um ein paar Kleidungsstücke zu packen.

Als Nächstes holte er die Sachen aus seinem Spind an der Arbeitsstelle.

Dann würde er seine Welt verlassen und nicht zurückkehren.

KAPITEL 16

An Tom nagte ein Gefühl der Unruhe, obwohl Jonna sich mit funkelnden Augen dem Yachthafen zuwandte und mit keinem Wort mehr auf den Anruf einging. Der Fauxpas seiner Kollegen ließ ihm keine Ruhe. Fred Cullmann, eine berüchtigte Kiezgröße, hatte seinen Namen verschleiert, und niemand hatte es bemerkt. Ausgerechnet der Wasserschutzpolizei war das durchgerutscht. Scham und Ärger stiegen in ihm auf. Seit der Revierleiter ihn offiziell in die Ermittlungen eingebunden hatte, lastete eine große Verantwortung auf seinen Schultern. Zum ersten Mal wurde ihm klar, dass das vermeintliche Ermittlungsabenteuer auch seine Kehrseite hatte. Wenn er das zu Hause erzählte, wäre Lisa sicher nicht begeistert. Sie hatte seit der Ermittlung im Fall des toten Barkassenkapitäns Lutteroth und dem Tötungsdelikt an Bord der *Global Endeavour* kein gutes Haar an seinem Engagement gelassen. Sie fand seine Arbeit als Polizist besorgniserregend genug und hasste es, dass er sich in zusätzliche Gefahr brachte, indem er sich mit Mördern und Totschlägern abgab.

»Cullmann arbeitet in dieser hinteren Ecke des Hafens, und seine Frau wird ausgerechnet hier angespült, das ist kein Zufall«, murmelte Jonna.

»Dass die Leiche in dieser Ecke angetrieben wurde, hat nichts mit seinem Arbeitsplatz zu tun. Auch dass Schrotti sie gefunden hat, muss nichts bedeuten. Er wohnt hier, angelt hier …«

»Wir werden sehen. In einer Mordermittlung glaube ich nicht an Zufälle. Wo wohnt Johann Hansen genau?«

»Gleich neben dem Eingang zum Yachthafen. Ich zeige es dir, wenn du möchtest.«

»Unbedingt!«

Tom beriet sich mit seinem Kollegen, wo sie am besten das Boot anlegten. Schnell war ein Platz gefunden, und sie sahen schon von Weitem, dass das Werftgelände mit hohen Zäunen gesichert war. An der Wasserseite trat ein Wachposten aus einem kleinen Häuschen, als sie am Anleger festmachten.

Tom lehnte sich über die Reling und fragte nach dem Sicherheitschef. Ein kurzes Telefonat später ging der Wachposten voraus und bat Tom und Jonna, ihm zu folgen.

Mitten auf dem Gelände blieb Tom stehen, hielt einen Moment inne und beobachtete das geschäftige Treiben. Hier schlug das Herz der Segelschiffe. Der Geruch von heißem Metall und Maschinenöl erfüllte die Luft. Das beständige Zischen von Schweißgeräten und Schleifgeräusche mischten sich zu einem rhythmischen Klang, der die Werft zum Leben erweckte. Überall ragten Boote in verschiedenen Größen auf Holzgerüsten und Stahlbühnen empor, ihre Rümpfe schmutzig von Muscheln und Algen, die über Jahre hinweg festgewachsen waren.

Zwischen den Booten bewegten sich die Arbeiter in staubigen Overalls zielstrebig hin und her, Schutzhelme auf dem Kopf und schwere Stiefel an den Füßen. Es herrschte eine unermüdliche Energie.

Der Wachposten führte sie vor eine Halle, ein Mann drehte sich um und schirmte mit der Hand die Augen gegen die Sonne ab. Als er die Polizeiuniform erkannte, straffte er die Schultern und trat eilig ein paar Schritte auf sie zu.

»Sind Sie der Vorgesetzte von Fred Cullmann?« Tom nickte dem Wachposten dankend zu.

»Ja?«, antwortete der Mann vorsichtig. »Volker Glück. Security-Manager.«

»Wir hätten gerne ein paar Auskünfte zu Ihrem Mitarbeiter Fred Cullmann«, bat Tom, nachdem er sich und Jonna vorgestellt hatte.

Der Mann kratzte sich am Kinn. »Na, der hat ja heute einen Auftritt … Was will denn die Polizei von ihm?«

»Ist er hier?«, fragte Jonna.

»Er ist schon wieder weg! Er war …«

»Wann war das?«, unterbrach Tom.

»Vor einer halben Stunde? Was ist denn bloß los? Erst kündigt mein bester Mann fristlos, und dann taucht die Polizei auf? Da ist doch was im Busch?«

Tom wechselte einen Blick mit Jonna. Wenn sie schneller gewesen wären, hätten sie Cullmann noch angetroffen. Jonnas Miene blieb regungslos.

»Erzählen Sie mal der Reihe nach. Warum hat Herr Cullmann gekündigt?«, fragte sie.

Glück seufzte tief. Er sah kurz über seine Schulter in die Bootshalle, dann wieder zu Tom und Jonna. »Er tauchte vor etwa einer Stunde auf. War ungewöhnlich hektisch. Normalerweise ist er die Ruhe selbst. Aber er hatte seinen Spindschlüssel vergessen und musste die Tür unbedingt öffnen. Hat mir nicht nur seine fristlose Kündigung vor die Füße geworfen und auf den Lohn des Monats verzichtet, sondern auch noch Geld für das Reparieren des Spinds hingeblättert, nachdem er das Schloss aufgebrochen hat.« Er schüttelte resigniert den Kopf. »Fred ist nicht aus der Ruhe zu bringen. Aber heute war mit ihm nicht zu spaßen. Er war … ich meine, ich habe natürlich davon gehört, was seiner Frau passiert ist, ich habe ihm gesagt, dass er sich Zeit nehmen soll. Ich habe seine Kündigung nicht angenommen. Der beruhigt sich schon wieder.«

»Was brauchte er denn so dringend aus dem Spind?«

»Keine Ahnung, ich spioniere ihm ja nicht hinterher. Wenn Sie ihn sprechen, sagen Sie ihm, dass er jederzeit zurückkommen kann. Ich nehme seine Kündigung nicht an, keine Chance.«

»Ist er so wichtig für Sie?«

»Oh ja, er arbeitet seit über zehn Jahren für uns. Fred funktioniert wie ein gut geölter Motor, ohne Ruckeln, ohne Pause – immer bereit, genau dann zu leisten, wenn es nötig ist. Finden Sie mal derart zuverlässiges Personal!«

Der Mann war offensichtlich gar nicht glücklich darüber, dass Fred sich so abrupt verabschiedet hatte. Tom war gespannt, ob Jonna ihm seine Illusion über Fred *Manni* Cullmann nehmen würde. In dieser Hinsicht war Volker Glücks Name kein gutes Omen.

»Hat er gesagt, wohin er will? Eine Telefonnummer hinterlassen? Eine Adresse?«

»Wieso, zieht er um?« Glück schüttelte den Kopf.

Jonna überreichte dem Mann ihre Visitenkarte. »Danke, Herr Glück. Wenn er zurückkommt oder sich meldet …«

»… rufe ich Sie sofort an«, beendete Glück den Satz.

Sie drehten sich um und schlenderten Richtung Ausgang. Tom hatte mit dem Wachmann besprochen, dass sie den Schrotthandel nebenan besuchen wollten.

Jonna zog ihr Handy hervor, und Tom vermutete, dass sie die Nummer von Fred Cullmann anrief.

»Ausgeschaltet«, murmelte sie.

Keine Überraschung. Wie kamen sie nun an Fred Cullmann ran? Er würde wohl kaum zu Hause auf die Kripo warten. Natürlich würden sie sein Handy überwachen, doch Tom machte sich keine Hoffnungen, dass Cullmann es noch einmal benutzen würde. Ganz offensichtlich wollte er mit der Polizei nichts zu tun haben und von der Bildfläche verschwinden.

Warum ließ er alles hinter sich?

Was wusste er, was er dem LKA nicht sagte?

Was hatte der Mann vor?

KAPITEL 17

⚓

Die Außenstelle des Polizeikommissariats 47 war in einem Rotklinkergebäude direkt gegenüber dem Fähranleger Finkenwerder untergebracht. Charlotte saß in einem Büro, das erfüllt war vom Summen alter Neonröhren und dem musternden Blick des Kollegen der Schutzpolizei, dessen grauer Schnurrbart ein Relikt aus längst vergangenen Zeiten war.

Ohne ihre Frage nach Schrottis Wohnanschrift zu beantworten, erhob sich der ältere Beamte schwerfällig. Sein Knie knackte leise, als er sich zu einer Espressomaschine in der Ecke schleppte. Die ehemals glänzende Verchromung war stumpf, und das Gerät sah aus, als hätte es schon Dienst getan, als sein Schnurrbart noch pechschwarz gewesen war. Trotzdem verströmte sie eine gewisse Würde, eine Erinnerung daran, dass sie einst mit Stolz in diesem Büro aufgestellt worden war.

Charlotte hatte lange darüber nachgedacht, was im Institut für Rechtsmedizin geschehen war, als Jonna Fred Cullmann aus dem Verabschiedungsraum geholt hatte, um ihn zu vernehmen. Daan hatte ihr später erklärt, dass Cullmann anonym angezeigt worden war, an Bord der Fähre gewesen zu sein, als seine Frau starb. Cullmann hatte jedoch ein Alibi nachgewiesen.

Daan Van der Waals Tatortbericht hatte sie entnommen, dass Cullmanns Freund Johann *Schrotti* Hansen das Opfer am Rüschkanal gefunden hatte. Ihr ging der Name nicht aus dem Kopf, denn auch Cullmann hatte seinen Freund Schrotti erwähnt.

Sparen Sie sich Ihre Sorgen, hatte er Charlotte erzählt. *Mein Freund Schrotti, er meinte, ich solle loslassen, vielleicht hat er recht. Vielleicht auch nicht. Am Ende spielt's eh keine Rolle.*

Cullmann hatte eine tiefere emotionale Verbindung zu diesem Schrotti, als er zugeben wollte, sonst hätte er sich nicht in dem Moment auf ihn berufen. Charlotte war sich nicht mal sicher, ob in Cullmanns Worten nicht sogar ein Verdacht mitschwang, dass dieser Freund eventuell Wichtiges verschwieg.

Sie wollte diesen Schrotti kennenlernen und sich selbst einen Eindruck verschaffen. Vielleicht war er in der Lage, ihr einen Kontakt zu Fred herzustellen, denn der hatte sich nicht mehr bei Charlotte gemeldet, und ihre Anrufe liefen ins Leere.

Mit geübten Handgriffen hantierte der Kollege an der Espressomaschine. Das Surren des Mahlwerks durchbrach die angespannte Stille. Charlotte beobachtete, wie er zwei winzige Espressotassen unter den Auslauf stellte – filigrane Porzellanteilchen, die in krassem Gegensatz zu seinen wurstigen Fingern standen.

Als der Kaffee in dünnen Strahlen in die Tassen floss, erfüllte ein intensiver Duft den Raum. Es war der erste Hauch von Wärme in dieser bürokratischen Atmosphäre. Sie fragte sich, ob dieses kleine Kaffeeritual der Auftakt zu einer produktiven Unterhaltung sein würde – oder ob es eine Verzögerungstaktik darstellte.

»Ich vermute, dass Sie Johann Hansen kennen?« Charlotte lächelte innerlich, als sie bemerkte, dass sie den Kollegen gesiezt hatte. Der Schnurrbart beeindruckte sie.

»Nimmst du Zucker?«, fragte er.

»Ja, bitte.« Sie nahm ihm die schmale Tasse ab und stellte sie, ohne zu kleckern, auf der Schreibtischplatte ab.

»Es ist verdammt misslich, dass Schrotti die Leiche gefunden hat. Er hat vor vielen Jahren schon einmal ein Unglück erlebt, das ihn komplett aus der Bahn geworfen hat. Die Barkassentragödie, von der hast du sicher gehört? Er war einer von ihnen!«

Charlotte kniff irritiert die Augen zusammen. Sie erinnerte sich an keine Barkassentragödie.

Schnauzbart seufzte. »Das war vor deiner Zeit. Eines der schwersten Unglücke im Hamburger Hafen. Mitte der 80er-Jahre kollidierte eine gecharterte Barkasse mit einem Schleppverband. Die Barkasse sank wie ein Stein.«

»Mein Gott, gab es Opfer?«, fragte sie und rutschte voller Vorahnung auf dem Stuhl nach vorn.

»Von den gut vierzig Passagieren starben über die Hälfte. Unter den Opfern war auch die Familie Hansen.«

»Schrottis Verwandtschaft?«

Er nickte. »Sein Vater hatte die Barkasse gechartert, um seinen sechzigsten Geburtstag zu feiern. Hansen senior und seine Frau ertranken in der Elbe.«

Charlotte schluckte trocken. Sie hatte keine Mühe, sich vorzustellen, wie es einen jungen Mann aus dem Leben katapultierte, wenn von einer Sekunde auf die andere seine Eltern bei einem tragischen Unglück starben. Er hatte überlebt, aber seinen Preis gezahlt. »Und Schrotti hat das miterlebt? Wurden die Leichen geborgen?«

»Nicht alle.«

Charlotte nickte. »Verstehe!«

Schnauzbart schüttelte den Kopf. »Nein, Kollegin, das hast du noch nicht voll erfasst. Schrotti war verheiratet und Vater von zwei kleinen Kindern.«

Ihre Brust schnürte sich zusammen, und ein kalter Schauer rann ihren Rücken hinab. Sie wusste mit plötzlicher Gewissheit, dass das Schlimmste noch kommen würde.

Der Kollege trank seinen Espresso in einem Schluck aus und ließ die Tasse hart auf den Unterteller klirren.

»Seine einjährige Tochter wurde tot geborgen. Der vierjährige Sohn und Schrottis Eltern nach Tagen elbabwärts ans Ufer angetrieben. Seine Ehefrau wird bis heute vermisst.«

Charlotte hatte die Außenstelle so schnell wie möglich verlassen, um ihre Gedanken und Gefühle unter Kontrolle zu bringen. Der Wind trug die Feuchtigkeit der Elbe durch die schmalen Straßen von Finkenwerder. Charlotte hielt sich an die Wegbeschreibung zu Hansens Schrottplatz, gleich neben dem Eingang zum Yachthafen. Sie könne es nicht übersehen, hatte Schnauzbart gemeint und sie mitleidig angesehen.

Ihre Schritte waren mechanisch, als ob ihr Körper wüsste, in welcher Richtung er über das Kopfsteinpflaster spazieren musste, während ihr Kopf noch in dem eben Gehörten verfangen war. Was sie erfahren hatte, hatte sie so berührt, so viele Bilder erzeugt, dass sie keine der Fragen gestellt hatte, die unaufhörlich durch ihr Innerstes kreisten. Wie genau war es zu dem Unglück gekommen? Hatte jemand Schuld? Wie hatten die Menschen nach der Tragödie weitergelebt? Welche Spuren hatte das Drama bei Johann Hansen hinterlassen? Wie überstand man einen solchen Verlust, ohne eine Traumafolgestörung zu entwickeln? Erst recht, weil er selbst dabei gewesen und im kalten Wasser um sein Leben gekämpft hatte.

Wie begegnete man einem Mann, der bei einer Katastrophe seine gesamte Familie verloren und anschließend aus seinem Leben gefallen war? Was sollte sie, was durfte sie ihn überhaupt fragen? Er hatte eine bürgerliche Existenz gehabt, war ein liebender Ehemann und Familienvater gewesen. Dann nichts mehr. Und als ob das alles nicht genug wäre, hatte er nun eine Freundin tot am Elbufer gefunden.

Ihre Augen folgten unaufmerksam der Silhouette eines Segelschiffs, das sie schemenhaft hinter Buschwerk ausmachte.

Es blieb ihr nur die Möglichkeit, sich auf Melanie Cullmann zu beziehen. Und sie hatte einen kleinen Vorteil: Mit Trauer kannte sie sich aus. Wenn Hansen eines nicht mehr brauchte, dann Mitleid, Vermeidung des Themas oder billigen Trost.

Kurz vor dem Eingang zum Yachthafen fiel ihr Blick auf einen überquellenden Container, dessen scharfkantiger Schrott in der Sonne glänzte. Linker Hand, auf einem kleinen Platz, lag ein verrosteter Kutter, der wohl seit Jahrzehnten keinen Tropfen Wasser mehr gesehen hatte. Einst blau, war er nun ein gescheckter, ausgebleichter Kahn, mit abblätternder Farbe. Hier lebte also Johann Hansen. Charlotte blieb einen Moment unschlüssig zwischen kaputten Maschinen und rostigen Teilen stehen. Es war niemand zu sehen.

Neben dem Kutter hockte eine Bretterbude aus alten Holzplanken. Eine handgemalte, verblasste Tafel mit den krakeligen Buchstaben *Schrottis Hafenbasar* hing schief über der schmalen Tür. Es roch nach Öl, feuchtem Holz und verrostetem Metall.

Sie hörte eine Stimme näher kommen.

Ein Mann sang.

Leave her, Johnny, leave her.
Oh, leave her, Johnny, leave her.
For the voyage is long …

Der Gesang brach abrupt ab, als der Mann um die Ecke trat und Charlotte wahrnahm. Sie starrte zurück. Es dauerte einen Moment, bis sich beide gefangen hatten. Dann sprachen sie gleichzeitig.

»Das war schön. Ich wollte Sie nicht unterbrechen.«

»Was suchen Sie? Zum Yachthafen müssen Sie noch ein paar Schritte weiter. Zum Rüschpark geht's da vorne lang.« Er wies mit der Hand nach links.

Charlottes Blick wanderte über seinen dreckigen Blaumann, die hängenden Schultern und die tiefen Falten, die sich wie Narben durch sein Gesicht zogen, als hätten sie jedes Leid, jede Erinnerung an den Verlust festgehalten.

»Ich möchte zu Ihnen, wenn Sie Johann Hansen sind. Charlotte Severin vom Polizeilichen Opferschutz. Ich komme wegen Melanie und Fred Cullmann.« Sie stockte. »Es gibt neue Erkenntnisse.«

Er musterte sie lange und zeigte dann auf eine schlichte, verwitterte Holzbank, die neben seinem Kutter stand. Sie war grob gezimmert, die Kanten abgerundet vom Wetter, und doch wirkte sie einladend, als hätte sie schon viele Geschichten gehört. Charlotte setzte sich. Er hingegen schlurfte ein paar Schritte nach rechts und ließ sich auf einem moosbedeckten Holzstamm nieder, der weit weniger komfortabel aussah. Es wirkte zufällig, aber sicher kam dem Arrangement Bedeutung zu. Sie saß auf der Bank, erhöht und bequem. Er auf dem rauen Stamm, ein Symbol der Naturverbundenheit. Er hätte sich zu ihr setzen können, hatte jedoch eine kleine Kluft zwischen ihnen aufgebaut, die Charlotte überbrücken musste.

Sie holte Luft für ihre schwierige Eröffnung. »Fred Cullmann hat mir erzählt, dass Sie seine Frau gefunden haben. Er war beinahe froh darüber …«, sie stockte kurz, als ihr durch den Kopf ging, dass das vielleicht nicht die richtige Wortwahl war, »… er wirkte erleichtert, dass Sie seine Frau entdeckt haben. Ein Freund der Familie.«

Hansen hob nur flüchtig die Augenbrauen.

»Es war kein Unfall«, sagte sie.

Seine rechte Hand zuckte leicht, und die Stirn legte sich in Falten.

»Sie wurde gewaltsam von der Fähre gestoßen.«

Seine Lippen öffneten sich, als wollte er etwas sagen, doch er starrte sie nur an.

»Ich brauche Ihre Hilfe. Sie sind mit beiden befreundet. Sie wissen vielleicht etwas, was uns hilft, den Täter zu finden.«

Er ließ sich Zeit mit einer Antwort, als müsse er sorgsam abwägen, ob ihre Ausführungen irgendetwas für ihn änderten. Schließlich nickte er.

»Der Tod ist wie der Nebel auf der Elbe. Man sieht ihn nicht kommen, bis er alles verschluckt.«

Charlotte war nicht klar, was er damit sagen wollte. Sprach er vom Tod allgemein, oder gab er einen Hinweis auf Melanies Tod? Meinte er gar seine eigene Vergangenheit?

Es war ungeschickt, ihn direkt auf seine Biografie anzusprechen, aber sie konnte nicht anders. Er hatte ein Recht darauf, zu erfahren, dass sie seine Geschichte kannte, sonst wäre es ein ungleiches Gespräch.

»Ich habe gehört, dass Sie bereits einen tragischen Verlust zu verkraften hatten.« Sie sprach leise. »Sie waren bei dem Barkassenunglück dabei?«

Er sah sie erstaunt an. Natürlich, er hatte nicht damit gerechnet, dass eine Fremde ihre Nase in seine Angelegenheiten steckte und ihn direkt auf seine Familie ansprach. Aber sollte sie darum herumreden und mühsam alles verschweigen, um ihn womöglich zu schonen, obwohl er die unausgesprochenen Worte zwischen den Zeilen hörte?

»Ich habe dem Tod ins Auge gesehen. Er hat alles verschluckt.«

Sollte sie sich damit begnügen, oder durfte sie nachhaken? Sie entschied sich, ihn direkt zu fragen. Er würde selber entscheiden, worauf er antwortete und worauf nicht. »Erzählen Sie mir, was passiert ist?«

Er sah sie einen Moment aus traurigen Augen an, als versuche er, zu ergründen, ob sie eine Antwort wert war oder nicht.

»Sie kennen die Geschichte? Ich hab den Schleppverband gesehen … zu nah.«

Sie nickte stumm.

»Ich bin zum Barkassenführer gerannt, schrie, wollte ihn warnen. Dann prallte das Wasser in die Barkasse. Es kam von allen Seiten … Es zog uns in die Tiefe. Es war so dunkel. Wo war oben? Wo unten?«

Charlotte hielt die Luft an. Hatte sie eine Grenze überschritten? Hatte sie den armen Mann mit etwas konfrontiert, das für alle anderen längst der Vergangenheit angehörte, für ihn jedoch immer noch bittere Gegenwart war?

»Meine Tochter saß noch in ihrem Buggy, als man sie aus der gesunkenen Barkasse barg. Mein Sohn … meine Frau … einfach weg.« Er schluckte schwer und bewegte seine Hand, als wolle er den Gedanken wegwischen. »Man sagt, wenn einer im Hafen stirbt, dann nimmt ihn das Wasser mit. Es ist egal, ob man ihn findet, früher oder später gehört man dem Fluss.«

Charlotte brauchte einen Moment, um die Bilder, die seine Worte in ihrer Vorstellung heraufbeschworen, zu erfassen. »Haben Sie psychologische Hilfe bekommen? Danach?«

»Das hätte meine Toten nicht zurückgebracht.«

»Nein. Aber es hilft einem, zu überleben.«

»Leben? Na ja, ich bin noch da.«

Charlotte ahnte, dass der alte Mann seit Jahrzehnten unter der Extrembelastung gelitten und die Realität im wahrsten Sinne des Wortes ver-rückt hatte, um weiterzumachen. Und sie befürchtete, dass Hansen sich nur nicht selbst das Leben genommen hatte, weil er auf den Tag wartete, an dem die Elbe die Gebeine seiner Frau freigeben würde.

»Ja, Sie sind noch da. Und jetzt haben Sie erneut eine Freundin verloren. Sie haben Melanie gefunden. Das muss ein Schock gewesen sein …« Sie überlegte. »Fred Cullmann hat mir erzählt, dass Sie für ihn da waren. Das ist … Können Sie mir irgendetwas zu Melle sagen? Wer könnte sie töten wollen?«

»Sie war eine gute Frau, eine weise Seele. Es gibt absolut keinen einzigen Grund, ihr schaden zu wollen.« Ein dumpfes, gepresstes Geräusch entwich seinen Lippen, als ob der Gedanke an eine weitere Tote in seinem Leben ihm die letzte Kraft zum Atmen nahm. »Fred wird … Melle hat ihn damals geholt und auf diese Elbseite gebracht. Er hätte sonst nicht überlebt. Wenn Sie unbedingt jemandem helfen wollen, dann ihm. Er darf nicht zurückgehen.«

»Wohin darf er nicht zurückgehen?«

»Er kommt aus dem Dunkeln und ist blind vor Zorn.«

»Meinen Sie den Club, für den er gearbeitet hat?«

Hansen antwortete ihr nicht, deshalb setzte sie nach.

»Ich muss ihn dringend sprechen. Richten Sie ihm aus, dass ich jederzeit für ihn da bin? Wut ist kein guter Ratgeber.«

Er stand auf und fummelte den Reißverschluss der Brusttasche seines Blaumanns auf. Er reichte ihr einen Zettel.

Überrascht faltete sie ihn auseinander und versuchte zu verstehen, was sie sah.

745 960 27

»Ist das seine Telefonnummer?«, fragte sie und drehte den Zettel hin und her, auf der Suche nach einer Erklärung.

Er zuckte mit den Schultern. »Ich weiß nicht, was das ist. Melle hat mir die Ziffern gegeben. Schon vor ein paar Tagen. Sie hat mich gebeten, darauf aufzupassen.«

»Was bedeuten die Zahlen? Ein Code? Eine PIN?«

»Ich habe den Zettel verwahrt«, sagte er mit tonloser Stimme, als sei er durch das Gespräch erschöpft. »Jetzt scheint mir alles sinnlos. Ich will gar nicht wissen, was sich dahinter verbirgt.«

»Warum vertrauen Sie mir den Zettel an … und nicht Fred Cullmann?«

Wieder sah er sie aus seinen traurigen Augen lange an.

»Wer weiß, welche Tür diese Zahlen öffnen? Fred braucht keine zusätzlichen Schwierigkeiten!«

Charlotte seufzte. »Ich werde versuchen, ihm zu helfen, aber er muss mit uns zusammenarbeiten.« Sie hielt den Zettel hoch. »Danke, dass Sie mir vertraut haben. Ich werde herausfinden, was es damit auf sich hat, und Sie informieren. Dann sehen wir weiter.«

Statt Zustimmung zu signalisieren, versteifte sich Hansen ganz plötzlich.

Sie drehte sich um. Was hatte ihn so beunruhigt?

Jonna und Tom kamen auf sie zu.

Charlotte erstarrte genauso wie Hansen vor ein paar Sekunden – allerdings aus einem anderen Grund. Sie war auf eine Begegnung mit Tom nicht vorbereitet.

»Wasserschutz?«, krächzte Hansen. »Haben Sie sie endlich gefunden?« Er griff hinter den Baumstamm und holte eine Wodkaflasche hervor. Ohne zu zögern, setzte er sie an den Mund und trank.

Tom schüttelte den Kopf. »Bendixen ist mein Name. Das ist Frau Jacobi vom LKA. Wir untersuchen den Tod von Melanie Cullmann und haben noch ein paar Fragen.«

Hansen sah ihn schweigend an.

»Wir möchten zum Beispiel wissen, wo Sie sich aufgehalten haben, als Frau Cullmann von der Fähre stürzte.«

Hansen wirkte irritiert. »Sie war allein.« Er senkte den Kopf und starrte auf den Boden. »Manchmal, wenn der Wind richtig steht, hört man nachts die Schreie der Toten vom Hafen herüberwehen.«

»Wie bitte?« Tom sah Hansen ratlos an.

Charlotte verstand sofort, dass dieser Mann immer noch wartete. Jeden Tag, jede Minute … wann würde die Elbe seine Frau freigeben? Wann käme die Polizei, um ihm die schreckliche Nachricht zu bringen, dass die Überreste seiner Frau gefunden worden waren? Hansen hatte gedacht, Tom käme, um ihm die Nachricht vom Fund seiner Frau zu überbringen.

Sie erlöste Hansen. »Gut, dass ihr da seid. Wir haben einiges zu besprechen. Lasst uns ein paar Schritte gehen.« Sie zog Jonna am

Arm Richtung Bürgersteig und wandte sich mit einem letzten Blick an Hansen. »Vielen Dank für Ihre Hilfe. Ich hoffe, wir sehen uns bald wieder. Halten Sie Ausschau nach Cullmann. Er braucht einen Freund.«

Er nickte, dankbar, dass sie die beiden Kommissare von ihm ablenkte.

KAPITEL 18

Tom lächelte, obwohl es ihm einen Stich versetzte, Charlotte so unerwartet gegenüberzustehen. Es war das erste Aufeinandertreffen, seit ihr Ex Daniel kein Risiko mehr für sie und ihre Tochter darstellte. War Charlotte, die alle nur Charly nannten, ihm nur deshalb so nah gewesen? Weil sie seine Hilfe brauchte, und als die Gefahr beseitigt war … Er hatte sie nach der Hochwassernacht im November nur noch einmal gesehen, und es hatte ihn gekränkt, dass sie ihn am Telefon so abgebügelt hatte. Er verstand nicht, warum sie ihn mied. Wenn er ganz ehrlich zu sich war, ahnte er, dass es mit Lisa zu tun hatte. In der Katastrophennacht war seine Ehefrau plötzlich nicht mehr zu erreichen gewesen, und Tom hatte sich nicht selbst darum kümmern können, da er im Hafen gebunden war. Er hatte sich schweren Herzens dazu durchgerungen, Charly um Hilfe zu bitten. Sie war zu ihm nach Hause gefahren und hatte Lisa ohnmächtig im Garten gefunden, sie ins Krankenhaus und später ans WSPK 2 gebracht.

War das der Grund für ihr abweisendes Verhalten? Ging es ihr womöglich ähnlich wie ihm?

Am liebsten hätte er sie in den Arm genommen, doch das war undenkbar, deshalb steckte er seine Hände in die Hosentaschen.

Jonna wiegte sich leicht auf den Zehenspitzen und blickte lächelnd die Straße hinunter. »Na, was haben wir denn so Wichtiges zu besprechen, dass du uns von dem Zeugen weglockst?«

»Ich wollte sicherstellen, dass ihr alles über seinen Hintergrund wisst, bevor wir ihn bedrängen … er … er ist nicht der nervenstärkste Mensch … «, stammelte Charlotte. Ihre Lippen pressten sich für eine Sekunde zusammen, dann entspannte sie sich und rang sich ein Lächeln ab.

»Ich kenne seine Geschichte!«, warf Tom ein und verstand nicht, wieso Charlotte glaubte, sie müsse einen Zeugen vor Jonna und ihm schützen. Er war doch kein Elefant im Porzellanladen. Er wusste sehr wohl, wie man mit Menschen umging, ohne alles in Scherben zu legen.

»Was ist denn hier los?«, fragte Jonna mit hochgezogenen Augenbrauen.

»Johann *Schrotti* Hansen ist einundsiebzig Jahre alt und ein Unikum im Hamburger Hafen.« Tom ignorierte Jonnas Einwand und überspielte seine Verlegenheit. »Er war einst Barkassenskipper, dann erlebte er das Barkassenunglück 1984 mit und verlor seine gesamte Familie. Er ist beinahe daran zerbrochen.« Sein Blick blieb immer mal wieder an Charlottes Gesicht hängen, als könne er dort irgendetwas entdecken, das ihm die Möglichkeit bot, ihre alte Verbindung wiederherzustellen. Sie wirkte blass, und ihre Narbe zeichnete sich deutlich ab. »Er hat in den 90er-Jahren noch gut Geld gemacht, indem er alte Teekisten aus der Speicherstadt teuer an Dekorationsgeschäfte verkaufte, aber gleichzeitig ist er immer wunderlicher geworden und war nicht mehr kompatibel mit unserer verdammten Leistungsgesellschaft. Ich bin froh, dass er auf Finkenwerder seinen Platz gefunden hat. Die Menschen respektieren ihn. Nur deshalb hat er überlebt!«

Charlotte nickte kaum merklich. Was immer Schrotti ihr erzählt haben mochte, sie war einverstanden mit Toms Zusammenfassung. Na, wenigstens etwas.

»Weißt du, wie es zu dem Unglück kam?«, fragte sie und sah ihn endlich direkt an.

Er lächelte, doch ihr Blick war schon wieder gesenkt.

»Klärt mich mal jemand auf?«, fragte Jonna.

Sie gingen langsam am Yachthafen entlang. Die Sonne warf einen warmen Schimmer über das Wasser, das leise gegen die Pfähle gluckste.

»Eine Ausflugsbarkasse kollidierte mit einer Schute, die von einem Schlepper elbaufwärts gezogen wurde. Die Schleppleine der Schute drückte die Barkasse runter, sodass sie sofort mit Wasser volllief und innerhalb von Sekunden sank. Die Elbe hatte vielleicht elf oder zwölf Grad … der Sog … die Strömung … Es haben nur wenige überlebt«, sagte Tom, während seine Hände von der Hosentasche in die Jackentasche wechselten. »Die Fähre wurde am nächsten Morgen aus zwölf Metern Tiefe geborgen … mit weiteren Toten.«

Jonna blieb stehen und sah sich die schaukelnden Segelboote an, die wie schläfrige Riesen im Hafen lagen. »Ich erinnere mich daran«, murmelte sie. »Es gab keinen Schuldigen, oder?« Ein leichter Wind zog auf und ließ die Leinen an den Masten rhythmisch gegeneinanderklirren. Sie strich sich eine Haarsträhne aus dem Gesicht, während sie sprach.

Tom überlegte. »Die Ursache war nicht eindeutig. Man untersuchte einen technischen Defekt, fehlende Beleuchtung des Schleppverbandes oder Augenprobleme des Barkassenführers …« Er sah kurz in den Himmel, an dem sich erste kleine Wolken zusammenzogen. »Das Seeamt hielt den toten Skipper für verantwortlich.«

Neben ihm zuckte Charly leicht mit den Schultern, als würde sie die kühle Brise auf ihrer Haut spüren. Sie presste für einen Moment die Lippen zusammen, bevor sie leise seufzte. »Ein Unglück hat nicht immer einen Schuldigen.«

»Es ging darum, möglichst die Versicherungen ins Spiel zu bringen, um die Opferfamilien zu entschädigen. Am Ende haben die Bürger der Stadt geholfen. Es gab so viele Kinder, die zu Waisen geworden waren, Frauen, die ihre Partner verloren hatten.« Er blieb stehen. »Die Spendenbereitschaft war enorm. Und dafür liebe ich unsere Stadt. In der Not halten wir zusammen.«

»Bitter!«, Jonna stellte sich vor ihn. »Glaubst du, das hat Hansen nachhaltig verstört? Könnte er etwas mit dem Tod von Melanie Cullmann zu tun haben?«

Tom antwortete nicht sofort, obwohl ihm der Widerspruch schon auf der Zunge lag. Er wollte nicht vorschnell urteilen.

»Der Mann hat damals im Wasser um sein Leben gekämpft«, mischte sich Charlotte ein. »Er hat seine Kinder verloren und wartet noch heute darauf, dass seine Frau gefunden wird! Selbst wenn er jemanden töten wollte, würde er sich nicht die Elbe dafür aussuchen.«

»Bist du sicher?«, insistierte Jonna.

Tom nickte. »Charly hat recht. Hansen tut keiner Fliege etwas zuleide.«

»Ich muss euch was zeigen«, Charlotte kramte den Zettel mit den Ziffern aus ihrer Handtasche und reichte ihn Jonna. »Den hat Hansen mir gegeben.«

Jonna studierte den Zettel kurz und hielt ihn gegen das Licht, als erwarte sie eine geheime Botschaft. »Hat Hansen eine Schwäche für Rätsel?«

»Den Zettel hat er vor ein paar Tagen ohne Erklärung von Melanie Cullmann erhalten.«

»Hältst du Kontakt zu Cullmann?«, fragte Jonna. »Kannst du rausfinden, wofür diese Zahlen stehen?«

»Ich hoffe, ich bekomme bald Rückmeldung, dann kann ich …«

»Stopp!«, mischte Tom sich ein. »Was soll das werden? Fred Cullmann ist ein Schwerkrimineller auf dem Kriegspfad. Wir können Charly …«

»Geht's noch? Ich bin auch anwesend. Sprich mit mir und nicht über mich.« Charlotte stemmte die Hände in die Hüften. »Und wieso Schwerkrimineller?«

Jonna berichtete kurz, was sie über Fred Cullmann alias Manfred Weigand in Erfahrung gebracht hatten.

Charlotte verzog keine Miene. »Trotzdem versuche ich, den Kontakt zu ihm zu halten. Er vertraut mir. Hansen übrigens auch, sonst hätte er mir den Zettel wohl kaum ausgehändigt.«

Tom konnte seine Sorge nur mühsam unterdrücken. »Das musst du nicht tun.«

Jonna blickte von einem zum anderen. »Hört auf! Entweder wir machen das wie Profis und kümmern uns um den Fall …«, sie grinste, »… oder ich hole mir Popcorn und genieße die Show.«

»Charly, bitte …«, Tom griff nach ihrem Arm. »Hast du nicht schon genug Sorgen?«

Die Berührung löste den Knoten. Sie sah ihn mit einem Blick an, der Tom erklärte, dass sie sich vor ihm schützen wollte. Er holte tief Luft, weil er selber nicht wusste, wo die Grenze verlief zwischen Kollegialität, Freundschaft und Verliebtheit.

Jonna zog fragend die Augenbrauen zusammen.

»Es ist rein beruflich.«

Charlottes schnelle Antwort traf Tom mehr, als er sich eingestehen wollte. »Natürlich ist es das«, sagte er gequält und trat einen Schritt zurück.

Jonna seufzte. »Charlotte, du versuchst, an Fred Cullmann dranzubleiben.« Sie wandte sich an Tom. »Und du hilfst ihr dabei!«

Toms Herz verkrampfte sich schmerzhaft, als er Charlys abweisenden Gesichtsausdruck sah. Er zwang sich, die Enttäuschung herunterzuschlucken, auch wenn der Kloß in seinem Hals das kaum zuließ.

Jonna schlenderte pfeifend am Yachthafen entlang. »Popcorn wäre trotzdem nett gewesen«, murmelte sie vor sich hin.

KAPITEL 19

Ein muffiger Geruch nach abgestandenem Zigarettenrauch schlug Fred entgegen, als er die Tür zu dem billigen Hotel auf der Reeperbahn aufstieß. Eine Neonröhre flackerte unregelmäßig über dem Empfangstresen und stellte klar, dass dies kein Designhotel war. Hinter dem Tresen saß ein älterer Mann mit gelblichen Fingern, die eine Zigarette hielten, obwohl das Schild an der Wand rauchfreie Räume versprach.

»Ein Zimmer?«, fragte der Mann ohne große Begeisterung.

»Moin. Für eine Woche.« Fred zog drei Fünfzigeuroscheine aus der Hosentasche und legte sie auf den Tresen.

»Da ist aber kein Frühstück mit drin!«

Fred nickte und griff nach dem Schlüssel, den der Alte ihm reichte. »Handtücher?«

»Klaro. Erster Stock, links.«

Das Zimmer war halbwegs sauber, er hatte es für sich allein, Dusche auf dem Gang, und es gab einen Zimmersafe. Mehr brauchte er nicht. Er legte die Geldbündel und seine Waffe hinein. Heute Abend würde er die Sachen nicht benötigen. Morgen? Vielleicht.

Nur das Prepaidhandy, das er aus seinem Spind von der Werft geholt hatte, nahm er sofort in Betrieb. Er musste erreichbar sein, wenn er seine Telefonnummer verteilte. Irgendjemand würde anrufen. Es machte sicher schnell die Runde, dass er gut für Informationen zahlte.

Er legte sich aufs Bett, starrte an die Decke und entwarf einen Plan.

Der Regen, der am Nachmittag eingesetzt hatte, war schon wieder vorbei, doch das Kopfsteinpflaster der berühmten Davidstraße auf dem Hamburger Kiez glänzte feucht im flackernden grünen und roten Neonlicht. Die Wände der alten Backsteinbauten waren übersät mit Graffiti. Schrill und aufdringlich. Die Luft war schwer, eine Mischung aus verschüttetem Bier und dem Geruch von Bratwurst, der aus einer Imbissbude an der Ecke wehte.

Es herrschte reger Betrieb um diese Nachtzeit. Wie immer. Der Kiez schlief nie. Fremde, dic sich in der Dunkelheit aneinander vorbeischoben und lüsterne Blicke auf die Prostituierten warfen, die die ganze Straße entlang in ihren engen Outfits und High Heels standen und auf Kundschaft warteten. Eine Gruppe junger Männer torkelte lachend mit Plastikbierbechern umher. Der Kiez war ein Ort voller Kontraste. Der Glanz der Lichter kämpfte gegen den Schatten in den Ecken. Freiheit lag in der Luft, aber ihr Preis war die kriminelle Dunkelheit, die tief in den Adern des Viertels pulsierte.

Fred konnte sich diesem Sog nicht entziehen. Fast fünfzehn Jahre war er nicht mehr hier gewesen. Jede Straße, jede Ecke, jeder Geruch war vertraut und doch unbekannt. Alles sah anders aus, und trotzdem gleich. Früher hatte er dazugehört, jetzt war er ein Fremder. Hier zu sein, wieder den Puls zu spüren, war, als würde ein Teil von ihm aufwachen. Der Kiez war eben kein Ort, er war ein lebendiges Wesen – ein Herz, das wild schlug, ein rauer Atemzug.

Er erreichte die Bar. Ein Cocktail aus dröhnenden Bässen, klirrenden Gläsern und dem Lachen der Nachtschwärmer waberte aus der Eingangstür.

Der Türsteher betrachtete ihn kühl. Fred machte Anstalten, an ihm vorbeizugehen, als dieser seine Hand ausstreckte und den Weg versperrte.

»Du nicht!«

Fred sah ihn aus zusammengekniffenen Augen an. »Doch! Denn du hast meinen Job geerbt, du weißt es nur noch nicht.« Er zog eine Augenbraue hoch. »Ruf den Chef oder lass mich rein.«

Der Türsteher nahm den Arm weg. »Jetzt kommen die Alten schon zum Sterben hierher«, murmelte er.

Fred ignorierte ihn und betrat das *Elysium*. Die Luft war beinahe klar zu nennen, wenn er an seine Jahre zurückdachte, in denen hier drinnen noch geraucht wurde, bis die Luft dick und blau war.

Eine Lichtershow setzte die Tänzerinnen auf der Bühne in Szene, während der Rest des Clubs in Dämmerlicht versank und einen barmherzigen Schleier über das verkratzte Inventar legte.

Sein Blick glitt durch den Raum, und für einen Moment veränderte sich die Bar, die Beats der Musik wurden von einem vertrauten Lachen übertönt. Es war genau hier, vor fünfzehn Jahren gewesen, dass er Melle zum ersten Mal gesehen hatte.

Es war ein Abend wie viele andere gewesen – laute Musik und tanzende Körper. Doch in dieser Nacht hatte sich sein Leben verändert. Eine Gruppe Frauen war hereingekommen, alle ausgelassen und lachend, gekleidet in kitschige Schärpen und kurze Röcke. Junggesellinnenabschied. Er hatte nie viel für solche Feiern übriggehabt, aber diesmal war alles anders. Sein Blick war unweigerlich auf sie gefallen – die Frau, die sich an diesem Abend wie ein Sonnenstrahl durch die Dunkelheit bewegte.

Ihr Lachen war ansteckend, und sie hatte etwas in ihm zum Klingen gebracht, das er schon lange nicht mehr gespürt hatte. Alles war friedlich, doch dann tauchte ein Mann aus einer Gruppe an der Bar auf – stämmig, mit glasigen Augen und schwerem Atem. Er schob sich näher an Melle heran. Zunächst harmlos, aber der Mann war betrunken und hartnäckig.

»Komm schon, lass uns zusammen tanzen«, murmelte er mit lallender Stimme und betatschte dabei ihren Arm. Sie versuchte, ihm auszuweichen, höflich, aber bestimmt, doch der Griff des Mannes wurde fester, seine Miene dunkler.

Das Blut in Freds Adern geriet sofort in Wallung, und bevor er es überhaupt bewusst entschied, stand er neben dem Kerl. »Lass sie los«, sagte er in einem Ton, der keinen Widerspruch duldete.

Der Mann drehte sich langsam um, und für einen Moment konzentrierte sich der ganze Club auf diese Konfrontation. Die Bässe der Musik dröhnten dazu dumpf im Hintergrund.

»Was willst du? Verzieh dich«, knurrte der Fremde und baute sich vor Fred auf.

Er wusste, dass er keine Wahl hatte. Es war ein Impuls, den er nicht unterdrücken konnte, also packte er den Arm des Mannes und stieß ihn weg, fester, als er es beabsichtigt hatte. Der Betrunkene stolperte zurück und ließ von Melle ab, taumelte, bevor er auf die Theke prallte. Ein lautes Klirren von Gläsern, dann Hektik. Toni, der Barkeeper, warf ihm einen warnenden Blick zu, und die beiden Türsteher erschienen, um die Sache zu regeln. Der Mann wurde hinausgeschoben, fluchend und strauchelnd, während die Gespräche um sie herum erneut auflebten.

Sie beobachtete ihn die ganze Zeit über schweigend, eine Mischung aus Erstaunen und Bewunderung in ihren Augen.

»Danke«, sagte sie leise und trat näher. »Aber ich wäre auch allein mit ihm klargekommen.«

Das überraschte ihn. Doch ihr Lächeln war echt. Sie war nicht das hilflose Opfer, das er in dem Moment gesehen hatte. Sie war stark, selbstbewusst und zuversichtlich, dass sie alle Probleme meisterte – das beeindruckte ihn.

»Trotzdem …«, fügte sie hinzu und legte ihm eine Hand auf den Arm, »finde ich es gut, dass du mir geholfen hast.«

Es war dieser Moment, der ihm im Gedächtnis geblieben war – ihre Stärke, ihre Unabhängigkeit, und gleichzeitig die Art, wie sie ihn in ihrer Nähe willkommen geheißen hatte. Nicht als jemanden, der sie retten musste, sondern als Mann, für den sie sich interessierte. Ihre Hand auf seinem Arm war pure Erotik.

Er schüttelte den Gedanken ab. Er durfte sich den Erinnerungen nicht hingeben, sonst sähe man ihm seine Schwäche schon von Weitem an. Er wandte sich zur Theke. Dahinter stand eine junge Frau mit müden Augen, die Gläser polierte, als hinge ihr Leben davon ab.

Er setzte sich auf einen der hohen Barhocker, das Leder darunter rissig und brüchig. Die Leute um ihn herum waren in ihre Gespräche vertieft. Eine Gruppe direkt an der Bühne lachte und feuerte sich gegenseitig an, der Tänzerin ein paar Scheine an die Strapse zu klemmen.

»Highland Park 18. Pur!«

Die Frau nickte wortlos und griff nach einem Glas. Früher wäre das unmöglich gewesen. Die Kundenansprache war die wichtigste Aufgabe der Barfrau. Diese hingegen guckte nur mürrisch.

»Wo ist Toni?«, fragte er.

Sie stoppte mitten in der Drehung und erblasste, als ob er einen verbotenen Namen ausgesprochen hätte. »Toni?«

»Ich kenne ihn von früher!« Damals war Toni die Seele des Geschäfts gewesen. »Arbeitet er noch hier?«

Sie schwieg. Sah nur Hilfe suchend in die Kamera, die über dem Gläserbord angebracht war.

Wozu brauchte sie Hilfe?

Fred nahm das Glas und trank nur einen kleinen Schluck. Besser, er blieb einigermaßen nüchtern. Er starrte in die bernsteinfarbene Flüssigkeit. Mal sehen, wen sie schickten.

»Nee, is' nich' wahr! Manni? Echt jetzt?« Die Stimme neben ihm überschlug sich.

Sein Schädel war quadratisch, die überentwickelten Trapezmuskeln unverändert. Er hatte schon früher Gewichte gestemmt und offensichtlich bis heute nicht von den Anabolika lassen können. Ralf Brenner. Der harte Hund an der Seite des Chefs. Balboa-Fan und der Fels in der Brandung des Nachtlebens.

»Rocky, du siehst gut aus! Wie läuft es?«

»Wo warste?«

»Unterwegs! Hab mir die Welt angesehen. Und du? Immer noch in diesem Drecksloch?«

»Manni, die Zeiten haben sich geändert. Is' nett hier.«

»Hat Toni den Absprung geschafft?« Fred nickte in Richtung der jungen Barfrau, die sich zurückgezogen hatte, doch nahe genug stand, um das Gespräch mitzubekommen.

Der Raum schien stiller, die Anspannung war greifbar. Warum reagierten sie so alarmiert auf Tonis Namen?

»Toni? Den gibt's nicht mehr. Is' weg vor'n paar Jahren.«

»Ruhestand?«

»Fragst du immer so viel?«

»Ich lerne gerne dazu!«

»Ach ja? Besser, du gehst jetzt!«

Fred öffnete den Mund, um nachzuhaken, was los sei, als eine Gestalt aus dem Halbdunkel trat, die er nur zu gut kannte. Zottel. Sein Herz raste, als ob er eine Panikattacke hätte. Sven *Zottel* Pötter. Der knapp zehn Jahre ältere Zottel war sein großer Bruder. Nicht der leibliche, doch Freds Lebensbruder.

Er keuchte. »Du hier? Mein Gott, wie geht es dir?«

Schlank, im perfekt sitzenden Anzug. Aber alt war er geworden. Sein Haar nicht mehr lang, zottelig und ungepflegt, sondern licht und schlohweiß. Der buschige Schnurrbart war neu und ebenfalls weiß. Nur das Funkeln in den Augen und das angedeutete Lächeln in den Mundwinkeln kannte Fred von früher.

Fred stand auf und nahm Zottel in die Arme. Drückte fest und hätte heulen mögen vor Freude, als Zottel seine Umarmung erwiderte.

Dann ließ er ihn los und versuchte, in seinen Augen zu erkennen, ob Zottel ihm gram war. Wie viel stand zwischen ihnen? Was verband sie?

»Wenn das nich' mein verlorener Bruder Manni is'. Wir dachten, du wärst tot!«

Fred zuckte zusammen. Zottel legte gleich den Finger in die Wunde. Fred hatte damals auch ihn zurückgelassen. Ohne ein Wort. Ohne Erklärung. Ohne Abschied. Aber anders hätten sie ihn nicht gehen lassen. So lief das eben nicht in ihrer Branche.

Fred griff nach seinem Glas, um etwas in der Hand zu haben, was ihm Halt gab.

»Was ist passiert?«, setzte Zottel nach und hockte sich neben ihn auf den Barhocker, während Rocky sich an seiner Seite aufbaute.

Die Barfrau stellte ihm ungefragt eine Cola hin. Pur.

Fred hob fragend eine Augenbraue.

»Wir werden nicht jünger, ich muss auf meine Gesundheit achten, die Leber ist arg ramponiert.«

Zottels Stimme klang genau wie vor vierzig Jahren, als sie sich kennengelernt hatten. Immer ein wenig spöttisch, sodass Menschen, die ihn nicht kannten, nicht wussten, ob er sich über sie lustig machte oder nicht. Die Tätowierungen auf seinen Händen hingegen waren neu.

Er hatte offenbar einen Moment zu lange darauf gestarrt, denn Zottel gluckste. »Kleiner Betriebsunfall. Knast. Zwei Jahre.« Er nickte. »Du hast einiges verpasst.«

Fred zuckte zusammen. Sein Bruder war im Gefängnis gewesen? Was war passiert? Er traute sich nicht zu fragen. Zottel hatte Karls Pläne schon damals mit Härte und Gewalt durchgesetzt. Fred hatte Zottel immer für seine pragmatische Art bewundert. Das Leben war keine Lichterkette, und das wusste Zottel.

»Ich war unterwegs«, erklärte Fred das Unerklärliche. »Ich brauchte Abstand, ein neues Leben.« Es klang lahm. Doch die Wahrheit verstand eh niemand. Er hatte eine Frau kennengelernt, die ihm klargemacht hatte, dass seine Selbstzerstörung an einem Punkt angekommen war, wo er sich entscheiden musste. Zu einem neuen Leben hatte es gehört, mit allem zu brechen. Auch mit Zottel. Und Karl. Der Gedanke an ihren Vater Karl ließ ihn das Glas noch fester umklammern, damit Zottel sein Zittern nicht bemerkte.

»Ein neues Leben? Schade, dass ich den Anmeldezeitraum verpasst habe.«

Es war, als ob sich ein unsichtbares Gewicht auf seine Brust legte. Zottel hatte recht. Jahrzehntelang hatte er sich nicht vorstellen können, ein Leben ohne ihn zu führen. Warum hatte er ihm nie von Melle erzählt? Er setzte an, um … es ging nicht. Die Worte, die er im Kopf bewegte, hörten sich falsch an. Nach all den Jahren klang es geschmacklos zu erklären, dass er wegen einer Frau seine Zieheltern und den Bruder verraten hatte. Er durfte Zottel nicht auf diese Art und Weise brüskieren.

Er ließ das Glas los, stellte es vorsichtig auf den Tresen und schob es von sich weg. Eine Stille legte sich über sie, die zwischen zwei Menschen stand, die zu viel gemeinsam hatten, um sich fremd zu sein, und zu viel erlebt hatten, um einander nahe zu sein. Und das war seine Schuld.

Die Stille zog sich.

Zottel zuckte als Erster. Er nahm einen Schluck seiner Cola, leckte sich kurz über die Lippen. »Hast du's gefunden? Dein neues Leben?«

Seine Stimme klang ruhig, doch darunter lauerte etwas. Bitterkeit vielleicht. Oder Zorn. Fred vermochte es nicht zu sagen.

»Ich dachte, ich hätte es gefunden«, antwortete er. »Für eine Weile.«

»Für eine Weile«, wiederholte Zottel leise, fast flüsternd. »Und dafür hast du alles aufgegeben?«

Fred versuchte, die Enge in seiner Brust loszuwerden. Das Atmen fiel ihm schwer. »Ich hab es verloren.«

Zottel schnaubte. »Ja, so ist das. Manche Menschen verschwinden, und andere gehen verloren.« Seine Finger drehten das Glas auf dem Tresen. »Weißt du, was nicht verschwindet, Manni? Die Vergangenheit. Die ist immer da.«

Fred sah Zottel endlich an. Die Jahre standen ihm ins Gesicht geschrieben. Neue Falten und Augenringe. Aber da war noch etwas anderes. Eine erschöpfte Müdigkeit, die tief saß und die Fred nicht von Zottel kannte.

»Ich hab versucht, alles hinter mir zu lassen. Es war der einzige Weg.«

Zottel lachte, ein kurzes, trockenes Lachen, das in der Bar wie ein Hustenstoß klang. »Der einzige Weg?« Seine Augen verengten sich, und sein leichtes Lächeln verschwand. »Weißt du, Karl hat das schwer getroffen.«

Fred schluckte. Sein Hals schnürte sich zu. Karl. Den Namen laut ausgesprochen zu hören, war wie ein Schlag ins Gesicht.

»Es ging nicht um euch, ich … wenn ich nicht gegangen wäre …« Er brach ab, sein Blick wanderte ins Glas. Alles, was er hätte sagen können, wäre eine Lüge gewesen. Oder schlimmer, die Wahrheit.

»Was? Ich bin geblieben, weißt du! Wir konnten Karl und Marion nicht beide verlassen! Sie haben uns das Leben gerettet, schon vergessen?«

Die Worte hingen in der Luft, und Fred fiel keine Entgegnung ein. Der Gedanke, dass Zottel auch ein neues Leben gebraucht hätte, war ihm nie gekommen.

Zottel schüttelte den Kopf. »Du bereust es nicht, oder?«

Fred reagierte nicht. Zottel verzieh keine Lüge.

»Ich hatte keinen Grund, zurückzukommen. Bis jetzt. Ich brauche Informationen, und ich zahle gut.«

Zottel gluckste neben ihm. »Und da denkste, du kommst hierher, und wir machen die Türen weit auf? Manni, Manni!«

Fred starrte ihn an. Er kam nicht drum herum. »Wie geht's ihnen?«, fragte er heiser.

»Freuen sich bestimmt, dich zu sehen! Wo wohnst du?«

»Nirgendwo mehr!« Karl zu treffen, war zwar das Letzte, was Fred wollte, aber wahrscheinlich seine einzige Chance. »Ich komme morgen wieder, vielleicht trinkt er einen mit mir? Auf die alten Zeiten?«

Zottel zuckte mit den Schultern. »Wer weiß?«

»Ich such Rainer, den Schlächter. Und was ist aus Herbert Jarre geworden?«

Rocky neben ihm lachte. »Als ob wir'n Auskunftsbüro wären.«

Fred hatte ihn schon beinahe vergessen. »Ich muss die beiden dringend sprechen.« Er holte einen vorbereiteten Zettel mit der Telefonnummer seines neuen Handys hervor und schob ihn Zottel zu. Der ignorierte ihn.

Zwei muskelbepackte Männer traten an die Bar. Fred setzte sich alarmiert auf.

Zottel hingegen wirkte gelangweilt. »Du wusstest, dass das kommt, oder? Willkommen zurück.« Er stand auf. »Und bis morgen! Ich sag Karl Bescheid.«

Fred legte einen Zwanzigeuroschein auf die Theke, den die Barfrau samt seiner Telefonnummer sofort einsteckte. Kurz zuckte er, ob er ihr den Zettel abnehmen sollte, ließ es dann bleiben und hoffte, dass Zottel ihn sich holen würde. Die Männer begleiteten ihn nach draußen. Er ging brav mit. Er wollte keinen Streit – heute nicht.

In wenigen Stunden würden alle wissen, dass Manni Weigand zurück war. Und dass er Fragen hatte.

Morgen würde er Karl treffen.

Er fragte sich, wie schlimm es wohl werden würde.

KAPITEL 20

»Alles ruhig?«, fragte Tom und ließ den Blick über die Container gleiten, die sich wie eine stählerne Mauer um sie herum erhoben. Das Aufprallen der Metallkisten, die mit einem Poltern übereinandergestapelt wurden, schallte nachts noch deutlicher über das Terminal.

»So ruhig, wie es hier eben wird«, murmelte Quetsche. Er zündete sich seine Zigarette an und inhalierte tief.

Tom überlegte, ob er Quetsche auf das Rauchverbot auf den Terminals aufmerksam machen sollte, aber das hieße, Wasser ins Meer zu tragen.

Sie standen inmitten der Containerreihen auf dem Eurocon-Terminal. Die Containerbrücken bewegten sich summend vor und zurück, hoben eine Stahlbox nach der anderen von einem Frachter. Van-Carrier nahmen sie vom Boden auf und fuhren sie weiter an ihren Bestimmungsort. Die beiden Männer hatten sich nichts zu sagen!

Tom hatte das erste Treffen in Quetsches Nachtschicht gelegt. Er hatte Jonna mit Charlotte stehen gelassen und war zurück aufs Boot gegangen, um den Kopf freizubekommen. In dieser Ermittlung war einfach der Wurm drin. Alles ging schief, sie kamen stets einen Schritt zu spät und jetzt auch noch Charlotte … vielmehr die abweisende Charlotte und der übellaunige Quetsche.

Sie hatten ihn in eine Security-Firma als neuen Mitarbeiter eingeschleust. Dort arbeiteten seit Jahren zivile Ermittler des Landeskriminalamtes unter dem Rest der normalen Belegschaft, die nicht ahnten, dass die Kollegen doppelgleisig fuhren.

Eine gute Tarnung für Quetsche, um sich überall auf dem Terminal frei zu bewegen, umzusehen und Augen und Ohren offen zu halten.

Tom hoffte, wenigstens in der Frage der Kiste mit den Containerplomben weiterzukommen, um ein Problem von seiner Liste abhaken zu können.

Ein Meer aus Lichtern erstreckte sich entlang der Containerbrücken. Dahinter auf dem Wasser oder zwischen den Containerreihen wurde es schnell finster. Und kalt. Der Regen hatte zwar wieder aufgehört, und der Himmel über ihnen war sternenklar, doch Tom wünschte, er hätte sich eine wärmere Jacke angezogen.

»Wie bist du im Security-Team aufgenommen worden?«

»Alle grün hinter den Ohren«, maulte Quetsche. »Aber sie reißen sich das Futter aus dem Ärmel, stürzen sich auf jeden Schatten, als wär's ein Mordfall.« Er zog erneut gierig an seiner Zigarette.

»Klingt doch lustig.«

»Ich bin lieber allein unterwegs.«

»Das ist mir neu. Warst mal ein guter Teamplayer, und plötzlich gehen dir die Kollegen auf die Nerven?«

Quetsche schnaubte, der Hauch eines Lächelns auf seinen Lippen. »Das tun sie. Sie geben alles. Die merken sich Gesichter, Namen, Details … nicht übel.« Er senkte seine Stimme. »Alle Gespräche und Gerüchte drehen sich um die Tote aus Finkenwerder. Von unseren Siegeln oder irgendwelchen Unregelmäßigkeiten mit den Containern spricht kein Mensch.«

Tom nickte. »Was erzählt man sich denn über Melanie Cullmann?«

Quetsche blickte sich vorsichtig um, als wolle er nochmals sicherstellen, dass sie allein waren. »Die meisten denken, dass es ein Unfall war. Tollpatschige Frau, die von der Fähre fällt. Manche glauben an einen Suizid.«

»Mehr nicht?«, fragte Tom.

Quetsche zog die Augenbrauen zusammen. »Man munkelt, dass die Frau in kriminelle Machenschaften verwickelt war. Ich glaube, sie haben den Aushang der Polizei an den Anlegern entlang der Fährrouten 61 und 62 gesehen und reimen sich jetzt eine wilde Räuberpistole zusammen.«

»Wir suchen die Pendler der Fähre, die am Tatabend mit Cullmann gefahren sind, aber da ist noch nichts bei rumgekommen. Gehen die Spekulationen nicht tiefer?«

»Einer hat gesagt, er hält sie für einen Kurier. Illegale Lieferungen. Etwas lief schief. Na ja, der hatte eine blühende Fantasie.« Quetsche drückte schnell seine Zigarette aus, als ein Hafenarbeiter auf einem Gabelstapler vorbeifuhr. Der Mann warf ihnen einen kurzen, uninteressierten Blick zu.

»Gibt es jemanden, der mehr wissen könnte?«, insistierte Tom, obwohl er ahnte, dass die Chancen gering waren.

Das piepsende Warnsignal eines rückwärtsfahrenden Gabelstaplers erklang in unmittelbarer Nähe.

Quetsche zuckte mit den Schultern. »Sag du mir lieber, ob der Zoll seine Revision beendet hat. Die Hafenfirma, deren Zählung der Siegel noch ausstand, ist lange durch. Eine Mitarbeiterin ist krank, deshalb kommt die Info nicht bei euch an. Bei denen fehlt kein einziges Siegel. Bleibt also nur der Zoll, oder?«

Wie aus dem Nichts sah Tom etwas weiter vorne an der Kaimauer Benjamin Unger auftauchen. Er sprach mit einem Hafenarbeiter und sah direkt zu ihnen. Hatte er Tom gesehen? Er zog Quetsche tiefer zwischen die Container. »Ich sollte verschwinden. Da vorn steht ein Kollege von Melanie Cullmann. Wir treffen uns übermorgen. Gleiche Stelle, gleiche Zeit.«

»Es gibt da jemanden, der vielleicht etwas weiß. Einer, der sich bedeckt und am Rand hält. Ich versuche, Kontakt aufzunehmen, gib mir Zeit.«

Tom spürte das Kribbeln der Hoffnung. Hatte Quetsche eine Spur?

Schritte näherten sich. Hart, schnell, entschlossen. Sie drehten sich synchron um, ihre Blicke folgten dem Geräusch. Ein lautes Hupen brachte die Schritte zum Stillstand. Jemand schrie, dass er da wegmüsse, das sei gefährlich.

Tom wartete nicht länger. Er drückte Quetsche kurz den Arm und schubste ihn dann aus der Containerreihe.

Der Gabelstapler musste ganz nah sein, denn Tom hörte den Mann Quetsche zurufen: »Spring auf!«

Tom eilte in die entgegengesetzte Richtung und hoffte, dass der Kollege von Melanie Cullmann ihn nicht erkannt hatte. Es war ein schrecklicher Tag, und es war kaum möglich, dass er noch schlimmer werden konnte. Warum nur war Charlotte so abweisend?

Er stoppte abrupt, als ein anderer Gedanke sich in den Vordergrund schob. Klein, fast unbedeutend, aber voller Licht. Quetsche hatte nur eine einzige Zigarette geraucht. Und er hatte geschmunzelt. Beinahe gelächelt.

Was hatte das zu bedeuten?

KAPITEL 21

⚓

Gegen neunzehn Uhr hatte Jonna die Lagebesprechung der Kerntruppe und der Kriminaltechnik im WSPK 2 einberufen. Sie waren keinen wesentlichen Schritt vorangekommen. Tom hatte Kaffee und Wasser in den Konferenzraum bringen lassen und ließ sich gerade von Daan Van der Waal den Obduktionsbericht aushändigen. Jonna überlegte, wie sie weitermachen sollten. Sie schenkte sich ein Glas Wasser ein und setzte sich an den Tisch. Der Kriminaltechniker stand an der langen Seite der Wand und beäugte staunend die riesige Karte des Hafens. Auf der Spezialanfertigung waren alle Sperrstellen und Polder eingezeichnet, und sie ermöglichte es, mit einer Folie und einem Fadenkreuz maßstabsgerecht Sperrbereiche in verschiedenen Einsatzlagen festzulegen.

Jonna wusste, dass der obere Raum mit seinem zweiten Wachtresen als weiteres Lagezentrum genutzt wurde, wenn Sonderlagen koordiniert werden mussten. Zuletzt war sie bei dem Hochwasser im November hier oben gewesen.

Im Gegensatz zu der damaligen Sturmflut und der hektischen Betriebsamkeit fühlte sie sich heute beinahe gelähmt. Was übersah sie? Ließen ihre Intuition, ihr Riecher, ihre Energie nach? In dreieinhalb Jahren wartete die Pension auf sie, und manchmal wünschte sie, es wären nur noch drei Wochen.

Die Tür öffnete sich, und Heide Meyfahrt trat mit Polizeidirektor Kamprath, dem Revierleiter des WSPK 2, ein. Jonna erstarrte. Was zur Hölle machte die Xanthippe hier? Woher wusste sie von dem Meeting? Und vor allem – was wollte sie?

»Sie sind die ermittelnde Kripokollegin? Ich habe schon viel von Ihnen gehört.« Toms Vorgesetzter trat mit ausgestreckter Hand auf sie zu. »Nur Gutes, versteht sich!«

Er hatte einen angenehmen Händedruck und lächelte sie ehrlich an. Hatte sich Meyfahrt zur Abwechselung mal hinter ihre Truppe gestellt?

»Wir fangen gerade mit unserer Lagebesprechung an«, informierte sie ihn und zeigte auf die freien Stühle. Die beiden setzten sich. Was führte Meyfahrt im Schilde?

Auch Tom wirkte irritiert. Er rückte auf seinem Stuhl ganz nach vorn, als wolle er sprungbereit bleiben.

»Packen wir mal alles auf den Tisch und informieren Frau Meyfahrt und Herrn Kamprath umfassend«, sagte Jonna und eröffnete die Runde. »Daan?«

»Melanie Cullmann, 43 Jahre, Disponentin in der Hafenlogistik auf dem Eurocon-Terminal, ist vor drei Tagen gegen 23 Uhr von der Fähre *Altenwerder* gestoßen worden. Der Obduktionsbericht liegt allen vor.« Er wies mit seinem Kugelschreiber auf die Mitte des Tisches, wo ein kleiner Stapel Papier lag, von dem sich der Revierleiter ein Exemplar herunternahm.

»Die Leiche ist auf Finkenwerder gegenüber der alten U-Boot-Bunkeranlage angespült worden. Wir haben uns die Fähre genau angesehen: Es gibt nur einen Ort, an dem der Täter sein Opfer leicht über die Reling der Fähre befördert haben könnte, nämlich direkt neben der Rampe an der Treppe zum Oberdeck. Die Spurensicherung hat aber an dem vermutlichen Tatort keine tauglichen Spuren gefunden.«

Jonna sah Meyfahrt mit den Fingern auf dem Tisch trommeln. Verlor sie schon nach wenigen Sätzen die Geduld?

»Sprechen wir von einem oder zwei Tätern? Oder waren es noch mehr?«

Meyfahrts Frage überraschte Jonna. Davon mal abgesehen, dass sie fachlich richtig war, fragte die Xanthippe selten etwas. Wollte sie sich vor dem Revierleiter des WSPK 2 profilieren?

Die hausinterne Lautsprecherdurchsage übertönte ihre Gedanken.

»Die Besatzung für das Boot einmal Einsatz im Hansahafen. Größere Gewässerverunreinigung. Wahrscheinlich Schlauch geplatzt. Umweltbehörde hat Kenntnis. Ich wiederhole: Einsatz für das Boot!«

Kamprath zog missbilligend die Stirn in Falten und warf Meyfahrt einen schnellen Blick zu.

»Wir haben den möglichen Tathergang noch nicht ausprobiert, da wir erst mit den Pendlern sprechen wollten.« Daan ließ sich nicht stören. »Der Einsatzzug der Wasserschutzpolizei ist dran, bislang ohne Ergebnis. Niemand hat etwas bemerkt. Auch der Skipper nicht.« Er klopfte sich nachdenklich mit dem Kugelschreiber gegen das Kinn. »Entweder ging es rasend schnell, oder *der* …«, er malte Gänsefüßchen in die Luft, »… bzw. *die* Täter hatten Glück!«

»Also keine zufällige Begegnung? Melanie Cullmann wurde vorsätzlich ermordet?«, hakte Meyfahrt nach.

Jonna nickte. Davon gingen sie inzwischen aus.

Daan wies in Richtung eines Kollegen. »Die Kriminaltechnik, bitte.«

»Ich mach es kurz. Die Leiche wurde nicht am Fundort abgelegt, sondern ist dort angespült worden. Algen und Wasserlebewesen in der Kleidung der Toten haben wir eindeutig den Wasserproben der Elbe zugeordnet. Die Proben der Steine haben ergeben, dass dort nichts hingeschafft wurde oder der Leichnam bewegt. Die Frau ist auch nicht an dieser Stelle gestürzt. Sie war schon tot, als sie angetrieben wurde. Alles, was wir an Rückständen auf ihrer Haut gefunden haben, entspricht der Liegedauer der Toten und passt zum Todeszeitpunkt. Keine Überraschungen von unserer Seite.«

Er hatte seine mageren Ergebnisse mit steif durchgedrücktem Rücken vorgetragen, ohne sich einen Millimeter auf seinem Stuhl zu bewegen. Normalerweise war er nicht so förmlich. Die beiden ranghohen Kollegen beeindruckten ihn offensichtlich.

»Was ist mit dem Kauz, der die Leiche gefunden hat?«, fragte Meyfahrt. »Vorstrafen?«

Daan übernahm wieder.

»Johann Hansen ist nicht aktenkundig, aber uns trotzdem bekannt. Er war eines der überlebenden Opfer des Barkassenunglücks 1984. Er wohnt gegenüber dem Fundort und angelt dort häufig.«

Erneut ließen sich die Lautsprecher vernehmen.

»Einsatz für den 52/1. Verkehrsunfall Veddeler Damm. Lkw gegen Pkw mit verletzten Personen. RTW ist raus. Sonderrechte zugelassen. Einsatz für den 52/1.«

Kamprath setzte seine Kaffeetasse mit einem Klirren auf dem Unterteller ab. »Ist vielleicht mal Ruhe? Wieso benutzt der Wachhabende ständig den Hausruf? Findet er seine eigenen Leute nicht?«

Tom zuckte mit den Schultern.

»Hansen ist kauzig, aber harmlos«, sagte Jonna, um abzulenken. »Ganz anders der Ehemann. Fred Cullmann, ehemals bekannt als Manfred *Manni* Weigand. Eine Kiezgröße aus den 90er-Jahren. Bis 2010, dann verliert sich seine Spur.« Sie warf einen kurzen Blick zu Meyfahrt, um zu sehen, wie sie darauf reagierte.

Gar nicht. Also kannte sie diese Information.

Kamprath hingegen runzelte die Stirn. Versuchte er, sich zu erinnern, ob er je von Weigand gehört hatte?

Meyfahrt lehnte sich in ihrem Stuhl zurück, als müsse sie sich das Gesagte durch den Kopf gehen lassen. »Manni Weigand. Ein Ziehsohn von Karl Schrader, dem alten Rotfuchs. Schrader war in den Neunzigern dick im Geschäft. Vor allem Prostitution und illegaler Waffenhandel.« Sie sprach direkt zu Kamprath, als wäre er der Einzige im Raum. »Wir haben ihn nie drangekriegt. Eben ein Fuchs.«

Jonna hatte sich erst in die Akte von Weigand alias Cullmann einlesen müssen. Sie hatte Karl Schrader aus ihrer Erinnerung radiert, weil er nie verhaftet worden war, bevor er sich auf sein Altenteil zurückzog.

»Hier die Zusammenfassung von Cullmanns Strafakte.« Daan ließ ein paar Ausdrucke herumgehen. »Er war damals Security-Mitarbeiter eines angesagten Tanzclubs Schraders. Er hat ausgesagt, dass eine Frau in den Club wollte, der Türsteher sie nicht ließ, und als er eingegriffen habe, sei sie auf ihn losgegangen.« Daan hielt inne, und eine vielsagende Stille entstand. »Was er nicht zugegeben hat: Er war alkoholisiert, aggressiv und hat dann richtig zugelangt. Zeugen haben berichtet, dass er die Frau noch traktiert hat, als diese längst am Boden lag. Er hatte die Kontrolle über sich verloren. Hat ein Jahr eingesessen.« Daan blinzelte, als müsse er sich fokussieren. »Er hat uns für die Tat an seiner Frau ein Alibi präsentiert, das wasserdicht zu sein scheint, aber ich hab da so meine Zweifel. Vor allem, seitdem er abgetaucht ist.«

Meyfahrts Miene zeigte keine Regung, während Kamprath missbilligend mit der Zunge schnalzte.

Jonna erlöste Van der Waal. »Tatsächlich hat Cullmann seinen Job in der Werft auf Finkenwerder gekündigt und ist spurlos verschwunden. Er steht ganz oben auf dem Treppchen der Verdächtigen. Auch wenn wir bislang nur ein paar Indizien gegen ihn in der Hand haben.«

»Wir brauchen Beweise«, sagte Meyfahrt. »Was führt er im Schilde?«

Jonna wartete einen Moment, ehe sie sich für die Wahrheit entschied: »Er will den Mörder seiner Frau selbst suchen, weil er uns das nicht zutraut.«

»Dann machen Sie Ihren Job, und zwar zügig. Hausdurchsuchung! Ich besorge den richterlichen Beschluss. Cullmann oder Weigand oder wie immer der sich heute nennt, wird zur Fahndung ausgeschrieben!«

»Trotz des Alibis?«, traute sich Kamprath zu widersprechen.

»Das lassen Sie mal meine Sorge sein. So ein Baracken-Elvis tanzt mir nicht auf der Nase rum. Den vernehmen wir so lange, bis wir wissen, was hier gespielt wird.« Meyfahrts Ton ließ keinen Einwand zu, und sie sah demonstrativ auf ihre Uhr. »Irgendetwas Ungewöhnliches am Arbeitsplatz der Frau?«

Jonna wollte gerade verneinen, als Tom sich räusperte. »Das Opfer hatte eine Arbeit auf dem Containerterminal, die für kriminelle Kreise interessant gewesen sein könnte.«

Meyfahrt warf ihm einen scharfen Blick zu.

»Wissen Sie, im Hafen sagen wir: Schmiere ein paar Hafenarbeiter mit Geld, und alles ist möglich«, fuhr Tom fort.

Meyfahrt winkte ab. »Jaja, kenn ich. Haben Sie mehr als flotte Sprüche?« Sie rückte ihren Stuhl zurück und stand auf.

Tom verzog den Mund, und Jonna hoffte, dass er die Unverschämtheit hinnahm, statt sich mit der Xanthippe anzulegen – noch dazu vor seinem eigenen Vorgesetzten.

»Und wenn sie eine Hafen-Innentäterin ist?« Tom hielt dem Blick mühelos stand.

»Was meinst du damit?«, fragte Daan.

Tom wandte sich ihm zu. »Dass sie ihr Wissen zu den Containerstandorten und Transporten an kriminelle Kreise weitergegeben hat. Gegen Geld natürlich. Sogenannte Hafen-Innentäter.«

Sein Revierleiter nickte anerkennend. Er fand diese Idee plausibel.

»Hängen Sie sich rein. Fahren Sie zweigleisig: Ehemann und Arbeitsplatz.« Meyfahrt stand auf und wies mit dem Finger auf Jonna. »Wenn Sie noch Ressourcen brauchen, lassen Sie es mich wissen. Ich will, dass der Fall Priorität hat und schnell gelöst wird. Der Hafen kann nicht schon wieder schlechte Schlagzeilen gebrauchen!«

»Das hätte ich nicht besser formulieren können«, ergänzte Kamprath und erhob sich ebenfalls. Beide verließen den Raum, als wären sie schon seit Jahren ein eingespieltes Team.

Klar, dachte Jonna. Den Fall schnell lösen – darauf wären sie allein im Leben nicht gekommen.

»Die Konten sind unauffällig«, informierte Daan die Runde. »Wenn das Opfer geschmiert wurde, hat sie ihr Geld irgendwo gebunkert.«

Tom zuckte mit den Schultern.

»Also, was haben wir wirklich?«, fragte Jonna. »Fantasien zum zwielichtigen Ehemann, der verschwunden ist. Überlegungen zur Rolle des Opfers und ihren kriminellen Aktivitäten. Ein paar Zahlen von einem kauzigen Alten und … sonst nichts.«

Die Runde schwieg betreten. So wenig hatten sie nach zwei Tagen Arbeit an einem Tötungsdelikt wirklich selten.

»Lass uns die Protokolle der Containerbewegungen und Ladungsverzeichnisse an Melanie Cullmanns Arbeitsplatz einsehen«, schlug Tom vor. »Vielleicht gibt es Unregelmäßigkeiten. Wenn Melanie Cullmann Informationen an irgendwelche Drogenbanden weitergegeben hat, finden wir es heraus.«

»Warum die Informantin töten?«

Er zuckte mit den Schultern. »Die Banden werden immer rücksichtsloser und blutiger. Die brauchen keinen Grund.«

Ohne Vorwarnung öffnete sich die Tür zum Konferenzraum, und der Wachhabende steckte den Kopf herein.

»Nich' bös sein, aber dat is' wichtig. Ihr habt Besuch!«

Jonna hob fragend die Augenbrauen.

»Ein Pendler von der Fähre. Hat den Täter gesehen … und kann ihn beschreiben!«

KAPITEL 22

Dieselbe Frau hinter dem Bartresen, derselbe leere Blick, passend zu den leeren Barhockern. Tristesse. Die gleiche Uhrzeit wie am Vorabend. Ein verdammtes Déjà-vu.

Fred holte tief Luft, um seine Anspannung in den Griff zu bekommen. Er sah hoch zur Überwachungskamera. Stand Karl schon vor dem Monitor und beobachtete ihn?

Die Barfrau fragte nicht, was er trinken wolle, sondern schob ihm einen Zettel hin. Sofort sprang ihm Karls Handschrift entgegen, denn er übertrieb es gerne mit den Ober- und Unterlängen seiner Buchstaben. So fielen die Bögen eines *g, f oder y* schon mal über zwei Zeilen aus.

Er solle sofort in die Speicherstadt in den Block P kommen.

»Was soll das Theater?«, murmelte Fred überrascht. Er sah hoch. Die Barfrau würdigte ihn keines Blickes. Er verzog genervt den Mund. Für die Strecke am Hafen entlang brauchte er zu Fuß mindestens zwanzig Minuten.

Er klopfte auf den Tresen und stellte ein Bein auf den Boden. Weiterhin gab es kein Lebenszeichen der Barfrau, und so trollte er sich Richtung Speicherstadt.

Er eilte die Davidstraße hinunter bis zur St. Pauli Hafenstraße, um an die Wasserkante zu kommen. Kurz vor Mitternacht waren wenige Touristen unterwegs. Nur das leise Gluckern des Wassers an den Landungsbrücken durchbrach die Stille, wenn der Verkehr an den Ampeln zum Stillstand kam. Zwar lief er mit schnellen Schritten die Straße entlang, doch seine Gedanken wanderten langsam zurück zu dem Moment am Morgen, als er an der Haustür von Jasmin Langenbecks Mutter geklingelt hatte.

Er war zu der letzten Adresse gefahren, die er von ihr hatte. Damals war sie noch so jung gewesen, dass sie bei ihren Eltern gewohnt hatte. Und Fred hatte Glück gehabt, der Name Langenbeck stand auf einer der Türklingeln.

Die Frau, die die Tür nur einen Spaltbreit geöffnet hatte, sah verhärmt aus. Die Augen, die ihn musterten, waren tief in den Höhlen zurückgesunken. Dann trat sie von der Tür zurück.

»Ja?«

»Sie müssen Frau Langenbeck sein! Haben Sie bitte einen Moment Zeit? Ich bin ein alter Freund von Jasmin.« Er kramte seine liebenswürdigste Stimme hervor, um die Frau zu umgarnen.

Sie kniff den Mund zusammen und bat ihn mit einer stillen Geste hinein. Sie schlurfte vor ins Wohnzimmer, setzte sich auf einen schäbigen Sessel und zündete mit zittrigen Händen eine Zigarette an. Fred stand einen Moment unschlüssig im Raum, der verwohnt und vernachlässigt aussah und jeglicher Lebensfreude beraubt war. Er hatte nicht zu hoffen gewagt, dass es so einfach werden würde.

»Was wollen Sie von Jasmin?«

»Wir planen ein Klassentreffen und wissen nicht, wohin wir die Einladung schicken sollen.« Er zeigte auf den zweiten Sessel. »Darf ich? Können Sie mir Jasmins aktuelle Anschrift nennen?«

»Und da nehmen Sie die Mühe auf sich, zu ihrer alten Mutter zu fahren?«

»Sie sind die letzte bekannte Adresse von Jasmin. Geht es ihr gut? Wo lebt sie jetzt?« Fred war unbehaglich zumute. Die Augen starrten ihn mit einer Bitterkeit an, die ihn irritierte.

»Glaubst du etwa, ich weiß nicht, wer du bist? Du hast mir alles genommen.«

Fred zuckte zusammen. Ihre Worte, die ihn plötzlich duzten, waren voller Hass und hingen so schwer in der Luft, als wäre die ganze Stille des engen Wohnzimmers mit dieser bitteren Wahrheit gefüllt.

»Ich verstehe … nicht«, stotterte er.

»Du hast meine Tochter verprügelt und getötet. Wie lebst du mit dieser Schuld?«

»Wovon reden Sie? Was ist mit Jasmin?«

»Das weißt du nicht? Nachdem du sie zusammengetreten hast, hat sie die Angst nie mehr losgelassen, und von der ständigen Anspannung hat sie Krebs bekommen, der sie mir innerhalb kürzester Zeit genommen hat. Das ist deine Schuld!«

Plötzlich verstand Fred, warum die Frau ihn in ihr Wohnzimmer geführt hatte. Sie hatte ihn erkannt, und in ihren Augen war er derjenige, der ihre Tochter auf dem Altar der Krankheit geopfert hatte. Nichts, was er jemals tun oder sagen könnte, würde dieses Bild ändern.

Nach einem kurzen verbalen Schlagabtausch hatte er die verbitterte Frau im Wohnzimmer sitzen gelassen und war abgehauen. Zugegeben hatte sie es nicht, doch er war sich sicher, dass sie die anonyme Anruferin war – diejenige, die behauptet hatte, er habe sich an Bord der Fähre befunden. Ein letzter, verzweifelter Versuch, ihm zu schaden. Vielleicht, dachte er zynisch, hat es ihr sogar gutgetan.

Endlich erreichte er die Niederbaumbrücke und bog in die Speicherstadt ein. Die barocken Prachtbauten wirkten heute Nacht bedrohlich, obwohl die Fassaden mit Strahlern beleuchtet wurden.

Das leise schwappende Wasser beunruhigte ihn. Oder waren seine Nerven nur so angespannt, weil er Melle verloren hatte und die Konfrontation mit seiner Vergangenheit so viele alte Wunden aufriss? Jasmin Langenbeck war tot. Die Mutter gab ihm die Schuld. Wie würde Karl auf seine Rückkehr reagieren, wo er ihn doch so schmählich im Stich gelassen hatte?

Er kramte in seiner Hosentasche nach Kleingeld. Er war nicht abergläubisch, doch man sollte sein Schicksal nicht unnütz herausfordern. Die Touristen warfen an der Kehrwiederspitze Münzen auf die Metallkappen, die die Dalben abdeckten, und wenn das Geld liegen blieb, brachte ihnen das Glück. Das war Geisterglaube!

Schrotti hatte ihm erzählt, dass auf den alten Lagerhäusern und den Fleeten ein Fluch liege. Nachdem ein Schiffer im neunzehnten Jahrhundert dort zu Tode gekommen war, als er aus einer der unverglasten Öffnungen in den Fleet fiel, berichteten Menschen, die in der Speicherstadt arbeiteten, immer wieder, dass sie jemanden im Wasser um Hilfe rufen gehört hätten. Der Legende nach musste man den Geist des Schiffers besänftigen, indem man eine Münze in den Fleet warf, um weiteres Unheil abzuwenden.

Und Fred hörte ganz eindeutig Geräusche.

Er warf eine Münze in den Fleet und eilte vorwärts.

Warum hatte Karl ihn hierherbestellt? Eine Falle? Wollte sich auch Karl an ihm rächen? Dafür, dass er ihn verlassen hatte?

Plötzlich sah er ihn!

Zottel lehnte gegen die Brüstung einer Brücke und wartete. Unter ihm schlängelte sich der dunkle Fleet wie ein Band aus Tinte, und die Reflexionen der wenigen Lichter tanzten träge auf seiner Oberfläche.

»Seinen Sinn für den großen Auftritt hat er nicht verloren, wie?«, maulte Fred, der vom Fußmarsch schwitzte. »Ich hoffe, er hat ein Bier kalt gestellt?«

Zottel zuckte mit den Schultern, warf seine Kippe in den Fleet und zog Fred in eine Umarmung.

Die Wärme, mit der Zottel ihn umfing, machte ihn sprachlos. Warum hatte er diesen guten Freund verlassen und nie an ihn zurückgedacht? War Fred so gefühlskalt und stumpf?

Zottel zog ihn durch die Tür in den Speicher, dessen Luft schwer und kalt, erfüllt von jahrzehntealtem Geruch gelagerter Wolle war. Ein Teppichlager. Aufgerollt und übereinandergeschichtet, waren es Tausende.

»Macht Karl inzwischen in Teppichen?«

»Nee, das Lager gehört meinem Kumpel. Karl ist in Rente.«

»Wo ist er?« Seine Augen gewöhnten sich nur langsam an die schummrige Beleuchtung. Als er sich umdrehte, war Zottel nicht mehr im Raum. Er hatte die Tür hinter sich zugezogen. Was sollte das? Fred wirbelte herum … in dem düsteren Halbdunkel wirkte der Schatten, der sich von der Seite näherte, wie ein Gespenst.

»Ich wollte erst in Ruhe einen Blick auf dich werfen.«

Karls dunkle Stimme ließ Fred erschauern. Er fühlte sich sofort wieder in die Zeit versetzt, als er pubertierend, verstört und einsam durch die Welt gestrauchelt war und in Karls starken Armen endlich zur Ruhe kam.

»Vater …« Die Worte blieben ihm im Hals stecken. Sein Herz hämmerte unregelmäßig, eine Mischung aus Nervosität und Misstrauen, die ihm die Kehle zuschnürte. Fünfzehn Jahre war es her, dass er Karl das letzte Mal gesehen hatte.

Vor ihm stand der Mann, der ihn einst durchs Leben geführt hatte. Das Haar, früher dicht und dunkel, war dünn geworden und schimmerte silbrig. Sein Gesicht war von Falten durchzogen, das Lächeln müde, und er wirkte … kleiner. Als hätte die Zeit ihn mit jedem Jahr ein Stück mehr gedrückt.

Ein leichtes Ziehen durchdrang Freds Brust. Karl war nicht unsterblich, auch wenn er das immer geglaubt hatte.

Für einen Moment flackerte die Erinnerung auf, wie Freds leiblicher Vater ihn damals mit Karl bekannt gemacht hatte. Karl und Marion waren im Grunde die einzigen Freunde, die Freds Vater je hatte. Karl war ein echtes St.-Pauli-Gewächs. Elegant gekleidet, gute Umgangsformen und ein kriminelles Schwergewicht. Das ahnte Fred damals natürlich noch nicht. Als sein Vater die Mutter im Alkoholrausch erschoss, stand Fred nicht nur unter Schock, sondern wusste auch nicht, wohin. Karl und Marion boten ihm die Ersatzfamilie, die er so dringend benötigte. Er entwickelte eine tiefe Verbindung zu ihnen. Marion bot ihm Wärme, und Karl wurde zum Vorbild. Fred hatte sie immer als seine *wahren Eltern* angesehen. Karl verschaffte ihm einen Job als Türsteher in einem seiner Läden, brachte ihm die Gesetze der Straße bei und hielt ihm immer wieder den Rücken frei.

Ohne sie hätte Fred den Halt verloren. Wobei man sich heute darüber streiten konnte, ob das, was dann kam, wesentlich besser gewesen war. Wenigstens hatte er überlebt und eine Ersatzfamilie gefunden. Und in Zottel einen echten Seelenverwandten. Karl beherrschte damals ein großes Revier, und in seinen Läden lief nichts, ohne dass er es absegnete.

Das imponierte dem jungen Fred, und er eiferte Karl nach. Erst als er tief ins illegale Waffengeschäft eingestiegen war und er Melle kennengelernt hatte, zog Fred die Notbremse und reflektierte sein Leben. Am Ende dieses Prozesses ließ er alles und jeden hinter sich und verwischte seine Spuren.

Würde Karl ihm diesen Verrat je verzeihen?

Karls Vergänglichkeit lag schwer auf Freds Schultern. Er griff Karls Hand und schüttelte sie fester, als er wollte. »Es ist lange her.«

»Marion hat stets daran geglaubt, dass du zurückkommst! Ich habe ihr gesagt, du seist tot. Alles andere sei undenkbar.« Karl erwiderte den Händedruck. »Wie immer behalten die Frauen recht.«

»Geht es Muddern gut?«

Ein Lächeln stahl sich in Karls Gesicht. »Sie wartet auf ihre Enkelkinder!«

Fred erwiderte das Lächeln. »Leider … damit kann ich nicht dienen.«

»Dann wird sie wohl doch noch stricken lernen.« Karl nickte amüsiert, nur um dann wieder ernst zu werden. »Manni, warum tauchst du nach all den Jahren auf? Was ist passiert?«

So kannte er Karl. Nicht lange um den heißen Brei herumreden, gleich zur Sache kommen.

»Ich bin auf der Suche nach Rainer und Herbert!«

»Hast du ja laut genug rausposaunt.« Karl ließ seinen Blick über Fred schweifen, seine Mundwinkel hoben sich leicht zu einem ironischen Lächeln. »Du siehst aus, als hättest du einiges durchgemacht. Du bist nicht mehr der Junge, der damals an meiner Seite stand.«

»Die Zeiten ändern sich.« Seine Stimme zitterte kaum merklich bei dem Gedanken an Melle.

»Stimmt«, sagte Karl. »Die Menschen auch. Was willst du von den beiden?«

Es war die einfachste aller Fragen und doch die am schwersten zu beantwortende. Konnte er Karl genauso vertrauen wie damals? »Es ist … es ist etwas passiert.«

»Etwas passiert?«, wiederholte Karl, als koste er die Worte aus. »Etwas, das dich zu mir bringt?« Er trat näher an Fred heran. »Weißt du, Junge, normalerweise kommt man nach all der Zeit nicht einfach so bei mir zur Tür hereinspaziert und tut so, als sei nichts gewesen!«

Fred schluckte. »Ich … ich weiß nicht, wem ich vertrauen kann und wem nicht.«

»Soso.« Karl trat wieder ein paar Schritte zurück, als sei ihm die plötzliche Nähe zu Fred unangenehm. »Ist das Vertrauen in deinem Leben so selten geworden? Was ist mit …« Er hielt inne, als würde er nach einem Namen suchen.

Fred wusste, dass Karl bluffte. Er kannte Melle nicht. Sie war der Grund seiner Flucht gewesen. Er hatte sie vor all dem Unrat geschützt. Ein neues Leben begonnen. Doch das alte Leben hatte ihn eingeholt. »Ich habe eine Frau gefunden und hatte ein gutes Leben. Sie ist … nicht mehr da.«

Karl wirbelte zwar zu ihm herum, doch seine Stimme blieb ruhig. »Hat sie dich wegen eines anderen verlassen? Oder hast du sie betrogen?«

Fred hatte keine Kraft mehr, sich ihm zu widersetzen. Er brauchte Karls Hilfe, also sollte er auch erfahren, weswegen Fred zurückgekehrt war. Er konnte nur hoffen, dass Karl nichts mehr mit Rainer und Herbert zu schaffen hatte. »Nein«, murmelte er. »Sie ist … tot.« Er schaffte es nicht, ihren Namen auszusprechen, als ob die bloße Nennung, in diesem alten Lager und mit zwei ehemaligen Kiezgrößen, ihr Vermächtnis beschmutzte.

Karls Augenbrauen zogen sich leicht zusammen. »Wann?«, fragte er schlicht.

»Vor drei Tagen.« Er schüttelte den Kopf, als könne er so den Schmerz loswerden, der sich im unpassendsten Zeitpunkt an die Oberfläche arbeitete. »Es war kein Unfall. Jemand hat sie von der Fähre gestoßen. Jemand hatte es gezielt auf sie abgesehen.«

»Sprichst du von der Frau, die von der Fähre gefallen ist und ertrunken? Stand groß in der Zeitung. Das war deine Frau?«

Karl nahm seine Wanderung wieder auf. Fred sah, dass er ein Bein etwas nachzog. Das war vor fünfzehn Jahren noch nicht der Fall gewesen. Auch Karl hatte einiges erlebt, von dem Fred nichts wusste.

»Du denkst, dass das jemand aus unserer Vergangenheit war?«

Dankbarkeit durchflutete Fred. Karl hatte sich schon des Problems angenommen. Wie früher. Er hatte aus *unserer* Vergangenheit gesagt. Er ließ Fred nicht im Stich. Das hatte er noch nie getan.

Eine Weile herrschte Schweigen zwischen ihnen.

Dann legte Karl eine Hand auf Freds Arm. Seine Stimme wurde weich und väterlich, wie früher.

»Wenn jemand eine Rechnung mit dir offen hat, werde ich es herausfinden. Aber du musst mir alles erzählen, Junge. Kein Herumdrucksen, kein Versteckspiel.«

Schuldgefühle. Sie machten Fred zu einem Lügner. Ihm kam die Lüge leicht über die Lippen. »Ich will nur wissen, wer sie getötet hat. Ich habe keine Geheimnisse vor dir.«

Karl nickte. »Verstehe!« Er zog die Augenbrauen hoch. »Das wird sie zwar nicht wieder lebendig machen, aber es ist deine Entscheidung, und ich helfe dir. Rainer Schmitt ist nicht mehr aktiv. Und Herbert? Ist der nicht noch im Knast? Beide werden nicht vergessen haben, was damals passiert ist.«

»Sie treffen mich damit härter, als mir das Messer in den Hals zu rammen.«

»Jaja, Vergeltung ist eine komplizierte Sache.« Karl runzelte die Stirn. »Sie holt einen nach Jahren noch ein und geht tiefer, als man denkt. Es gibt einige Leute, die du damals in den Staub gezwungen hast, die dich hassen.«

Die Bestätigung seiner Befürchtungen brannte in Fred wie Gift in der Speiseröhre. Wut und Verzweiflung zog sich in seinem Inneren zusammen. Gut so, dann wäre er entschlossen genug, es dem Täter mit gleicher Münze heimzuzahlen. »Hilfst du mir, rauszubekommen, wer meine Frau von der Fähre gestoßen hat?«

»Ich versuch's, aber ich hab mich auf mein Altenteil zurückgezogen und bin nicht mehr aktiv. Ich frage ein paar Jungs aus alten Zeiten … Bist du bereit, das durchzuziehen?«

Fred zögerte. Karl kannte ihn einfach zu gut. Der Gedanke an Melle – an ihr Lachen, an die leise Wärme, die sie in sein Leben gebracht hatte – riss an ihm und verlangte seine unerbittliche Härte. »Ich habe nichts zu verlieren«, sagte er entschlossen. »Also ja, Karl. Ich bin bereit.«

Karl nickte langsam, eine Mischung aus Respekt und leiser Melancholie in seinem Blick. »Gut, Junge. Dann werden wir den Spieß umdrehen und deine Feinde jagen.«

»Danke, ich mach es wieder gut.«

»Marion möchte dich gerne wiedersehen!«

Fred schluckte. »Ich muss erst … das schaffe ich noch nicht. Ich brauche ein bisschen Zeit.«

»Wir haben nicht mehr so viel davon. Einstweilen hab ich dir ein Geschenk mitgebracht. Warte hier, und sieh zu, ob es dir gefällt.«

Er öffnete die Tür und verschwand.

KAPITEL 23

Der flackernde Schein des Fernsehers tauchte das Wohnzimmer in wechselndes Licht. Charlotte saß neben Nathalie auf dem Sofa und versuchte vergeblich, sich auf den Spielfilm zu konzentrieren. Es war einer dieser seltenen ruhigen Abende, an denen sie das Zusammensein mit ihrer pubertierenden Tochter genießen wollte, beide unter eine warme Decke gekuschelt, doch stattdessen landeten ihre Gedanken immer wieder bei Tom.

Sie hatte ihn zickig und ungerecht behandelt. So kannte sie sich nicht, und sie schämte sich dafür. Tom hatte so viel für sie und Nathalie getan.

Sie strich sich müde über die Augen. Trotzdem durfte sie Tom nicht mehr in ihr Leben lassen. Er war tabu. Vermutlich würde er früher oder später merken, was mit ihr los war, und dann würde es peinlich. Sie musste sich so lange von ihm fernhalten, bis ihre Gefühle für ihn abgeflaut waren. Aus den Augen, aus dem Sinn, oder nicht?

Nachdem sie in der Hochwassernacht Toms Ehefrau Lisa kennengelernt hatte, schwor sie sich, keinen Schritt auf Tom zuzugehen. Sie wollte weder Tom noch seine Ehe in Schwierigkeiten bringen. Besser, niemand erfuhr von ihren Gefühlen. Trotzdem war sie ihm zu großem Dank verpflichtet, und er hatte es wirklich nicht verdient, dass sie ihn so launisch behandelte. Ein klassischer Annäherungs-Vermeidungs-Konflikt. Himmel noch mal, als Psychologin sollte sie wohl in der Lage sein, den Konflikt zu lösen!

»Mama?« Nathalies Stimme klang zögerlich, als ob die Frage schon ein paar Minuten in ihr schlummerte. »Glaubst du, dass die

Leute im Film wirklich glücklich sind? Das Lachen und Strahlen und alles …« Nat ließ den Blick auf den Bildschirm gerichtet.

»Manchmal tun Menschen so, als wären sie glücklich, selbst wenn sie es nicht sind«, antwortete Charlotte und meinte genauso wenig den Film wie Nathalie. »Ich glaube, dass Glück und Zufriedenheit im Leben nicht … so bunt und laut ist wie in den Filmen. Es ist still und leise, beinahe unsichtbar. Es ist ein warmes Gefühl in einem selbst. So wie gerade jetzt. Du und ich, hier zusammen. Das ist Glück – für mich.«

Nathalie schwieg. Ihre Hände spielten mit der Decke, und Charlotte ahnte, dass Nathalie ihr eigenes Empfinden prüfte. Dann nickte sie.

Charlotte lächelte. Ein kleiner Raum war zwischen ihnen aufgegangen. Ein leiser Raum aus Verstehen und Geborgenheit.

Sie genoss ihn. Sie hatten harte Wochen und Monate hinter sich. In Angst vor Daniel, dem gestörten Vater von Nathalie. Sie waren zeitweise sogar in eine geheime Wohnung geflüchtet. Nun konnte er ihnen nichts mehr anhaben, und langsam fingen sie an, unbeschwerter zu werden. Es dauerte, sich von der Angst, die er verursacht hatte, zu lösen.

»Soll ich uns einen Pfefferminztee machen?«, fragte sie leise. »Ada kommt nach ihrem Spätdienst kurz vorbei, nicht dass du dich wunderst, wenn es so spät noch klingelt.«

»Ich bin doch kein Baby!«

Charlotte schluckte. Meinte Nathalie die Klingel oder den Tee? Wie auf Kommando klingelte es an der Haustür.

Nathalie zuckte zusammen, als hätte sie einen elektrischen Schlag bekommen. Ihre Augen weiteten sich, und sie drehte sich zu Charlotte um.

»Ist das wirklich Ada?«, flüsterte sie.

Die Reaktion beunruhigte Charlotte. »Natürlich, es ist alles in Ordnung, Schatz!«

»Ja … ich … es ist nur … nichts.«

»Bist du sicher?«

Charlotte griff nach Nathalies Hand, die sich seltsam kalt anfühlte.

»Manchmal hab ich doch Angst, dass Papa wiederkommt.«

Erneut schellte die Klingel. Diesmal zuckten sie beide zusammen. Charlottes Herz klopfte wie verrückt. Nathalie war nicht so cool, wie sie immer tat. »Nat«, sagte sie mit mühsamer Ruhe, »dein Vater tut uns nichts mehr, vertrau mir!« Charlotte stand auf und zog Nathalie vom Sofa hoch. Sie nahm ihr Gesicht in beide Hände. »Liebes, du bist in Sicherheit!« Sie zog sie in eine feste Umarmung. Dabei war sie nicht ganz so selbstbewusst, wie sie tat. Daniel mochte im Rollstuhl sitzen, doch vielleicht käme er dort wieder heraus? Wenigstens hatte sie sich eine Schreckschusspistole besorgt und trug die bei sich. Sollte er nur kommen.

Erneut klingelte es an der Tür, und Nat wand sich aus der Umarmung. »Ich geh ins Bett, grüß Ada von mir.«

Charlotte sah ihr nach und lief dann zur Wohnungstür, um Ada zu öffnen. Die stand mit hochgezogenen Augenbrauen vor der Tür. »Alles okay?«

»Nicht wirklich.« Sie zog Ada in die Wohnung und bugsierte sie in die Küche. »Es ist viel passiert.« Von der Hängelampe über dem Esstisch fiel ein goldener Schein, der der Küche eine Atmosphäre von Wärme und Ruhe verlieh.

»Möchtest du ein Glas Wein?«

»Unbedingt! Ich höre mir keine Dramen nüchtern an.« In ihrer Stimme war die Belustigung herauszuhören.

Charlotte holte zwei Weingläser und drückte Ada eine Weißweinflasche aus dem Kühlschrank in die Hand. »Ich weiß gar nicht, wo ich anfangen soll. Da ist dieser neue Fall! Ich habe Tom wiedergesehen! Und Nathalie hat Angst vor ihrem Vater!«

Ada schenkte Wein in die Gläser und schnalzte mit der Zunge. »Und ich dachte immer, *mein* Leben wäre chaotisch.« Sie hob das Glas und stieß mit Charlotte an. »Fang vorn an. Was für ein neuer Fall?«

Charlotte erzählte alles, was sie bislang über den Fall Melanie Cullmann wusste. Sie schilderte ihren Eindruck von Fred alias Manni Weigand. Sie seufzte. »Cullmann will den Mörder seiner Frau auf eigene Faust jagen. Er leidet wie ein Hund. Seine Frau hat ihn vom Kiez geholt, und er fühlt sich verpflichtet, ihren Mörder zu finden und zu bestrafen. Er nimmt an, dass sie für seine früheren Verfehlungen mit dem Leben bezahlt hat.« Sie nahm einen Schluck Wein und wartete darauf, dass Ada ihr beipflichtete, doch die sah sie nur aus zusammengekniffenen Augen an. »Ich meine, Rache kommt immer aus einer tiefen emotionalen Ebene. Es ist wie ein Feuer, das im Herzen brennt und alles verzehrt, bis nichts mehr als Asche zurückbleibt. Und ganz sicher wird es ihm damit nicht besser gehen.« Ada reagierte immer noch nicht. »Er glaubt, dass Rache das Einzige ist, was ihn heilt.«

»Tja, was erwartest du?«, fragte Ada. »Seine Frau wurde ermordet. Der Täter läuft frei rum. Wer würde da nicht … an Rache denken, erst recht, wenn er ohnehin ein harter Hund ist. Er scheint mir eher der Typ zu sein, der seine Trauer mit den Fäusten blutig schlägt, statt sie in Meditation zu begraben.«

»Er hat mit seiner Kiez-Vergangenheit abgeschlossen!«

»Resozialisiert, ja? Im Ernst?«

»Er hat viele Jahre ein bürgerliches Leben geführt«, sagte Charlotte und nippte an dem Sauvignon. Warum war ihr Glas beinahe leer? »Ich verstehe ihn. Nur wenn er seine Rachefantasien durchzieht, wird er den letzten Rest seines Lebens verlieren: die Freiheit. Ich frage mich die ganze Zeit, wie ich ihn davon abhalten kann?«

Ada zog eine Augenbraue hoch. »Was hast du ausprobiert?«

Charlotte lachte bitter. »Worte! Nichts, was ihn erreicht hat. Du weißt, dass die wenigsten Menschen einen Ratschlag annehmen, wenn sie nicht viel Geld dafür bezahlen, weil sie in Therapie sind. Sie fragen einen immerzu, aber sie wollen keine Antwort, die nicht ihrer Meinung entspricht. Also, nein, natürlich hört er nicht auf mich.«

»Du brauchst einen anderen Ansatz«, stellte Ada fest. »Sprich nicht über das, was er verlieren könnte. Sprich über das, was er noch hat.«

»Das ist leichter gesagt als getan. Er ist so wütend, dass er keine Argumente hört. Er folgt nur seinem Drang, etwas zu zerstören. So wie sein Leben zerstört wurde.« Charlotte trank einen weiteren Schluck und merkte, wie der Wein langsam seine Wirkung entfaltete. Sie wurde ruhiger und gelöster.

Ada beugte sich nach vorn und griff nach Charlottes Hand. »Bring ihn dazu, sich selbst zu fragen, ob das, was er plant, die richtige Antwort ist.«

»Sokratischer Dialog?«

»So nennt ihr Psychos das? Sokrates. Cool!« Ada lachte. »Wenn das jemand kann, dann du!«

»Ich bin nicht sicher, ob ich das schaffe, bevor er …«

Ada neigte den Kopf. »Bevor er was?«

Charlotte ging zum Kühlschrank, um die Weinflasche zu holen und nachzuschenken. »Bevor er die Grenze überschreitet und es kein Zurück mehr gibt.«

»Dann halte ihm eine Moralpredigt und Gefährderansprache und überlasse die Sache der Mordkommission.« Sie kräuselte die Stirn. »Ach so, jetzt kapiere ich: Fähre, Wasser, Tom, ein gemeinsamer Fall?«

Charlotte nickte.

»Oje, der Arme!«

»Wieso *er?* Was ist mit mir?«

»Du weißt wenigstens, warum du dich von ihm distanzierst. Er vermutlich nicht. Oder hast du mit ihm gesprochen?«

»Ich kann nicht. Ich … will ihn nicht wieder mit reinziehen. Er hat andere Sorgen, als sich um meinen psychopathischen Ex zu kümmern. Daniel … er hat sich nicht mehr gemeldet, ich weiß nicht, ist es wirklich vorbei?«

Ada zuckte mit den Schultern und mied ihren Blick.

»Kannst du mir nicht sagen, was passiert ist? Was bedeutet das für mich?«

Seit Ada ihr offenbart hatte, dass sie einem Netzwerk von Frauen angehörte, die sich anonym halfen, ihre prügelnden Männer in die Schranken zu weisen, drehten sich ihre Gedanken um diese Frauen. Wer waren diese Frauen? Wer organisierte sie? Sie hatte die Frauen um Hilfe gebeten. Doch sie wusste nicht, ob sie an dem Überfall auf Daniel beteiligt waren. Die Ungewissheit war kaum auszuhalten.

»Ich weiß auch nichts, Charlotte. Das ist doch der Sinn der Sache, dass keine Informationen fließen. Vielleicht war es das Netzwerk, oder es war jemand anderes. Dein Ex hat nun wirklich genug Feinde. Wir werden es erst erfahren, wenn das Netzwerk einen Gefallen von dir einfordert.«

Das war der Haken an der Sache. Das Netzwerk half, aber man musste sich revanchieren. In einer Woche, einem Jahr oder einem Jahrzehnt würde sie kontaktiert werden, und dann musste Charlotte helfen.

»Es macht mich total fertig, nicht zu wissen, was passiert ist. Und, bitte halte mich nicht für verrückt, aber ich glaube, Daniel ist auch vom Rollstuhl aus gefährlich. Klar, er wird nicht in unsere Wohnung einsteigen …« Sie fuhr sich unwillkürlich mit der Hand an ihre Narbe. Schnell legte sie die Hand wieder auf den Tisch. Gut, dass der Alkohol sie ein wenig einnebelte.

Ada hielt ihr das leere Glas hin. »Ihr seid sicher!«

Nachdem die Flasche leer war und Ada sich verabschiedet hatte, schloss Charlotte die Haustür sorgsam ab, schob den Keil von innen gegen die Tür, sodass sich diese nicht mehr öffnen ließ. Dann schlich sie sich zu Nathalies Zimmer. Hoffentlich hatte sie die Tür nicht versperrt. Seit einiger Zeit schloss sie Charlotte kategorisch aus ihrem Reich aus. Im Sinne der pubertären Autonomieentwicklung hatte Charlotte Verständnis dafür, aber ihr besorgtes Mutterherz hasste diese Abgrenzung. Sie drückte vorsichtig die Klinke herunter und lächelte, als die Tür sich problemlos öffnen ließ. Nathalie lag in ihrem Bett und schlief.

Im Badezimmer lehnte Charlotte sich an das Waschbecken und sah in den Spiegel. In ihrem Gesicht sah sie nur die schmale Narbe, die sich vom Wangenknochen bis zum Kinn herunterzog. Daniel hatte ihr das Andenken mit einem Cuttermesser hinterlassen. Sie würde ihn und seinen Hass nie mehr loswerden. Bei jedem Blick in den Spiegel war die Erinnerung an die brutale Gewalt wieder da, als wäre es gestern passiert. Wie oft hatte sie versucht, damit abzuschließen, doch Daniel ließ es nicht zu. Nach Jahren war er plötzlich aufgetaucht, um sich an Charlotte zu rächen, die er dafür verantwortlich machte, dass er keinen Kontakt zu seiner Tochter hatte. Auch er hatte Verluste erlitten, allerdings hatte er selbst dafür gesorgt. Das machte einen gravierenden Unterschied, oder?

Auf eine gewisse Weise riss dieser Mordfall ihre eigenen Wunden auf. Fred Cullmann, blind vor Trauer und Hass, erinnerte sie an eine Version von sich selbst. Sie wusste, wie einfach es war, sich aus kaum erträglichen Gefühlen wie Schmerz und Trauer, oder bei ihr Wut und Scham, in eine Spirale aus Rachefantasien ziehen zu lassen.

Ihre Finger krampften sich um den Rand des Waschbeckens. Sie schloss die Augen und atmete tief durch. Bilder flackerten hinter ihren Augenlidern auf. Der Tag, an dem ihr Ex Nathalie entführt hatte. Ein hilfloser Säugling in den Händen eines Psychopathen. Die Wut, die sie in das Hotelzimmer getrieben hatte, um ihre Tochter zu befreien. Die Vergewaltigung, die sie nicht hatte verhindern können … der Angriff mit dem Cuttermesser … Sie öffnete die Augen und sah sich die Narbe genau an. So sah es aus, wenn Rache aus dem Ruder lief.

Die Entscheidung war alles andere als leicht. Doch plötzlich wusste sie, was sie tun musste, um Fred Cullmann vor seiner eigenen Rachsucht zu bewahren.

KAPITEL 24

Fred strich sich über die Augen. Er hatte Karl wiedergesehen. Seinen Ziehvater. Seinen Mentor. Seinen Beschützer. Und Karl hatte ihn nicht enttäuscht. Er hatte versprochen, ihm zu helfen.

Er lehnte sich in Richtung der offenen Fensteröffnung, um sich an der frischen Luft zu kühlen.

Hinter ihm knarzte die Tür, schwer und rostig.

Fred wirbelte herum.

Und da stand er.

Rainer.

Sein Erzrivale aus vergangenen Zeiten. Der Mann, den er damals beinahe getötet hatte. Wie eine Halluzination stand er im Türrahmen.

»Du?«, stieß Rainer hervor. »Du bist Karls Geschenk für mich?« Er lachte, trocken und hasserfüllt, ein Laut, bei dem sich Freds Nackenhaare aufstellten. »Manni Weigand – das ist mal eine gelungene Überraschung.«

Die Luft im Lager schien mit einem Schlag dünner zu werden. Fred schluckte, zu überrascht, um zu sprechen.

Die Jahre hatten Rainer gezeichnet, sein Gesicht gealtert, doch seine Haltung war aufrecht, seine Augen blitzten, und der Zorn in der Stimme traf Fred wie ein Schlag. Er hatte nicht vergessen, niemals vergeben.

»Rainer«, sagte Fred tonlos.

Nur ein Wort, aber es reichte. Rainers Augen verengten sich, und sein Mund verzog sich zu einem höhnischen Grinsen. Rainers Wut schlug ihm förmlich ins Gesicht.

»Ich hätt ja nicht mehr gedacht, dass ich dich mal wiedersehe – um dir die Visage langzuziehen! Du hast mir mein Leben versaut, du Mistkerl. Weißt du, was ich die letzten fünfzehn Jahre gemacht habe?« Rainers Stimme vibrierte vor Zorn. »Ich hab jeden verfickten Tag daran gedacht, was du mir genommen hast. Mein Leben! Meinen Verstand! Und jetzt tauchst du nach all den Jahren wieder auf? Was willst du?«

Fred hob die Hand, um ihn zu stoppen. »Hör zu, es war …« Er schüttelte den Kopf und seufzte. »Was du getan hast, wie ich reagiert habe … es war ein Unfall.«

Rainers Faust zuckte vor und knallte auf Freds Brust. Der Schlag war wuchtig und überraschend, er ließ Fred zurücktaumeln, bis seine Schulter das Mauerwerk streifte. Hinter ihm nur das Fensterloch, die Dunkelheit und das kalte Wasser des Fleets.

»Unfall, sagst du? Nee, du hast mich da einfach wie'n toten Fisch liegen lassen und bist abgehauen, du Feigling.«

War es so gewesen? Wahrscheinlich. Fred hatte keinen Ärger mit der Polizei gewollt, und der Krankenwagen rollte bereits an. »Wir hätten diese kindische Feindschaft rechtzeitig beenden müssen.« Fred sah kurz hinter sich aus dem Fensterloch in die Nacht. Unter ihm lag der Fleet mit tiefem kalten Wasser. Wenn Rainer ihn hier aus dem Fenster stieß, hätte er wenig Chancen. Er wandte sich schnell wieder seinem Gegner zu und brachte sich mit ein paar tänzelnden Schritten in Sicherheit. Der Blick in Rainers Augen verriet ihm, dass hier mit Worten nichts mehr zu retten war. Er sah nur glühenden Hass darin.

»Kindisch?« Rainer lachte trocken und presste die Worte hervor: »Lächerlich mag es für dich gewesen sein, für mich war es das Ende von allem, was mir wichtig war. Ich habe so oft daran gedacht, wie ich dich fertigmache.«

Freds Hände ballten sich, aber er verbot es sich, die Kontrolle zu verlieren. Er wollte sich nicht provozieren lassen. »Du hast selbst dazu beigetragen, Rainer, das weißt du. Was treibst du heute?«

Rainer stürzte sich auf ihn, und für einen Moment war alles instinktiv: Fred duckte sich, und Rainers Faust streifte seine Schläfe. Der Schmerz war scharf, blendend. Er taumelte zur Seite, fing sich aber schnell wieder.

Es war wie früher. Dieser Tanz. Die Schläge, der Schmerz, der Schweiß. Damals war es ein Kampf um Macht, Ehre oder Stolz. Jetzt war es ein Kampf um bittere Rache.

Fred wich Rainers Faust aus und versuchte, einen weiteren Treffer zu landen, doch Rainer stand zu nah. Sie rangen, hakten sich ineinander wie zwei streunende Hunde, die nicht wussten, wie man loslässt. Rainers Atem ging schwer, und Fred ekelte sich vor dem sauren Geruch. Rainers Bewegungen wurden ungeschickt, langsamer, wie ein altes Uhrwerk, das nicht mehr richtig lief.

»Du hast dich einen Dreck um mein Leben geschert, das ist alles, was ich wissen muss. Du hast mich da im Regen verrecken lassen. Und du? Wo warst du? Alle Welt hat dich gesucht und nicht gefunden. Hast dich versteckt vor mir, wie 'ne olle Kanalratte, die du bist!«

Sollte Rainer doch denken, dass er den Kiez seinetwegen verlassen hatte. Vielleicht half ihm diese winzige Genugtuung. »Ich habe mir die Welt angesehen.« Umso öfter Fred diese Lüge erzählte, desto mehr glaubte er beinahe selbst daran.

Adrenalin prickelte in ihm, aber er zwang sich, ruhig zu bleiben. »Schluss damit, Rainer. Wir sind alte Männer.«

»Es ist nicht vorbei, bis ich sage, dass es vorbei ist!«

Fred seufzte. Es war wie früher. Damals hatte Rainer auch nie ein Ende gefunden.

Dann passierte es. Fred verlagerte das Gewicht auf das linke Bein und trat zu. Sein Tritt traf Rainers Knie. Härter, als er beabsichtigt hatte. Rainers Fuß rutschte auf dem staubigen Boden aus, eine Mischung aus altem Teppichstaub und verstreuten Sandkörnern, und er fiel schreiend auf den Rücken.

Fred stand über ihm. Die Adrenalinflut schrie nach einem letzten Schritt, nach der Vollendung. Er brauchte Rainers Kopf nur in den Schwitzkasten zu nehmen und zuzudrücken, oder ihm mit einem Ruck das Genick brechen. Jetzt. Fred blickte zur Seite, zur Fensteröffnung, zum Fleet darunter. Oder ein einziger Stoß. Es wäre so leicht.

Aber erst musste er in Erfahrung bringen, ob Rainer etwas mit Melles Tod zu tun hatte.

Als ob Freds Tritt in ihm einen Schalter umgelegt hatte, rappelte sich Rainer keuchend auf und ging wieder zum Kampf über. Er ließ seine Fäuste wild und unkontrolliert auf Fred einprasseln. Fred fragte sich, woher Rainer die Kraft nahm.

Er duckte sich, trotzdem landete Rainer erneut einen Treffer an Freds Schläfe, sodass ihm die Sicht verschwamm. Er reagierte instinktiv, wich zur Seite und setzte seinen ersten rechten Haken, der Rainer hart an den Rippen traf. Fred vermochte nicht zu sagen, wem der Schlag mehr wehtat. Rainers Rippen oder Freds von der Glasvitrine verletzter Hand?

Rainer spuckte ihm schwer atmend ins Gesicht. »Du bist so ein Feigling!« Seine Silhouette zeichnete sich gegen das matte Licht ab.

»Und du bist ein Narr«, fauchte Fred und duckte sich, um Rainers Faust auszuweichen. Fred erwartete den Schlag direkt an den Kopf, denn er hatte sich einen Moment zu spät geduckt, doch der kam nicht. Während Fred einen weiteren Haken in Rainers Rippen krachen ließ, bemerkte er etwas Seltsames. Rainers Schläge wurden langsamer, seine Reaktionen träge, als ob sein Körper nur zögerlich auf dessen Befehle hören wollte.

»Gib zu, dass du Melle getötet hast!«, quetschte Fred zwischen den Zähnen hervor.

Rainer blinzelte ihn an, verwirrt, die Augen glasig, als würde er sich einen Moment lang nicht erinnern, wo er war. »Was?«

»Meine Frau!«, fauchte Fred. »Warst du das? Hast du sie von der Fähre gestoßen?«

Rainer sah ihn an, sein Kopf wackelte, als ob er die Worte nicht verstehen könnte. »Ich … was für 'ne Frau? Ich weiß nicht, wovon du redest.« Dann versuchte er wieder, Fred zu treffen, doch sein Schlag war ungeschickt und ohne Ziel.

Fred nutzte die Chance und landete einen geraden Treffer direkt auf Rainers Kiefer. Dabei tat ihm sein Handknochen derartig weh, dass er sich keinen weiteren Schlag mehr vorstellen konnte. Rainer wankte, seine Augen rollten kurz nach oben, sodass Fred nur noch das Weiße sah. Dann fiel er um wie ein gefällter Baum.

»Gib zu, dass du meine Frau von der Fähre gestoßen hast!« Fred konnte sich nicht beherrschen. Er stürzte sich auf Rainer und drückte beide Hände an dessen Kehle. Er sollte zugeben, was er Melle angetan hatte.

Für einen Moment war alles still, nur das Rauschen in seinen Ohren füllte die Leere zwischen ihnen. Er sah auf Rainer hinab, der mit ratlosen Augen und zerschlagenem Stolz zu ihm aufsah. »Was … für … Frau?«, keuchte er rasselnd.

Es war vorbei. Fred wusste es. In Rainers Augen lag keine List, kein Verbergen einer Schuld. Nur Verwirrung und diese Leere, die ihn schon den ganzen Abend irritiert hatte. Er nahm die Hände von seinem Hals. Rainer rang nach Luft und rollte sich zur Seite.

Fred stand auf und legte ausreichend Distanz zwischen sich und seinen Kontrahenten. »Hast du wirklich nichts mit Melle zu tun?« In dieser Sekunde wusste er, dass er einen Mann schlug, der ihm nicht nur körperlich, sondern auch mental unterlegen war. Rainer hatte sich verändert, er war nur noch ein Schatten seiner selbst. »Was zum Teufel tun wir hier? Bist du in Ordnung?«

Rainer rappelte sich mühsam auf. Seine Hände zitterten unkontrolliert.

Fred wollte ihm helfen, aber Rainer schlug seine Hand weg.

»Ich bin nur noch 'n Wrack, kapierst du? Mein Kopp, total im Eimer … der hat damals Totalschaden … du hast mir alles genommen, jeden Fitzel.« Er lachte bitter, ein Laut, der Fred durch Mark und Bein ging. »Eine Frau? Du bist wohl nicht mehr ganz knusper? Du bist es nicht wert, dass ich noch einmal auf dich reinfalle. Schon gar nicht wegen irgendeiner Ollen! Deinetwegen bin ich inner Bratbude als Beikoch geendet. Rainer, der Schlächter, aus dem *Billabong* inne Frittenbude …« Er verzog angeekelt den Mund, als könne er weder sein Leben noch Freds Anblick eine Sekunde länger ertragen. Er kam endlich auf die Füße und humpelte zur Tür. Er stieß sie auf und blieb einen Moment in der Dunkelheit stehen.

»Ich bin wegen dir hier gelandet, Fred«, sagte er leise. »Und wegen dir bleibe ich hier. In dieser Scheiße.«

Dann war er weg.

Fred blieb zurück. Allein in der Dunkelheit, eingehüllt in die Scham, die sich um ihn legte wie ein schwerer, muffiger Mantel, der jeden Schritt beschwerte und jede Hoffnung erstickte.

Rainer hatte Melle nicht getötet. Wie auch? Er war nur noch ein blasser Abglanz seines früheren Selbst, ein gebrochener Mann, dessen Geist von unsichtbaren Narben gezeichnet war und dessen Körper seinen Befehlen kaum mehr folgte.

KAPITEL 25

Fred war nach dem Treffen mit Karl und der Schlägerei mit Rainer nicht in die schäbige Pension auf der Reeperbahn zurückgekehrt. Er brauchte Abstand zu dem Mann, der er einst gewesen war. Er hatte gedacht, dieser wäre tot und für immer begraben, doch jetzt kam er langsam wieder zum Vorschein. Mit allen schlechten Gefühlen wie unbändiger Wut und Hemmungslosigkeit. Als er die Hände um Rainers Hals gelegt hatte, hätte er beinahe zugedrückt. Er war kurz davor gewesen, einen Menschen zu töten, den er ewig nicht gesehen hatte, der ihm nichts getan hatte … einfach, weil es die Möglichkeit gab.

Manni war zurück. Fred hasste ihn.

Er war nach Finkenwerder geeilt, um sich von der Gewalt zu distanzieren und in seinem Haus Frieden zu finden. Noch vor ein paar Tagen war sein Haus seine sichere Burg für ihn gewesen, heute Nacht empfing es ihn mit erdrückender Stille.

Mit schweren Schritten stieg er die Treppe hinauf zum Schlafzimmer, wo Melles Duft wie ein Echo ihrer Anwesenheit in den Kissen lebte. Er warf sich aufs Bett und presste sein Gesicht in den weichen Stoff. Die Erinnerungen überfluteten ihn mit solcher Wucht, dass er glaubte, das vertraute Knarren der Tür zu hören, Melles melodisches Lachen, mit dem sie jeden Raum erhellt hatte. Doch die Tür blieb stumm.

Stattdessen pulsierte der Befehl *»räche sie«* unerbittlich in seinen Ohren und gab keine Ruhe. Lass den Täter nicht ungestraft davonkommen! Zieh ihn zur Rechenschaft! Warum musste sie sterben?

Er wälzte sich ruhelos auf dem Bett.

Ja, der alte Manni war erwacht. Und vielleicht war das doch nicht so übel, denn den brauchte er, um Melle zu rächen. Er benötigte den skrupellosen Kern in sich, um keine Rücksicht mehr zu nehmen, bis der Täter tot zu seinen Füßen lag. Das war es, wonach er sich sehnte. Auge um Auge, Zahn um Zahn.

Nur war er dieser Genugtuung keinen Schritt näher gekommen.

Immerhin konnte er zwei Namen von seiner Liste streichen. Jasmin war tot und Rainer sicher nicht der Mörder seiner Frau. Der nächste Kandidat war Herbert Jarre, das Raubtier, das schon damals in der Dunkelheit gelauert hatte. Geduldig und tödlich.

Er quälte sich hoch, schlich ins Badezimmer, um seine Hand neu zu verbinden. Dann ging er nach unten ins Wohnzimmer, strich an Melles Büchern in den Regalen entlang, sah sich an, womit sie den Kühlschrank gefüllt hatte. Er suchte Linderung seiner Trauer und der Wut und fand nur eine Welt, die stehen geblieben war. Er konnte kaum atmen, so sehr vermisste er seine Frau.

Er wankte in den Keller, um sich seine zweite Waffe in dem Stoffsäckchen aus dem Safe zu holen. Er setzte sich an den Wohnzimmertisch, packte die Pistole, den Reinigungsdocht und den Lappen aus. Dann konzentrierte er sich darauf, die Waffe so schnell wie möglich auseinanderzunehmen.

Er drückte am Griffstück den Hebel, und das Magazin sprang heraus. Er hielt die Pistole mit dem Auswurf nach unten und zog den Verschluss nach hinten, um zu prüfen, ob noch eine Patrone in der Kammer war.

Vier Sekunden.

Herbert war seinetwegen im Knast gelandet. Fred hatte ihm eine Waffe verkauft, die doch nicht so sauber war, wie er angenommen hatte.

Bolzen rausschieben, die beiden Teile der Waffe trennen und auf den Tisch legen.

Fünf Sekunden.

Fred hatte nicht gewusst, dass die Pistole schon einmal bei einem Raubüberfall benutzt und daher bei der Polizei registriert worden war. Sein Lieferant hatte ihn genauso hereingelegt wie Fred dann Herbert. Auf dem Kiez durfte man niemals kompromittierte Waffen verkaufen. Das war tödlich.

Rohr rausnehmen. Mit der Metallbürste reinigen und den Docht aus Fasern durch den Lauf ziehen, um auch den zu säubern.

Mit dem Lappen abwischen.

Einölen.

Fünfzig Sekunden.

In umgekehrter Reihenfolge baute er alles wieder zusammen.

Und von vorn.

Ein zweites, drittes und viertes Mal.

Endlich zitterten seine Hände nicht mehr.

Herbert war mit der registrierten Waffe aufgeflogen. Auch Freds Ruf hatte mit diesem Verkauf gelitten. Er galt in der Szene nicht länger als vertrauenswürdig. Herbert war nach einem Einbruch nicht nur von der Polizei geschnappt, sondern durch die Waffe waren ihm weitere Delikte zur Last gelegt worden, die ihm eine hohe Haftstrafe eingebrockt hatten.

Fred baute die Waffe ein letztes Mal zusammen.

Zwei Minuten insgesamt.

Akzeptabel. Mehr nicht. Das hatte er früher schneller geschafft. Seine Finger waren alt und langsam.

Er legte die Waffe vorsichtig auf dem Tisch ab.

Atmete tief ein und aus.

Für Herbert war Fred der Beginn allen Übels. Er galt als der Mann, der Herbert in den Knast gebracht hatte. Es gab keine Möglichkeit, das wiedergutzumachen. Er musste den Preis dafür zahlen.

Er stand auf, tigerte durch das Wohnzimmer.

Auf dem Teppich lagen noch Melles Papiere verstreut, die er vorgestern in einem Anfall von Wut von ihrem Schreibtisch gefegt hatte. Er hob sie auf.

Erstmals wurde ihm bewusst, dass zwischen den Rechnungen und Listen auch Fotoausdrucke lagen. Er besah sich die Bilder genauer. Fred erkannte den Containerterminal. Zwei Männer, einander zugewandt vor Containerreihen. Auf einem weiteren Foto stand einer der Männer wiederum mit zwei anderen vor einem Lkw auf dem Parkplatz und … er kniff die Augen zusammen. Das war unmöglich! War das etwa Herbert? Sein alter Widersacher Jarre? Er bildete sich das nur ein, oder? Er knipste die Schreibtischlampe an, um besser sehen zu können.

Was trieb Herbert dort? Und vor allem: Woher kannte Melle Herbert? Warum hatte sie ihn fotografiert?

Hektisch sammelte Fred alle Papiere vom Boden auf und legte die Fotos nebeneinander auf den Fußboden und knipste die große Stehlampe an, um jedes Detail zu erfassen. Am liebsten hätte er eine Lupe gehabt.

Melles Kollege. Wie hieß er gleich? Der Jungspund, über den sie so gelästert hatte. Sein Name fiel ihm beim besten Willen nicht ein. Und dann *er*. Sein Gesicht, ein vertrauter Ausdruck, der ihn zurück in seine Zeit brachte, die er hatte vergessen wollen.

Das nächste Foto. Zwei Männer. Einer jung, sportlich, unauffällig. Der andere älter, untersetzt. Was hatten sie mit Herbert am Laufen? Was hatten sie besprochen und geplant? Eine Abmachung oder Schlimmeres?

»Melle«, murmelte er, »was hast du getan?«

Sie hatte ihm oft von ihrer Arbeit auf dem Terminal berichtet. Wenn sie abends bei einem Glas Rotwein saßen und darüber gelacht hatten, wenn ihr Vorgesetzter mal wieder Hilfe von ihr benötigt hatte.

Ihr Lachen … wie sollte er ohne ihr Lachen weiterleben?

Es war nicht nur ihr Optimismus gewesen, sie hatte auch diese ernste Seite, die er nicht immer sofort erkannt hatte.

Melle hatte ihm noch vor wenigen Wochen gegenübergesessen. Ihre Hände um eine Teetasse gelegt, mit nachdenklichem, fast abweisendem Blick.

»Fred«, hatte sie gesagt, und schon der Ton ihrer Stimme hatte ihn die Zeitung sinken lassen.

»Ist was passiert?«, fragte er. Vielleicht ein bisschen zu schnell. Melle schüttelte den Kopf, aber ihr Lächeln war nicht echt.

»Nein, nichts … Es ist nur«, sie hielt inne, nahm einen Schluck Tee und vermied es, ihn anzusehen. »Wollen wir nicht mal wieder in den Urlaub fahren? Alle Probleme hierlassen und in die Sonne abhauen?«

Fred runzelte die Stirn. »Ja, warum nicht? Aber wir müssten erst ein bisschen Geld ansparen … wohin möchtest du denn?«

»Ich bezahle den Urlaub. Ich hab was gespart. Was hältst du von Südafrika … Tiere … Meer und Strand.«

»Ich habe dich noch nie von Afrika sprechen hören.« Wahrscheinlich hatte er zu belustigt geklungen, denn Melle hatte abgewunken.

»War ja nur so eine Idee. Verrückt, ich weiß.«

Die Erinnerung verflüchtigte sich wieder. Sie hatten einen Film zusammen gesehen, und er hatte versäumt, das Thema noch einmal anzuschneiden.

Seine Hände ballten sich zu Fäusten. Warum hatte er nicht nachgefragt? Sie hatte so müde und erschöpft geklungen. Wovor wollte sie fliehen? Worin war sie verwickelt? Was hatte sie angestellt? Warum hatte sie sich ihm nicht anvertraut?

Weil du Idiot nicht zugehört hast!

Wer hatte sie angehört?

Sofort kam ihm Schrotti in den Sinn. Aber warum sollte sie ihm mehr erzählt haben als ihrem Ehemann? Der Gedanke schmerzte.

Doch der Schmerz erinnerte ihn daran, dass er keine Zeit hatte für seine Befindlichkeiten, wenn er den Täter vor der Polizei finden wollte. Dass Herbert Jarre auf dem Terminal herumspazierte, war nie und nimmer ein Zufall. Hatte er sich schon vor längerer Zeit an Melle herangemacht, um Fred zu vernichten?

Seine Finger strichen über die Fotos, als könnten sie mehr enthüllen, wenn er sie aus verschiedenen Perspektiven betrachtete. Er musste sich Melles Kollegen zur Brust nehmen.

Was hatte Herbert auf dem Terminal zu suchen?

Was hatte Melle vor Fred verheimlicht?

KAPITEL 26

Tom starrte aus dem Bullauge seines Dienstzimmers.

Die Sonne stand noch nicht hoch am Horizont, hüllte den Travehafen aber schon in ein goldenes Licht, das sich flimmernd auf der Wasseroberfläche brach.

Ein paar Reiherenten zogen schnatternd über das Wasser, tauchten schwungvoll ab und kamen plusternd wieder hoch, als freuten sie sich auf den Tag.

Ihm ging das Gespräch mit dem Pendler nicht aus dem Kopf. Er hatte für große Aufregung in der gestrigen Teambesprechung gesorgt. Der Mann war auf einer Fortbildung gewesen und hatte erst bei seiner Rückkehr von der Suche nach Zeugen erfahren.

Er hatte ehrlich geschockt berichtet, dass er auf der Fähre noch mit Melanie Cullmann gesprochen hatte. Sie kannten sich vom Sehen, aber er hatte nicht bemerkt, dass sie sich nicht wohlfühlte. Warum hatte sie nichts gesagt, er hätte sie doch nach Hause begleitet. Würde sie heute noch leben, wenn er ihr keine Zigarette angeboten hätte? Sie war nach vorn zur Rampe gegangen, um zu rauchen. Er hatte sich nichts dabei gedacht. Auch den Mann, der ihr gefolgt war, hatte er nicht als bedrohlich empfunden.

Die Beschreibung des Unbekannten brachte sie nicht voran. Um die dreißig Jahre, sehr schmales Gesicht, grauer Anzug, keine weiteren Auffälligkeiten. Er hatte weder Tattoos noch Bart oder Brille gesehen. Ein ganz normaler Mann, der in den Feierabend fuhr. Das einzig Ungewöhnliche war vielleicht, dass er ohne Aktentasche oder Rucksack unterwegs war.

Den Pendler traf keine Schuld. Er hatte nicht gewusst, was der Mann vorhatte, und deshalb nicht genau hingesehen. Wieder eine Sackgasse.

Tom würde gleich mit Jonna zum Eurocon-Terminal fahren und sich Melanie Cullmanns Arbeitsplatz erneut ansehen. Wenn sie dort auch nichts fanden, wäre Fred Cullmann ihre letzte Spur. Ob Charlotte den Kontakt zu ihm gehalten hatte? Gestern hatte er kein Wort von ihr gehört, keinen Anruf, keine Nachricht. Dabei sollte er sie unterstützen.

Er lehnte sich in seinem Bürostuhl zurück und blickte wieder aus dem Fenster. Er dachte an Lisa, seine Ehefrau. Sie war ihm vertrauter als jeder andere Mensch. Er liebte sie, und seit sie nicht mehr so verzweifelt probierten, ein Kind zu bekommen, war die Stimmung im Hause Bendixen auch wieder viel besser geworden. Er hatte gestern extra Überstunden abgebummelt, um Zeit mit ihr zu verbringen, weil er heute Abend mit Quetsche verabredet war und spät nach Hause käme. Er gab sich Mühe. Wirklich.

Warum nur fühlte er dieses seltsame Ziehen in der Brust, sobald Charlotte den Raum betrat? Die zierliche Frau, deren mentale Stärke ihn faszinierte. War er gar nicht in Charlotte, sondern in ihre Empathie und die Kraft, die sie ausstrahlte, verliebt? Er schüttelte irritiert den Kopf. Er war nicht verknallt. Unsinn. Eher betört von ihrer Willenskraft. Er hatte versucht, sie vor ihrem gewalttätigen Ex zu schützen, und wusste doch gleichzeitig, dass sie ihn nicht brauchte. Was hatte Jonna gesagt? Charlotte rührte etwas in ihm an. Er sollte genau hinschauen, was ihm fehlte, bevor er weglief – oder etwas zerstörte. Wie wahr.

Charlotte hatte sich ihm nie genähert. Sie war höflich, herzlich, professionell. Wobei, nein, das stimmte auch nicht. Sie hatte ihn so tief in ihr Leben, in ihre Ängste blicken lassen, dass es nicht kollegial war. Es war mehr. Viel mehr.

Was hatten er und Lisa verloren, dass da plötzlich Platz für Charlotte war?

Er griff zum Telefonhörer. Er würde Charlotte anrufen und klären, was zwischen ihnen stand. Nein, keine gute Idee. Damit drängte er sie in die Ecke. Er legte den Hörer wieder auf. Mist, elender. Er rieb sich die Schläfen.

Morgen. Wenn sie sich bis morgen nicht gemeldet hätte, würde er sie anrufen. Das fühlte sich gut und richtig an. Vielleicht war es im Leben so – der ständige Tanz zwischen Sehnsucht und Verpflichtung, zwischen Traum und Realität.

Und seine Wirklichkeit bestand im Moment darin, dass er den Mörder von Melanie Cullmann fassen wollte. Er griff nun doch energisch nach dem Telefon und rief seinen Wachhabenden an der Leiste an. »Suchst du mir bitte die Telefonnummer von dem Zollkollegen Röder raus. Der wollte doch die Containersiegel-Liste überprüfen und hat sich immer noch nicht gemeldet.«

Er drehte seinen Stuhl wieder Richtung Fenster und sah in den Travehafen. Er durfte nicht den Überblick verlieren. Der Tod von Melanie Cullmann war noch lange nicht aufgeklärt.

Er griff erneut zum Telefon, und nach zweimaligem Klingeln hatte er Dirk Röder vom Zollamt am Apparat.

»Moin, WSPK 2, Bendixen. Ich rufe wegen der Überprüfung der Containersiegel an. Haben Sie Ihre Bestände kontrolliert?«

»Ach du liebe Zeit, ausgerechnet heute? Hier geht es zu wie im Taubenschlag. Warten Sie, ich muss erst den Computer hochfahren. Der ist morgens immer so müde, wissen Sie. Wie unsereins.« Er lachte laut. »Die Nummern … das war die Kiste, die Sie aus dem Wasser gefischt haben, oder? Ja, die stammt von uns. Unglaublich. Wir haben eine Untersuchung angeordnet …«

Tom hörte, wie Röder die Hand über die Muschel hielt, da er offenbar angesprochen worden war. Er hörte Tastaturgeräusche und dann plötzlich ein unterdrückter Schrei.

»Ups, Mann über Bord! Nee, Quatsch, nur meine Kaffeetasse.« Röders Lachen schallte durch die Leitung.

Tom fand es nicht so komisch. »Fehlen weitere Siegel?«

»Noch mehr? Reicht das Chaos nicht?«

Laut tönte der Hausruf vom Flur herein, da Tom vergessen hatte, die Tür des Büros zu schließen.

»Der 52/1 Einsatz auf der Köhlbrandbrücke. Autofahrer melden totes Pferd auf der Fahrbahn in Richtung Neuhof. Sonderrechte zugelassen. Der 52/1!«

»Bei Ihnen ist ja auch Party!«

»Sind Sie sicher?«

»Also, ja, nein, es fehlt nix. Haben Sie denn noch eine Kiste gefunden? Nee, das kann …«

»Nein, nein. Tut mir leid, es ist ein Einsatz reingekommen, ich melde mich noch mal!«

Tom legte entnervt auf. Dem Humor des Zöllners Röder war er heute Morgen nicht gewachsen. Und jetzt noch ein totes Pferd auf der Köhlbrandbrücke? So ein Unsinn! Er lief nach vorn zum Wachhabenden. Gunnar Wagner griff sich gerade die Schlüssel des Streifenwagens von der Leiste. »Totes Pferd? Spinnt ihr?«

Der Kollege grinste. »Drei Anrufer können nich' irren. Wir müssen nachgucken. Fahrt mal los, und ich kümmer mich schon um'n Transport … für so'n Gaul braucht man ja wat Größeres.«

Tom stöhnte auf. Er meinte es ernst. »Gunnar, warte, ich komm mit.« Er sah auf die Uhr. Bis Jonna käme, hatte er noch eine Dreiviertelstunde Zeit. Genug, um sich selbst einen Eindruck vor Ort zu verschaffen.

Die reine Autobrücke, die für Fußgänger und Fahrradfahrer nicht zugelassen war, bestand aus zwei Fahrbahnen in jede Richtung und war in der Mitte durch eine erhöhte Leitplanke abgetrennt. Sie fuhren mit Blaulicht und Martinshorn die Köhlbrandbrücke hinauf nach Waltershof. Von der Wache kam man nicht direkt auf die richtige Seite, und so mussten sie erst mit Karacho in die falsche Richtung preschen, um zu wenden, und das Ganze wieder zurück. Gunnar gab auf der linken Fahrspur ordentlich Gas, und Tom versuchte, einen Blick auf die andere Brückenseite zu erhaschen. Er stemmte sich noch höher in seinen Sitz, um über die Fahrbahntrennung hinwegsehen zu können. »Scheiße, da liegt was Braunes auf der Fahrbahn. Dick und rund. Wie ist der Gaul da hingekommen?« Er schüttelte fassungslos den Kopf. »Ich sag dir, es gibt nichts, was die Köhlbrandbrücke einem nicht bieten kann!«

Wagner antwortete nicht, da er mit dem Verkehr beschäftigt war. Gerade blinkte er einen langsam fahrenden Wagen an, der partout nicht auf die rechte Straßenseite ausweichen wollte.

Endlich auf der anderen Seite angekommen, wendete er bei der nächsten Gelegenheit, um die Brücke Richtung Neuhof wieder hochzufahren. Schnell näherten sie sich dem Pferd … und fingen an zu lachen.

Wagner stoppte den Wagen und sperrte so die Fahrbahn. Vor ihnen auf der Straße lag zwar kein Pferd, aber ein großer, aufgerollter und vor allem aufgeblähter Teppich. Von Weitem … auch Tom war darauf hereingefallen. Sie sahen sich erleichtert an.

»Ich hätte echt nicht gewusst, wohin mit dem Tier. Stell dir vor, wir rufen den Lagedienst an und fragen … die hätten sich doch total veräppelt gefühlt und uns kein Wort geglaubt.« Tom öffnete die Beifahrertür. »Komm, den Lappen wuchten wir in den Kofferraum.«

Was dann am Ende doch einfacher gesagt als getan war.

Sie brauchten noch zwei weitere Kollegen mit einem Sprinter, um das Teppichmonster abzutransportieren. Wer den wohl verloren hatte?

Durchgeschwitzt kamen sie im WSPK 2 an, wo sämtliche Kollegen spöttisch fragten, ob das Pferd den Ausritt überlebt hätte? Der Wachhabende teilte immerhin mit, dass Jonna im Konferenzraum auf ihn warte.

Tom spurtete nach oben in die erste Etage, um den Frotzeleien zu entkommen. Dort saßen Jonna und ein junger Mann mit schwarzer Hornbrille vor einem dampfenden Becher Kaffee.

Jonna sprang auf und stellte ihm den Kollegen André als Datenanalysten vom LKA vor. »Er wird uns aufs Terminal begleiten und sich Cullmanns PC genauer ansehen. Vielleicht lässt sich da noch etwas ausgraben.«

»Du hast nicht zufällig herausgefunden, was die Ziffern bedeuten, die Schrotti Charlotte auf den Zettel geschrieben hat?«, fragte Tom den Kollegen.

»Schrotti? Charlotte?« Er schüttelte fragend den Kopf. »Meinst du den Zettel von dem Kauz? Vielleicht ist das eine Containernummer?«

Tom schüttelte den Kopf. »Das ist keine Containernummer. Die BIC-Nummer ist länger und besteht auch aus Buchstaben.«

»Dann wird es ein Code oder eine PIN sein«, sagte André, »aber solange wir nichts haben, wo wir die Ziffern eingeben können, bringt uns das nicht voran. Es ist jedenfalls keine geheimnisvolle Telefonnummer, die uns den Täter an die Strippe holt.«

Tom grinste. Der Humor gefiel ihm.

»Die Hausdurchsuchung bei Cullmann sollte heute in aller Frühe stattfinden«, fuhr Jonna fort, »aber wir müssen auf Mittag verschieben, weil uns mal wieder das Personal fehlt. Ein Elend. Daan kümmert sich drum! Wir sollten uns etwas einfallen lassen, wie wir auf dem Terminal weiterkommen«, sagte Jonna und zog die Stirn in Falten. »Solange wir in Sachen Fred Cullmann nichts Neues haben, nehmen wir den Arbeitsplatz seiner Frau auseinander. Lasst uns Trigger setzen und sehen, was passiert? Frachtpapiere prüfen, Protokolle der Containerwege, Ladungsverzeichnisse, alles wird unter die Lupe genommen.« Jonna nickte in Andrés Richtung. »Du machst das schon!«

»Quetsche ist weiterhin verdeckt auf dem Terminal unterwegs, er informiert uns, wenn sich irgendetwas tut. Bekommen wir eine Telefonüberwachung?«

Jonna schüttelte den Kopf. »Keine Chance. Für wen auch?«

»Dann lass uns Staub aufwirbeln und sehen, ob jemand nervös zu husten anfängt.«

»Genau! Die Finanzen der Cullmanns haben wir überprüft. Wenn die Frau im Drogengeschäft mitgemischt hat, dann ohne Gage.« Jonna schob ihm ein paar Papiere über den Tisch.

Tom sah sofort, dass es eine Zusammenfassung von Daans bisherigen Recherche-Ergebnissen war.

»Oder sie hat die Kohle in Bitcoins angelegt und ihr Konto gut im PC versteckt. Vielleicht sind dafür dann auch die Ziffern.« André grinste. »Das werde ich schon rausbekommen. An mir kommt die Dame nicht vorbei!«

»Na ja, die ist ja auch tot!«

André nickte. »Auch Tote haben Geheimnisse!«

Jonna stand auf. »Lasst uns Staub aufwirbeln!«

Im Großraumbüro des Eurocon-Terminals ging es ähnlich konzentriert zu wie bei ihrem ersten Besuch. Der Duft von frischem Kaffee lag in der Luft. Jonna und Tom saßen bei Melles Vorgesetztem Timmermann im Büro, während Benjamin Unger dem Datenanalysten André Cullmanns Computer zeigte, damit er sich die Daten herunterziehen konnte. Zwar arbeitete inzwischen ein neuer Kollege an ihrem Dienstrechner, doch laut Jonna war André in der Lage, selbst die tiefsten digitalen Spuren aufzudecken, gelöschte Dateien wiederherzustellen und Geheimnisse zu enthüllen, die längst im vermeintlichen Daten-Nirwana verschwunden schienen.

»Frau Cullmann war eine unverzichtbare Stütze für unser Team«, stammelte Timmermann und fuhr sich mit einem Finger über den Rand seiner Brille. »Das, was passiert ist … Es ist immer noch ein Schock für uns alle.«

Jonna übernahm das Sprechen, und Tom beobachtete Timmermann genau. »Ich verstehe. Ist Ihnen inzwischen irgendetwas ein- oder aufgefallen, was in den Tagen vor ihrem Tod passiert sein könnte?«

Timmermann schüttelte traurig den Kopf. »Ich kann kaum klar denken. Eine meiner Mitarbeiterinnen wurde ermordet. Das ist so unvorstellbar, dass ich keine Worte finde!«

»Wieso glauben Sie, dass Melanie Cullmann getötet wurde? Davon haben wir nichts gesagt.«

Timmermann errötete und sah sie verständnislos an. »Ich … ich hab …« Er griff in eine seiner Schreibtischschubladen und holte eine Tageszeitung heraus. »Da steht, dass jemand … sie mit Absicht über die Fähre gestoßen hat.«

»Das stimmt wahrscheinlich, ja. Also ist Ihnen noch etwas eingefallen?«

»Das ergibt doch keinen Sinn. Bei uns gab es null Probleme!« Er verzog den Mund. »Wir haben alle viel zu tun, sind manchmal angespannt oder erschöpft, aber … was wollen Sie mit Melles Computerdaten?«

»Wir suchen nach einem Motiv für die Tat.«

Tom verrieten die tiefen Schatten unter Timmermanns Augen, dass die vergangenen Tage ihm schwer zugesetzt hatten.

»Ich kann mir nicht vorstellen, dass Sie dort etwas finden, aber wenn es sein muss. Der Terminalbetrieb darf dabei nicht behindert werden … das wissen Sie.«

»Zeit ist Geld.« Jonna lächelte ihn zwar freundlich an, doch blieb in der Sache hart. »Kam es mal zu Ausfällen auf dem Terminal? Lief mal etwas nicht rund?«

Fasziniert beobachtete Tom, wie Timmermann seinen Kugelschreiber mit erstaunlicher Präzision immer wieder über die Tischplatte drehte. Das enervierende Klicken, das entstand, wenn das Ende des Stiftes gegen seinen Kaffeebecher schlug, bemerkte er nicht.

»Gott sei Dank passieren hier keine Fehler. Natürlich lösen wir Probleme. Die Lkw kommen zu spät oder ein Schiff zu früh, und wir justieren unsere Pläne neu, das ist tägliches Geschäft. Die Anschlüsse müssen gehalten werden, damit die Container schnell an ihren Zielort kommen.«

»Können Sie so gut sein und mir erklären, welchen Weg ein Container nimmt, der hier im Hamburger Hafen ankommt?«, fragte Jonna.

Timmermanns Hand verharrte mitten in der Bewegung, als hätte ein unsichtbarer Schalter sie ausgeschaltet. Der Kugelschreiber stoppte die Drehung. Überraschte ihn die Frage?

»Natürlich! Die Schiffe bringen uns die Container aus aller Welt. Wir entladen sie nach einem ausgeklügelten Plan, stapeln sie auf dem Gelände, bis sie von hier aus weitertransportiert werden.«

Die Tür öffnete sich, und Benjamin Unger blieb unsicher in der Tür stehen. »Chef, der Techniker arbeitet jetzt an Melanies PC.«

Timmermann winkte ihn herein. »Natürlich. Kommen Sie! Die Kommissare möchten wissen, wie unsere Logistikkette vom Schiff bis in den Handel funktioniert.«

Unger setzte sich und sah seinen Chef erwartungsvoll an.

»Ja, nun … berichten Sie«, forderte Timmermann ihn ungeduldig auf.

Erneut fiel Tom die merkwürdige Interaktion zwischen den beiden auf. Unger strahlte eine wechselnde Mischung aus Dominanz und Unterwerfung aus.

»Wie genau möchten Sie denn wissen … also die Container kommen aus aller Welt. Die Reedereien übermitteln uns die Transportdaten. Wir löschen die Stahlboxen, so schnell es geht, von den Schiffen. Diese Planung ist eine unserer Aufgaben hier im Logistikzentrum. Wir erfassen die Staudaten mit den BAPLIE-Meldungen, wissen Sie? Die sagen uns, wo genau auf dem Schiff sich welcher Container befindet. Der Zoll wird ebenfalls vorab informiert und macht seine Risikoanalyse, bevor die Container dann von Lkw abgeholt und auf der Straße, der Bahn oder Binnenschiffen weitertransportiert werden. Das Weitere organisiert der Spediteur, und am neuen Bestimmungsort werden sie in große Logistikzentren gebracht und sortiert, geprüft, weiterverteilt ...«

»Und wie behalten Sie da den Überblick?«, unterbrach Jonna ihn.

»Easy. Jeder Container ist mit einer weltweit einzigartigen Nummer zur Identifizierung versehen. So weiß man immer, wo dieser Container ist und was er geladen hat.« Unger strahlte, als habe er das System selbst erfunden.

»Wie findet man den Container? Der kann doch irgendwo auf den Weltmeeren umherschippern?«

»Wir geben die Trackingnummern in unsere IT-Systeme ein. Digital lassen die sich über die ganze Welt verfolgen.«

»Also diese Nummern ...«

Unger unterbrach sie, wie ein aufgeregter Schüler.

»Die sogenannte BIC-Nummer. Die wird weltweit für alle Container durch eine Firma in Paris vergeben. Die Nummer besteht aus drei Buchstaben für den Eigentümer-Code und sechs Ziffern als Registrierungsnummer und dann noch eine Prüfziffer. Eine Verwechslung ist ausgeschlossen.« Er strahlte. »Noch bevor ein Schiff anlegt, haben wir sämtliche EDI-Meldungen. Wir arbeiten mit Trackingsystemen wie EDI, unsere Electronic Data Interchange, und im Hafen DAKOSY Support und natürlich den RFID-Chips und anderen Trackern. Das ist bombensicher, da geht kein Container verloren!«

»Eine komplexe Logistik«, kommentierte Jonna amüsiert. »Man merkt, dass Sie Ihren Job lieben. Können Sie mir auch noch erklären, wie es zu Schmuggel von Drogen kommen kann?«

Unger zögerte eine Sekunde, als überlege er, ob die Morder-mittlerin ihn veralberte oder einfach zu alt war, um die Errungenschaften der modernen Technik zu verstehen.

»Na ja, der Zoll kann … die können ja schlecht … also zweiundzwanzigtausend Container am Tag kontrollieren.« Er wartete einen Moment, ob Jonna sich mit der Antwort zufriedengab, aber da sie schwieg, legte er nach.

»Die Reedereien müssen vor der Ankunft des Schiffes Daten an den Zoll geben. Welche Waren in den Containern sind, wo sie herkommen und wer der Empfänger ist, solche Sachen. Sie kontrollieren die Dokumente, schicken die Container durch die Röntgenanlage oder öffnen einen Container. Manchmal kommen sie mit Hunden.«

»Wie viele Container sieht der Zoll an?«

Tom schmunzelte innerlich. Jonna kannte die Antwort, doch wollte sie ganz offensichtlich den jungen Mann im Gespräch halten … oder ihn in Sicherheit wiegen, indem sie ihn glänzen ließ.

Er zuckte mit den Schultern. »Die geben nicht so gerne Zahlen raus. Ich schätze, nicht mehr als ein bis zwei Prozent aller Container.«

»Das ist viel zu wenig, oder?«

»Wer sollte über zwanzigtausend Container täglich kontrollieren?«

»Wie könnte jemand, der hier im Logistikzentrum arbeitet, sich diese Situation zunutze machen und helfen, illegale Waren durchzuschleusen?«

Benjamin sah sie so erschrocken an, als habe sie gerade einen Haftbefehl gegen ihn ausgesprochen. »Das machen wir nicht!

Wenn jemand Dokumente manipuliert, Inhaltsangaben fälscht oder Siegel aufbricht, fällt das auf. Das ist nicht …« Er brach ab.

»Wäre es möglich«, unterbrach ihn Tom, »dass jemand sich einen Container öffnet, etwas herausnimmt und mit einem neuen Siegel wieder verschließt?«

»Nee, dann stimmen ja die Transportpapiere nicht mehr.«

»Und wenn derjenige die Frachtpapiere auf die neue Siegelnummer ausstellt?«

Unger wurde blass und rutschte unruhig auf dem Stuhl hin und her. Auch der hilflose Blick zu seinem Vorgesetzten half ihm nicht, da dieser nur mit den Schultern zuckte.

»Also, das wäre … theoretisch … aber es hat ja niemand Zugang zu Siegeln, Frachtpapieren und dem IT-System. Verschiedene Stellen kontrollieren sich gegenseitig. Das ist … und dann noch die automatischen Systeme.«

»Wäre es möglich?«

Unger stand auf und ging zum Fenster. Er zeigte auf eine Containerbrücke. »Die Van-Carrier, sehen Sie, die Fahrer bekommen ihre Aufträge direkt aufs Display. Alles digital. Wie wollen Sie das manipulieren?«

»Digital?«

Unger überlegte einen Moment. »Mehrschichtige Authentifizierung bei allen Systemen. VPN-Tunnel. Redundante Back-ups. GPS-Tracker und RFID-Tags. Das ist kompliziert.« Unger griff nach den Fachbegriffen wie nach einem Schutzschild.

»Herr Unger …«, unterbracht Jonna den Redeschwall. »Sie kennen sich gut aus. Wäre es möglich, dass Melanie Cullmann Daten manipuliert hat? Wir haben gerade ihren PC beschlagnahmt, wir kommen eh drauf, Sie könnten uns viel Zeit ersparen.«

»Melanie war immer so … sie hat ihren Job so geliebt. Sie hätte …«

Tom bemerkte das minimale Zögern und unterbrach Unger sofort. »Was ist Ihnen eingefallen?«

Unger sah ihn konsterniert an. »Eine Bemerkung, die sie an ihrem Todestag gemacht hat … Aber ich glaube, ich habe sie nicht richtig verstanden.«

»Weiter?« Tom lehnte sich nach vorn, um ihm zu signalisieren, dass er wartete.

»Wir waren nur noch zu zweit im Büro, und sie sagte so etwas wie … *Manchmal reicht es, wenn nur einer die Wahrheit kennt.* Es klang wie ein Spruch, ich weiß nicht, sie wirkte so nachdenklich. Und jetzt kommen Sie und stellen uns diese Fragen.«

»Haben Sie Frau Cullmann gefragt, was sie damit meinte?«

Er schüttelte den Kopf.

KAPITEL 27

Fred hatte sich nicht vorher angemeldet. Er brauchte den Überraschungseffekt auf seiner Seite.

Am Eingang des Eurocon-Terminals legte er den Personalausweis von Fred Cullmann vor, denn niemand hier sollte wissen, dass er einmal Manni Weigand gewesen war. Kämen Melles Kollegen ihm quer, würde er sie spüren lassen, wie viel Manni noch in ihm steckte.

Er hatte Glück.

Melles junger Kollege, dessen Namen er vergessen hatte, holte ihn am Empfang ab, stellte sich als Benjamin Unger vor und sprach ihm sein Beileid aus, und brachte ihn sofort ins Büro.

Fred lächelte freundlich, erwiderte den laschen Händedruck und folgte ihm. Der junge Mann trug einen Anzug, der tadellos saß – wie frisch aus einem Hochglanzmagazin. Das Haar blond, präzise geschnitten, und seine Schritte hatten diesen federnden Schwung, der Vitalität und Selbstbewusstsein suggerieren sollte. Sein nervöser Small Talk ging Fred auf die Nerven. Einer, der versuchte zu beeindrucken, obwohl es der falsche Zeitpunkt dafür war. Fred misstraute ihm vom ersten Moment an. Wie war Melle nur mit diesem Wichtigtuer zurechtgekommen?

In einem Großraumbüro, in dem verschiedene Mitarbeiter vor einer Phalanx von Monitoren saßen, führte Benjamin ihn zu einem leeren Schreibtisch. Es brachte ihn für einen Moment aus der Fassung, als er ein Foto von Melanie mit einem schwarzen Balken und einer Kerze davor auf ihrem Tisch stehen sah.

»Wir … wir versuchen immer noch zu verstehen, was passiert ist?«

Fred ließ den Blick durch den Raum schweifen. »Das wüsste ich auch gern!«

Benjamin räusperte sich nervös, zog eine der Schubladen auf und wies auf einen kleinen Karton. »Das sind ihre Sachen. Sie hatte nie … also nicht viel Privates.«

Fred nickte und griff nach der Pappschachtel. Ein paar Kosmetika, eine Eintrittskarte, ein Wecker, Stifte.

»Die Notizbücher hat die Polizei mitgenommen. Sie haben sie bloß um eine halbe Stunde verpasst. Sie haben wieder alles auf den Kopf gestellt, an ihrem Computer gearbeitet … wenn ich das richtig verstanden habe, gibt es keine Spur. Keinen Verdächtigen. Das muss … schrecklich sein.«

Fred schloss den Deckel. Glaubte das Bürschchen wirklich, er könnte so nebenbei ein paar Informationen bei ihm abgreifen, wenn er sich so anbiederte?

»Ja, das ist es.« Er spielte das Spiel mit. »Hat die Polizei Ihnen Fragen gestellt?«

»Äh … mir? Sie haben alle befragt. Also … nur beruflich, natürlich. Ich weiß gar nicht, ob ich dazu was sagen darf.«

»Sie hatten einen guten Draht zu Melle, oder? Zumindest hat sie das erwähnt.« Er neigte leicht den Kopf und hoffte, dass das einschmeichelnd genug klang.

Unger lachte verunsichert auf.

Kein Wunder, dachte Fred, Melle fand dich schleimig, und das bist du auch.

»Das hat sie gesagt? Oh, das … ich meine, wir haben gut zusammengearbeitet, klar!«

Fred sah durch die große Glasfront. Melanie hatte einen perfekten Blick auf die Containerbrücken des Terminals gehabt. Er sah das, was sie tagtäglich gesehen hatte. Die Sehnsucht nach ihr biss wie ein Sonnenbrand auf der Haut.

Fred wandte sich wieder an Benjamin. »Ist Ihnen irgendetwas merkwürdig vorgekommen? Hat sich Melle in den letzten Tagen aufgeregt oder geärgert?«

Das Jungchen blinzelte hektisch. »Nein, nichts! Ich meine … es war alles normal. Bis es das eben nicht mehr war.«

»Natürlich.« Fred nickte langsam. »Ein Streit? Ein ungewöhnliches Gespräch. Sie hat doch offen mit Ihnen gesprochen!«

»Äh, ja … manchmal … ich hab wirklich keine Ahnung, Herr Cullmann. Die Polizei hat das Gleiche gefragt, aber wir konnten ihnen nicht helfen.«

Fred entging nicht, dass die Hände von Benjamin zitterten. Bildeten sich da nicht erste Schweißperlen auf seiner Stirn?

»Entschuldigen Sie, ich will Sie nicht bedrängen. Aber ich suche dringend Antworten. Irgendetwas, das mir hilft zu verstehen …« Er ließ seine Stimme so sanft klingen, wie es ihm nur möglich war. Gleich wäre es mit dem Zuckerbrot vorbei, und dann kam die Peitsche. Das Jungchen sollte sich einen letzten Moment in Sicherheit wähnen.

Unger fiel auf die Steilvorlage herein. »Ja, ja, natürlich«, sagte er eifrig. »Ich wünschte, ich könnte … ich verstehe Sie vollkommen.« Er sah sich nach Hilfe um, doch die Kollegen hielten Abstand. »Ich kann Ihnen nicht helfen, ich weiß nichts. Und ich muss weiterarbeiten, aber ich bringe Sie gerne zum Parkplatz.«

Fred griff nach dem Karton und klemmte ihn sich unter den Arm. »Dann los!«

Erleichtert eilte Unger voraus.

Sie traten aus dem Gebäude, und Melles Kollege hatte offenbar Sorge, dass Fred nicht das Gelände verließ, wenn er ihn nicht höchstpersönlich hinausführte. Zeit, die Gangart zu ändern.

»Eins noch«, sagte er und blieb stehen. Er stellte den Karton auf den Boden und holte die Fotoausdrucke aus einer Jackentasche. »Ich möchte wissen, was ihr mit dem hier zu schaffen habt?« Er zeigte das Bild, auf dem Herbert Jarre zwischen den Containern stand, und hielt es Benjamin unter die Nase.

Der trat nervös einen Schritt zurück, griff dann nach dem Foto und sah es sich genau an. Er zuckte die Schultern. »Wer hat die aufgenommen? Melanie?«

Fred gab ihm die anderen Aufnahmen. »Rede! Weißt du, wer das ist? Wer steht da bei Herbert?« Er schien nicht zu bemerken, dass Fred ihn nicht nur duzte, sondern scharf zurechtwies.

»Herbert? Ich hab keine Ahnung!«

Was er sagte und was er tat, passte nicht zusammen. Fred beobachtete Benjamin genau. Er war fasziniert von den Fotos, betrachtete jedes Detail. Und der wollte ihm verkaufen, dass er keine Ahnung hatte, wer Herbert war? »Wer sind die anderen?«

»Hören Sie, ich kann Ihnen nicht helfen!«

»Ach, und deshalb vertiefst du dich so in Fotos, die meine tote Frau zu Hause auf ihrem Schreibtisch liegen hatte? Schluss mit lustig, das glaubt dir keine Sau. Warum hat Melle diese Fotos gemacht? Wer sind diese Männer?« Er legte den Finger auf das Foto und zeigte auf Herbert. »Rede!«

»Sonst?« Unger schien mit seinen Nerven am Ende zu sein. Sein Tonfall wurde merklich härter. »Vielleicht hat Melle etwas getan, was sie nicht hätte tun sollen? Fangen Sie doch mal an, vor Ihrer eigenen Tür zu kehren. Ich hab keine Ahnung, woher diese Fotos kommen und was sie damit vorhatte!«

Freds Herz schlug wild. Endlich kam das Bürschchen aus der Deckung und wehrte sich. Er musste dranbleiben, ihn provozieren.

»Was läuft aktuell?«

Fred zog Unger in den Schatten des Verwaltungsgebäudes. An der Straße fuhren die Lkw Richtung Ausgang. »Hast du Beweise, dass Melle an illegalen Geschäften beteiligt war? Gibt es einen neuen Player im Hafen? Der da?« Wieder zeigte Fred auf Herbert. »Was hatte Melle damit zu tun?«

»Vielleicht hat sie mitgeholfen?«

»Pass auf, was du sagst! Es läuft also ein Deal?«

Benjamin reichte ihm die Fotos zurück. »Na, stimmt doch. Sie hatte den perfekten Job, um sich am Geschäft zu beteiligen!«

»Du auch! Also, Freundchen, ich kannte meine Frau, und dich kenne ich nicht! Rate, wem ich mehr vertraue.«

»Ich hab mit alldem nichts zu tun.«

»Warum weigerst du dich dann zu helfen? Wenn du nichts zu verbergen hast, sag mir, wie ich ihn finde. Ich kläre selber, was er im Hafen zu schaffen hat.«

»Keine Ahnung, wer er ist.«

»Du weißt, was läuft!«

»Ich weiß, dass Sie sich nicht einmischen sollten, wenn Sie gesund bleiben wollen ... ich denke, der Mann ist gefährlich!«

»Das glaube ich dir aufs Wort. Klingt trotzdem so, als hättest du mehr zu verlieren, als du zugibst. Hast du etwas mit dem Tod von Melle zu tun?«

»Hören Sie auf, Sie wissen ja nicht, wovon Sie reden. Ich weiß nichts.«

Fred fixierte ihn mit zusammengekniffenen Augen. Der Kerl hielt dem Blick keine zwei Sekunden stand, bevor er die Augen senkte. Natürlich wusste er etwas. Und Fred würde herausbekommen, was das war.

»Pass auf, ich gebe dir Bedenkzeit ...«

»Drohen Sie mir etwa?«, unterbrach ihn Unger entrüstet.

»Nein, ich gebe keine Drohungen ab. Ich mache nur Versprechen – und die halte ich! Wenn der Typ von dem Foto auftaucht, will ich, dass du mich anrufst. Sofort! Du kennst ihn, das habe ich an deinem Blick bemerkt! Heute Abend treffen wir uns wieder. Ich warte zu deinem Feierabend vorn auf dem Parkplatz.« Er kniff die Augen zusammen. »Ich hab nichts zu verlieren, und du kannst dir überlegen, ob du mir erzählst, was du weißt, oder ob du dich ab jetzt immer ängstlich umdrehen willst, ob ich nicht hinter dir stehe, um dich kaltzumachen. Kapiert?«

KAPITEL 28

»Raus aus der Kombüse, ich koche!« Tom fuchtelte mit dem Küchentuch wie ein Matador vor seinem Wachhabenden herum, dessen Bauch bei jedem Kichern bebte. »Noch einen Schritt näher, und ich schreibe dir 'ne Verwarnung, Kollege. Reis abgießen ist Präzisionsarbeit, stör mich nicht.«

Der Wachhabende leckte sich über die Lippen. »Ich sag mal so: Dat is' von deiner Frau, oder?«

Er schnupperte genüsslich in Richtung der dampfenden Töpfe, wobei sein Finger wie ein Detektor auf den Deckel zielte, den Tom gerade abgehoben hatte. »Du kannst nich' kochen! Aber Lisa … oh, ich liebe deine Frau. Chili con Carne?«

»Ach, halt den Schnabel, du Schietbüddel! Herrscht am Wachtresen Ordnung?« Tom schob den Kollegen lachend vom Herd weg und nahm den Topf.

»Jo. Alles fährt und schwimmt.«

Heißer Dampf stieg auf, als er den Reis ins Sieb goss. Gleich würde er den Kollegen Bescheid sagen, dass sie Essen fassen konnten. Vorher musste er den Gedanken zu Ende bringen, bei dem ihn sein Wachhabender mit seiner Gefräßigkeit unterbrochen hatte.

Ihm ging das Gespräch mit Timmermann und Unger immer wieder durch den Kopf. Jonna hatte ein konkretes Szenario eines möglichen Schmuggels aufgemacht, und Benjamin Unger hatte plötzlich nervös gewirkt. Hatten sie ihn ertappt?

»*Manchmal reicht es, wenn nur einer die Wahrheit kennt*«, hatte Melanie Cullmann angeblich gesagt? Was hatte sie damit gemeint? Die Art, wie Unger den Ausspruch zitiert hatte, machte

Tom stutzig. Unger hatte gezögert, fast so, als hätte er den Satz umformuliert. Er wusste mehr, als er zugab, da war sich Tom sicher. Entweder hatte er verstanden, was Melanie Cullmann da trieb, oder er steckte selbst mittendrin. Er musste noch einmal mit Jonna sprechen. Spätestens, wenn der PC ausgewertet war, hätten sie ein Druckmittel gegen Unger in der Hand.

Sein Handy kündigte eine neue Nachricht an. Tom stand mit dem Rücken zum Küchentresen und sah schnell nach, wer versuchte, ihn zu erreichen. Jonna. Als ob sie seine Gedanken gelesen hätte. Ihre Textnachricht war kurz und bündig: André hatte herausgefunden, dass Melanie Cullmann die Container verfolgt hatte, die Benjamin Unger platziert hatte. Sie hatte ihm entweder nachspioniert oder ihn bei etwas erwischt! Sie würde ihn morgen früh zur Vernehmung abholen lassen.

Bevor Tom ihr antworten konnte, strömten die Kollegen in die Küche, als hätte jemand den Startschuss gegeben. Teller klapperten, und das Chili con Carne wurde förmlich überfallen.

Tom grinste. Lisa hatte ihm nicht geglaubt, dass zehn Mann locker dreißig Portionen verschlingen könnten. Jetzt befürchtete er, dass er die Kollegen unterschätzt hatte. Die schafften noch mehr.

Gerade wollte er sich selbst einen Teller füllen, als sein Blick auf den Wachhabenden fiel, der sich, sichtbar zufrieden, an ihm vorbeischob. Toms Augen verengten sich.

»Stopp! Du hast doch nicht etwa …?«, er deutete auf etwas, das aus dem Berg Chili ragte. »Das kann man doch nicht essen! Das ist ein Suppenknochen, damit hat Lisa das Chili gekocht!«

Die Mimik des Wachhabenden wechselte blitzschnell von Vorfreude zu Enttäuschung. »Kein Fleisch?«, flüsterte er. Die umstehenden Kollegen brachen in Gelächter aus.

»Leg den Knochen wieder in den Topf oder gleich in den Müll, er hat seinen Dienst getan!« Tom bemühte sich erfolglos, nicht mit in das Lachen einzustimmen.

»Apropos, du sollst Quetsche auf seiner neuen Nummer anrufen. Hätte ich fast vergessen zu sagen.« Der Wachhabende ließ den Knochen mit einem Seufzen zurück in den Topf rutschen. »Wieso hat Quetsche eigentlich eine neue Nummer?«

»Das sagst du erst jetzt?«, rief Tom und stellte seinen Teller zurück auf die Anrichte. »Wann hat er sich gemeldet?«

»Vor ein paar Minuten«, nuschelte der Kollege und balancierte seinen vollen Teller an ihm vorbei.

Tom lief ins Büro und wählte Quetsches Nummer. Es war das erste Mal, dass er ihn aus der Observierung des Terminals anrief. War etwas passiert?

»Na, seid ihr beim Abendessen?«, fragte Quetsche ohne Begrüßung. »Das riecht man ja bis hier!«

»Stehst du vor dem Küchenfenster?«

»Delegiere schnell den Abwasch und komm früher als geplant aufs Terminal. Ich habe den Schlüssel für die Kabine einer Containerbrücke. Oder hast du etwa Höhenangst?«

»Mit Aussicht? Bin gleich da!«

»Bring zwei Ferngläser mit!«

Wenig später holte Quetsche Tom am Tor ab. Tom hatte sich schnell zivile Sachen angezogen, und Quetsche ergänzte seine Tarnung noch um eine Warnweste und Helm. Quetsche steckte sich eine Zigarette an und steuerte in Richtung der Containerbrücken. Auf dem Weg dorthin hielt ein Security-Fahrzeug neben ihnen, und der Fahrer kurbelte die Scheibe herunter. »Na, Beaky, alles klar?«

Quetsche zog nur an der Zigarette.

Tom sah dem Wagen hinterher. »Beaky? Was meint er denn damit?«

»Nix. Wir müssen da rauf«, sagte er und zeigte auf eine stillstehende Containerbrücke.

»Spuck's aus! Beaky?«

»Ein lustiger Kollege vom LKA.«

Tom zog fragend beide Augenbrauen hoch. Musste er Quetsche denn jedes Wort aus der Nase ziehen?

»Die wissen nicht, dass ich Quetsche heiße.«

»Ah, ein neuer Spitzname. Was bedeutet Beaky?«

Quetsche drückte die Zigarette mit der Schuhspitze aus und ließ den Blick über das Terminal schweifen. »Na, ich hab die Jungs einmal zu oft Grünschnäbel genannt. Ins Englische übersetzt nennt sich das *greenbeak.*«

»Ah, du bist der Anfänger. Cool, mit zweiundvierzig Jahren!« Tom lachte und war glücklich, dass Quetsche einstimmte. Er wirkte gelöster als in den letzten Wochen.

Quetsche stieg die Leiter hinauf, und Tom beeilte sich, hinterherzukommen. Die kalten Sprossen der Metallleiter lenkten ihn für einen Moment von der Sorge ab, dass er mit einem Blick nach unten vielleicht von der Tiefe angezogen werden könnte. Mit jedem Schritt verschwand der Boden ein wenig weiter. Unter ihm ein Labyrinth aus Containern im grellen Schein der Terminalbeleuchtung. Endlich rückte die Kabine in greifbare Nähe.

Quetsche öffnete mit dem Schlüssel die Tür zum Cockpit und kletterte hinein. Er ließ sich in den Sitz des Brückenfahrers plumpsen und seufzte wohlig.

Tom kletterte hinter ihn und musste stehen, denn einen zweiten Sitz gab es hier oben nicht. Er drückte sich an die Glaswand der Kabine und sah sich um. Auch der Boden der Kanzel war aus Glas, damit der Kranführer unter sich sehen konnte, wohin er die Greifer lenkte und wo er die Container anschließend platzierte.

Vor dem Sessel thronte das Steuerpult mit einer Reihe von Hebeln, Joysticks, Bedienfeldern, Bildschirmen und einer Computertastatur, mit denen der Kranführer die Bewegungen der Containerbrücke und die Greifer steuerte und deren Position präzise überwachte.

Tom reichte Quetsche eines der Ferngläser. Er stand fünfzig Meter über dem Boden, und aus dieser Vogelperspektive hatte er beste Sicht über das Terminal und zwischen das Containerlabyrinth. Tom fühlte sich leicht schwindlig. Er musste sich erst an die Höhe und vor allem den Glasboden gewöhnen.

Quetsche grinste. »Wusste ich doch, dass du schwächelst!«

»Unsinn. Ich bin nur so erstaunt, dass es so still ist?«

»Bist ziemlich blass um die Nase. Die Kabine ist schallisoliert, damit man sich konzentrieren kann.«

Quetsche nahm das Fernglas vor die Augen und drehte sich ganz langsam in dem Sessel.

»Habt ihr eigentlich Überwachungskameras auf dem Terminal, die ihr einsehen könnt?«

Quetsche nickte.

»Halten wir nach etwas Bestimmtem Ausschau? Hast du einen Tipp bekommen?« Tom wusste genau, dass Quetsche ihn nicht zum Spaß herbestellt hatte, doch der war heute maulfaul.

»Lass uns ein paar Schmuggler hochnehmen!«

Tom seufzte. »Mensch, ich schlag mir doch hier nicht die Nacht um die Ohren, nur um mal ein bisschen zu gucken. Was hast du für mich?« Er lehnte sich gegen die kühle Glaswand und ließ seinen Blick über die reglose Ordnung der Container schweifen, die sich in perfekten Reihen bis zum Horizont erstreckten, und hörte sich Quetsches Bericht an.

»Die Arbeiter tuscheln, dass die Disponenten Schmugglergruppen *Gefälligkeiten* erweisen.« Sein Tonfall ließ keinen Zweifel daran aufkommen, was er von diesen Nettigkeiten hielt. »Im Moment ist Ruhe im Kettenkasten, weil sie geschockt sind wegen der Toten.« Er drehte sich auf dem Sessel weiter herum. »Über die Siegel weiß niemand etwas!«

»Immerhin hat der Zoll zugegeben, dass die Siegel von ihnen stammen. Sie wollen das untersuchen. Röder schwört, es gäbe nur diese eine Kiste.«

»Hab ich dir gleich gesagt, dass es keine zweite Kiste gibt. Der Schmuggel läuft ganz anders. Die Kartelle dealen das in ganz großem Stil. Der Zoll zieht jedes Jahr tonnenweise Koks aus dem Verkehr, und sie sagen selber, dass das nur ein Tropfen auf dem heißen Stein war. Der Handel wächst immer noch weiter. Ich bin gespannt auf die Erklärung des Zolls, wie man mal eben eine Kiste Siegel verlieren kann.« Er zeichnete Gänsefüßchen in die Luft. »Aber …«, er machte eine bedeutungsschwangere Pause. »Ich habe heute Nachmittag einen Streit zwischen zwei Typen mitbekommen, als ich an den Verwaltungsgebäuden vorbei bin. Deshalb hab ich dich gerufen. Es soll in einer halben Stunde ein Treffen geben, und ich habe uns dazu eingeladen.«

»Treffen?«

»Ich weiß nicht, ob es wichtig ist, wir halten Ausschau nach einem Burschen, der in der Verwaltung arbeitet und auf dem Terminal nichts zu suchen hat, aber nachts zwischen den Containern rumläuft. Niemand tut das, ist auch viel zu gefährlich. Was soll das also?«

»Name?«

Quetsche zuckte mit den Schultern. »Blonder Jüngling.«

Keine präzise Beschreibung. »Denkst du, er weiß etwas über die Siegel?«

»Vergiss die blöden Siegel. Ich klemm mich an euren Mord mit dran!« Er hielt sich die Hand vor den Mund und gähnte. »Viel wichtiger ist doch, dass der Jüngling einen Riesenstreit mit einem Unbekannten hatte. Leider ist uns sein Sparringspartner auch nicht bekannt, aber wir hatten Glück, einen Teil des Zoffs mitzubekommen … und da kommst du ins Spiel.«

Tom nahm das Fernglas herunter und suchte Augenkontakt. Keine Chance, Quetsche sah konzentriert auf das Terminal.

»Irgendwo da unten kommt er gleich, mein kleiner Zeh kribbelt, und der lügt nie.«

»Dein … was? Wie sieht der Kerl aus?«

»Blond … laut … hat diese Art an sich, als gehöre ihm die Welt. Weißt du, so ein Tonfall, der einen dazu provoziert zu widersprechen. Nur um ihm zu zeigen, dass er nicht so schlau ist, wie er glaubt.«

Tom runzelte die Stirn. Irgendetwas klingelte in seinem Kopf.

»Die haben sich gegenseitig angemacht. Ich stand hinter dem Verwaltungsgebäude, als die beiden aus dem Seitenausgang kamen. Ich hab mal um die Ecke geluschert. Leider war viel Lkw-Verkehr, sodass ich nicht alles verstanden habe.«

»Und?«

»Der Große hat den Jüngling mächtig unter Druck gesetzt. Er wollte wissen, was in der Firma vor sich gehe. Er kochte vor Wut!«, Quetsche pulte eine Zigarettenschachtel aus seiner Jackentasche.

»Vergiss es!«, raunte Tom und zeigte auf die Schachtel. »Doch nicht hier drin.«

Quetsche maulte kurz, steckte die Packung wieder ein. »Es war mir nicht ganz klar, was er ihm vorwarf, aber er meinte, der Kleine hätte die Frau auf dem Gewissen und … es klang verdammt ernst. Er meinte, dass er Namen brauche. Mit wem Herbert Geschäfte mache.«

»Herbert? Wer ist das?«

»Der Kleine kam unter Druck. Hat versucht, das Thema zu wechseln, dann hat der Große ihm ein Ultimatum gesetzt. Wenn er bis heute Abend keinen Namen bekäme, dann gäbe es Ärger!«, Quetsche hielt sich wieder das Fernglas vor die Augen und drehte sich in dem Sessel in alle Richtungen.

Endlich fasste er den Gedanken. »Warte mal, ich glaub, ich weiß, wen du meinst!« Er fischte sein Handy aus der Jackentasche. »Ich hab's gleich …«, murmelte er und hielt schließlich das Display hoch. »War es der hier?«

Quetsche nahm das Fernglas von den Augen. »Ja, genau! Kennst du ihn?«

»Arbeitet hier in der Containerlogistik. Benjamin Unger. Ein Kollege von unserem Mordopfer. Es muss um Melanie Cullmann gegangen sein! Und einer hat wirklich gesagt, er *hätte die Frau auf dem Gewissen?* Hat er Melanie Cullmann von der Fähre gestoßen?«

Quetsche zuckte mit den Schultern. »Ich konnte nicht alles hören, ständig fuhren Lkw vorbei. Das Bürschchen steckt tief drin. Habt ihr sein Alibi gecheckt? Hast du auch ein Foto von dem Ehemann?«

»Ja, suche ich dir gleich raus. Es ist noch kein Beweis, aber immerhin wissen wir jetzt, wo wir ansetzen können. Das muss ich Jonna sofort erzählen. Die hat eh einen Verdacht gegen Unger. Du bist ein wichtiger Zeuge geworden, du ungnädiger Kerl.«

Quetsche grinste. »Wusste ich doch, dass du ohne mich nicht klarkommst. Wie immer!«

Tom zückte sein Handy und versuchte, Jonna zu erreichen, die ihr Telefon nicht abnahm. Schlief sie? Er sah auf die Uhr. So spät war es nun auch wieder nicht. Gerade als er auflegen wollte, erklang ein seltsames Knacken in der Leitung – und dann eine Stimme, die nicht Jonnas war.

KAPITEL 29

Jonna hatte mit Daan Van der Waal auf den Staatsanwalt eingeredet, der nicht bereit war, ohne handfeste Beweise einen Haftbefehl gegen Benjamin Unger auszustellen. Sie sollten ihn erst vernehmen und die Hausdurchsuchung bei Fred Cullmann dazu nutzen, belastendes Material zu beschaffen. Leider war die verdammte Durchsuchung noch einmal verschoben worden. Immerhin standen für den nächsten Morgen endlich genügend Kollegen bereit.

Jonna war müde, erschöpft und unwillig, in ihre leere Wohnung zurückzukehren. Sie brauchte ein Erfolgserlebnis, eine angenehme Begegnung oder zur Not auch nur einen starken Drink.

Sie war ohne Umwege in die Tiefgarage der *Residenzia Alessia* gefahren, um sich für die Nacht in ihrem Lieblingshotel einzumieten. In der Lobby grüßte sie den Nachtportier, den sie mittlerweile gut kannte, und wollte erst an der Bar einen Drink nehmen, bevor sie eincheckte.

Seit einigen Monaten kehrte sie regelmäßig in der Bar des kleinen, aber feinen Hotels ein, um sich eine Auszeit zu gönnen. Hier war sie für ein paar Stunden eine Fremde. Für die Welt da draußen und für sich selbst. Sie war keine Mordermittlerin, sondern eine Frau, die alles sein konnte. Eine Journalistin, Büroangestellte, Hausfrau, Grafikerin oder, wenn ein Mann frech wurde, auch eine Tatortreinigerin oder Schädlingsbekämpferin.

Das gedämpfte Licht ihrer Lieblingsbar war wie Balsam für ihre übermüdeten Augen. Stundenlang hatte sie mit Van der Waal und dem Datenanalysten André die Computerdaten von Melanie Cullmann auf der Suche nach Antworten durchforstet. Endlich hatten sie erste Ergebnisse. Cullmann hatte Container von Benjamin Unger verfolgt. Was immer das heißen mochte. André war noch dran und wollte sich die Nacht um die Ohren schlagen. Sie brauchte eine Pause.

Die sanften Klavierklänge, die durch den ganz in dunklem Holz gehaltenen Raum schwebten, versprachen Entspannung. Jonna ließ sich auf einen der hochlehnigen Barhocker sinken, bestellte einen Whisky, zog ihren Blazer aus und hätte sich am liebsten auch ihrer drückenden Schuhe entledigt, aber das musste noch etwas warten.

Der Barkeeper lächelte ihr freundlich zu, griff hinter sich nach einer Flasche, schenkte ein und stellte das Glas mit dem Whisky vor sie. »Ohne Eis, nicht wahr?«

Sie nickte.

»Schön, dass Sie wieder da sind.«

Vermutlich wollte er nur freundlich sein, ihm konnte es doch egal sein, wer vor ihm saß und etwas trank. Jonna gönnte ihm trotzdem ein Lächeln. »Danke, wie aufmerksam!«

Sie ließ ihren Blick durch den Raum schweifen. Es saßen nur wenige Geschäftsleute in den Sitzecken, die alle mit ihren Handys beschäftigt waren. Das Pärchen am Ende der Bar unterhielt sich angeregt. Ihr Blick wanderte weiter zum Flügel hinüber. Die Finger des Pianisten galoppierten über die Tasten. Er spielte *My Funny Valentine,* und während die sanften Töne den Raum erfüllten, durchströmte sie eine Sehnsucht, die wie ein leises Ziehen durch ihren ganzen Körper wanderte. Als Kind hatte sie sich immer gewünscht, Klavierunterricht zu nehmen, aber dazu war es nie gekommen. Zu teuer und kein Musikinstrument, was in einer Dreizimmerwohnung mit ihren Eltern und der Schwester noch einen Platz gefunden hätte.

Der Pianist hieß Dorian. Sie hatte den Barkeeper gefragt. Er hatte gemeint, Dorian habe griechische Wurzeln. Er musste ihren Blick gespürt haben, denn er sah auf, direkt in ihre Richtung, und ein verschmitztes Lächeln schlich sich auf seine Lippen. Jonnas Mundwinkel zogen sich von ganz allein nach oben.

Als die ersten Töne von *Misty* erklangen, war sie sicher, dass er Garners Melodie nur für sie spielte. Sie nahm einen Schluck von ihrem Whisky und schlenderte zu ihm hinüber. Mit sechsundfünfzig hatte sie gelernt, dass das Leben zu kurz war, um Gelegenheiten verstreichen zu lassen. Und vielleicht ergaben sich nach dem charmanten Lächeln auch noch ein paar nette Worte, die sie ihren anstrengenden Tag vergessen ließen.

Sie stützte sich auf den Flügel und sah ihn schweigend an.

Graue Schläfen, Lachfältchen um die Augen.

»Ich habe Sie hier schon öfter gesehen!« Seine Stimme war so schwer und warm wie der Whisky in ihrem Glas. »Sind Sie geschäftlich in Hamburg?«

Jonna strich sich eine Haarsträhne hinters Ohr. Die übliche Frage nach dem Beruf nervte. Aber sie hatte sie erwartet und sich für heute eine neue Tätigkeit zugelegt. Sie sagte nie die Wahrheit. Die war einfach zu kompliziert. »Ich bin Mediatorin«, antwortete sie. »Ich hatte einen … schwierigen Fall.«

Er spielte ein neues Stück. Leise. Ruhig. Sie kannte es nicht.

»Sie helfen also Menschen, ihre Konflikte zu lösen?«

»Ja, so in der Art. Ich sorge dafür, dass jeder bekommt, was er verdient.« Das war nicht mal gelogen, nur ein wenig vereinfacht.

»Lohnbuchhaltung, also?« Seine Finger glitten ohne das geringste Zögern über die Tasten.

Jonna lächelte. »Nicht ganz.« Wenn er wüsste, wie oft sie einem Mörder Handfesseln angelegt hatte … aber das musste er ja nicht erfahren.

»Sie haben da etwas«, sagte er leise, fast beiläufig, während sein Blick sie streifte. »Eine Art … Ruhe in den Augen. Als könnten Sie durch all den Lärm der Welt hindurch das Wesentliche sehen.«

Seine Worte trafen Jonna völlig unvorbereitet. Keine plumpe Anmache, kein oberflächliches Kompliment über ihr Aussehen.

Er hatte tatsächlich Gutes in ihr gesehen – ausgerechnet in dem Augenblick, in dem sie ihm etwas vorspielte und ihn belog.

Sie fühlte sich für einen Moment wieder jung und begehrenswert und errötete.

Seine Hände spielten unbeirrt und ohne aus dem Takt zu kommen.

»Das ist …«, sagte sie zögernd, zum ersten Mal an diesem Tag wirklich berührt, »… das Schönste, was mir seit Langem jemand …« Das schrille Klingeln ihres Diensthandys schnitt durch die Atmosphäre wie ein Messer. Jonna zuckte zusammen. Sie griff danach, um es abzuschalten. »Tut … tut … mir leid …«, stotterte sie, »da muss ich rangehen. Ich … es … Danke, dass Sie so genau hingesehen haben.« Das Handy klingelte unnachgiebig weiter, bis sie das Gespräch von Tom annahm.

»Ich warte«, sagte Dorian.

Sie eilte in die Lobby.

»Ich hab Feierabend!«, blaffte sie Tom an.

»Weiß ich, aber ich habe gute Neuigkeiten.«

Jonna tat es sofort leid, dass sie ihn so rüde begrüßt hatte. Wie gut, dass Tom keine Mimose war. »Na, dann los!«

»Wir sind dem Täter nähergekommen. Quetsche hat einen heftigen Streit zwischen Benjamin Unger und einem anderen Mann auf dem Terminal belauscht.« Er seufzte. »Ich glaube, das ist der Durchbruch. Der Typ hat ihm vorgeworfen, Melanie Cullmann auf dem Gewissen zu haben. Wir sitzen in der Kanzel einer Containerbrücke und versuchen, herauszufinden, wo die beiden sich treffen.«

»Ein Ohrenzeuge … ein weiteres Indiz. Observiert ihr Unger?«

»Wir sollten Unger morgen früh zur Vernehmung …«

»Was ist«, fragte Jonna, als er plötzlich verstummte.

»Moment … ist das nicht …?«

Das Gespräch brach ab.

KAPITEL 30

Tom unterbrach sich mitten im Satz und rammte Quetsche den Ellenbogen in die Seite. »Ist das nicht Unger? Links. Elf Uhr. Auf dem Parkplatz … ist er das nicht?«

Quetsche brauchte einen Moment, bis er den Parkplatz im Fernglas scharf gestellt hatte. »Mitternachtsschicht? Ich bin offenbar nicht der Einzige, der sich die Nächte um die Ohren haut«, murmelte er.

Im nächsten Atemzug wusste Tom, dass etwas nicht stimmte.

Warum stand Benjamin Unger plötzlich im Lichtkegel eines Autoscheinwerfers? Er riss den Arm hoch, da er von dem grellen Licht geblendet war.

»Scheiße!« Tom stieg heiße Magensäure in die Speiseröhre. »Was machen die da?«

Der Wagen bewegte sich langsam auf Benjamin zu.

»Quetsche! Siehst du das auch?« Toms Blick klebte an der Szene weit unter ihnen.

Das Handy klingelte. »Was ist bei euch los?«, fragte Jonna. »Bericht! Sofort!«

Sie hatte offenbar an Toms tonloser Stimme gehört, dass er schockiert etwas beobachtete.

»Parkplatz, Benjamin Unger, ein Auto fährt auf ihn zu. Er scheint jemanden zu treffen … oder … ich weiß nicht, wo das hinführt.«

Das Fahrzeug beschleunigte. Ein plötzlicher Ruck, wie ein Raubtier, das auf seine Beute zuspringt.

»Nein!«, schrie Tom auf und klatschte mit der Hand, die das Telefon hielt, gegen die Scheibe. Benjamin streckte den Arm aus, als wolle er das Auto stoppen, zwecklos.

Der Aufprall war brutal. Tom meinte, den dumpfen Schlag bis in die Kabine hören zu können, was nicht möglich war. Unger wurde von dem Auto erfasst, sein Körper flog in hohem Bogen durch die Luft und schlug auf dem nassen Asphalt auf. Unger blieb regungslos liegen.

Toms Herz raste. »Verstärkung zum Eurocon-Terminal! Sofort! Krankenwagen!«, sprach er, so ruhig er konnte, ins Telefon. Jonna würde ohne Erklärungen verstehen.

»Wir müssen runter«, raunte Quetsche und öffnete die Tür der Kabine.

»Verstanden!«, bestätigte Jonna. »Was siehst du?«

»Der Wagen hat Unger voll getroffen.« Sein Magen zog sich schmerzhaft zusammen. Er erstarrte in Hilflosigkeit. Jemand hatte die Zeit angehalten.

»Wir können nicht schnell genug bei ihm sein. Das Auto … es wendet.«

Kein Zögern. Der Fahrer wusste, was er tat, und das in voller Absicht. Sie hatten keine Möglichkeit, den Täter zu stoppen. Sie würden Minuten brauchen, die Brücke hinunterzuklettern und zum Parkplatz zu laufen. Auch wenn sein Fluchtinstinkt ihm etwas anderes riet, er musste so viele Details wie möglich aufnehmen, um den Täter zu identifizieren.

»Sieh hin!«, beschwor ihn Jonna.

Quetsche stoppte seine Bewegung und hielt sich wieder das Fernglas vor die Augen. »Transporter, weiß, Kennzeichen … nicht zu erkennen.«

»Jonna? Hast du Verstärkung gerufen?«

»Im Anmarsch. Was siehst du?«

Es kostete Tom Mühe, auszusprechen, was er sah. Der Wagen wendete und fuhr mit hohem Tempo zurück.

Direkt über Benjamins Körper, ohne die Fahrt zu verlangsamen, im Gegenteil, er gab noch ordentlich Gas, um dann vom

Parkplatz zu verschwinden, ohne dass die Bremslichter aufgeleuchtet hätten.

Wer tat so etwas Grausames? Tom stand da, unfähig, zu begreifen, was er gerade miterlebt hatte. Ein Gedanke blieb. Er drückte das Gespräch mit Jonna weg und suchte ein Foto in seiner Bildergalerie. Er hielt es Quetsche hin: »War das der Mann, mit dem Unger sich gestritten hat? War das der Kerl?«

Quetsche sah sich das Foto an … und nickte.

KAPITEL 31

Der Wind wehte kühl vom Wasser herüber, und selbst hier um die Ecke des Yachthafens, gegenüber dem alten U-Boot-Bunker, hörte man die Leinen an den Masten klappern.

Schrotti stimmte ein neues Lied an: »*I dreamed a dream the other night. Lowlands, lowlands away me John.*« Er saß auf seinem alten Klappstuhl, die Angelrute locker in der Hand, den Blick auf die düsteren Schatten des Bunkers gerichtet, und ließ seinen Gedanken freien Lauf.

»Das klingt traurig. Wovon handelt das Lied?«

Schrotti zuckte zusammen. Fred hatte sich wie ein Geist genähert und stand plötzlich neben ihm, die Hände in den Taschen seiner Jacke vergraben. Schrotti rollte langsam seine Angelschnur ein. Seine Bewegungen waren träge, als hätten sie die Jahre der Müdigkeit mit sich geschleppt. »Hast du nichts Besseres zu tun, als 'nem alten Mann beim Singen zuzuhören, mien Jung?« Er zog die Angel aus dem Wasser. »Bloß 'n Seemannslied. Die Elbe hört es, und das reicht.«

Fred setzte sich neben ihn ins Gras, und Schrotti fühlte seinen Blick auf sich gerichtet.

»Fische?«

Er zeigte mit einem Lächeln auf den leeren Haken und legte die Rute sorgsam zur Seite. »Was ist passiert? Du fragst doch sonst nicht nach Dingen, die dich nicht interessieren!«

Fred schwieg einen Moment, den Blick auf die zitternde Wasseroberfläche gerichtet.

»Die Vergangenheit holt mich ein«, sagte er. »Ich bin zurückgegangen, habe alte Bekannte getroffen. Karl, Zottel … meine Familie.«

Fred schüttelte den Kopf, als könne er immer noch nicht fassen, was in den Tagen passiert war, seit Schrotti Melle an genau dieser Stelle gefunden hatte. Schrotti wusste, wie es Fred erging. Die Zeit schien stillzustehen, als würde die Welt den Atem anhalten, und gleichzeitig überschlugen sich die Ereignisse, weil das Leben unbarmherzig weiterlief. So hatte er sich gefühlt, als seine Frau und Kinder ertranken.

»Ich habe einen alten Feind verdächtigt«, sagte Fred. »Ich habe ihn verprügelt. Ich hab die Kontrolle verloren, ich konnte nicht mehr klar denken, sonst wäre mir aufgefallen, dass er kaum in der Lage ist, für sich selbst zu sorgen, geschweige denn, jemanden von der Fähre zu stoßen.«

»Lebt er?«

Ein müdes, ironisches Lächeln überzog Freds Gesicht.

»So weit ist es mit mir gekommen, dass du glaubst, ich hätte jemanden totgeschlagen?«

Schrotti zuckte mit den Schultern und wischte sich die schwitzigen Hände an seinem Blaumann ab. Fred durfte keinen Unsinn machen, davon hätte Melanie auch nichts. Sollte er ihm von den Ziffern auf dem Zettel erzählen, den Melle ihm zur Verwahrung gegeben hatte? Warum hatte sie ihren Ehemann nicht eingeweiht? War es Schrottis Aufgabe, das zu tun, wozu Melle nicht den Mut gehabt hatte? »Die Polizei war bei mir. Eine Frau. Mit einer auffälligen Narbe im Gesicht. Sie hat mir erzählt, dass Melanie von der Fähre gestoßen wurde. Sie suchen den Täter!«

»Ich weiß, wen du meinst. Charlotte Severin.«

Er hob die Hand in einer hilflosen Geste. In seinem Alter merkte er sich keine Namen mehr von Menschen, denen er nie wieder begegnen würde. »Sie muss dich unbedingt sprechen.«

»Schwierig. Melles Kollege ist vermutlich tot. Gestern Abend. Ich war mit ihm verabredet, aber als ich am Terminalparkplatz ankam, wimmelte es von Polizei, ein Krankenwagen, ein Leichenwagen.«

Schrotti kniff die Augen zusammen. »Was ist passiert?«

»Ich weiß es nicht. Ich kann schlecht bei der Polizistin anrufen und fragen, wem etwas zugestoßen ist.«

»Sie waren heute Morgen in deinem Haus!«

»Woher weißt du das?«

»Hab sie mit mehreren Streifenwagen anrücken sehen. Bin ihnen nachgegangen … sie sind alle Mann in dein Haus.«

»Die Bullen? Sie halten *mich* für den Täter?« Er zeigte mit dem Finger auf sich selbst. »Scheiße, Schrotti, was wird hier gespielt?«

»Du hast keine Ahnung, wer dahintersteckt?«

»Ich habe Fotos gefunden, die einen alten Bekannten von mir auf dem Terminal zeigen. Herbert, er hat eine Rechnung mit mir offen.« Der Wind blähte Freds Jacke auf. »Warum hat sie mir die Fotos nicht gezeigt? Was wollte sie vor mir verbergen?«

»Wo hast du die Aufnahmen gefunden?«

»Auf ihrem Schreibtisch.«

»Vielleicht …«, Schrotti hielt inne, die Worte blieben ihm im Hals stecken. »Wollte sie, dass du sie findest?« Hatte Melle Fred doch einweihen wollen in … was immer sie getan hatte?

Fred sah ihn entgeistert an. »Ich Idiot!«

Schrotti nickte zufrieden. »Hat die Polizei die Fotos?«

»Nein, davon ahnen sie nichts. Hat Melanie dir von Herbert erzählt? Herbert Jarre. Du bist der Einzige, der ihr nahestand … außer mir. Ich brauche einen Anhaltspunkt!«

»Jarre? Nie gehört.« Er wandte sich erstmals direkt Fred zu. Dessen Gesicht sah erschöpft und um Jahre gealtert aus. Man konnte sehen, wie Trauer und Zweifel ihn zerfraßen. »Hat dieser Mann Melle getötet?«

»Es ist kein Zufall, dass einer meiner größten Feinde auf dem Terminal rumspaziert. Ich wünschte, sie hätte mit mir darüber gesprochen! Was hat Melle noch vor mir verheimlicht? Hat sie geschmuggelt? Wo ist das Geld?« Er stützte sein Gesicht in die Hände. »Ich habe Jarre vor Jahren eine registrierte Waffe verkauft, er hat definitiv einen Hass auf mich … Wenn er mich treffen wollte, dann über Melle.«

»Eine Waffe?«

»Es gab dunkle Zeiten.«

»Was hast du vor?« Schrottis Herz war schwer vor Sorge. »Du musst die Fotos der Polizei zeigen.«

»Ich muss Jarre finden. Dann stelle ich ihn zur Rede.«

Schrotti seufzte. »Du weißt, was das bedeutet, oder?« Er hörte selbst, dass seine Stimme knirschte, als sei etwas in ihm dabei zu zerbrechen. »Die Polizei, Fred, all das … sie werden dich jagen, und du läufst nicht schneller als die Wahrheit.«

Fred sah auf.

»Es war meine Schuld! Meine Vergangenheit hat sie in Gefahr gebracht und hat sie das Leben gekostet.«

Schrotti stand auf. Seine Gelenke knarrten wie ein alter Schiffsmast. »Was ist mit der Narbenfrau?«

»Was soll mit ihr sein?«

»Sie versteht einiges von dem, was nicht zu verstehen ist. Zeig ihr die Fotos, frag sie, wie du an diesen Herbert Jarre rankommst, und lass dir von ihr helfen.«

»Ich kann sie ja kaum bitten, mir behilflich zu sein, wenn sie mich für einen Mörder hält und mit einem Haftbefehl wedelt.«

»Warum nicht?«

Fred sah ihn an, sein Gesicht regungslos, doch in seinen Augen lag Dankbarkeit. »Ich müsste nur schneller laufen … du hast recht.«

»Du solltest dich hier nicht mehr blicken lassen.«

Fred erhob sich, und sie standen einen Moment schweigend nebeneinander und starrten auf die Stelle, an der Melle angespült worden war.

»Mien Jung, die Elbe, die redet nicht wie das Meer. Sie schiebt, sie zieht, sie grummelt leise vor sich hin. Aber sie zeigt dir immer, wo's langgeht. Du musst genau hinschauen, denn wenn nicht … dann nimmt sie dich mit, und du merkst nicht mal, dass du abtreibst. Sei vorsichtig!«

KAPITEL 32

Schweigend stiegen Tom und Quetsche die breite Steintreppe zum Polizeipräsidium in Alsterdorf hinauf. Die Last der vergangenen Nacht drückte auf ihre Schultern, ließ ihre Schritte schwer und müde wirken.

Gleichzeitig eilten Kollegen an ihnen vorbei, sprangen die Stufen hinab, leichtfüßig und in Eile. Es war Mittagszeit. Um zwölf war eine gemeinsame Besprechung in den Räumen der Mordkommission anberaumt.

Sie waren Augenzeugen der Katastrophe und mussten sich den Fragen aller an der Ermittlung beteiligten Kollegen stellen.

»Manchmal weiß ich nicht«, sagte Quetsche, ohne Tom anzusehen, »ob wir überhaupt irgendwas verbessern.« Seine Stimme war wieder so resigniert wie seit Wochen.

»Falsche Frage. Frag dich, wie es ohne Polizei wäre.«

Sie traten durch die Eingangshalle des Präsidiums, gingen rechter Hand auf die elektronische Zugangskontrolle zu und hielten ihre Dienstausweise an den Scanner. Die Türen öffneten sich, und sie traten in das Innere des Sterns, wie das Präsidium aufgrund seiner Bauart genannt wurde.

Im Konferenzraum der Mordkommission waren beinahe alle Stühle besetzt. Die Gespräche verstummten, und die Blicke wanderten zu Tom. Einige verstohlen, andere offen, doch in jedem Augenpaar meinte er, dieselbe Frage zu erkennen: Wie konnte das passieren?

Dann entdeckte er ein Lächeln, das ihm galt. Charlotte. Am anderen Ende des Tisches. Natürlich, sie war auch dabei.

Quetsche begrüßte Van der Waal und Charlotte mit Handschlag und klopfte dem ein oder anderen Kollegen auf die Schulter. Alltag. Doch Tom kam es vor, als ob nagende Unsicherheit den Raum füllte. Was war geschehen?

Jonna und ihre Vorgesetzte Frau Meyfahrt betraten den Besprechungsraum, und Tom setzte sich auf den nächstbesten Stuhl. Quetsche saß ihm schräg gegenüber, neben Charlotte. Die beiden tuschelten miteinander.

Jonna stellte einen dampfenden Kaffeebecher auf den Tisch, ein leises Klacken, das wie ein Paukenschlag wirkte. »Moin«, sagte sie und öffnete eine der Akten, die sie mitgebracht hatte. Alle Blicke fixierten Jonna. Tom beneidete sie nicht.

»Gestern Abend ist der Verdächtige Benjamin Unger von einem Auto überfahren und getötet worden. Aus dem Nichts und unter unserer Beobachtung.«

Alle starrten auf die Unterlagen vor sich, auf ihre Kaffeetassen oder in die Leere – irgendwohin, nur nicht zu Tom, oder?

»Wie konnte das passieren? Wir sind hier, um Antworten zu finden. Also, was wissen wir? Daan, fasst du bitte den Ermittlungsstand zusammen?«

Daan Van der Waal nickte und erweckte seinen Laptop zum Leben, dessen Monitor direkt auf eine Leinwand übertragen wurde.

Tom nutzte die Gelegenheit und sah sich um. Er entdeckte neben Meyfahrt, der Kriminaldirektorin und Vorgesetzten von Jonna, auch André, den Computerexperten. Hatte er neue Erkenntnisse?

»Wir hatten Benjamin Unger als Verdächtigen erst seit gestern auf dem Radar. Der Kollege des Opfers war bis dahin unauffällig und hilfsbereit. Keine Vorstrafen. Er lebte allein, konzentrierte sich auf seine Karriere. Dann entdeckten wir …«, Daan warf einen Blick zu André, »… dass Melanie Cullmann Containerbewegungen nachvollzogen hat, die Unger zu verantworten hatte. Offenbar hat sie sich so sehr dafür interessiert, dass sie sogar Sicherheitsdateien angelegt hat.«

»Wie geht das?«, fragte Meyfahrt.

»Durch eine gute Tarnung«, antwortete André. »Sie hatte eine Software auf dem PC installiert, die mich neugierig gemacht hat. Mit ein paar raffinierten Kniffen hat sie einen verborgenen Datentresor erschaffen. Ein digitales Verlies, zu dem es nur einen Schlüssel gibt. Jedenfalls, bis ich ins Spiel komme …« Er grinste selbstbewusst in die Runde und löste damit die Anspannung.

»Wir wollten Unger heute früh vernehmen«, ergänzte Jonna.

»Er hat gestern um sieben Minuten vor dreiundzwanzig Uhr das Gebäude verlassen, ist zum Parkplatz gegangen, auf dem sein Auto parkte.« Daan hatte wieder das Wort übernommen, nur um es sofort an Tom weiterzugeben. »Könntet ihr berichten, was ihr gesehen habt?«

Tom holte tief Luft. Er wusste, was er sagen wollte. Er hatte doch die ganze Nacht darüber nachgedacht. Jetzt war der Moment gekommen. Er berichtete so sachlich und detailliert wie möglich, was er und Quetsche aus der Kanzel der Containerbrücke beobachtet hatten. »Der Fahrer hat nicht abgebremst. Unger ist gefallen. Dann hat der Wagen gewendet.« Tom blinzelte die Bilder hinter seinen Augenlidern weg. »Der Fahrer ist zurückgekommen und hat ihn gezielt überrollt.«

Auf Toms Bericht folgte ein Schweigen, das er nicht aushielt. »Es war eine absichtliche Tötung, und Unger hatte keinen Argwohn, denn er ist dem Wagen nicht ausgewichen. Wer so etwas tut … hält sich für unantastbar.«

»Warum wart ihr ausgerechnet da oben, anstatt unten zu versuchen, das Gespräch zu belauschen?«, fragte ein Kollege aus der Kriminaltechnik.

Er zögerte. »Wir wussten ja nicht, wo sie sich treffen würden. Von der Kanzel hatten wir den besten Überblick.«

Daan erlöste ihn. »Die Tatortanalyse ist abgeschlossen. Wir haben brauchbares Material zum Tatfahrzeug und hoffen, es bald ausfindig machen zu können. Auf den ersten Blick fährt niemand der Beteiligten einen Wagen, der auf die Spuren passt, aber vermutlich nimmt man für einen geplanten Mord nicht sein eigenes Auto!«

Meyfahrt rutschte auf ihrem Sitz nach vorn. »Und? Welche Hypothesen haben wir? War Unger der Mörder von Melanie Cullmann? Oder wusste er etwas und hat den Täter erpresst?«

»Das wissen wir noch nicht«, wandte Jonna schnell ein, bevor Meyfahrt zu weit in die Besprechung eingriff. »Theoretisch könnte er der Täter sein und ist dann in Ungnade gefallen. Die Frage lautet: In wessen Visier sind Cullmann und Unger geraten und warum? Waren die beiden in illegale Aktivitäten involviert, oder haben sie sie aufgedeckt? Ersteres ist am wahrscheinlichsten. Haben sie mit- oder gegeneinander gearbeitet?« Sie ließ die Worte im Raum stehen und klappte ihr Notizbuch zu. »Wir gehen davon aus, dass im Hafen organisierter Drogenhandel in großem Stil abläuft. Aber wir wissen nicht, wie Unger und Cullmann darin involviert sind. Wir haben Kontakt zu der gemeinsamen Ermittlungsgruppe von LKA und Zoll aufgenommen, die derzeit keine auffälligen Transaktionen beobachten konnten, aber der Kokshandel läuft immer. Der Zoll hat letztes Jahr über zwanzig Tonnen Kokain aus dem Verkehr gezogen, aber die Kollegen schätzen, dass es nur zehn Prozent dessen sind, was an Drogen nach Deutschland kommt.«

»Ach ja, für die Drogen seid ihr Wasserschützer gar nicht zuständig, oder? Das macht der Zoll, stimmt. Aber woher wissen die das, wenn sie das Gesocks nicht hopsnehmen?«, fragte André.

»Trotz der Rekordfunde bleiben der Straßenpreis stabil, die

Reinheit des Stoffes hoch, und die Versorgung ist sicher. Wie soll das funktionieren, wenn nicht massenhaft Koks zu uns kommt?«, erwiderte Quetsche.

André nickte.

»Der Aufwand lohnt sich«, ergänzte Tom. »Die Gewinnspanne ist riesig. In Kolumbien kostet ein Kilo Kokain ungefähr dreitausend Dollar, in Deutschland wird es für achtzigtausend Dollar verkauft. Die übliche Masche ist es, das Koks in einem Seecontainer mit Tropenholz oder Bananen oder was weiß ich zu deponieren. In Europa werden die Drogen von den sogenannten Greifern aus dem Container geholt, bevor der ahnungslose Empfänger sein Holz oder Obst abholt. Inzwischen gründen die Drogenkartelle sogar eigene Versandfirmen und verschicken ganze Containerladungen mit Kokain an ihre Scheinfirmen in Deutschland.«

»Keine unserer Erfolgsgeschichten«, murmelte André.

»Du hast gesagt, dass die Container laut den Frachtpapieren aus China kamen, richtig?«

André nickte.

»Es ist seltsam, dass Koks aus China kommen soll. Die Drogen treffen aus Kolumbien, Bolivien oder meinetwegen aus Peru ein, aber nicht aus Asien! Vielleicht geht es um etwas anderes?«

»Es muss mit den Containern zu tun haben.« Jonna zeigte mit ihrem Kugelschreiber in Quetsches Richtung. »Und dann haben wir einen Streit mitgehört, der Fred Cullmann, alias Manni Weigand, in den Mittelpunkt rückt.«

Meyfahrts Hand schlug krachend auf den Tisch. »Ich hab angewiesen, dass der zur Fahndung ausgeschrieben wird!«

»Ist er auch … bislang hatten wir noch kein Glück. Er ist nirgendwo an den bekannten Orten aufgetaucht. Wir setzen die Zielfahnder auf ihn an.«

»Seit gestern Nacht weiß ich, dass es Fred Cullmann war, der Unger unter Druck gesetzt hat«, sagte Quetsche. »Er wollte Namen von Unger, hat einen Herbert erwähnt.«

»Wer ist Herbert?«, fragte Meyfahrt.

Schweigen erfüllte den Konferenzraum.

»Finden Sie raus, wer das ist, fokussieren Sie sich auf die Containerverschiebungen, die Melanie Cullmann beobachtet hat, und holen Sie sich ihren Vorgesetzten zur Vernehmung. Der soll uns das erklären.« Sie zeigte mit dem Finger auf Quetsche. »Observieren Sie das verdammte Terminal Tag und Nacht.« Sie drehte sich zu Jonna und verteilte weitere Aufträge. »Finden Sie raus, welche Container betroffen sind. Aus welchem Land, welche Firma, welches Schiff mit welchem Ziel? Nehmen Sie die auseinander, und informieren Sie mich zeitnah über alles! Ich bringe Ihnen später den Haftbefehl für Fred Cullmann!« Sie sah Daan Van der Waal an. »Und Sie erklären mir, warum die Hausdurchsuchung im Hause Cullmann gestern nicht stattgefunden hat. Wie ist es möglich, dass jemand vor uns da war? Das ist eine Riesensauerei!«

Daan zuckte nicht mit der Wimper. »Wir sind leider zu spät gekommen. Die Tür war aufgebrochen, das Haus durchwühlt. Wir wollten früher rein, aber wir hatten nicht genügend Personal. Wir brauchten fünf bis zehn Leute und hatten zwei. Es lag zu dem Zeitpunkt keine Dringlichkeit vor, und wir sind erst heute Morgen rein. Vermutlich ist der oder sind die Täter in der Nacht ins Haus eingestiegen.«

»Warum informieren Sie mich nicht? Ich hätte Ihnen sofort genügend Beamte besorgt! Hatte ich mich nicht klar ausgedrückt? Sie bekommen, was Sie brauchen. Keine Verzögerungen mehr!«

Daan nickte tapfer.

»Ich frage mich, was die gesucht haben …«, murmelte Jonna. »Wäre es nicht denkbar, dass Fred Cullmann sein Haus durchkämmt hat und die Tat vertuschte, indem er die Balkontür aufgebrochen hat?«

»Oder er hatte seinen Schlüssel vergessen«, unkte André, und wieder ließen einige Kollegen entspannende Seufzer hören.

»Die Frage ist, hat er es gefunden oder nicht?«, ergänzte Daan. »Wenn er das Haus durchwühlt hat, suchte er etwas von seiner Frau, sonst hätte er ja gewusst, wo er nachschauen muss. Was hatte seine Frau, was er haben wollte? Beweise für seine kriminellen Aktivitäten?«

»Er hat seine Frau nicht getötet, er hat ein Alibi«, warf Jonna ein.

»Überprüfen Sie alle Alibis noch einmal«, insistierte Meyfahrt. »Checken Sie die Bilder der Überwachungskamera, ob die manipuliert wurden!«

»Gern!«, murmelte André. »Und … warten Sie!« Er hämmerte hektisch auf die Tastatur seines Laptops ein. »Gerade kommen die Ergebnisse von meinem Kollegen. Wir haben die Ladepapiere, Frachtpapiere und allen möglichen Scheiß analysiert, und unser großartiges Programm hat ein Muster entdeckt. Ei, ei, ei …« Er schürzte die Lippen. »Auf dem Terminal lagern derzeit an die vierzigtausend Container. Das ist normal. Nicht normal ist, dass einige von ihnen mehrfach verschoben wurden.« Er sah lächelnd in die Runde. »Mein Kollege hat sich das angesehen und denkt, dass er den Grund gefunden hat.«

»Kommen Sie zum Punkt!«, sagte Meyfahrt scharf.

»Die Container lagerten für kurze Zeit an Stellen, die von der Terminalüberwachung, von den Kameras, nicht eingesehen werden können.«

»Was bedeutet das?«, fragte Jonna. »Ungers Container?«

»Ja, auch. Wenn die Container nicht überwacht werden, bietet sich zumindest die Chance, unbeobachtet Zugang zu ihnen zu bekommen.«

»Was hatten die Container geladen?«, fragte Meyfahrt.

»Die Ladepapiere waren auf Tee, Spielzeug, T-Shirts ausgestellt.«

Ein Handy klingelte. Laut. Nervig. Alle Köpfe ruckten hoch und blieben an Charlotte hängen, die hektisch in ihrer Tasche wühlte.

»Ach herrje, tut mir leid, ich hab vergessen … Scheiße«, nach einem kurzen Blick aufs Display suchte sie den Augenkontakt zu Jonna. »Es ist Fred Cullmann!«

KAPITEL 33

Jonna zog scharf die Luft ein und stand auf. »Stell auf Lautsprecher. Lass ihn reden. Versuch, herauszufinden, wo er ist!« Sie wedelte mit der Hand Richtung Van der Waal, der schon aufgesprungen war, auffällig sein Handy hochhielt und aus dem Konferenzraum lief. In dieser Sekunde war Jonna dankbar, dass sie so gut aufeinander eingespielt waren. Daan würde aus der Leitstelle im Erdgeschoss die Sofortfahndung koordinieren und die Kavallerie in Gang setzen. Jonna würde ihm jeden Anhaltspunkt sofort runterschicken, sowie Cullmann auch nur den geringsten Hinweis auf seinen Standort gab.

Jonna sah kurz in die Runde, ob alle bereit waren. Dann gab sie Charlotte ein Zeichen, und die nahm das Gespräch an.

»Severin.« Für einen Moment hörte man die gleiche Stille aus dem Telefon, die auch im Raum herrschte. Gespenstische Ruhe.

»Fred Cullmann hier.«

Er stockte, als sei er nicht sicher, ob sich Charlotte an ihn erinnerte.

Jonna hätte beinahe aufgelacht. Ein höflicher Mörder!

»Ja? Lange nichts gehört. Wie geht es Ihnen?«

Cullmann kam sofort zum Punkt. »Kommen Sie in den Rugenberger Hafen. Ich habe was für Sie!«

Charlotte zögerte angemessen. »Klar, das mache ich gerne. Ich schaue nach, welche Termine ich heute habe. Oder dachten Sie an morgen?«

»Zum Steg unter der Autobahn. In einer halben Stunde!«

»*What?* Warten Sie, ich weiß nicht mal, wo das ist. Und mein Termin …«

»Kommen Sie allein! Und keine Mätzchen!«

Cullmann hatte aufgelegt, bevor Charlotte antworten konnte.

»Mist.« Jonna ließ sich enttäuscht in ihren Stuhl zurückfallen.

Charlotte stand hektisch auf. »Was machen wir? In der kurzen Zeit … eine halbe Stunde!«

»Das ist unsere Chance!«, rief Meyfahrt.

Jonna sah die entgeisterten Gesichter in der Runde und explodierte. »Cullmann ist gefährlich. Er hat gestern unseren wichtigsten Zeugen kaltblütig überfahren … und jetzt wollen Sie ihm Charlotte zum Fraß vorwerfen? Wenn es eine Falle ist!«

»Wir sind vorsichtig, wir …«, erwiderte Meyfahrt.

»Wie schützen wir Charlotte?«, unterbrach Tom sie. »Kennen Sie den Rugenberger Hafen, die Betonschlucht unter der Autobahn? Hinten das Wasser, die Schleuse, vorne der Anleger, der Steg, den Charly runtergehen muss, um zu ihm zu gelangen. Sie wäre allein, es gibt keine Möglichkeit der Verstärkung!«

»Eine Bodycam?«, schlug André vor.

»Niemand kann ihr zu Hilfe kommen!«

»Wir!«, meldete sich Quetsche. »Wir legen ein Boot in den Waltershofer Hafen. Dann sind wir zumindest in der Nähe.«

»Aber zugreifen könnten wir auch nicht und fahren Cullmann unter Umständen direkt in die Arme«, gab Tom zu bedenken.

»Eine Drohne?« André ließ nicht locker. »Die könnte aus der Luft Aufnahmen machen.«

»Zu laut«, wandte Jonna ein. »Wir mimen Passanten und haben ein Überwachungsteam im Auto.«

»Was ist, wenn er dich mitnimmt?«, fragte Tom, an Charlotte gewandt.

»Cullmann wird mir nichts tun!«

»Trauen Sie sich das zu?«, fragte Meyfahrt. Erstmals klang ihre Stimme unsicher.

Charlotte stand auf und warf Tom ein entschuldigendes Lächeln zu. »Ich fahre jetzt los!«

Schlichte Worte, dachte Jonna. Bestechend in ihrer Klarheit, doch hatte sie die Frage nicht beantwortet.

Ohne ein weiteres Wort nahm Charlotte ihre Jacke vom Stuhl und wandte sich zur Tür. Ihre Schritte waren fest, ihre Haltung aufrecht, aber dann fiel es Jonna auf: »Warte!«, rief sie, bevor Charlotte die Klinke berührte. »Deine … wo ist deine Waffe?«

Charlotte verzog den Mund. »Verdammt!«

KAPITEL 34

Cullmann hatte sich ein hässliches Plätzchen ausgesucht. Charlotte parkte ihren Wagen auf dem Altenwerder Damm und ging zu Fuß einen überwucherten Weg unter der Autobahn hindurch. Die A 7 war hier auf Stelzen gebaut, und entlang der Böschung führte ein Steg zu einem kleinen Anleger. Der Stelzenbau hing wie ein düsterer Schatten über ihr, und das monotone Dröhnen der vorbeirauschenden Autos verstärkte die beklemmende Situation.

So weit das Auge reichte, erstreckten sich graue Industrieanlagen mit rauchenden Schloten. Ein paar Windräder drehten sich träge in der Ferne. Die geschlossene Einfahrt zur Rugenberger Schleuse vervollständigte das trostlose Panorama. Was um Himmels willen wollte Cullmann ihr an diesem unwirtlichen Ort zeigen?

Er war wie selbstverständlich davon ausgegangen, dass sie sofort losfahren würde, um ihn zu treffen, was Charlotte wurmte. Sie hatte keinen Zweifel in seiner Stimme gehört, nur einen Befehl. »*Kommen Sie allein*«, hatte er gesagt. Er wusste also genau, dass die Polizei ihn suchte und ihn verhaften wollte. War das nicht ein Schuldeingeständnis? Sie musste sich vorsehen, Cullmann war gefährlich, und das heutige Treffen stand unter ganz anderen Vorzeichen als das letzte.

Langsam ging sie den Steg hinunter. Sie war neugierig und wollte Antworten von ihm, war aber keineswegs bereit, sich auf der Nase herumtanzen zu lassen. Sie war überzeugt, dass Cullmanns Trauer echt war und er nichts mit dem Mord an seiner Frau zu tun hatte. Doch das galt nicht für den Mord an Benjamin Unger! Wenn Cullmann Unger für den Täter gehalten hatte, hielt sie ihn für fähig, an ihm Rache zu üben. Wenn er der Täter war, musste sie auf der Hut sein.

Ein schwacher Wind kräuselte das Wasser, eine leere Schute lag verlassen am Anleger. Cullmann lehnte am Geländer. Er trug Jeans, Stiefel und ein verwaschenes Jeanshemd. Er wirkte entspannt, doch seine Augen durchkämmten die Böschung.

Er vergewisserte sich, dass Charlotte allein gekommen war.

»Ihr sucht den Falschen!«, rief er ihr zu, noch bevor sie bei ihm angekommen war – der erste Zug in seinem Schachspiel.

Sie verdrehte die Augen. »Ich riskiere meinen Job, falls jemand mitbekommt, dass ich Sie treffe!« Sie stand vor ihm und ließ ihren Blick scheinbar neugierig über die Schute wandern. Doch ihre Sinne waren einzig und allein auf ihn gerichtet. Er bewegte sich keinen Millimeter. »Warum suchen wir den Falschen?«

»Ich war gestern Abend auf dem Terminalparkplatz. Die ganze Kavallerie war da. Und ein Leichenwagen! Ich kann mir ausrechnen, wen Sie verdächtigen.«

Seine Worte lagen zwischen ihnen, wie die Wolke, die sich vor die Sonne geschoben hatte und nun alles in Schatten tauchte. Sein Blick verriet sein Misstrauen. Sie nahm ihm seine vorgetragene Unwissenheit aber auch nicht ab.

»Sie trauern um Ihre Frau«, sagte sie, ihre Stimme kühl. »… wollen sich rächen … haben die Polizei belogen. Keine vertrauensbildende Maßnahme.« Sie wechselte das Thema, um ihm zu zeigen, dass sie sich mit ihm beschäftigt hatte und sich das Gespräch nicht diktieren ließ. Sie musste den richtigen Zeitpunkt abwarten, um ihn zu konfrontieren. »Ich habe gehört, dass Sie sich bei der Schilderung der Körperverletzung vor dem *Elysium* nicht an die Tatsachen gehalten haben.«

Cullmann stutzte, die kontrollierte Fassade erhielt einen kleinen Riss. »Sprechen Sie von Jasmin Langenbeck? Himmel, warum rollen Sie diese olle Kamelle auf? Sie ist an Krebs gestorben!«

»Woher wissen Sie, dass sie gestorben ist?«

»Ich habe ihre Mutter besucht.«

»Sie haben Ihre Hausaufgaben gemacht!«

»Dito.«

»Sie haben uns angelogen. Der Vorfall ereignete sich anders, als Sie erzählt haben.«

»Unsinn!« Seine Stimme hob sich, doch er senkte sie sofort wieder, kontrollierte sie mit einem einzigen Atemzug. »Ich hab die Weiber aus dem Club entfernt. Ich war betrunken und aggressiv. Mein Gott, es war eine andere Zeit.«

»Sie haben nicht aufgehört zu treten, als die Frau längst am Boden lag. Zeugen sagten, dass von ihr keine Gefahr mehr ausging.« Sie zeigte mit dem Finger auf ihn. »Sie hatten die Kontrolle verloren!«

»Sie hat nach etwas in ihrer Tasche gegriffen. Ich wollte nicht herausfinden, ob es ein Messer war. Die Lady wusste, welche Knöpfe sie bei mir drücken muss!«

Er zuckte mit den Schultern, eine Geste, die Gleichgültigkeit signalisieren sollte, aber sie erkannte die Anspannung in seinem Kiefer, den er aufeinanderbiss.

»Es war eine andere Zeit«, wiederholte er leise.

Das weckte Charlottes Interesse. Sie wollte mehr darüber wissen, was ihn damals zur Raserei getrieben hatte – und was ihn heute davon unterschied. Wenn es einen Unterschied gab. Vielleicht hatte er nach wie vor Probleme mit der Impulskontrolle und war sehr wohl zu einem oder zwei Morden fähig. »Sie hatten eine kurze Lunte. Warum hatten Sie Ihre Wut nicht im Griff? Und heute – warum diese harte Ansage am Telefon? Warum glauben Sie, Sie könnten die Polizei herumkommandieren?«

Zum ersten Mal lachte er laut auf, ein raues, ungehobeltes Lachen, das die Luft durchschnitt. »Hart? Unsinn. Ich habe versagt. Wäre ich nur halb so aggressiv, wie Sie annehmen, hätte ich meine Frau beschützen können.«

Die Worte fielen schwer zwischen ihnen zu Boden. Dahinter stand mehr als nur die Antwort auf ihre Frage. Sie ließ sie einen Moment liegen, bevor sie leise fragte: »Wussten Sie denn, dass Ihre Frau in Gefahr war?« Noch während sie den Satz aussprach, begriff sie, dass sie falschlag. Er hatte nichts von der Bedrohung gewusst. In seinem Blick lag Schmerz, ja, aber auch Schuld. Sie korrigierte sich. »Ich verstehe. Es ist nicht das erste Mal, oder?«

Er senkte den Blick, als wolle er verhindern, dass sie darin seine Geschichte las. »Man merkt, dass Sie Psychologin sind, aber wozu ist das wichtig? Hilft es Ihnen, Melles Mörder zu finden?«

»Vielleicht«, antwortete sie, ohne zu zögern. »Wen haben Sie verloren? Wen konnten Sie nicht schützen?«

Er atmete tief durch, rang mit sich. »Ich war ein Teenager, als meine Mutter starb. Mein Erzeuger hat sie abgeknallt wie ein tollwütiges Tier. Ich habe Menschen gefunden, die mir gezeigt haben, dass es Hoffnung gibt. Und ich schwor mir, keine Angst mehr zu haben. Nie wieder schwach zu sein. Und vor allem: besser für die zu sorgen, die ich liebe. Viele waren es ohnehin nicht in meinem beschissenen Leben.«

Charlotte verstand. Der Tod seiner Mutter – ein Trauma, das ihn zwang, stets unverwundbar zu erscheinen, koste es, was es wolle. Heute erkannte Cullmann im Verlust seiner Frau den endgültigen Beweis seines Scheiterns. Gefangen im Labyrinth seiner Selbstvorwürfe, war er unfähig, einen Ausweg zu finden, und glaubte, Rache sei die Lösung seiner Probleme. Sie wusste, dass sie ihm diese Last nicht abnehmen konnte, doch sie wollte es versuchen. »Auch ich beschütze jemanden, den ich liebe.« Langsam fuhr sie mit dem Finger über die Narbe in ihrem Gesicht. »Ich habe meinen Preis gezahlt … zahle ihn noch immer. Aber es war es wert.«

Cullmann blickte kurz auf ihre Narbe, dann wieder in ihre Augen.

»Der Unterschied ist«, fuhr sie fort, »dass Ihre Frau tot ist. Und Rache macht sie nicht wieder lebendig. Rache ist keine Stärke. Sie sind nicht schuld am Tod Ihrer Frau, und sie wäre nicht stolz auf Sie, wenn Sie sich zugrunde richten.«

»Wer weiß?« Er griff in seine hintere Hosentasche, zog gefaltete Zettel heraus und reichte sie ihr.

»Ich habe diese Fotos in Melles Sachen gefunden. Ich habe meine Zweifel, dass sie die Fotos gemacht hat, aber ich weiß, dass dieser …«, er zeigte auf einen am Rand stehenden Mann, »… dort nichts zu suchen hat. Womöglich hat er Melle ausspioniert, *ihr* aufgelauert … um sich an *mir* zu rächen!«

Charlotte betrachtete die Fotos. Männer auf dem Containerterminal, auf einem Parkplatz. Auf den ersten Blick harmlos, wären da nicht Cullmanns Worte gewesen.

»Kennen Sie die Männer?«

»Nur diesen einen. Herbert Jarre. Er ist vorbestraft. Er hat eine verdammt hohe Rechnung mit mir offen. Ich befürchte … Ich muss wissen, wo er wohnt und wo er arbeitet.«

»Was haben Sie vor?«

»Fragen stellen.«

»Kommen Sie, das ist nicht die ganze Antwort. Wo führt das hin? Sie denken, dass es besser wird, wenn Sie den Mörder töten. Dass Sie dann wieder atmen können.«

»Ich weiß, dass es besser wird.«

»Oder es wird nur stiller. Glauben Sie, dass Sie danach schlafen können? Dass Sie sich im Spiegel ansehen und sagen, *jetzt bin ich frei?*«

»Er bekommt, was er verdient.«

»Und dann? Was bleibt von Ihnen übrig, wenn Sie es getan haben? Sie gehen ins Gefängnis.«

Cullmann reagierte nicht.

»Ich weiß, dass Sie das nicht hören wollen. Aber wenn Sie das tun, dann wird es für Sie nie vorbei sein.« Sie zeigte noch einmal auf ihre Narbe, um ihm deutlich zu machen, dass ihr Ähnliches widerfahren war.

»Helfen Sie mir, die Männer zu finden! Ich brauche nur eine Antwort: Warum Melle?« Er zögerte. »Ich werde ihm nichts tun. Lassen Sie mich mit ihm reden, dann gehört er Ihnen.«

Als er den Kopf hob, lag in seinen Augen etwas, das ihren Zweifel nährte. Sie traute ihm nicht. Sie musste ihm eine neue Version der Ereignisse präsentieren. Ihm zeigen, dass seine Frau etwas verborgen gehalten hatte, was alles in ein anderes Licht rückte und seine Rachepläne hinfällig machte. »Wo hätte Ihre Frau etwas versteckt, das niemand finden soll?«

Er kniff die Augen zusammen. »Was für eine Frage … als ob sie was zu verstecken hätte. Geheimnisse? Zwischen uns?«

»Jeder verheimlicht etwas! Was bedeuten die Zahlen 74596027?«

»Nie gehört.«

Wenn er das nicht weiß, hat seine Frau reichlich Geheimnisse vor ihm gehabt, fand Charlotte. »Diese Ziffern hat Ihre Frau Johann Hansen übergeben. Warum nicht Ihnen?«

Cullmann keuchte auf. »Sie hat … Schrotti Zahlen gegeben? Was sollte er damit?«

»Das weiß ich nicht, aber wo ein Geheimnis ist, sind sicher noch mehr Geheimnisse! Sie wissen nicht alles. Sie wissen nicht, was Ihre Frau getan hat. Lassen Sie es uns herausfinden.«

Sein Blick durchbohrte sie förmlich. »Haben Sie deshalb mein Haus durchsucht?«

Er schaffte es immer wieder, sie zu überraschen. »Haben Sie im Garten hinter einem Baum gestanden und zugesehen?« Sie feuerte die Retourkutsche ab. »Dann wissen Sie ja, dass wir zu spät gekommen sind! Es war jemand vor uns da!«

Er erblasste. Treffer. Das war ihm neu.

»War das dieser Herbert?«, fragte sie. »Was hat er in Ihrem Haus gesucht? Bestimmt nicht Ihre alten Requisiten aus vergangenen Zeiten. Apropos, wo ist Ihre Waffe? Sie haben sich keinen Safe in die Wand gebaut, um ein paar Patronenschachteln wegzuschließen.«

Cullmann brauchte einen Moment, um sich zu sammeln. Oder er dachte fieberhaft nach. Das machte nichts, Charlotte hatte Zeit. Zeit, die Jonna und Tom hoffentlich nutzten, um sich bestmöglich in der Umgebung zu positionieren. Cullmann würde bald alles gesagt haben, und dann musste sie ihn verhaften, bräuchte Unterstützung.

»Was ist gestern Nacht auf dem Terminal passiert?«, fragte er mit einem Krächzen in der Stimme.

Endlich! Er hatte sich verdammt lang Zeit gelassen, um auf den Punkt zu kommen. Zeit, ihn zu konfrontieren. »Sagen *Sie* es mir! Sie waren dort mit Benjamin Unger verabredet, oder?«

Wieder zuckte er verdutzt zurück. »Woher wissen Sie das?«

Sie legte den Kopf schief.

»Er ist nicht gekommen. Als ich auf den Parkplatz fuhr, wimmelte es von Bullen!« Er seufzte. »Hat es Unger getroffen?«

Sie nickte stumm.

»Scheiße, verdammte!« Er rückte einen Schritt von ihr ab. »Ich habe nichts damit zu tun. Der Bengel wusste etwas. Er hat es auf diesen Fotos erkannt …«, er zeigte auf die Ausdrucke in Charlottes Hand. »Er hat sich geweigert zu reden. Ich hab ihm gedroht, hab ihm Bedenkzeit gegeben und … ihn nie wiedergesehen.«

»So einfach? Behaupten Sie, dass Sie ihn nicht überfahren haben? Und das soll ich Ihnen glauben?«

»Es macht überhaupt keinen Sinn, dem Bengel etwas anzutun«, schrie er. »Was hätte ich denn davon? Ich hatte auf Informationen von ihm gehofft. Das kann ich jetzt vergessen.«

»Vielleicht war's wieder Ihre kurze Lunte? Sie saßen im Auto und als …«

Cullmann hob abwehrend die Hände. »War klar, dass Sie mir nicht glauben. Wollen Sie mich festnehmen? Haben Sie Verstärkung mitgebracht? Das hätte ich Ihnen gar nicht zugetraut.«

Sie verzog keine Miene. »Geben Sie mir etwas, womit ich arbeiten kann.«

»Es hat mit den Fotos zu tun! Schauen Sie sich die Aufnahmen an, und finden Sie Herbert!«

Er warf einen flüchtigen Blick auf seine Armbanduhr. Ein Täuschungsmanöver, wie sie im nächsten Moment schmerzhaft verstand. Mit einem abrupten Schulterstoß stieß er sie zur Seite, und sein Bein nahm ihr den Halt. Sie stürzte hart auf den Betonanleger, gefährlich nah an die Kante zum Wasser. »Was zur Hölle …?«, keuchte sie.

Er zögerte keine Sekunde, sie mit einem brutalen Tritt zum Schweigen zu bringen. »Ich brauche meine Freiheit. Es ist noch nicht zu Ende.« Er sprang auf die Schute und rannte den Gangbord entlang.

»Cullmann!«, Charlotte rappelte sich mühsam auf, atmete den Schmerz im Oberschenkel weg, zog die Waffe, die Daan ihr geliehen hatte, und zielte.

Er war verschwunden. Sie hörte einen Bootsmotor. Dann sah sie ihn auf einem dieser ultraschnellen Rib-Boote, das hinter der Schute gelegen haben musste.

Sie versuchte, das Boot zu treffen, nicht ihn … zögerte, vergab die Chance. Er war zu weit weg. Mit hoher Geschwindigkeit raste Cullmann auf die Schleuse zu, die sich öffnete. Charlotte ließ die Waffe sinken. Er hatte sie ausgetrickst.

Mit vor Wut zitternden Händen griff sie nach ihrem Handy und rief Jonna an. »Er ist abgehauen. Richtung dieser Schleuse. Keine Ahnung, wie die heißt. Die ist aufgegangen und er darin verschwunden. Kann die Wasserschutz ein Boot schicken und ihn abfangen?«

Jonna erklärte ihr, warum das unmöglich war, und brach den Einsatz ab. Sie solle zu den Autos kommen. Charlotte hörte ihr die Enttäuschung an.

»Verdammt, Fred«, murmelte sie.

KAPITEL 35

Fred fuhr in die Rugenberger Schleuse ein, die den Rugenberger Hafen mit dem Köhlbrand verband. Er querte die gut einhundert Meter zügig, denn die Schiebetore waren kaum hinter ihm geschlossen, als sich das Schleusentor auf der anderen Seite öffnete. Seine Gedanken rasten. Er hatte Schrottis Rat angenommen, der Polizei die Fotos zu zeigen und sich helfen zu lassen. Natürlich hatte Schrotti nicht gemeint, dass er die Frau zu Boden treten sollte. Aber er war sich sicher, dass sie einen Haftbefehl gegen ihn hatten, und Untersuchungshaft konnte er nicht gebrauchen. Dafür war die Polizei nun alarmiert, dass sie alles in Bewegung setzen würde, um ihn, Herbert und die anderen Nasen auf den Fotos aufzuscheuchen.

Er war auf dem Weg in den Blumensandhafen. Dort wartete Zottel auf ihn. Durch diesen Treffpunkt war er auf die Idee gekommen, Charlotte zum Rugenberger Anleger zu bestellen, um sie dort mit dem Boot auszutricksen. Sie hatte keine Chance, ihm zu folgen. Zu verwinkelt war der Hafen an dieser Stelle, und die verschiedenen Hafenbecken sorgten dafür, dass sie mit dem Pkw riesige Umwege fahren müsste – selbst wenn sie gewusst hätte, wo er hinwollte.

Er überließ nichts mehr dem Zufall. Die Polizei würde sich mit den Fotos beschäftigen und die Männer identifizieren. Dann hätten sie das ganze Dreckspack zusammen.

Jetzt galt es, Herbert zu konfrontieren. Zottel half ihm. Fred hatte ihn kontaktiert und die Details mit ihm besprochen. Er war schon immer der Mann für die schwierigen Fälle gewesen, und er hatte nicht gezögert, als Fred ihm von den Fotos erzählt und ihn erneut gebeten hatte, Herbert Jarre aufzuspüren. Kurze Zeit später kam eine Nachricht mit den Koordinaten. Zottel war noch genauso effizient wie früher!

Wenn er nicht so angespannt gewesen wäre, hätte er der Fahrt die Rethe entlang mehr Aufmerksamkeit gewidmet, aber er wollte nur schnell ankommen. Er sah den langen Anleger für die Binnenschiffe näher kommen. An der Innenseite zwischen Anleger und Böschung wollte er das Boot verstecken, falls die Polizei ihm ein Streifenboot hinterherschickte.

Er sah Zottels weiße Haare schon von Weitem. Er stand im feinen Anzug, rauchend, in der Mitte der Pier ans Geländer gelehnt. Dahinter das Tanklager und die Silos der Kalikai-Anlagen, an denen ein Binnenschiff festgemacht hatte. Hier wurde Kalisalz für die chemische Industrie umgeschlagen und verschifft.

Er legte an und begrüßte Zottel mit einer angedeuteten Umarmung. »Hey, du warst fix!«

Zottel grinste. »Hab ein paar Gefallen eingefordert. Früher hätte ich Toni gefragt, aber sei's drum. Herbert arbeitet hier und auf dem Eurocon-Terminal. Fleißiger Junge.«

Fred atmete tief durch. Stünde er gleich Herbert gegenüber? »Was ist aus Toni geworden? Hab ihn im *Elysium* vermisst!«

»Toni?« Zottel pulte eine Zigarettenschachtel aus seiner Jackentasche und zündete sich umständlich eine neue Zigarette an. »Ich dachte immer, wir wären unzertrennlich. Toni gehörte dazu, findest du nicht?«

Fred nickte. Wollte Zottel nostalgische Erinnerungen wälzen?

»Seit du wieder da bist, Manni, geht mir vieles durch den Kopf. Erstaunlich, was man alles verdrängt!«

»Toni?«

»Er hat sich vor zwei Jahren selbstständig gemacht. In Berlin. Na ja, das fand Karl blöd, aber Karl ist alt, hat sich zurückgezogen, und die Bar läuft von allein. Sollte ich dem Jungen Steine in den Weg legen?«

»Vielleicht mochte er nicht mehr in deinem Schatten stehen?«

Zottel sah ihn nachdenklich an. »Ich werfe Schatten? Toni hatte doch immer große Pläne, weißt du nicht mehr?«

Daran erinnerte sich Fred nur zu gut. Toni wollte sein eigenes Ding machen, nur war er genauso in Karls Strukturen gezwungen wie Zottel und Fred. In der Familie mussten alle funktionieren. Da war kein Platz für Alleingänge.

»Er hat mir versprochen, einen Nachfolger für die Bar zu besorgen. Das Mädchen, das du kennengelernt hast. Sie ist nicht so smart, oder?«

Fred schüttelte den Kopf. Eier hatte Toni, das musste man ihm lassen.

»Er hat mir erzählt, wie satt er das alles hatte. Immer hinter der Bar und Befehle ausführen. Ich hab ihn nie so gesehen!«

»Und du hast ihm geholfen?«

»Das mag dich überraschen, aber ich hab ein Herz, Manni. Ich hab ihm ein paar Kontakte besorgt, und er macht in Logistik. Läuft gut.«

Er warf seine Zigarette ins Wasser, das mit sanften Wellen gegen den Anleger schlug.

»Und das soll ich dir glauben?« Fred bemerkte Zottels gekränkten Blick, und es tat ihm schon wieder leid, dass er so misstrauisch war.

»Toni hat bekommen, was er immer wollte. Wenn du die Antwort nicht aushältst, mir nicht vertraust, dann frag mich nicht.«

Fred nickte. »Ich denk drüber nach!«

Zottel klopfte ihm auf die Schulter. »Tu das, und in der Zwischenzeit statten wir dieser Lagerhalle dort …«, er zeigte auf eine große Halle quer voraus, »… einen Besuch ab und plaudern mit Herbert!«

KAPITEL 36

Die Lagerhalle, in die Zottel ihn führte, roch nach Rost und abgestandenem Wasser. Nässe sickerte durch Risse im Betonboden, der bei jedem ihrer Schritte ein schmatzendes Geräusch von sich gab. Die Nachmittagssonne, die durch die schmalen Fenster fiel, zeigte die geschäftige Atmosphäre. Arbeiter liefen mit Klemmbrettern in der Hand zwischen den Reihen aus Kisten und Paletten hindurch, und das Summen von Hubwagen vermischte sich mit vereinzelten Rufen.

»Wie hast du es geschafft, uns hier reinzubringen?«

»Beziehungen«, antwortete Zottel und hielt seine Hand an der Innenseite seiner Jacke.

»Die Hand an der Waffe? Erwartest du Ärger?«

Zottel zuckte mit den Schultern. »Wer vorbereitet ist, bleibt länger glücklich.«

Fred grinste. »Gesammelte Lebensweisheiten?«

Zottel erwiderte sein Lächeln. Trotzdem wanderte sein Blick rastlos durch die Halle. Bergeweise Kisten standen scheinbar sinnlos in der Halle verstreut. Wo war Herbert?

Dann sah er ihn. Auf der rechten Seite trat er aus einer Regalreihe.

Fred packte Zottel am Arm. »Da!«, zischte er.

Zottel folgte seinem Blick.

Und genau in diesem Moment hatte auch Herbert sie erkannt. Er blieb wie angewurzelt stehen.

Als wäre die Zeit eingefroren.

Nur Zottel schien davon nichts zu bemerken und stiefelte auf den alten Bekannten zu.

Freds Herzschlag dröhnte in seinen Ohren. Stand er vor dem Mörder seiner Frau? Gott sei Dank hatte er seine Waffe eingesteckt.

Da stand er. Er hatte sich verändert, und doch war da etwas Unverkennbares an ihm, das Fred sofort in die Vergangenheit katapultierte. Herberts Körper war breiter geworden, kräftiger, wie ein Mann, der sich sein Leben mit den Händen erarbeitet hatte. Die Schultern spannten unter der abgenutzten Sicherheitsjacke. Ein Hafenarbeiter, der den Schmutz und die Härte des Lebens mit sich trug. Seine linke Hand steckte in einem Handschuh, die rechte baumelte grob und groß an der Seite, als könnte sie im nächsten Moment zuschlagen, wenn die Situation es verlangte. Seine Haare waren kurz und grau. Das Gesicht müde. Nur die Augen nicht. Diese Augen waren eisblau, kalt wie der Hafenwind, aber tief dahinter loderte noch immer etwas – Wut vielleicht. Wie damals!

»Manni! Lange nicht gesehen! Und Zottel, du alter Zausel, dich gibt es noch?«

Zottel erwiderte den Tonfall unbekümmert. »Herbert, du bist grau geworden.«

Herberts Blick maß Fred von oben nach unten. Er zog umständlich eine Zigarettenpackung aus seiner Jacke, zündete sich eine an und blies den Rauch gemächlich aus.

»Hier herrscht Rauchverbot«, tadelte Zottel.

»Habt ihr mich vermisst?«

Zottel schnaufte spöttisch. »Wie ein Kratzer auf der neuen Brille.« Er verschränkte die Arme vor der Brust. »Wie war der Knast? Haben sie dir Benehmen beigebracht?«

Fred ließ das Geplänkel widerstandslos über sich ergehen. Zwar ärgerte er sich, dass Zottel das Gespräch an sich gerissen hatte, andererseits brauchte er die kurze Verschnaufpause. Er konnte sich nicht von den Bildern lösen, dass diese Hände Melle über das Geländer der Fähre in den Tod gestoßen hatten.

Herbert musterte Fred ungeniert. »Und ihr beiden? Immer noch unzertrennlich? Das war ja schon früher rührend!«

Fred trat einen Schritt näher und löste damit seine Erstarrung. Er drängte Herbert in einen der schmalen Gänge, um vor neugierigen Blicken geschützt zu sein. »Small Talk beendet«, befahl er. »Ich bin nicht hier, um alte Geschichten aufzuwärmen.«

Herbert zog eine Augenbraue hoch. »Und ich dachte schon, ihr schmeißt 'ne Wiedervereinigungsparty. Worum geht's?«

Fred hielt dem Blick stand. »Ich weiß, dass du damit zu tun hast. Mit Melanie.«

»Mit wem?«

»Meine Ehefrau …«

Herbert lachte schrill auf. Ein Laut, der in Freds Ohren kratzte wie das Quietschen von Kreide auf einer Tafel. »Du bist verheiratet … oh, mein Gott, es geschehen noch Zeichen und Wunder.«

Freds Puls raste. Er packte Herbert am Kragen und zog ihn dicht zu sich heran. Dessen Zigarette fiel zu Boden und zischte kurz in einer kleinen Lache. »Sag mir, warum Melle? Was konnte sie dafür? Wenn du dich an mir rächen wolltest, warum nicht direkt?«

Herbert blinzelte nicht einmal. Er hob langsam die rechte Hand und klopfte mit zwei Fingern auf Freds Arm. »Ganz ruhig, Manni. Ich hab echt keinen blassen Schimmer, wovon du redest. Und deine Olle kenn ich erst recht nicht.« Er zeigte mit dem Kopf in Zottels Richtung. »Hat *er* dir das ins Ohr geflüstert, oder was?«

»Du bist ein Mörder!«, presste Fred zwischen den Zähnen hervor, kaum noch in der Lage, seine Wut zu zähmen.

Herberts Augen wurden schmal. »Interessant. Und wer ist tot?«

Fred würdigte ihn keiner Antwort.

»Deine Frau? Ermordet? Und da denkst du direkt an mich? Boah, Alter, du bist echt 'n Knaller. Was hast du denn für wilde Streifen im Kopf?«

»Du lügst!« Er versetzte Herbert einen Stoß.

»Mach mal halblang. Wann ist das passiert?« Er schüttelte den Kopf. »Wenn ich deine Alte umgelegt hätte, von der ich bis eben nicht mal wusste, dass es sie gibt, glaubst du echt, ich würde hier rumstehen und auf dich warten? So blöd bin ich nicht. Junge, du siehst Gespenster.«

»Jemand hat sie vor ein paar Tagen von der Fähre gestoßen. Ich habe Fotos von dir gefunden. Du kanntest sie!«

»Fotos von mir – bei deiner Frau. Ne, Alter, das kann nicht sein! Komplett ausgeschlossen!«

Für einen Moment war Fred von Herberts kategorischem Ton irritiert. Er überlegte, was an seiner Anschuldigung nicht stimmen mochte.

»Du arbeitest auf dem Terminal. Ich habe Fotos von dir und den anderen. Hast du sie dort kennengelernt? Hast du gedacht, es wäre die Riesenchance, sich an mir zu rächen?«

»Zeig mal die Fotos«, mischte sich Zottel ein, doch Fred ignorierte ihn.

Herbert kniff die Augen zusammen. »Weißte was? Du hast recht. Ich sollte mich revanchieren.« Er winkte ab. »Aber weißte, wie's is', ich komm grad über die Runden. Muss erst meine Schulden regeln. Und wenn ich dir zuhöre, merk ich, dass du's nicht wert bist, dass ich mich für dich in die Scheiße reite.«

»Was war es dann? Suchst du auf dem Terminal das schnelle Geld? Hängst du mit in einem Deal? Hat sie dich enttarnt?«

»Deal? Wie kommt deine Alte darauf?«

»Sie arbeitete dort. Sie wusste Bescheid. Ist sie dir in die Quere gekommen? Hast du herausgefunden, dass wir zusammengehören, und wolltest zwei Fliegen mit einer Klappe schlagen? Dich an mir rächen und sie loswerden?«

Herbert schüttelte fassungslos den Kopf. »Boah, Alter, was du mir hier an die Backe laberst, ist echt unterirdisch.«

»Scheint dich ja nicht zu beeindrucken.« Zottels Stimme hatte einen unangenehmen Klang. Er zog seine Waffe und hielt sie Herbert vor das Gesicht. »Hilft dir das auf die Sprünge?«

Herbert wich einen Schritt zurück. »Ruhig, Brauner! Vor ein paar Tagen, sagste? Ich bin erst seit gestern wieder am Start. Lag im Krankenhaus, hab mir beim Verladen die hier eingeklemmt.« Er zog den Handschuh von seiner linken Hand und hielt die bandagierte Hand hoch. »Montag rein, gestern raus. Also sag mir, wann das mit deiner Frau passiert sein soll.«

»Dienstag. Aber ich glaub dir kein Wort.«

Herbert griff an seine hintere Hosentasche und holte sein Handy hervor. »Ich zeig's dir.« Er scrollte in einer Datei und hielt Fred das Handy hin. »Guck dir die Fotos an. Datum, Uhrzeit. Passt das? Ich lag im Krankenhaus, Manni. Ich hab niemanden von irgendwo runtergeschubst.«

Fred nahm das Handy. Tatsächlich waren darauf Fotos seiner blutigen Hand und ein Behandlungszimmer zu sehen. Herbert hatte offenbar die Art der Verletzungen dokumentieren wollen. Später hatte er ein Selfie aus dem Krankenbett aufgenommen. Mit dem Victory-Zeichen. Wenn er wirklich im Krankenhaus gelegen hatte, konnte er nicht der Mörder von Melle gewesen sein.

»Ich glaube dir nicht. Du warst auf den Fotos! Du weißt etwas!«

»Hör zu, ich check, dass du Antworten brauchst. Aber wenn du wen an die Kandare nehmen willst, dann sorg dafür, dass du den Richtigen hast. Ich bin's nicht.« Er zog sich knurrend den Verband von der Hand. »Sieh hin, du Irrer.«

Tatsächlich war eine klaffende Wunde genäht worden. Die Hand war geschwollen und blau unterlaufen.

»Warum arbeitest du damit?«

»Ich brauch den Job, verstehste? Nach'm Knast kannste dir nicht aussuchen, wer dich einstellt.«

Fred knirschte mit den Zähnen, und sein Blick wanderte zwischen Herberts verletzter Hand und dem Handy hin und her. »Was ist auf dem Eurocon-Terminal los?«

Er zog eine Grimasse. »Was immer im Hafen läuft. Container kommen, Container gehen. Die einen fragen nix, die anderen zu viel.«

»Das ist alles? Du warst dabei, als die sich getroffen haben. Du bist auf dem Foto!«

»Zeig mal!«

Nun war Fred an der Reihe, sein Handy zu zücken. Er suchte die Fotos und drehte das Display.

Herbert sah genau hin.

Selbst Zottel warf einen Blick auf die Fotos und schüttelte dann den Kopf.

»Verstehe, Parkplatz vor dem Terminal. Aber hör zu, du irrst dich. Ich kenne die Typen nicht, hab mit denen nix zu tun. War nur da, weil ich aus der Verwaltung kam. Ich maloche als Lascher.« Er gab Fred das Handy zurück. »Wer immer die Fotos gemacht hat … ich bin zufällig mit drauf.«

»Das ist alles?«

»Ich kann mich umhören.«

»Bietest du mir Hilfe an?«

Er grinste kurz. »Wenn die Weiber ins Spiel kommen, wird aus Schach plötzlich Poker, oder?«

»Keine Tricks!«

»Das sagt der Richtige!« Erstmals klang Herberts Stimme giftig.

KAPITEL 37

Jonna hatte die ernüchterte Charlotte am Steg abgeholt. Die Blessuren nach dem Sturz und Cullmanns Tritt waren nicht halb so schmerzhaft wie die Kränkung, von ihm reingelegt worden zu sein.

Ihr Plan war nicht aufgegangen. Der war ja auch mit der heißen Nadel gestrickt gewesen und Cullmann kein Anfänger.

Hoffentlich hatte Tom mehr Glück. Er versuchte, Cullmann über die Norderelbe entgegenzufahren, ihn irgendwo auf dem Wasser aufzutreiben.

»Der Mistkerl hat mich verladen. Ich meine, erst vertraut er sich mir an, und dann schlägt er mich nieder? Ich werde ihm nie wieder irgendetwas glauben.« Charlotte war in die Fotoausdrucke versunken, die Cullmann ihr gegeben hatte. Sie hatte mehrfach versucht, ihn anzurufen. Er nahm das Telefon nicht ab. »Er will den da auftreiben. Herbert Jarre. Vorbestraft.« Sie zeigte Jonna einen Mann, der auf dem Parkplatz zwischen zwei Autos stand. »Wenn er seine Adresse will, wird er früher oder später an sein verdammtes Telefon gehen müssen!«

»Und wer sind die anderen?«

Charlotte zuckte mit den Schultern. »Er meint, Jarre sei der Mörder seiner Frau!«

Jonna hatte sich im PC die Daten von Herbert Jarre aufgerufen und studierte sein Vorstrafenregister. Sie hatte die Fotos an Daan und André weitergeleitet, die sich darum kümmerten, die anderen Männer zu identifizieren. Sie fütterten nicht nur den Computer mit Merkmalen, um die Lichtbilddatei einzugrenzen, sie würden die Milieufahnder vom LKA 65 fragen, ob die Gestalten bekannt waren und zu Herbert Jarre gehörten. Eine Fingerübung für die Kollegen.

Einen hatte Jonna sofort erkannt: Otto Timmermann. Der Vorgesetzte von Melanie Cullmann. Sie hatte angewiesen, ihn zur Vernehmung abholen zu lassen. Mal sehen, was er zu den Fotos sagte. Wer hatte die aufgenommen? Wer waren die anderen, und was hatten sie besprochen? Warum war Cullmann überzeugt, dass einer von ihnen der Mörder seiner Frau war?

Bis Timmermann eingesammelt war, galt es herauszufinden, wo Herbert Jarre sich aufhielt.

Charlotte ließ sich stöhnend auf einen Stuhl fallen. Ihre Hand griff zum Oberschenkel, die Lippen verzogen sich vor Schmerz.

Jonna hob fragend die Augenbrauen, doch Charlotte winkte ab.

»Weißt du, was mir nicht aus dem Kopf geht? Wenn Cullmann seine Frau nicht getötet hat und sie aus dem Spiel genommen wurde, weil jemand einen Deal im Hafen laufen hat und sie der Wahrheit zu nahe kam, warum ermordet derjenige dann den Logistiker, der ihm die Container positioniert? Benjamin Unger war doch der Schlüssel zum Erfolg!«

Charlotte runzelte die Stirn. »Vielleicht haben sie eine andere Methode gefunden, sich der Container zu bedienen. Glaubst du, dass Cullmann mit drinsteckt? Warum sollte er uns die Fotos geben und auffordern zu ermitteln? Das macht keinen Sinn!«

»Stimmt auch wieder! Vielleicht hat er …«

Das Telefonklingeln unterbrach sie.

»Daan«, murmelte Jonna und stellte das Gespräch auf laut.

»Herbert Jarre. Ist mit einer registrierten Waffe bei einem Raubüberfall auf einen Juwelier geschnappt worden. Man munkelt, dass ihm Manni Weigand die Waffe beschafft hat, aber das konnte nie nachgewiesen werden.« Daan fasste sich kurz. »Seit elf Monaten aus dem Knast. Wir schicken eine Streife zu seiner

Wohnanschrift. Ich muss rüber zu den Milieufahndern, die sind gerade reingekommen.«

Mit einem Dank beendete Jonna das Gespräch.

»Gut, zerren wir sie alle aus dem Bau: Timmermann und Jarre sind die Ersten. Die anderen folgen.« Sie tippte auf das Foto. »Wer schmuggelt da was und mit wem?« Ehe Jonna den Gedanken zu Ende denken konnte, sprang die Tür auf, und Tom eilte herein.

»Keine Chance! Wir haben Cullmann nicht aufgetrieben.« Er ließ sich in einen Stuhl fallen. »Der Kerl hat sich gut vorbereitet.«

Charlotte nickte. »Er hat einen Plan, und wir laufen hinterher. Er benutzt uns!«

Jonna beobachtete die beiden. Täuschte sie sich, oder wich Charly Toms Blick aus?

Sie schob Tom die Fotoauszüge rüber. »Kennst du davon zufällig jemanden? Die Aufnahmen hat Fred Cullmann uns gegeben! Darauf soll der Mörder seiner Frau sein.«

Tom riss erstaunt die Augen auf und schnappte sich die Abzüge.

»Hol die Kollegen! Das SEK! Das glaub ich nicht!«, schimpfte er.

Jonna wich im Stuhl zurück, erschrocken von Toms plötzlichem Ausbruch. »Wovon redest du? Wer ist das?«

Er warf ihr einen kurzen Blick zu, bevor er die Fotos wieder anstarrte. »Den kenn ich!«

»Und?«

»Er hat mich belogen! Dieser Arsch!«

KAPITEL 38

Von wem sprichst du, verdammt?«

Tom schüttelte fassungslos den Kopf. »Das ist ein Kollege vom Zoll. Dirk Röder. Ich habe heute Morgen noch mit ihm telefoniert. Kommt mir vor, als wären drei Tage vergangen!«

Tom gab Jonna und Charlotte eine kurze Zusammenfassung seines Telefonats und der Nachfrage nach den verschwundenen Zollsiegeln. Röders Auskunft, dass keine weiteren Siegel außer der sichergestellten Kiste fehlten, ließ sich nicht von Tom überprüfen. »Wenn der mit drinsteckt, wird einiges klarer!«

»Dir vielleicht, uns nicht!«

Das Neonlicht der Deckenbeleuchtung summte leise. Von draußen fiel das letzte Tageslicht in den Konferenzraum. In der Fensterscheibe bemerkte Tom seine eigene Silhouette, als er sich in den Stuhl fallen ließ. Er rieb sich den Nacken. »Habt ihr frischen Kaffee? Der Tag wird immer länger.«

Charlotte schob ihm die Kanne und einen Becher rüber. Er vermisste ihr Lächeln dabei.

»Der Zoll verschließt Container, die sie für Kontrollen geöffnet haben, mit einem neuen Siegel. Die Siegelnummer wird in die Frachtpapiere eingetragen. Danach wird dieser Container nicht mehr angefasst, wenn zum Beispiel eine weitere Prüfung auf der Straße, der Bahn oder auf Binnenschiffen erfolgen sollte. Den Container auf dem Terminal neu zu versiegeln, ist für den Schmuggel eine sichere Sache. Normalerweise kommt kein Krimineller an die Siegel heran. Wenn ein Zöllner …«

»... zu einer Schmugglergruppe gehört, dann haben sie den perfekten Weg entdeckt«, ergänzte Jonna seinen Satz, ihr Blick aus dem Fenster in die Ferne gerichtet, als würde sie die Folgen vor sich sehen.

Inzwischen hatte Daan Van der Waal angekündigt, dass der Vorgesetzte von Melanie Cullmann, Otto Timmermann, abgeholt worden und auf dem Weg ins WSPK 2 sei. Tom und Jonna erwarteten ihn im Besprechungsraum, die Kollegen wollten ihn jede Minute vorführen. Charlotte war gegangen, ihre Aufgabe war erfüllt, Fred hatte sie reingelegt, und nichts hielt sie mehr hier.

Tom hatte ein Schild an die Tür geheftet, das das Betreten wegen einer Vernehmung untersagte. Er hatte am Wachtresen und im Aufenthaltsraum den Kollegen Bescheid gesagt. Und ja, sie unkten hinter seinem Rücken, dass Tom verdammt aufgeregt sei. Das war sicher richtig. Heute platzte der Knoten dieser Ermittlung. Jonna hatte sich in der letzten Stunde in sein Büro zurückgezogen, mit Daan telefoniert, Fragen aufgeschrieben, ihre Vernehmung vorbereitet.

Die Kaffeekanne und Becher waren abgeräumt, nur die Ermittlungsakte lag noch auf dem Tisch. Dann führten die Kollegen Timmermann herein, den sie von zu Hause abgeholt hatten.

»Das lief nicht so sauber, wie wir uns das vorgestellt haben«, nuschelte der Kripobeamte, der Timmermann mit gefesselten Händen hereinführte. Er bugsierte den Mann an den Tisch. Der legte betont langsam seine Hände auf die Platte. Er wirkte erschöpft, aber nicht eingeschüchtert.

Jonna sah den Kollegen fragend an.

»Wir hatten das Haus umstellt. Klassische Nummer – vorn, hinten. Ihr Sportsfreund hier war schneller als gedacht.« Er schüttelte ratlos den Kopf. »Kaum sind wir rein, reißt er das Fenster auf und springt aus dem ersten Stock in den Garten.«

Jonna zog eine Braue hoch. »Hat er sich verletzt?«

»Nö. Hat sich abgerollt, wie ein Profi. Entweder Training oder verdammt guter Instinkt. Habt ihr nicht gesagt, das sei ein Computer-Fritze? Ist dann über den Rasen gerannt, direkt in den Nachbarsgarten. Er kam bis zum Zaun. Hätte er vielleicht geschafft, wenn er nicht ausgerutscht wäre.« Der Kollege deutete mit dem Kinn auf die nasse Hose des Verdächtigen. »Der Rasen war feucht. Beim Sprung über den Zaun ist er weggerutscht, mit den Knien zuerst in den Matsch. Hat versucht, auf allen vieren weiterzukommen, aber da hatten wir ihn.«

Jonna schmunzelte. »Hört sich an, als hätte er euch gut beschäftigt.«

»Kann ich einen Kaffee bekommen? Mit Hafermilch, bitte!«, bat Timmermann betont desinteressiert, obwohl er schwitzte, bevor Jonna die erste Frage gestellt hatte.

»Ist'n kleiner Scherzkeks.« Der Kripobeamte schüttelte den Kopf, als könne er immer noch nicht fassen, wie Timmermann versucht hatte, ihnen zu entkommen. »Ich schreib den Bericht.« Er nickte Jonna einen Gruß zu und schloss die Tür hinter sich.

Otto Timmermann, der Bereichsleiter der Logistikabteilung und Vorgesetzter des Mordopfers Melanie Cullmann, sah sich um. Seine Augen flatterten nervös zwischen Jonna und Tom hin und her.

Jonna sprach die Beschuldigtenbelehrung in das Aufnahmegerät, die Timmermann kommentarlos über sich ergehen ließ.

»Was kann ich für Sie tun?« Er breitete die Hände auf der Tischplatte aus, als wäre das ein lockeres Treffen mit alten Bekannten. Sein verzweifelter Sprung aus dem ersten Stock und das Bemühen, durch die Gärten zu flüchten, erzählte eine andere Geschichte. Er wusste genau, weswegen er hier saß.

»Herr Timmermann«, sagte sie mit einer Stimme, die schnitt wie ein Windstoß an einem frostigen Morgen. »Sie wissen, dass wir den Mord an Ihren Mitarbeitern Melanie Cullmann und Benjamin Unger untersuchen. Es sind ein paar Tage vergangen, und wir sind entscheidende Schritte vorangekommen. Jetzt sind Sie an der Reihe, auszupacken.«

Timmermann schluckte. »Ich habe keine Ahnung, worauf Sie hinauswollen. Ich weiß nichts über den Mord an Melle oder Benjamin! Es ist eine einzige Katastrophe!«

Jonna warf ihm ein dünnes Lächeln zu und lehnte sich vor. Nicht zu weit, um bedrohlich zu wirken, aber dichter als nötig, sodass Timmermann wusste, dass sie keinen Small Talk suchte. »Zuerst erklären Sie mir, warum in den letzten vier Monaten in Ihrer Schicht Container an Positionen abgestellt wurden, die nicht im Aufnahmebereich der Überwachungskameras sind. Positionen, die einen einfachen Zugang möglich machten. Standorte, die Benjamin Ungers Computer angewiesen hat.«

»Ich weiß nicht … Das ist mir neu. Wie kommen Sie darauf?«

Jonna zog die Augenbrauen hoch. »Erinnern Sie sich nicht, dass wir Melanie Cullmanns Rechner ausgewertet haben?«

»Melanie hat die Container falsch positioniert? Davon weiß ich nichts. Melanie war eine gewissenhafte Mitarbeiterin. Die Fläche war wahrscheinlich voll. Sie musste mich nicht um Erlaubnis fragen. Sie trifft diese … traf eine logistische Entscheidung. Ich wusste nicht …«

Jonna klappte den Schnellhefter auf. »Hier sind zwei Fotos, die Sie sich bitte ansehen! Darauf sind Sie und Ihr Auftraggeber zu sehen!«

Abrupter Wechsel und ein Schuss ins Blaue, dachte Tom. Nicht übel.

Timmermann hob den Kopf, warf einen irritierten Blick auf die Fotos und zog sie näher zu sich heran. Seine Stirn kräuselte sich, als ob er genervt wäre, dass jemand es gewagt hatte, ihn bei seinen Machenschaften zu fotografieren.

»Wer hat die gemacht, das ist …«

»Was? Streiten Sie ab, diese Person auf den Fotos zu sein?«

Er schüttelte den Kopf. »Nein, aber … wir stehen bloß auf dem Parkplatz. Ich erinnere mich nicht daran.«

»Herr Röder hat Sie nicht vergessen«, Jonna tippte auf den Zöllner. »Und Herbert Jarre auch nicht!« Sie zeigte auf den Mann, der abseitsstand.

Timmermann erblasste. »Jarre? Nie gehört! Ich …«

Jonna unterbrach ihn sofort. »Mit Herrn Röder sind Sie tief in ein Gespräch verwickelt. Unser Datenanalyst hat herausgefunden, dass nicht Melanie die Container verschoben hat, sondern Benjamin Unger. Oder besser gesagt, wurde das von seinem Computer veranlasst. Aber …«, sie betonte das Wort übertrieben. »… wir haben Ihre Spur gefunden. Sie haben sich mit Ihrer Karte auf den PC von Herrn Unger eingeloggt und die Container umplatziert! Wissen Sie, in der digitalen Welt verlieren sich die Informationen nicht … man braucht nur Fachwissen und Zeit, um sie wieder sichtbar zu machen.« Sie legte die Hände flach auf den Tisch und fixierte ihn.

Timmermann vertiefte sich in die Computerausdrucke. Tom hatte den Eindruck, dass er nicht las, sondern verzweifelt nach einem Ausweg suchte.

»Ich verrate Ihnen, was ich denke!« Ihre Stimme war kaum mehr ein Flüstern. »Im Hafen wird mit Ihren Containern geschmuggelt. Sie sind beteiligt. Das Geschäft ist aus dem Ruder gelaufen, weil Ihre Mitarbeiter Ihnen auf die Schliche gekommen sind.« Sie gab ihm einen Moment, um ihn diese Anschuldigung schlucken zu lassen. »Melanie Cullmann und Benjamin Unger. Ihre Kollegen! Sie sind tot!«

Tom sah sofort, dass Timmermann in die Defensive ging. Er verschränkte die Arme vor der Brust wie einen Schutzschild. »Natürlich arbeiten wir auch mal an anderen Computern. Ich weiß es nicht mehr. Und wenn ich die Container außerhalb der Sicht der Kameras platziert haben sollte ... ich hab keine Ahnung, welche Teile des Terminals erfasst werden. Das ist doch nicht strafbar. Was wollen Sie von mir?«

»Die Container zu verstellen, hat Ihre Mitarbeiter das Leben gekostet!«

Timmermann atmete tief, sagte aber kein Wort.

»Ihre beste Mitarbeiterin hat es herausgefunden, sie hat gemerkt, dass die Container außerhalb des Sichtfelds der Kamera standen. Wie oft ist das passiert? Fünfzigmal? Hundert? Seit Monaten? Jahren? Wir weisen Ihnen nach, dass Sie sich mit Ihrer Zugangskarte in den Rechner von Benjamin Unger eingeloggt haben. Sie trauten ihm nicht zu, dass er etwas bemerkt, oder? Vielleicht hatten Sie recht, aber es gab ja noch Melanie Cullmann! Sie haben sie unterschätzt! Ihr ist es aufgefallen, dass Unger die Container falsch routet. Musste sie deshalb sterben?«

»Ich habe Ungers Arbeit kontrolliert. Er war nicht sorgfältig. Zu überheblich. Ich darf mich auf jeden PC einloggen ...«

»Herr Unger hat uns gestern genau erklärt, welchen Weg ein Container nimmt und wie die Überwachung abläuft. Ich vermute, dass er in diesem Moment begriffen hat, dass es niemandem außer Ihnen möglich war, die Kontrollinstanzen zu umgehen. Hat er Sie damit konfrontiert?«

Jonna wartete einen Augenblick, doch Timmermann presste nur die Lippen fest aufeinander, als wolle er ungebetene Worte zurückhalten. Tom schätzte, dass es nicht mehr lange dauerte, bis der Logistiker zusammenbrach. Zu schwer waren die Vorwürfe. Zu hoch baute sich der Druck auf, den der Mann kaum noch aushielt.

»Schauen Sie sich diese Fotos an.« Sie schob sie weiter zu Timmermann hinüber. »Wer sind die Männer neben Ihnen, und welche Rolle spielen sie? An wen von denen haben Sie sich gewandt, um Ihr Problem lösen zu lassen?«

Er zog die Fotos dichter heran.

Jonna setzte nach: »Oder haben die Auftraggeber gar nicht geholfen, und Sie haben Melanie und Benjamin eigenhändig getötet?«

Das war zu viel. Sein Widerstand brach. Mit einem scharfen Atemzug war es vorbei. »Das stimmt nicht!«, schrie er verzweifelt. Die Fotos in seinen Händen zerknitterten unter dem Druck seiner Finger. Sie verrieten alles: die Schuld, die Angst, das Unausweichliche.

»Erzählen Sie! Was haben Sie mit den Containern gemacht?«

»Ich habe den Standort beeinflusst«, flüsterte er.

»Seit wann?«

»Sechs Monate.«

»Wie viele Container waren davon betroffen?«

»Vier.«

»Nur vier?«

»Es ist eine begrenzte Sache. Sonst … ich lege mich doch nicht mit den Drogen-Clans an.«

Er tat so, als sei sein Handeln selbstverständlich und jede Nachfrage unnötig.

»Was war mit Benjamin Unger? Er ist auf einem Foto!«

Timmermann knetete seine Hände wie ein Ertrinkender, der sich an seine eigenen Finger klammert, als könnten sie ihn über Wasser halten.

»Er hat mich erpresst«, platzte es aus ihm heraus. »Er hat durchschaut, dass ich die Container platziert habe, dass etwas läuft, als er Ihre Fragen beantwortet und die Fotos gesehen hat. Cullmann hat sie ihm gezeigt. Unger wollte Geld und Karriere, sonst würde er Cullmann und der Polizei alles sagen. Was sollte ich denn tun?«

»Was haben Sie getan?«

»Die Nummer angerufen … mehr nicht.«

»Sie haben Ihren Kollegen zur Zielscheibe gemacht!«, hielt Jonna dagegen. »Wen haben Sie kontaktiert? Wie lautet der Name?«

»Ich kenne den Mann nicht. Ich habe ihn nie gesehen.«

Jonna schüttelte ungläubig den Kopf. Es würde sich noch erweisen müssen, ob er die Wahrheit sagte. »Geben Sie uns die Telefonnummer!«

Timmermann zögerte, griff dann aber doch zu seinem Handy und diktierte die Nummer.

Jonna leitete sie sofort an André weiter, aber sie machte sich keine großen Hoffnungen. Vermutlich ein Prepaidhandy.

»Was passierte, nachdem der Container einen neuen Standort hatte?«

Timmermann zuckte mit den Schultern. »Ich habe nur die neue Plombe angebracht, mehr nicht. Die Container sollten nicht von der Röntgenanlage des Zolls durchleuchtet werden. Mit dem neuen Siegel ...«

»Haben Sie in die Container reingeschaut? Wurde etwas in den Container geschmuggelt oder herausgeholt? Was? Drogen? Waffen? Menschen?«

»Bitte«, flehte Timmermann. »Ich bin nur der Logistiker. Niemand erfährt alle Zusammenhänge. Ich denke, sie haben entweder etwas in den Container gelegt, oder er war schon entsprechend beladen! Ich habe nie hineingesehen. Ich bin nicht lebensmüde!« Er wischte sich mit einer fahrigen Bewegung die Schweißperlen von der Stirn. »Es gab keine Auffälligkeiten. Es lief, wie Sie angedeutet haben. Ich habe die neuen Frachtpapiere zugesteckt bekommen. Der Zöllner war dabei.« Er deutete vage auf das zerknüllte Papier.

»Sie haben also für die neue Versiegelung gesorgt. Was war in den Stahlboxen? Wohin sind die Container anschließend verschwunden?«

»Laut den Frachtpapieren waren es Spielwaren aus China. China ist der größte Spielzeuglieferant für Deutschland. Sie decken siebzig Prozent der weltweiten Produktion ab.«

»Spielzeug … und wohin wird dieses Spielzeug geliefert?«

»Die Container werden auf einen Lkw geladen und zum Binnenschiffsliegeplatz gebracht. Das geben uns die Speditionen vor. Wir organisieren die Logistik auf dem Terminal. Wenn der Lkw das Terminal verlässt, endet unsere Arbeit.«

»Welcher Binnenschiffanleger war das Ziel?«, mischte Tom sich erstmals ein.

»Steinweg. Süd-West Terminal. Kamerunkai.«

»Und Sie wissen nicht, wofür Sie Ihren Kopf riskiert haben und zwei Menschen gestorben sind?«

»Keine Drogen! Ich hab Enkelkinder … keine Drogen!«

»Wer sind die anderen Männer auf den Fotos?« Jonna strich die zerknüllten Blätter wieder glatt. »Wer ist das?« Sie zeigte auf Herbert Jarre.

»Den kenne ich nicht. Ich schwöre es!«

»Okay. Der hier?«

»Das war ein Verbindungsmann. Ein ungehobelter Klotz. Meist rief jemand an. Von dem kam die Meldung, welches Schiff einen Container nach Hamburg bringt, um den ich mich kümmern sollte. Mein Gott, es waren vier Container. Vier Anrufe. Mehr nicht.«

»Wer ist der Auftraggeber?«

»Ich weiß es nicht.«

»Wenn Sie das nicht wissen, warum haben Sie dann mitgemacht? Wie viel Geld haben Sie verdient? Wer hat Sie angeworben?«

Er druckste und murmelte Unverständliches.

»Wie bitte? Sprechen Sie lauter.« Jonna schob das Diktiergerät dichter zu ihm.

»Der da …« Er zeigte auf den Verbindungsmann. »Stand zu Hause bei mir vor der Tür. Er hat mich vor meinen Enkelkindern bedroht. Er wusste, dass ich Spielschulden habe. Er hat mir zehntausend Euro pro Container geboten. Er hat gesagt, nur fünf Container. Fünf Monate. Mehr nicht, eine sichere Sache. Nur die Plomben austauschen. Das dauert nur wenige Minuten.«

Tom zuckte wie elektrisiert zusammen. »Fünf?«

Er nickte. »Der letzte kommt morgen!«

KAPITEL 39

Schrotti hatte auf dem Seitenstreifen der Zellmannstraße vor der Lkw-Einfahrt des Eurocon-Terminals geparkt. Hier endete die Straße direkt an der Terminalzufahrt und war für ihn gesperrt, aber er war dem Verwaltungsgebäude deutlich dichter als vor dem Haupteingang. Er wusste gar nicht so genau, warum er hierhergefahren war. Er wollte Melle ein letztes Mal nahe sein, denselben Blick haben, den sie hatte, dieselben Straßen fahren. Zu ihrem Haus fuhr er nicht mehr, Einbrecher und die Polizei hatten ihr Heim entweiht.

Um sich zu beruhigen, sang er leise vor sich hin: »*Wenn bei Capri die rote Sonne im Meer versinkt …*«, seine Stimme brach beinahe. »*La Paloma, ohe. Einmal muss es vorbei sein, nur Erinnerungen an Stunden der Liebe bleiben …*« Es half nicht. Die Tränen ließen sich nicht zurückhalten, der Kloß im Hals nicht aufhalten. Warum war er nur hierhergekommen? So eine dumme Idee. Jetzt stand er hier vor seiner ollen Schrottlaube und flennte vor einem grauen Verwaltungsklotz. Dieser erneute Verlust zog ihm den letzten Rest Kraft aus den Knochen. Er hatte nichts mehr übrig. Seufzend starrte er die Straße hinunter, hoffte, dass Fred bald kam, um seinen Kadett flottzumachen oder ihn mit nach Hause zu nehmen. Er war müde. Des Wartens. Der Verluste. Des Lebens.

Die Straße blieb leer.

Lkw fuhren Samstag Abend nicht mehr. Das Terminal, das im 24-Stunden-Betrieb Schiffe abfertigte, hatte von Samstagmittag bis Montag früh für Lkw geschlossen. Die Straße lag still da, als hätte das Terminal den Atem angehalten.

Schrotti hatte seinen alten Opel Kadett stotternd zum Laufen gebracht und war vor ein paar Stunden hierhergefahren. Nun sprang die Karre nicht mehr an, egal, was er auch versucht hatte. Ihm war nichts anderes übrig geblieben, als sich von einer netten jungen Frau, die an ihm vorbei in den Feierabend eilte, ein Handy zu leihen, um Fred eine Nachricht auf der Mailbox zu hinterlassen. Natürlich hatte er ausgerechnet heute sein Handy vergessen. Fred möge ihn bitte abholen. Er hoffte, dass Fred den Anruf schnell abhörte. Die junge Frau hatte leider von Autos keine Ahnung gehabt.

»Das war's«, murmelte er. »Kein Leben mehr drin. Alles, was man liebt, stirbt.« Er kratzte sich die juckende Kopfhaut unter seiner Mütze. Melle hätte gesagt, dass er sentimental sei. Und sie hätte gelacht. So ein warmes Lachen, wie ein Sonnenstrahl durch dreckige Fensterscheiben.

»Du warst klüger als ich, Melle«, murmelte er. »Warum bist du tot, und ich stehe hier?« Er dachte an ihren Mörder und dass der irgendwo im Warmen saß und nicht mal ein schlechtes Gewissen hatte.

»Wir zwei sind nicht mehr für diese Welt gemacht«, murmelte er und strich mit seiner knochigen Hand über das kalte Blech. »Wenigstens hast du keine Erinnerungen, die nachts kommen und dich nicht mehr loslassen.«

Er wischte sich mit dem Handrücken die Tränen ab. Die Erinnerung an vergangene Zeiten, an seine eigene Ehefrau, war immer da, nur nicht mehr so klar wie früher. Eher wie ein Lied, das man im Radio hört und glaubt, jedes Wort zu kennen, bis man versucht, es mitzusingen. Und jetzt Melanie. Man sagt, die Zeit heilt alles, aber sie lügt, diese Zeit. Sie schleicht sich an, versteckt sich in Kleinigkeiten, die die Erinnerung zurückbrachte: der Duft von frisch gebrühtem Kaffee am Morgen, das Knistern der Zeitung, die sie immer zuerst glatt gestrichen hatte. »Du hast es hinter dir, Liebes«, sagte er leise. Das Schlimmste war, dass er es nicht hatte verhindern können. Weder bei seiner Frau noch bei Melanie.

»Komm schon, altes Ding«, sagte er leise und klopfte auf die Motorhaube. »Einen Versuch noch. Für die beiden.«

Plötzlich trat ein Mann von hinten an ihn heran. Er hatte ihn nicht kommen hören.

»Schrauben Sie nicht daran rum, wenn Sie keine Ahnung haben«, sagte der Mann.

Schrotti nickte langsam und besah sich den Fremden, der ihn so bärbeißig zurechtgewiesen hatte. Er trug die Weste der Terminal-Security, war aber offenbar auf dem Weg nach Hause, denn er hatte einen Rucksack dabei. Schrotti blinzelte ihn misstrauisch an. Der Fremde schleppte eine seltsame Präsenz mit sich herum, wie ein Möbelstück, das zu groß für den Raum ist. Er zog seine Zigarette langsam aus dem Mund, mit Fingern, die so kräftig wirkten, als könnten sie einen Apfel zerquetschen – doch den Glimmstängel hielten sie mit der Gelassenheit eines Mannes, der nichts überstürzt. Dann senkte er den Blick, verlagerte sein Gewicht, und mit seinem riesigen Arbeitsstiefel zertrat er den Stummel.

»Wissen Sie, wie's geht? Ist 'ne olle Kiste.«

»Die Batterie?«

»Wer weiß?« Schrotti wollte sich gut mit dem Riesen stellen. »Ich hab mehr Ahnung von Schiffsmotoren als von diesen Dingern. In einem anderen Leben war ich Barkassenführer im Hamburger Hafen, wissen Sie. Hab mehr Wasser unterm Kiel gehabt als die meisten Leute in ihrem ganzen Leben.« Schrotti schüttelte über sich selbst den Kopf. Warum erzählte er das?

Der Fremde steckte sich in Ruhe eine neue Zigarette an und inhalierte tief. Er bot ihm auch eine an, aber er lehnte ab. Ein Schluck Rum wäre ihm lieber gewesen.

Der Mann bückte sich, kontrollierte Anschlüsse, sagte aber nichts.

»Wissen Sie, wenn man lange genug auf dem Wasser ist, sieht man Dinge, die sich an Land keiner vorstellen kann.«

»Ach ja, und was wäre das?«

»Kennen Sie sich im Hafen aus? Kennen Sie die schwimmende Bibliothek?«

Der Fremde zog die Stirn kraus. »Nö.«

Schrotti lächelte. »Jo. Das war eine Legende! Das Schiff fuhr zwischen den Docks herum und bot den Hafenarbeitern Bücher zur Ausleihe an, um ihre Bildung zu fördern. Die hatten eine riesige Sammlung von Abenteuerromanen an Bord. Da durfte jeder stöbern ohne Ende.«

»Ach ja? Nie von gehört.«

Schrotti zuckte mit den Schultern. Der Fremde begeisterte sich nicht für seine Geschichte. Vielleicht eine andere?

Als er ausholte, klingelte das Handy des Unbekannten. Der holte das Gerät aus der Tasche, betrachtete den Bildschirm und nahm das Telefonat sofort an.

Er ignorierte Schrotti.

Natürlich. Immer war irgendetwas, das die Menschen aus dem Gespräch riss, das sie gerade führten. Aus dem Moment, den sie miteinander teilten. Er seufzte, und seine Gedanken kreisten um diese kleinen Dinger. Über die Welt, die sie geschaffen hatten, über die Menschen, die sie verändert hatten. Früher hatte man auf einer Bank im Park gesessen, den Wolken nachgeschaut, dem Zwitschern der Vögel und dem fernen Murmeln der Stadt gelauscht. Heute saßen die Menschen da, mit ihren kleinen Bildschirmen, die Köpfe gesenkt, die Finger rastlos am Wischen und Tippen. Niemand schaute mehr in die Welt hinaus und ließ den Gedanken freien Lauf. Alles musste sofort geteilt, kommentiert, bewertet werden. Kein Platz mehr für Stille, für das Ungeplante, für die Begegnung mit einem Fremden.

»Ja?«

Wenigstens war der Fremde zu anderen genauso ruppig.

»Natürlich. Verstehe.«

Dann schwieg er wieder eine ganze Weile. Mit wem er wohl sprach?

»Ähm, ja, Schatz, ich hab dir gesagt, dass ich später komme. Natürlich bringe ich alles mit, keine Sorge.«

Schrotti verstand. Eine Frau. So wie der Mann sich mühte, seine Ehefrau. Seine langjährige Ehefrau!

»Klar, Schatz, ich melde mich – nur für dich!«

Oje, die beiden hatten sich nicht mehr viel zu sagen. Da nutzte auch der übertrieben neckische Tonfall nichts. Die Frau wusste doch sofort, dass ihr Mann … na ja, war ja nicht seine Angelegenheit.

»Ach, Mensch, Liebling, klar bring ich die Milch mit. Hab ich dir versprochen.«

Schrotti gab dieser Ehe nicht mehr lange. Jedenfalls wenn man ihn fragen würde. Was der Fremde sicher nicht täte. Und wie ein Milchtrinker sah der nicht aus. Komischer Vogel.

»Schatzi, auch daran denke ich. Bis gleich, ich fahr los!«

»Einmal, da gab's 'nen Mord auf 'ner kleinen Yacht, direkt hinterm Containerterminal.« Schrotti zeigte vage in Richtung Wasser. »Die Wasserschutzpolizei kam mit Blaulicht. Ein Riesenaufgebot. Wissen Sie, wer den Täter gefunden hat?«

Der Fremde schüttelte den Kopf, während er die Kabel an der Batterie prüfte.

»Meine Wenigkeit.« Er grinste. »Der Kerl war so dumm, seine blutige Jacke im Wasser zu versenken – mitten in der Fahrrinne. Ich hab's gesehen, als ich mit der Barkasse unterwegs war. Hab gleich die Wasserschutzpolizei gerufen, das sind gute Jungs, versuchen, den Hafen vom Gesocks frei zu halten. Die haben den Täter von seinem Boot geholt.«

Der Fremde zuckte mit den Schultern, aber Schrotti sah an seinen Augen, dass ihm die Geschichte gefallen hatte. Wen kümmerte es, ob sie wahr war oder nicht?

»Glück gehabt«, meinte der Fremde.

»So war's, glauben Sie mir.«

»Ihr Auto.« Er zeigte in den Motorraum. »Die Zündkerze war locker. Lassen Sie ihn mal an, jetzt müsste es gehen.«

Schrotti wuchtete sich hinter das Steuerrad. Hatte der Fremde sein Auto repariert? Er drehte den Zündschlüssel, und tatsächlich tuckerte der Motor wie in alten Zeiten.

»Aus! Aus! Stopp!« Der Mann wedelte mit beiden Händen über die Motorhaube.

Schrotti drehte erneut den Zündschlüssel, und der Motor erstarb. Er mühte sich aus dem Sitz hoch. »Was ist?«

Der Fremde schwieg. Seine Augen durchbohrten die Umgebung, und er wirkte gefährlich still. Dann durchbrach seine aufgeregte Stimme die Spannung: »Haben Sie den Schuss gehört? Da schießt doch jemand!«

KAPITEL 40

Es gab einen fünften Container! Sie erhielten die Chance, ihn zu verfolgen!

Tom hatte den Konferenzraum verlassen, ohne dass Timmermann es zur Kenntnis genommen hatte.

Er eilte in sein Büro, um Daan anzurufen und ihn aufzufordern, die Observation zu organisieren. Während er darauf wartete, dass Daan den Hörer abnahm, suchte er im Computer nach dem Schiff, das Timmermann angegeben hatte. Es sollte morgen früh am Eurocon-Terminal anlegen. Er hatte mit seiner Theorie zu einem Hafen-Innentäter recht behalten. Nur war es nicht Melanie Cullmann, sondern ihr Vorgesetzter gewesen.

Daan war erfreut über die neuen Nachrichten. Sie passten in das Bild, das er sich machte. Hatte er doch den Verbindungsmann auf dem Foto identifiziert.

»Die Milieufahnder haben ihn sofort erkannt. Es handelt sich um einen der Petrov-Brüder. Bulgaren. Die Jungs fürs Grobe. Eine Art Discount-Killer, die sich für einzelne Jobs buchen lassen. Die Fahndung läuft, und alle Fahnder sind ausgeschwärmt. Die fassen wir.«

Tom schrieb Stichpunkte mit, um Jonna zu berichten.

»Euer Zöllner hat bereits Feierabend, und zu Hause haben wir ihn nicht angetroffen. Die Fahnder klappern die Kneipen ab, haben sich vor dem Wohnhaus postiert. Den bringen wir euch hoffentlich auch bald.«

Sie besprachen, dass das MEK, das Mobile Einsatzkommando, die Observation des Terminals übernehmen und den Weg des Containers verfolgen solle. Jonna würde dafür sorgen, dass Timmermann den letzten Container wie immer an die richtige Stelle bugsierte, doch diesmal würde er nicht nur die Plombe austauschen, sondern einen Tracker im Container platzieren. Daan forderte alle Ressourcen an, die ihre Vorgesetzte Meyfahrt zur Verfügung stellte.

Nach dem Telefonat mit Daan eilte Tom zurück zum Konferenzraum, als ihm siedend heiß einfiel, dass er Quetsche vergessen hatte. Hastig zog er sein Handy hervor. Er tippte die Nummer ein, als zwei Kollegen auf ihn zukamen.

»Tom, hast du kurz Zeit? Wegen der Urlaubsplanung. Das haut hinten und vorn nicht hin.«

Er winkte ab. »Nicht jetzt!«

Die beiden Kollegen sahen sich fragend an, bevor sie weitergingen. Sein Tonfall war abweisend gewesen.

Das Freizeichen ertönte. Drei-, viermal. Dann klickte es.

»Hey, mein Freund, ich bin's. Hör zu, es gibt Neuigkeiten.«

»Ja?«

Quetsche klang mürrisch. Was war jetzt wieder los?

»Also, wir haben Timmermann, den Vorgesetzten der Toten, in der Vernehmung. Er hat die Container für den Drogenschmuggel versetzt. Sie nutzen tatsächlich die Siegel.« Tom merkte selbst, wie aufgeregt er klang. »Ich hatte die ganze Zeit recht, es gibt noch mehr gestohlene Siegel, nicht nur unsere Kiste.«

Quetsche grunzte.

Hatte er nichts zu sagen? Das war doch ein dickes Ding! »Wir holen uns den Zöllner, Dirk Röder, erinnerst du dich?«

»Natürlich, verstehe!«

»Morgen soll der letzte Container ankommen. Den verfolgen wir mit einem Tracker. Wir fahren das große Gedeck auf. Wir müssen herausfinden, welcher Lkw den Container abholt und wer die Hintermänner sind … kannst du folgen?«

Stille.

»Quetsche, hörst du mir überhaupt zu? Das Ding wird groß!« Wieder wartete Tom vergeblich auf eine Reaktion. Was war bloß mit Quetsche los? »Ich möchte, dass du dich einmal in der Stunde meldest. Keine Alleingänge, okay. Die genauen Daten und Anweisungen bekommst du noch, hörst du?«

Am anderen Ende der Leitung herrschte Stille, dann ein Räuspern.

»Ähm, ja, Schatz, ich hab dir gesagt, dass ich später komme. Natürlich bringe ich alles mit, keine Sorge.«

»Schatz? Geht's noch?« Tom verdrehte die Augen. »Jetzt ist keine Zeit für Späßchen. Es geht um eine große Operation, und ich brauche dich in Bestform.«

»Natürlich, Schatz«, antwortete Quetsche übertrieben zärtlich. »Ich melde mich – nur für dich!«

Okay, hier war etwas nicht in Ordnung. »Du kannst nicht sprechen, oder? Sag, *ich bring die Milch mit,* wenn du alles verstanden hast!«

»Ach, Mensch, Liebling, klar bring ich die Milch mit. Hab ich dir versprochen.«

»Ernsthaft, wir führen ein verschlüsseltes Gespräch? Alter, wenn du mich auf den Arm nimmst, das verzeihe ich dir nie. Na gut, leg dich auf die Lauer. Wir müssen an die Hintermänner ran. Vergiss deine Waffe nicht!«

»Schatzi, auch daran denke ich. Bis gleich, ich fahr los!«

»Ja, Schatzi«, sagte Tom, »schönen Feierabend!«

Er schüttelte den Kopf. Was hatte Quetsche da wieder am Laufen?

Was auch immer, er konnte sich nicht darum kümmern. Quetsche würde hoffentlich später zurückrufen.

Er ging den Gang hinunter in den Konferenzraum, um wieder bei der Vernehmung von Timmermann dabei zu sein.

»Wann war das?«, fragte Jonna gerade.

Timmermann schwieg. Er ließ sich noch immer jeden Satz aus der Nase ziehen. Es dauerte ewig.

»Was haben Sie unternommen, als Melanie Cullmann Sie damit konfrontiert hat?«

»Sie hat mich nicht ... Sie hatte Benjamin in Verdacht. Sie wollte wissen, was vor sich geht. Ich habe ihr gesagt, dass ich mich darum kümmern würde und sich alles aufklärt.«

»Wann war das?«

»Vor ein paar Tagen! Ich weiß es nicht mehr genau. Sie hat nie wieder ...«

»Haben Sie dem Auftraggeber davon erzählt?«

Timmermann nickte. »Ich hatte Angst, dass sie ... Aber es lief alles ganz normal weiter. Alle paar Wochen kam ein Container, den ich platziert habe. Dann war sie plötzlich tot, ich dachte, Melanie hätte Selbstmord ... aber dann kamen Sie, und ich wollte sofort aussteigen. Ich hab es dem Kerl am Telefon gesagt! Er sagte, es gäbe ohnehin nur noch einen Container.«

»Und dann starb Benjamin Unger!«

Er nickte. »Daran sind *Sie* schuld«, schrie er plötzlich. »Durch Ihre ganze Fragerei hat Benjamin begriffen, dass nur ich in der Lage war, die technische Kontrolle zu umschiffen. Er hat es mir auf den Kopf zugesagt. Ich bin ausgerastet. Vor Wut, vor Angst. Aber was sollte ich tun? Ich fühle mich genauso bedroht. Ich dachte nur daran, dass morgen alles vorbei ist.« Er schluchzte auf. »Ich hab dem Kerl am Telefon Bescheid gesagt!«

»Und damit Ungers Todesurteil unterschrieben! Hat es sich wenigstens gelohnt? Wie viel waren die Leben wert?«

»Fünfzigtausend«, stieß er aus. »Zehntausend pro Container.«

Jonna ließ die Worte sacken. »Und dafür riskieren Sie Ihr Leben? Ihr Gewissen?«

»Sie haben mich erpresst!« Timmermanns Stimme überschlug sich. »Ich hab's Ihnen gesagt. Die Schulden … Sie waren bei mir zu Hause, sie haben meine Enkelkinder bedroht.«

Jonna zog skeptisch eine Augenbraue hoch. »Immer die gleiche Leier. Die Familie als Schutzschild. Das wird Ihnen nicht helfen!«

»Ich weiß nur, dass sie mächtig sind, und ich …«

Er wirkte beinahe froh, dass es vorbei war. Die Anspannung musste so groß gewesen sein, dass er einfach nicht mehr länger durchhielt. Er sackte im Stuhl zusammen, und seine Schultern zuckten in stummer Verzweiflung.

Unvermittelt plärrte der Hauslautsprecher in die Stille.

»Einsatz für den 52/1 und 52/2! Schüsse in der Zellmannstraße. WSPK 1 braucht Unterstützung. Eigensicherung beachten. Näheres folgt. Ich wiederhole: Schusswechsel Zellmannstraße. Eigensicherung beachten.«

KAPITEL 41

Wovon redete der Fremde?

Plötzlich hörte er es.

Ein Knall zerriss die Dunkelheit – zwei schnelle Schüsse folgten.

Ihm lief ein Schauer über den Rücken. Der Fremde zitterte.

»Wird nix sein …«, beruhigte Schrotti ihn, merkte, wie sein Herz raste und seine Worte Lügen strafte. Es waren definitiv Schüsse gefallen. Und zwar nicht weit entfernt. Er sah sich um. Vom Terminal war es nicht gekommen. Rechter Hand war alles mit großen Zäunen abgeriegelt, weil dahinter die Bahngleise verliefen. Blieb nur die Zellmannstraße.

»Ich muss nachsehen … das kam von unten, oder?«

Der Mann zeigte die Zellmannstraße hinunter. Schrotti gab ihm zwar recht, wollte das aber nicht zugeben. »Bleiben Sie lieber hier. Das geht uns nichts an!« Er fasste den Mann am Arm, um ihm zu signalisieren, dass er nicht allein war. Der Arme zitterte wie Espenlaub und hatte Schweißperlen auf der Stirn. Er hatte Angst. Gut so, dann machte er keine Dummheiten.

Schrotti erkannte in den Augen des Fremden den inneren Kampf, den man gegen sich selbst führte. »Sind Sie … in Ordnung?«, fragte er vorsichtig. Der Mann atmete nur hektisch. »Hören Sie, wir bleiben hier. Die Polizei schickt jemanden, oder?« Er versuchte, in Richtung der Schüsse etwas im Dunkeln zu erkennen. »Es hat keinen Sinn, sich in Gefahr zu bringen. Wer weiß, was da los ist?«

»Rufen Sie die Polizei! Ich nehme meinen Wagen«, antwortete der Fremde, als hätte er ihn nicht verstanden. Er schüttelte Schrottis Hand ab.

Er probierte es erneut. »Sie müssen da nicht hin!« Seine Kehle schnürte sich langsam zu, und seine Beine fühlten sich immer schwerer an. Der Mann durfte nicht in einen Schusswechsel rennen, nur weil er bei der Terminal-Security arbeitete.

»Doch! Vielleicht braucht jemand Hilfe. Ein Überfall oder …«

»Wir warten besser auf die Polizei!«

»Wir müssen eingreifen, hilft ja nichts.« Ein Ruck ging durch den Körper des Fremden, und er streckte sich, wirkte plötzlich nicht mehr ängstlich, sondern konzentriert.

»Ich bewundere ja die, die hinrennen, wo andere wegrennen, aber bleiben Sie lieber …«

»Rufen Sie die Polizei. Steigen Sie in Ihren Wagen, und warten Sie auf die Verstärkung.«

»Ich hab mein Telefon nicht dabei!«

Der Fremde sah ihn kurz an und zog dann ein Handy aus der Jackentasche, gab eine Zahlenfolge ein. Seine Hände zitterten nicht mehr. Er reichte es Schrotti wortlos und lief los. Sein Wagen stand einige Meter weiter die Straße herunter, und er war in wenigen großen Schritten da.

»Seien Sie vorsichtig«, rief Schrotti ihm hinterher, war aber nicht sicher, ob der Fremde das noch hörte.

KAPITEL 42

Fred war in Gedanken bei dem Zusammentreffen mit Herbert. Zottel hatte ihm geholfen, das Boot zurückzufahren, und sie hatten sich übermorgen mit Herbert verabredet. Zwei Tage warten, ob Herbert auf dem Terminal neue Informationen ausgraben konnte. Fred fluchte. Zottel mahnte zur Ruhe. Leichter gesagt als getan. Wenn Herbert unschuldig war, gingen Fred die Ideen aus.

Heute Abend würde nichts mehr passieren. Außer, dass er auf dem Weg zum Containerterminal Eurocon war, um Schrotti abzuholen. Schrotti war mit seinem Auto liegen geblieben. Was hatte er dort zu suchen?

Das vertraute Motorengeräusch seines uralten Mercedes lullte ihn ein, während er am *Duckdalben* vorbeifuhr, dessen Außenbeleuchtung ausgeschaltet war. Diese Gegend war Samstag Nacht verdammt verlassen. Egal, um ein paar Kurven, in die Zellmannstraße, Schrotti einsammeln und dann nichts wie nach Hause. Er wollte ohnehin von dem alten Kauz wissen, was es mit diesen ominösen Zahlen auf sich hatte, die Schrotti an die Polizistin gegeben hatte. Was hatte Melle dazu gesagt? Warum hatte Schrotti sie zur Aufbewahrung bekommen? Warum er und nicht Fred? Schrotti wusste wesentlich mehr, als er zugab, und das war ein Verrat an ihrer Freundschaft. Fred würde ihm das nicht durchgehen lassen. Als hätte er nicht genug Probleme. Sein Tag war lang und seltsam gewesen. Vor seinem inneren Auge liefen die Bilder von Herbert in Dauerschleife. Der Mann, den er einst …

Unerwartet tauchten Scheinwerfer im Rückspiegel auf, die ihn blendeten. Ein Wagen hatte sein Abblendlicht mit dem Fernlicht verwechselt und strahlte gleißend hell in der Dunkelheit. Der Wagen näherte sich. Fred drehte seinen Rückspiegel nach unten und fühlte ein Kribbeln am ganzen Körper. Unheilvolle Vorboten von Gefahr.

Das Motorengeräusch des anderen Wagens röhrte tief und aggressiv. Dann heulte der Motor auf und zerriss die Stille der Nacht. Der Aufprall kam trotzdem überraschend. Das Fahrzeug rammte ihn.

»Ah …« Mit einem metallischen Kreischen schlingerte Freds alter Wagen nach rechts, er riss das Lenkrad herum, alle Muskeln angespannt. Der Wagen schleuderte nach links, schüttelte sich und gewann wieder an Stabilität. »Du Penner!«, schrie er. Sein Herz raste, und er sah das Auto im Spiegel heranjagen. Erneut rammte ihn der Irre. Sein Kopf schnellte nach vorn, der Sicherheitsgurt schnitt in seine Brust.

Fred brach der Schweiß aus, und er packte das Lenkrad fester. Der Idiot hinter ihm hatte es auf ihn abgesehen, das war klar. Der Penner hat sich ein paar Meter zurückfallen lassen, als ob er Anlauf nähme für einen weiteren Angriff. »Nicht mit mir, du Wichser«, knurrte er durch die zusammengebissenen Zähne. Er trat das Bremspedal bis zum Anschlag durch. Die Reifen schrien auf dem Asphalt, der Mercedes schleuderte um die eigene Achse, sackte nach vorn und kam auf der Gegenfahrbahn zum Stehen. Der Wagen hinter ihm schoss links vorbei, um einige Meter weiter mit kreischenden Bremsen ebenfalls zu wenden. Die Türen schwangen auf. Zwei maskierte Männer sprangen heraus.

»Scheiße …« Freds Puls dröhnte in seinen Ohren. Den Gurt zu lösen und unter den Beifahrersitz zu greifen war eine Bewegung. Seine Finger tasteten etwas Kaltes, Hartes. Er löste den Klettverschluss. Seine Waffe.

Die Männer kamen auf ihn zu. Der eine schwang eine Brechstange, die im trüben Licht aufblitzte, der andere hielt eine Waffe in der Hand.

»Nicht gut!«, murmelte Fred.

Der massige Brechstangenmann marschierte direkt auf ihn zu. Der Bewaffnete blieb auf Distanz, bereit, jeden Fluchtversuch im Keim zu ersticken.

»Gar nicht gut!« Er überlegte fieberhaft, was er tun sollte. Er kam nicht dazu, einen Schlachtplan zu entwickeln, denn der Irre mit der Brechstange ließ diese auf die Frontscheibe von Freds altem Mercedes niederdonnern. Fred duckte sich instinktiv und öffnete seine Tür. Er musste aus dem Wagen, der jede Sekunde zur tödlichen Falle werden konnte. Einen Moment lang hielt die Scheibe stand, doch dann riss das Glas mit einem dumpfen, splitternden Geräusch.

Scherben regneten auf ihn nieder, und Fred spürte den Schmerz, den die Splitter in seinem Gesicht verursachten.

Einzig die Fahrertür war noch zwischen ihm und dem Irren, der mit einem weiteren wuchtigen Schlag sein Auto attackierte. Der Aufprall war so heftig, dass die Seitenscheibe mit einem ohrenbetäubenden Knall zersprang. Weitere Splitter flogen Fred um die Ohren. Er schaffte es kaum aus dem Wagen. Jede seiner Bewegungen kam ihm wie in Zeitlupe vor.

»Rrrraus!«, brüllte ihn der Kerl in schwarzer Montur an. Sein Kopf steckte in einer Skimaske. Er deutete drohend mit der Brechstange auf ihn.

Fred hielt die Waffe weiter nach unten und hob die linke Hand hoch, um zu signalisieren, dass er bereit war, aufzugeben. »Warte, warte«, rief er. Seine Stimme klang ungewohnt heiser. »Ich steige aus, okay?«

Der Kerl mit der Stange trat einen halben Schritt zurück, um Platz zu machen. Langsam öffnete Fred die Fahrertür ein wenig weiter. Jeder Muskel war angespannt, und er spürte den zweiten Angreifer mit der Waffe hautnah, obwohl der ein paar Meter entfernt stand.

»Ich tue, was ihr sagt.« Er stieg aus und ging um die Tür herum. Seine Pistole hatte nur noch wenige Zentimeter Deckung durch die Tür.

»Rrrunter! Auf Knie!«, brüllte der Mann mit der Waffe. Fred ging langsam in die Knie, den Blick gesenkt. Er war bereit. In diesem Moment drehte er sich mit einer geschmeidigen Bewegung zur Seite, sein rechter Arm schnellte hervor, und ein Schuss riss die Stille der Nacht auseinander. Die Kugel traf den Mann mit der Waffe. Der schrie auf. Fred hatte nicht eine Sekunde Zeit, sich über seinen Treffer zu freuen, als ein Schuss sich aus der Waffe seines Gegners löste, bevor sie klirrend auf den Asphalt fiel.

Der Schuss verfehlte ihn.

Nicht aber der Schlag mit der Brechstange.

Sie erwischte ihn an der Schulter. Der Schmerz explodierte in seinem Körper.

Trotzdem sprang er vor, und mit der Härte eines ehemaligen Straßenkämpfers haute er dem irritierten Brechstangenmann die Waffe an den Kopf. Der Hieb ließ den Gegner zurücktaumeln. Fred sprang hinterher, holte erneut aus. Schlug zu. Hart. Der Mann sackte keuchend in die Knie. Fred wirbelte zu dem zweiten Angreifer herum. Der Schmerz wütete in seiner linken Schulter.

Der Schütze robbte inzwischen auf seine Pistole zu. Fred rannte auf ihn zu, schnappte sich die Waffe und richtete seine eigene auf den verletzten Mann. Er sah nicht, wo er den Kerl getroffen hatte, da in der Nacht kein Blut auf der schwarzen Montur auszumachen war. Es war ihm egal. Ohne Waffe war der Mistkerl keine Gefahr mehr. Fred trat näher. »Wer hat euch geschickt?« Seine Stimme war rau, gehorchte ihm kaum. Der Schütze presste die Lippen zusammen. »Komm schon, du weißt, wann du verloren hast. Wer hat euch den Auftrag gegeben? Warum?« Er trat den Mann brutal gegen den Oberkörper.

Durch den Schrei des Mannes hörte Fred einen neuen Klang. Ein Martinshorn in der Ferne. Sein Puls beschleunigte sich. Polizei. Scheiße. Sie durften ihn nicht erwischen. Nicht mit einer Waffe in der Hand. Nicht mit zwei verletzten Männern zu seinen Füßen. »Shit!«, murmelte er und sah sich um. Die Zellmannstraße Richtung Terminal war durch die beiden Irren blockiert. Da wartete Schrotti auf ihn.

Keine Chance, ihn zu holen. Er musste weg.

Die beiden Kerle rappelten sich ebenfalls hoch.

Er rannte die Schritte zum Wagen, warf die Pistole auf den Beifahrersitz und ließ sich auf den Fahrersitz fallen. Die Tür mit dem linken Arm zu schließen, kostete ihn unendliche Kraft. Er biss die Zähne zusammen. Jetzt zählte nur eines: verschwinden.

Der alte Mercedes sprang stöhnend an, als er den Schlüssel drehte. Er legte den Gang ein. Freds verletzte Schulter protestierte, sein Gesicht brannte, doch er kurbelte am Lenkrad und drückte das Gaspedal durch. Die Reifen quietschten, als das Auto sich in Bewegung setzte. Er raste die Zellmannstraße hinunter, Richtung Kreuzung und dann rechts in den Waltershofer Damm. Er lenkte mit einer Hand, warf einen Blick in den Spiegel. Blut lief ihm über das Gesicht. Die Bullen durften ihn und den Wagen nicht sehen. Mit der eingeschlagenen Windschutzscheibe ließe ihn kein Streifenwagen weiterfahren.

Die Polizeisirenen kamen näher, und er nahm Gas weg. Er sah das Blaulicht im Rückspiegel. Sie kamen vom Wasserschutzpolizeirevier 1 und bogen bald rechts am *Duckdalben* ab. Sie scherten sich nicht um ihn, und er gab Gas! Weg hier.

Gedanken schossen wirr durch seinen Kopf: Wer waren die Kerle gewesen? Wer hatte sie geschickt? Würden sie es noch mal versuchen? Waren sie die Mörder von Melle?

Gab es einen Ort, an dem er sicher war?

KAPITEL 43

Um kurz nach zehn Uhr in der Nacht kam der Anruf.

Jonna hatte sich auf einem Feldbett in der Damenumkleide des WSPK 2 zurückgezogen, um so viel Schlaf zu bekommen wie möglich. Der morgige Tag würde lang werden, und es blieb keine Zeit, um nach Hause zu fahren. Das Feldbett war ganz gemütlich. Mit einem Kissen und der Decke über sich ausgebreitet, war sie sofort eingeschlafen.

Nun teilte ihr ein Zivilfahnder mit, dass sie den Zöllner Dirk Röder aufgetrieben hatten. Er war aus der Containerprüfanlage Waltershof gekommen. Diese fünfundzwanzig Meter lange Röntgenröhre durchleuchtete die schweren Container-Trucks. Zöllner analysierten die Bilder und ermittelten, ob die Stahlboxen anderes beinhalteten als angegeben.

»Wir haben ihn beobachtet. Er hat sich von einem Kollegen zum Anleger Waltershof bringen lassen. Offenbar will er mit der Fähre in die Stadt. Sollen wir ihn einpacken?«

Jonna überlegte eine Sekunde und sprang auf, um nach ihren Schuhen zu greifen. Röder saß auf der Fähre, die auch Melanie Cullmann in der Nacht ihres Todes genommen hatte, ein Zeichen? Ein offizielles Verhör auf einer Dienststelle war ohnehin keine gute Idee, denn es alarmierte die Hintermänner. So kurz vor dem Ziel ging Jonna auf Nummer sicher.

»Wann kommt die Fähre?« Sie sah auf die Uhr. Zehn nach zehn.

»Um halb, glaube ich.«

»Folgt ihm an Bord, haltet euch zurück. Ich komme zum Anleger.«

Sie griff nach ihrer Jacke und eilte zum Wachtresen. Ein Gespräch am Tatort. Kein offizielles Verhör, keine Polizeiwache. Hoffentlich war Röder nervös genug, um zu reden.

Sie hatte es rechtzeitig geschafft. Sie saß Dirk Röder in dem beinahe leeren Fahrgastraum schräg gegenüber. Die Zivilfahnder standen im Eingangsbereich und unterhielten sich miteinander.

Es war windstill, und die Barkasse glitt über das dunkle Wasser. Das beleuchtete Ufer war weit weg.

Jonna sah sich den Zöllner in Ruhe an. Er ahnte nicht, dass einige seiner Mitreisenden Polizisten und nur seinetwegen hier waren.

Röder war Mitte fünfzig, klein, schlank mit grauen kurzen Haaren. Nichts, was einem im Gedächtnis blieb. Er trug eine billige Jeans und eine wattierte Jacke. Die teuren Markenturnschuhe passten nicht so recht dazu. Das Gesicht schmal, die Wangen leicht eingefallen, die Augen blau, mit einem stechenden Glanz. Eindeutig der Mann von den Fotos.

»Schöner Abend, was?«, sprach sie ihn an.

Er zuckte zusammen, drehte langsam den Kopf zu ihr, nickte abweisend.

Sie nahm ihr Handy aus der Jackentasche und rief das Bild der toten Melanie Cullmann vom Ufer in Finkenwerder auf. Kein schöner Anblick.

»Schauen Sie mal.«

Wieder streifte sie ein Blick, doch er machte keine Anstalten, näher zu kommen. Sie stand auf, setzte sich ihm direkt gegenüber. »Sehen Sie hin!«

»Wer sind Sie, was soll das?«, blaffte er.

»Schauen Sie hin. Erkennen Sie Melanie Cullmann? Sie war die erste Tote!«

Der Zöllner erbleichte, sein Adamsapfel zuckte.

»Jacobi. Landeskriminalamt. Mordkommission. Ich will von Ihnen wissen, wie viele Containerplomben Sie weitergegeben haben und an wen?«

Röder zuckte elektrisiert in seinem Sitz zurück und sah sich hektisch um. Bevor er aufspringen konnte, wies Jonna ihn an, ruhig zu bleiben, und deutete auf die beiden Zivilfahnder, die sich im Eingang ihnen zugewandt aufgebaut hatten und den Weg versperrten.

Wieder schluckte Röder.

Jonna wartete ab und musterte ihn ungeniert. Die Stille sollte anwachsen, bis er es nicht mehr aushielt und von selbst anfing zu reden. Sie bemerkte, dass ein Nerv unter seinem rechten Auge zuckte. Ein winziges Zittern in den Händen. Sein Körper verriet ihn: Der Zöllner saß wie ein Tier in der Falle – reglos, aber sein Gehirn suchte fieberhaft nach einem Ausweg.

»Die gestohlenen Containersiegel … an wen haben Sie die verkauft?« Sie hielt ihm noch einmal das Handy mit dem Foto hin. »Sehen Sie sich Melanie Cullmann an. Eine verheiratete Frau, die niemandem etwas getan hat.«

Endlich warf er einen kurzen Blick darauf und sah sie konsterniert an.

»Es ist außer Kontrolle!«, fuhr Jonna fort. »Bevor wir noch mehr Leichen auf der Straße liegen haben, sollten Sie uns sagen, wer Sie beauftragt hat! Wie stoppen wir das Töten?«

Ein Fahrgast in der Nähe hob kurz den Kopf und beobachtete sie mit flüchtigem Interesse. Als keine lauten Worte fielen und keine hastigen Bewegungen folgten, wandte er sich wieder ab – zurück zu den eigenen Gedanken, zurück zur Dunkelheit, die jenseits der Reling wartete.

Röder kaute auf seiner Lippe. Die Tatsache, dass er aus der Anonymität ans Licht gezerrt und mit der Tötung von Menschen in Verbindung gebracht wurde, setzte ihm sichtlich zu.

»Ich glaube, ich habe ein Problem.«

Jonna nickte. »Und ich bin Ihre einzige Chance, da mit einem blauen Auge rauszukommen.«

Ein Moment verging. Ein langer Moment. Dann senkte der Zöllner den Blick. »Ich habe nur mit einem Logistiker von Eurocon und einem Mittelsmann zu tun gehabt«, sagte er leise. »Es läuft diskret. Es sind … wie soll ich sagen … wir sind kleine Zwischen-Dienstleister. Wir bringen die Container aus dem Hafen. Das war's.«

»Wer hat Sie angeheuert?«, fragte Jonna.

»Ich habe vor … vier Jahren Scheiße gebaut. Wenn man mich erwischt hätte … genau genommen hat man mich in flagranti ertappt, und das ist meine Buße – bis heute!«

»Kriminellen beim Drogenschmuggel zu helfen?«

»Dem Mann einen Gefallen zu tun, der mich gedeckt hat!«

»Wobei?«, fragte Jonna.

»Autounfall mit Fahrerflucht.« Er atmete tief ein. »Ich war zu schnell auf der Landstraße unterwegs und hatte getrunken. Ich bin wie im Schock einfach weitergefahren. Am nächsten Tag habe ich aus der Zeitung erfahren, dass ein Mädchen dabei zu Tode gekommen war. Ich war wie erstarrt. Ich wollte ja zur Polizei, aber … ich hätte alles verloren. Meinen Job, meine Pension, meine Familie … ich wäre vorbestraft gewesen. Und … die Polizei hatte keine Spur. Bis … bis dieser Mann mich im Park angesprochen hat und mir ein Video gezeigt hat. Es ist zufällig entstanden, als er vor Ort war. Es war helllichter Tag, und … ich war eindeutig als der Unfallfahrer zu erkennen. Ich hab gefragt, was er wolle, und er hat tatsächlich gesagt: Nichts. Noch nicht. Aber vielleicht irgendwann. Dann sei ich ihm einen Gefallen schuldig.«

Jonna fiel auf, dass Röder gar nicht erst versuchte, sie anzublicken. Er sah stur auf den Boden. »Weiter.«

»Ich habe in Panik gelebt, jeden Tag damit gerechnet, dass die Polizei oder dieser Typ vor mir stehen, aber es passierte nichts.

Außer, dass ich Schlafstörungen und eine Magenschleimhautentzündung bekam. Und dass meine Frau es nicht mehr mit mir aushielt. Und dann … vier Jahre später … steht er wieder da und fordert Containersiegel.« Er sah Jonna erstmals flehentlich an. »Er hat mich erpresst. Und nicht auf die nette Tour, das kann ich Ihnen sagen!«

»Wer?«

»So'n Älterer. Gute Manieren. Ernsthaft.«

»Wie viel Geld haben Sie bekommen?«

Röder wand sich. »Zwanzigtausend für zwei Kisten. Abgemacht waren allerdings zwanzigtausend pro Kiste.«

Langsam schwoll die Lautstärke seiner Erzählung an. Er regte sich darüber auf, dass er nicht fair behandelt worden war. Jonna schüttelte innerlich den Kopf.

»Ich hab eine Kiste bei der Übergabe über Bord fallen gelassen.« Er malte Anführungszeichen in die Luft. »Ich ahnte ja nicht, dass diese Scheiß-Kiste bei dem Sturm wieder aufschwimmt. Ich wollte, dass die Siegel verschwinden. Die Penner haben sich nicht an die Abmachung gehalten.«

Jonna sah aus den Augenwinkeln, dass sie sich den Landungsbrücken näherten. Die Endstation.

»Warum sind Sie plötzlich so kooperativ?«, fragte Jonna und verengte die Augen. Das ging ihr zu einfach. Belog er sie?

»Die Fahrerflucht ist verjährt! Die Pension eh im Arsch. Ich will nicht noch mehr Ärger. Mit den Toten hab ich nichts zu tun, das müssen Sie mir glauben. Ihre Vorstellung von dem Drahtzieher ist falsch. Sie denken an brutale Kerle, Gesocks und deren Gesindel. Aber dieser Mann …«

Er lächelte, und es jagte Jonna einen Schauer über den Rücken.

»Er trägt einen Anzug und hat ein charmantes Lächeln.«

»Wie heißt er?«

»Pötter. Sven Pötter!«

KAPITEL 44

Fred fuhr Umwege zu Schrottis Kahn, ständig prüfend, ob jemand ihm folgte. Die Pension auf dem Kiez wäre sicherer gewesen, aber er brauchte Hilfe mit der Schulter und seinem Gesicht. Und Antworten, was es mit den Ziffern auf sich hatte, die Melle angeblich an Schrotti gegeben hatte. Versuchte die Psychologin, ihn reinzulegen?

Es gab nur ein Problem: Schrotti stand mit seinem Wagen in der Zellmannstraße und wartete auf ihn. Fred konnte ihn nicht mal anrufen, weil der alte Zausel sein Handy nicht dabeihatte. Hoffentlich versteckte er sich vor der Polizei. Zwar hatte er mit alldem nichts zu schaffen, aber das zu erklären, würde ewig dauern.

Zuerst plante er, seinen ramponierten Wagen loszuwerden. Die Polizei würde bald nach den beteiligten Unfallautos fahnden – und verdammt, die Karre durfte nicht am Straßenrand stehen.

Er brauchte zwanzig Minuten, ehe er auf Finkenwerder den Wagen auf Schrottis Gelände und hinter die alte Bretterbude fuhr. Erschöpft ließ er den Kopf auf das Lenkrad sinken. Warum hatten ihn die beiden Kerle töten wollen? Wer war dafür verantwortlich?

Jemand klopfte gegen die Fensterscheibe. Fred fuhr erschrocken hoch. Ein scharfer Schmerz in der Schulter machte ihn sofort hellwach. Schrotti. Gott sei Dank. Er musste kurz eingenickt sein. Schwerfällig öffnete er die Fahrertür und wuchtete sich aus dem Auto. Schrotti besah sich seinen Wagen, zeigte auf Freds blutverschmiertes Gesicht und verzog den Mund.

»Wie bist du nach Hause gekommen?«, fragte Fred.

»*Du* warst das?«

Fred nickte. Leugnen war zwecklos.

»Ich habe die Schüsse gehört, gerade als das Auto wieder flott war … keine zehn Herzschläge später, und ich wär nicht mehr vorbeigekommen.«

»Hast du Verbandszeug?«

Sein Freund schlurfte voraus in Richtung des Kutters, auf dem er lebte. Erst die kleine Treppe hinauf und dann den Niedergang unter Deck. Schrotti reichte ihm kommentarlos eine Flasche Rum. Fred nahm einen langen Schluck, bevor er sich aus seiner Jacke mühte. Seine linke Schulter hatte einen heftigen Schlag von der Brechstange abbekommen, doch als er den Arm langsam in alle Richtungen bewegte, gehorchte er. Kein Bruch. Eine Prellung, Blutergüsse, wahrscheinlich Muskelrisse, vielleicht Sehnenschäden. Aber kein ausgekugeltes Gelenk. Er konnte sich bewegen. Irgendwie.

Das Licht einer alten Petroleumlampe, die Schrotti entzündete, flackerte und warf tanzende Schatten an die rauen Holzwände.

»Ging es um Melanie?«, fragte Schrotti und stellte eine Schüssel dampfendes Wasser und ein Handtuch vor ihn hin, und tupfte vorsichtig das Blut in seinem Gesicht ab.

»Die Fotos auf Melles Schreibtisch. Herbert Jarre. Ich hab mit ihm gesprochen.« Er zuckte zurück, als Schrottis Berührungen auf den Schnitten brannten.

Schrotti hielt inne, ließ ihm einen Moment zum Atmen, bevor er weitermachte. »Dieser Herbert hat sie umgebracht?«

»Verdammt, ich dachte, ich wüsste es. Aber jetzt – keine Ahnung mehr.« Herbert heuerte sicher keine fremden Typen an, um Fred zu überfallen, er hätte es selbst erledigt.

Schrotti griff nach der mit Wasser gefüllten Schüssel und tauchte erneut die Spitze des Handtuchs hinein. »Wie hast du diesen Herbert gefunden?«

»Über einen alten Freund. Eine lange Geschichte«, erklärte Fred. »Mein Seelenbruder. Ich vertraue ihm. Wenn ich falle, steht er hinter mir. Immer!«

»Nie von ihm gehört«, murmelte Schrotti. Er griff nach der Flasche Rum und gab etwas davon auf das Handtuch, bevor er dieses auf die Schnitte drückte. Diesmal war Fred vorbereitet und presste die Lippen zusammen. Seine Muskeln spannten sich fest an, als der Schmerz ihn durchschüttelte. Doch er hielt still.

»Ich weiß nicht, was hier gespielt wird, Schrotti. Aber ich werde niemals aufgeben«, stieß er hervor. »Und vor allem will ich von dir wissen, was du mir verheimlichst!«

Schrotti arbeitete ruhig weiter, als ob er den Vorwurf nicht gehört hätte.

»Was sind das für Zahlen, die du der Polizistin gegeben hast? Und warum ihr? Ich kapier es nicht.«

Schrotti klaubte einen alten Verbandskasten aus dem Schrank und legte Pflaster auf den Tisch. Umständlich klebte er ihm diese ins Gesicht, ohne ein Wort zu sagen. Als er fertig war, ließ er sich mit müdem Seufzen im Stuhl zurücksinken.

Die Petroleumlampe knisterte.

»Es gibt etwas, was du nicht über Melanie weißt«, flüsterte er und stoppte sofort wieder, als ob ihn der Mut verließe.

Fred wartete. Schrotti ließ sich nicht drängen, und er nutzte die Zeit, um den Schmerz wegzuatmen.

Umständlich goss Schrotti das Wasser aus und warf das Handtuch in den Müll. Als es nichts mehr zu tun gab, setzte er sich wieder auf den Stuhl.

»Melanie hat ihre Eltern früh verloren. Sie wurde adoptiert.«

»Ihre Adoptiveltern sind tot«, sagte Fred und wusste im gleichen Augenblick, dass er besser die Klappe hielt und Schrotti in seinem Tempo und seiner Art erzählen ließ.

»Ich weiß nicht, wofür die Zahlen sind, die Melanie mir zur

Aufbewahrung gegeben hat. Es ist erst ein paar Tage her. Sie … sie wollte dich nicht beunruhigen.« Er hielt inne, starrte auf seine Hände.

Fred wartete, aber es kam nichts mehr. »Wovor hatte sie Angst? Sie hätte nie … deutest du an, dass Melanie in krumme Sachen verstrickt war?«

»Vielleicht ist sie gezwungen worden?«

»Oder erpresst …«, überlegte Fred. »Es fehlt kein Geld auf den Konten. Und zu Reichtum sind wir auch nicht gekommen.«

Ein weiterer Gedanke bahnte sich seinen Weg. »Warum hast du ihre Eltern angesprochen?«, fragte er.

Schrotti wand sich auf dem Stuhl. »So ein Verlust wirkt sich auf das ganze Leben aus. Auch wenn sie sich nicht bewusst daran erinnerte. Sie brauchte immer jemanden, an den sie sich lehnen konnte, egal, wie stark sie gewirkt haben mochte.«

»Spuck's aus, Schrotti! Meine Geduld ist zu Ende!«

»Wir waren uns nah. Sie wusste von meinem Unglück, und sie hat mit mir gelitten.«

Fred runzelte die Stirn. Die Worte ergaben keinen Sinn – und doch … irgendetwas hatte er gespürt. Dieses unausgesprochene Band zwischen ihnen, dieses unbedingte Verstehen. Er hatte es gefühlt, auch wenn er nie verstanden hatte, was es bedeutete.

»Was sie nie jemandem erzählt hat, weil sie es verdrängen wollte … ich habe sie damals … also Melanie war auf der Barkasse.«

»Wow, stopp, auf welcher Barkasse?« Fred sprang wie elektrisiert von seinem Stuhl auf, was die Schulter mit heißen Stichen quittierte. »Auf deiner Barkasse? Damals? 1984?«

Schrotti nickte. »Ihre Eltern waren mit ihr zusammen an Bord. Ich konnte meine Familie nicht retten, aber Melanie. Ihr Buggy krachte neben mir ins Wasser. Ich habe nach ihr gegriffen und sie über Wasser gehalten, bis Hilfe kam. Ich hätte sie am liebsten nie wieder losgelassen.«

Fred starrte ihn an. »*Du?* Du hast sie aus dem Wasser gerettet? Sie war neben dir? Sie war kaum drei Jahre alt!« Er schluckte. »Mein Gott, ich hatte ja keine Ahnung! Warum habt ihr mir nichts erzählt?« Er schüttelte den Kopf. »Deshalb diese Nähe zwischen euch. Du hättest … wenn ich …« Fred stockte. »Scheiße, Schrotti! Oder wusste Melle etwa nicht, dass du sie gerettet hast?«

Schrotti riss die Augen auf. »Doch, selbstverständlich! Ihre Pflegeeltern haben es ihr gesagt. Aber … sie hatte ihr eigenes Leben. Ihre eigenen Entscheidungen. Ich war nicht ihr Ersatzvater!« Seine Stimme brach, er beugte sich vor, die Schultern bebten. »Sie war nur das Einzige, was mich noch gehalten hat …!«

Fred streckte seine Hand aus. »Oh Gott, Schrotti, das wusste ich nicht. Ich wusste nur, wie sehr sie an dir gehangen hat. Du warst für sie wie ein Vater.« Ihm wurde klar, wie sehr auch Schrotti unter dem Verlust litt. »Ihr hättet es mir sagen müssen. Aber das ist jetzt egal. Wir dürfen ihren Mörder nicht ungestraft davonkommen lassen.« Seine Stimme wurde frostig. »Was sind das für Zahlen, Schrotti?«

KAPITEL 45

Nebel kroch über die Grabsteine des Ohlsdorfer Friedhofs wie ein lebendiges Wesen. Die Welt war still zu dieser frühen Stunde, nur das entfernte Krächzen eines Raben durchbrach die Ruhe. Schrotti hatte die meiste Zeit der kurzen Nacht wach gelegen. Zu viel stürzte auf ihn ein, und seine Gedanken hetzten ihn durch die Stunden, während Fred schnarchend neben ihm gelegen hatte. Er wusste nicht mehr weiter, und es drängte ihn, mit seiner Familie zu sprechen. Er hatte ein Taxi genommen, um vor den Toren des Friedhofs zu stehen, als diese um sechs Uhr für die Fußgänger öffneten.

Die Gräber seiner Familie lagen versteckt unter alten Rotbuchen, im westlichen Teil des größten Parkfriedhofs der Welt. Er kannte den Weg. Er hätte ihn mit geschlossenen Augen gefunden. Zwei schlichte, graue Steine. Nebeneinander. Er musste sie nicht berühren, um zu wissen, dass sie kalt waren. Kälter noch als die Welt, die sie umgab.

Langsam sank er auf die Knie und ignorierte den Schmerz in seinen alten Gelenken.

»Ich bin da«, flüsterte er und strich erst über den Namenszug seiner kleinen Tochter, dann über den seines Sohnes. Für seine geliebte Ehefrau hatte er eine Gedenktafel zwischen die beiden gestellt, denn die Elbe hatte ihre Überreste nie freigegeben.

Nebenan ruhten seine Eltern.

»Was soll ich tun?«, flüsterte er. »Ihm alles sagen? Ich habe Melanie versprochen zu schweigen. Wie lange kann ich das noch verantworten?«

Mit zitternden Fingern zog er ein rotes Grablicht aus der Jackentasche. Jedes Mal, wenn er kam, entzündete er eines. Seine

Tochter hatte Angst in der Dunkelheit gehabt. Er hielt das Feuerzeug an den Docht und wartete, bis die kleine Flamme sich fing. »Gib mir Kraft, sie zu hören, gib mir Mut, sie zu sehen, die Stimmen, die flüstern aus Erde und Stein …«

Sein Blick glitt über die Grabinschriften. Hatte er zu lange geschwiegen? Hatte er sich an ein Versprechen geklammert, das einer Toten nichts mehr nützte? Seine wunderbare Ehefrau hätte gewusst, was zu tun war. Aber ihre Stimme war längst verhallt.

Er richtete sich mühsam auf, ging hinüber zur Wasserstelle, füllte eine Gießkanne und goss die Pflanzen auf den Gräbern. Er war auf dem Rückweg, die Kanne wegzubringen, als er es hörte. Eine leise Stimme in seinem Kopf.

Nicht hier, Johann. Nicht hier.

Er stutzte. Dann begriff er. Er suchte die Antworten am falschen Ort. Nicht seine Familie wusste Rat, sondern ihre.

Melles Eltern.

Die Antwort lag bei ihnen.

Warum war er nicht gleich darauf gekommen?

Sein Blick glitt ein letztes Mal über die vertrauten Namen. Er summte leise: »Schlaf, mein Kind, schlaf ein, der Himmel deckt dich zu …«

Dann wandte er sich ab.

Der Weg zog sich, obwohl es nur ein paar Gehminuten von hier entfernt war. Die Luft schmeckte nach Feuchtigkeit und dem Versprechen auf Frühling. Die Reihen von Steinen zogen an ihm vorbei. Jeder mit einer Geschichte, einer Lücke im Leben anderer, einem schweren Verlust.

Er kannte den Friedhof seit Jahrzehnten. Und doch schien sich heute etwas verändert zu haben. Die Namen auf den Steinen, die Richtung der Wege, die Stille selbst.

»Ich darf nicht länger schweigen …«

Seine Augen huschten über die Inschriften, und endlich fand er, was er suchte. Zwei schlichte Grabsteine. Karl und Doris Cullmann. Eine entfernte Verwandte hatte sie damals bestattet, während Melle noch ein Kleinkind gewesen und in die Obhut von Pflegeeltern gekommen war.

Er las die Worte auf dem Stein.

Die uns das Wasser nahm, doch die Zeit nicht vergessen lässt.

»Guten Morgen.«

Schrotti fuhr herum.

Eine betagte Frau stand wie aus dem Nichts neben ihm. Winzig, dünn, den Rücken gebeugt. Ihre Füße hatten keinen Laut verursacht, als hätte sie sich aus dem Nebel gelöst.

Sie deutete auf die Grabplatte. »Kannten Sie sie?«

Er brauchte einen Moment, um sich zu fangen.

Langsam schüttelte er den Kopf. Wie sollte er erklären, warum er hier stand?

Die Alte wartete geduldig, ihr Lächeln sanft, fast aufmunternd.

»Ich kannte ihre Tochter.« Sein Magen zog sich zusammen.

»Melanie?« Sie nickte. »Sind Sie derjenige, der mit ihr verabredet ist?«

Ein Kälteschauer lief ihm über den Rücken. »Sie kennen Melanie?«

»Aber sicher.« Sie zeigte auf das Grab nebenan. »Meine Familie liegt hier. Mein Ehemann und mein Sohn. Wissen Sie, es ist nicht richtig, wenn das eigene Kind vor einem geht.«

Schrotti schluckte. Sie rannte offene Türen ein. Seine Seele war im Wasser ertrunken, als er seine Kinder nicht retten konnte. Und jeden Tag wunderte er sich, dass sein Herz trotzdem weiterschlug.

»Melanie besucht ihre Eltern jeden Freitag. Ein gutes Kind.« Sie seufzte. »Aber gestern war sie nicht da.«

Sein Herz raste. Melle hatte nie erwähnt, dass sie zum Grab ihrer leiblichen Eltern ging. Und noch etwas war seltsam. Die Alte sprach von ihr, als könne Melle jeden Moment auftauchen.

Es dämmerte ihm.

Sie wusste es nicht! Offenbar hatte sie die Zeitungsberichte nicht gelesen. Oder nicht verstanden, von wem bei dem Fähropfer die Rede war.

Sie hatte keine Ahnung, was man Melanie angetan hatte!

Wieder verlangte das Schicksal Schrotti eine Entscheidung ab. Sollte er ihr die schreckliche Nachricht überbringen? Er öffnete den Mund, doch die Worte blieben ihm im Hals stecken.

»Sind Sie die Verabredung, die Melanie um sieben Uhr hier treffen wollte?« Die Alte warf einen Blick auf ihre Armbanduhr. »Sie sind ein wenig früh.«

Er zögerte. Er log. »Ja, deshalb bin ich hier.«

Die Alte musterte ihn kurz, war aber zufrieden mit der Antwort. »Dann bekommen Sie den Umschlag, ja?«

Sein Herz setzte einen Schlag aus.

»Melanie hat ihn mir vor ein paar Tagen gegeben. Sie hat mich gebeten, Ihnen den Brief zu geben, falls sie nicht selbst kommen kann.« Sie kramte in ihrer Handtasche, zog einen DIN-A5-Umschlag hervor und reichte ihn Schrotti.

Er nahm ihn. Mechanisch. Schwer lag er in seiner Hand, während die alte Dame erleichtert lächelte, als sei eine Last von ihr abgefallen.

»Richten Sie ihr aus, dass ich mich auf ein Wiedersehen freue.«

Er nickte stumm. Das Kuvert in der Hand. Die Sorge im Kopf.

Er wandte sich ab und ging den Weg zurück.

Nach ein paar Hundert Metern fand er eine Bank, setzte sich und starrte auf den unbeschrifteten Umschlag in seinem Schoß.

Was hatte Melanie der Alten anvertraut? Mit wem hatte sie sich am Grab ihrer Eltern verabredet?

Er hatte genug von diesen Geheimnissen. Sie vergifteten die ganze Welt. Er riss den Umschlag mit einer ungeduldigen Bewegung auf.

Geld.

Haufenweise Fünfzigeuroscheine. Quittungen.

Er war Fred eine Erklärung schuldig. Melle hatte das Geld sicher gar nicht haben wollen. Ihr war wichtig, dass … in der Erkenntnis riss er den Umschlag hoch und durchsuchte ihn gründlich. Und endlich hielt er in der Hand, was Melle dem Unbekannten hatte geben wollen. Ein kleiner, schmaler Gegenstand. Schwarz. Über einem Ziffernfeld stand *Secure Lock.*

Sein Griff um das Plastikstück verhärtete sich.

Dazu gehörten die Zahlen, die Melle ihm gegeben hatte.

Die, die er der Polizistin ausgehändigt hatte.

Sein Puls raste.

Ach Melle, wir hätten es Fred sagen müssen!

KAPITEL 46

Charlotte schloss die Augen und atmete tief durch. Zählte langsam bis drei. »Nathalie, ich habe dich schon dreimal gebeten, dein Frühstücksgeschirr in die Spülmaschine zu räumen und dich fertig zu machen. Los jetzt, sonst kommst du zu spät.«

»Jaja, gleich.« Die Stimme ihrer Tochter klang gelangweilt, und sie unterbrach das Tippen auf dem Handy für keine Sekunde.

Charlotte rieb sich die Schläfen. Seit Wochen war jede noch so kleine Bitte eine Verhandlungssache. Eine heftige Entgegnung lag ihr auf den Lippen, als ihr Handy vibrierte. Eine unbekannte Nummer. Sie zögerte. Dann nahm sie ab.

»Es tut mir leid, Sie um diese Uhrzeit zu stören, aber Fred ist weg, und ich sitze hier mit diesem Ding. Wir hätten es ihm sagen müssen, aber nun … können Sie mir helfen?«

Charlotte verstand kein Wort, nur dass Johann *Schrotti* Hansen in Not war.

»Ich komme sofort zu Ihnen!«

Charlotte stand auf.

Dann blieb das verdammte Frühstücksgeschirr eben stehen.

Geraume Zeit später hatte sie nicht nur Nathalie an der Schule abgesetzt, sondern sich auch durch den morgendlichen Berufsverkehr gekämpft. Die Fahrt von Winterhude nach Finkenwerder glich einem Marathon zwischen hupenden Autos, genervten Pendlern und stockendem Verkehr. Die Ampeln an der Alster standen ewig auf Rot, und spätestens im Heidenkampsweg, der Zufahrt zur B 75, verwandelte sich der Asphalt in ein Meer aus roten Bremslichtern.

Sie hatte seine Andeutungen nicht verstanden, doch die Angst in seiner Stimme ließ keinen Zweifel.

Charlotte hatte Jonna und Tom eine Whatsapp gesandt, da beide telefonisch nicht zu erreichen gewesen waren. Kein Wunder, heute war der Tag der Tage, und sie verfolgten den Container. Jonna hatte in der Nacht noch angerufen, um sie auf den letzten Stand zu bringen. Hoffentlich fanden sie heraus, wer die Hintermänner des Schmuggels waren und wofür Melanie Cullmann und Benjamin Unger ihr Leben gelassen hatten.

Johann Hansen saß vor seinem Kutter auf der Bank. Die Morgenluft war noch nicht warm genug, sodass er frieren musste, denn er trug nur eine leichte Jacke, aber er schien es nicht zu merken.

Er hielt eine Rumflasche in der Hand. Ein schlechtes Zeichen.

»Darf ich mich dazusetzen?«, fragte sie schon von Weitem, um ihn nicht zu erschrecken.

Er sah sie aus müden Augen an und rückte zur Seite.

Charlotte setzte sich und schwieg. Er hatte sie angerufen, also ließ sie ihn kommen.

Es dauerte eine Weile, bis er seinen ersten Satz formulierte.

»Fred ist weg. Ich konnte es ihm nicht mehr sagen. Ich mache mir große Sorgen. Er …«

Er setzte die Rumflasche an, trank einen Schluck, schmatzte leise und wischte sich mit dem Handrücken über den Mund. Charlotte nahm sich vor, weitere Züge zu verhindern. Der leichte Wind konnte den strengen Geruch nach Alkohol und Schweiß kaum vertreiben.

»Warum sorgen Sie sich? Was ist passiert?«

Es dauerte wieder eine Weile, ehe er seine Sprache fand.

»Die See vergisst nichts«, murmelte er, ohne sie anzusehen. Seine Stimme war rau wie Schmirgelpapier. Dann zog er die Stirn kraus, nahm noch einen Schluck und fügte mit einem Blick auf sie hinzu: »Aber Sie wollen, dass ich's tue, nicht wahr?«

Sie beobachtete, wie er den Rum gegen das Morgenlicht hielt, als würde er darin nach Antworten suchen. Sein Daumen fuhr gedankenverloren über den Flaschenhals.

Charlotte kapierte nichts. Worauf spielte er an?

»Ich möchte, dass Sie aufhören zu trinken. Das ist keine Lösung. Darf ich?« Sie griff nach der Flasche und stellte sie zu seinen Füßen ab. Er ließ es geschehen. »Und ich möchte verstehen, warum Sie sich um Fred Sorgen machen.«

Er verzog das Gesicht, als würde er überlegen, ob er weiterreden sollte. Resignation legte sich über seine Züge. »Er wurde verletzt. Letzte Nacht.«

Ein Stich durchfuhr sie. »Verletzt?«

Er nickte. »Kam hierher, mitten in der Nacht. Glassplitter im Gesicht.« Er hielt sich mit den Händen die Oberschenkel und wippte vor und zurück. »Ich hab ihm geholfen, so gut ich konnte. Heute Morgen war ich auf dem Friedhof, und als ich zurückkam … war er weg.«

Charlottes Kiefermuskeln verspannten sich. Die Lage spitzte sich zu. »Hat er erzählt, was passiert ist? Wer oder was ihn verletzt hat?«

Hansen zögerte. Dann sah er sie zum ersten Mal wirklich an, mit trüben, aber wachsamen Augen. »Sie wollen Fred töten. Aber der Sturkopp lässt nicht locker. Er will Melle rächen, und es ist ihm egal, wem er dabei in die Quere kommt.«

»Von wem sprechen Sie?«, fragte sie. »Wer will Fred töten?«

»Ich habe ihm gebeichtet, was wir ihm längst hätten erzählen sollen. Aber wir haben beide den richtigen Zeitpunkt verpasst.« Er atmete tief und schwer. »Er glaubt, dass wir ihm nicht vertraut haben. Dass wir ihn bewusst ausgeschlossen haben, aber …«

Charlotte traute sich nicht, Schrotti zu drängen. Sie atmete tief ein.

»Es ist … es ist nicht so einfach, verstehen Sie?« Er rieb sich mit der knochigen Hand über das Gesicht, als wolle er sich aus dem

Gestrüpp alter Erinnerungen befreien. »Melle und ich kennen uns seit Jahrzehnten. Lange vor Fred.«

Geduld. Sie brauchte Geduld. Manche Menschen lockte man mit Fragen, andere eben nicht.

»Melanie war auf der Barkasse. Damals. Ich hab sie aus dem Wasser gezogen. Sie war noch so klein.« Er gab einen erstickten Laut von sich, irgendetwas zwischen Seufzen und Schluchzen.

Charlotte durchfuhr es heiß und kalt. Hatte sie das richtig verstanden? Melanie Cullmann war ebenfalls bei dem Barkassenunglück von 1984 dabei gewesen?

Sie legte behutsam ihre Hand auf seinen Arm. Bewegte sie nicht, hielt einfach den Kontakt.

»Warum haben wir überlebt?«

Diesmal begriff Charlotte sofort, worauf er anspielte. Das Schicksal gab ihm keine Antworten, und ihn hatte sein Leben lang die Schuld des Überlebenden verfolgt.

»Melle kam zu Pflegeeltern, die haben ihr später alles erzählt. Sie hat als Sechzehnjährige herausgefunden, wer sie damals gerettet hat. Und ich war … so froh. Ich hatte sie nie aus den Augen verloren, jetzt lernten wir uns endlich kennen. Sie war wie meine eigene Tochter!« Seine Stimme brach. Seine Finger strichen unruhig über das Holz der Bank, als ob er sich daran festhalten wollte. »Wir haben überlebt. Wir haben den Schmerz des Verlusts geteilt. Aber wir haben es Fred nicht sagen können.«

Sie nickte. »Was hat das mit dem Anschlag auf Fred zu tun?«

Er zögerte. »Ich habe es ihm gestern Abend gesagt. Er denkt, wir haben ihn hintergangen. Er ist zu allem fähig!«

»Wissen Sie, wo er jetzt ist?«

Er schüttelte den Kopf, fummelte aus seiner Hosentasche einen kleinen Gegenstand hervor und hielt ihn ihr auf seiner geöffneten Handfläche hin.

»Ein USB-Stick.« Sie drehte den Speicher zwischen den Fingern. Es war einer dieser Sicherheitssticks, mit einem Ziffernfeld auf dem Gehäuse. Erst mit der richtigen PIN ließ sich der Stick ausfahren. »Woher haben Sie ihn?«

»Er gehörte Melanie. Ich war am Grab ihrer Eltern, als eine alte Dame mich ansprach … eine lange Geschichte.«

»Erzählen Sie mir alles.«

Das tat er. Aber er brauchte seine Zeit. Charlotte hörte zu und war gleichzeitig sicher, dass die Ziffern, die ihr Schrotti vor ein paar Tagen auf einem Zettel ausgehändigt hatte, der Schlüssel zu den Informationen waren. Sie suchte das Foto auf ihrem Handy heraus, während Schrotti von dem Friedhofsbesuch berichtete.

»Die alte Dame hat gesagt, Melanie wäre jede Woche um die gleiche Zeit da? Und sie würde dort jemanden treffen? Merkwürdig!«

Schrotti nickte. »Ich wusste nichts davon.«

»Sehen Sie, wenn man die Zahlen eingibt, die Melle Ihnen zur Verwahrung gegeben hat, lässt sich das Anschlussstück herausfahren. So wie Melle diesen Stick gesichert hat, gehe ich davon aus, dass darauf Informationen zum Schmuggel auf dem Containerterminal zu finden sind. Wem hat sie diese Auskünfte geben wollen?«

Schrotti nahm sich die Schirmmütze vom Kopf und kratzte sich die Haare. »Ich … also, ich bin nicht sicher, aber …« Er brach ab.

»Haben Sie einen Laptop oder PC?«, fragte Charlotte, obwohl sie ahnte, dass das nicht der Fall war.

Er schüttelte den Kopf.

Charlottes Gedanken ratterten. Sie musste so schnell wie möglich ins WSPK 2, um mit Tom und Jonna den Stick zu prüfen.

Schrottis Blick war auf einen unsichtbaren Punkt in der Ferne gerichtet. »Ich …«, er räusperte sich. »Es gibt da noch was …«

Sie sah ihn kurz an, stand dann auf, getrieben von dem Wunsch, den Stick zu öffnen. »Mhm.«

Sein Bein wippte nervös. »Was, wenn ich Ihnen sage, dass …«

»Wir müssen uns die Dateien auf dem Stick sofort ansehen.« Sie überlegte fieberhaft. Sie brauchte einen Computer und weitere Erklärungen von Schrotti. »Sie kommen mit! Bitte!«

Er blinzelte. »Aber …«

Sie griff nach seinem Arm. Jetzt zählte jede Minute.

KAPITEL 47

Tom, Jonna und vier Kollegen von der Abteilung für Organisierte Kriminalität des LKA warteten an Bord der WS 35, direkt vor der Schleuse Geesthacht. Jonna hatte Sorge, dass das Binnenschiff sie sah und zu fliehen versuchte. Tom beruhigte sie. Er war sich nicht nur sicher, dass der Skipper ahnungslos seine Fracht transportierte, sondern für ein Binnenschiff war es an dieser Stelle der Elbe unmöglich zu drehen.

Bislang verlief die Operation tadellos. Der Container war auf einen Lkw geroutet worden, dessen Fahrer Daan Van der Waal, nachdem er den Container am Südwesthafen zum Weitertransport auf einem Binnenschiff abgeladen hatte, vernommen hatte. Er konnte glaubhaft versichern, dass er keine Ahnung hatte, was er überführte. Er hatte eindeutige Frachtpapiere, die ihn anwiesen, Container vom Terminal zum Südwesthafen zu bringen. Mehr wusste er auch nicht.

Am gegenüberliegenden Ufer des Südwesthafens, an der Verlängerung der Afrikastraße, hatten sie zwei Kollegen als Angler postiert. Sie genossen nicht nur den Ausblick auf die Elphi, sondern bestätigten, dass der Container auf ein Binnenschiff namens MS *Carina* verladen worden war. Die Signale des Trackers stimmten damit überein.

Jetzt warteten sie auf die Ankunft des Schiffes in der Schleuse Geesthacht. Diesen Moment hatten sie bewusst gewählt – denn hier konnten sie unbemerkt an Bord gehen und den Container öffnen, ohne die Fahrt der *Carina* zu unterbrechen und womöglich Hintermänner zu beunruhigen. Anschließend würde das Schiff seine Reise fortsetzen und der Container wie geplant seinen Bestimmungsort erreichen. Das LKA würde den Vorgang im Auge behalten und hoffentlich die Abnehmer in flagranti erwischen.

In der Schleuse gab es für die *Carina* kein Entkommen. Vorn und hinten waren die Schleusentore geschlossen. Links und rechts die Mauern. Nur das träge Wasser unter dem Schiff schimmerte schwarz im fahlen Licht.

Zwischen ihnen herrschte konzentriertes Schweigen, und Tom grübelte über die neusten Entwicklungen nach. Der Name, den der Zöllner preisgegeben hatte, hatte für Wirbel gesorgt.

Sven Pötter. Spitzname: Zottel. Vorbestraft und bekannt als die rechte Hand von Karl *dem Fuchs* Schrader. Pikanterweise der Pflegebruder von Fred Cullmann. Entweder paktierte Fred Cullmann also mit seiner Familie, oder er schwebte in höchster Lebensgefahr.

Jonna ging von Ersterem aus.

Charlotte von Letzterem.

Tom hatte keine Meinung. Ihm wuchsen die ganzen Details über den Kopf, und ihn besorgte vielmehr, dass er Quetsche nicht erreichte. Sein Handy war ausgeschaltet. Was trieb er? Es ging in die entscheidende Phase ihrer Ermittlung, und Quetsche war nicht erreichbar?

Er wählte zum hundertsten Mal seine Nummer. Aussichtslos. Weitere Nachrichten zu hinterlassen, war sinnlos.

Quetsche blieb verschwunden. Wenn er sich bis heute Nachmittag nicht gemeldet hätte, würde Tom Alarm schlagen! Dann könnte Daan Van der Waal einen weiteren Kandidaten auf seine Fahndungsliste setzen. Neben Herbert Jarre, den Petrov-Brüdern, Sven Pötter und Fred Cullmann. Jonnas Vorgesetzte Heide Meyfahrt hatte zwar so viele Ressourcen wie noch nie freigegeben, und sämtliche Fahnder waren ausgeschwärmt, um die Verdächtigen aufzutreiben, aber es war, als hätte der Asphalt der Stadt sie verschluckt.

Ein Funkspruch unterbrach Toms Gedanken. Er hatte sich auf den UKW-Kanal 02 dazugeschaltet, um zu hören, wann die MS *Carina* sich beim Schleusenwärter meldete.

»Geesthacht-Schleuse für Binnenschiff Carina kommen!«
»Geesthacht-Schleuse hört, Carina.«
»In zehn Minuten aus Richtung Hamburg bei euch.«
»Verstanden, Carina kann gleich einfahren. Keine Wartezeit!«

»Treffer! Es ist die *Carina!*«, rief er nach draußen, wo die Kollegen im Bug standen. »Lasst uns in die Schleusenkammer einfahren.« Tom hatte im Vorfeld mit dem Schleusenwärter das Vorgehen abgesprochen. Sie fuhren in die Kammer, die die Tore wieder schloss. Für die *Carina* öffneten sie die Schleuse und riegelten hinter ihr ab. Damit saß das Binnenschiff in der Falle.

Die Geesthachter Schleuse markiert das Ende der Binnenelbe und besteht aus einem Schleusenkanal für jede Fahrtrichtung und einem Wehr mit Fischaufstieg. Ein unscheinbares Wunderwerk. Kleine Becken, die eine Treppe aus Wasser bilden. Der Strom zieht die Fische wie eine unsichtbare Einladung an. Sie folgen ihrem Instinkt. Springen, schwimmen, kämpfen sich nach oben. Becken für Becken, bis sie die Schleuse hinter sich gelassen haben. Er fragte sich, ob es im Leben auch Fischtreppen für Menschen gab. Wege, die man nehmen musste, Hindernisse, die unüberwindbar schienen – bis man die nächste Stufe erkannte. Manche blieben stehen, erschöpft vom Aufstieg. Andere folgten dem Ruf, trotzten der Strömung, weil etwas in ihnen flüsterte: Dort oben wartet mehr, das jede Mühe wert ist.

Er schüttelte den Kopf. Genug davon.

Gunnar Wagner fuhr sie in den Schleusenkanal und stoppte das Boot. Sie sprangen auf die Schleusenmauern und warteten auf die *Carina*.

Endlich fuhr sie ein.

Tom erklomm als Erster die Reling des Schiffs. Sekunden später folgten weitere Beamte.

»Polizei! Wir wollen Ihre Hände sehen!«, donnerte einer der Kollegen und zog seine Waffe. Sie schwärmten aus, sicherten das

Deck, während Tom mit gezogener Waffe in Richtung Brücke stürmte. Der Skipper, ein stämmiger Mann mit wettergegerbtem Gesicht, hob zitternd seine Hände. Neben ihm stand eine jüngere Ausgabe von ihm. Ebenso gedrungen, jedoch mit den Händen einen Hund umklammernd, der wild bellte.

»Was ist … wir haben nix getan«, stotterte er.

»Wie groß ist Ihre Besatzung?«

»Wir drei. Mein Sohn, Struppi und ich.«

Tom steckte seine Waffe weg, ließ den Kollegen mit den beiden allein und eilte zu Jonna auf das Hauptdeck. Sie war bereits auf der Suche nach dem richtigen Container. Der Tracker half ihnen. Er stand in der dritten Reihe. Zugänglich. Die Containernummer stimmte. Tom sah Jonna und den Kollegen des LKA an. »Sollen wir?«

»Deswegen haben wir die Party veranstaltet«, erwiderte Jonna und trat einen Schritt zurück.

Ein WS-Kollege setzte den Bolzenschneider an, um die massive Containerplombe zu brechen, und entriegelte mit Toms Hilfe die Containertür. Der LKA-Mann trat vor, richtete seine Taschenlampe ins Innere.

»Oha. Kartons. Dann öffnen wir mal die Büchse der Pandora!«

Tom ließ seinen Blick über die Wand aus Kartons schweifen. Wenn der ganze Container voll mit Paletten war, mochten es Tausende sein.

Der LKA-Kollege, der den Container weiter auf seiner Fahrt in den Ruhrpott beobachten würde, zerrte ein paar der Kartons aus dem Stapel und öffnete sie.

»Ach, so …«, nuschelte er, als hätte er mit mehr gerechnet – oder mit etwas ganz anderem.

»Nicht ganz das, was ich erwartet habe«, kommentierte Jonna.

Tom trat näher. Er streckte die Hand aus.

»Zeig mal her.«

KAPITEL 48

Fred saß vor Schrottis Kutter. Ihm war speiübel, und alles tat ihm weh. Die Schulter, der Arm, die Hand, das Gesicht. Dabei hatte er keine Zeit für Selbstmitleid, denn jeden Moment käme Zottel auf den Hof gefahren, um ihn abzuholen. Als Fred aus tiefem Schlaf erwacht war, war von Schrotti weit und breit nichts zu sehen. Dann ging ein Anruf auf seinem Handy ein, der ihn elektrisiert hatte. Anonym, natürlich.

Fred habe im *Elysium* seine Nummer hinterlassen, und es hieß, er zahle gut für Informationen.

Fred war sofort hellwach. »Was hast du für mich?«

»Was zahlst du?«

»Einhundert für einen Namen, zweihundert für die dazugehörige Adresse. Dreihundert für weitere Details.«

Stille am anderen Ende des Hörers.

»Zweihundert. Bis heute Abend in einem Umschlag an der Bar im *Elysium*. Informationen gegen Geld.«

»Ich brauche den Namen sofort!«

Stille.

»Wehe, du zahlst nicht! Ich weiß, wo ich dich finde.«

»Ehrensache!«

»Es gab gestern eine Schießerei in der Zellmannstraße.«

Fred grunzte. Ob der Mann das als Zustimmung wertete oder nicht, blieb ihm überlassen. Er hatte kurz überlegt, ihn nach seinem Namen zu fragen, aber das war sinnlos. Er musste froh sein, dass jemand sich mit dem, was er wusste, etwas Geld verdienen wollte.

»Die Petrov-Brüder! Schuppen 52. Firmenjubiläum eines Reeders.«

»Wie erkenne ich die beiden?«

»Sind verletzt!«

Das wusste Fred nur zu gut. Trotzdem hatte er die Frage stellen müssen, um die Echtheit der Information zu prüfen. »Wie komme ich an sie ran?«

Er solle das Geld nicht vergessen, hatte der Mann gesagt und, ohne Freds Frage zu beantworten, aufgelegt.

Endlich fuhr Zottel vor, und Fred öffnete die Beifahrertür, bevor der Wagen zum Stillstand kam. »Gott sei Dank! Fahr!« Er sah auf die Uhr. »Zu den 50er-Schuppen, Hansahafen. Wir sind zum Lunch eingeladen!«

Zottel hob fragend eine Augenbraue und lächelte amüsiert. »Lunch, piekfein, ja? Gut, dass ich einen Anzug trage, aber Manni … dein Gesicht … passt nicht dazu.«

»Letzte Nacht haben zwei Idioten versucht, mich umzubringen!«

Zottel fuhr gerade in die Ostfrieslandstraße ein und lenkte das Auto mit quietschenden Reifen auf die Busspur. Das Auto kam mit einer harten Bremsung zum Stehen.

»Heilige Scheiße, was?«

Fred erzählte ihm alles und verschwieg nicht, dass er die Schüsse erwidert hatte und einen der beiden getroffen oder zumindest gestreift hatte.

»Leider habe ich mir die Petrov-Brüder nicht zur Brust nehmen können. Die Bullen rückten an.« Er zeigte mit der Hand voraus. »Fahr weiter.«

»Na, du bist gut. Petrov-Brüder, ja? Woher weißt du das? Haben die Bullen die beiden hopsgenommen?«

Fred schüttelte den Kopf. »Keine Ahnung, wie die es vor der Polizei in ihr Auto geschafft haben. Jedenfalls habe ich einen Tipp bekommen, dass die beiden heute Mittag im Schuppen 52 sind.«

Fred sah Zottel förmlich an, wie er die Informationen verarbeitete und durch sein spezielles Raster laufen ließ.

Sie näherten sich der Köhlbrandbrücke, um über die Elbe auf die andere Hafenseite zu kommen. Ihr Ziel, der 52er-Schuppen, war früher ein Stückgut-Verladezentrum aus der Kaiserzeit. Schauerleute hatten jahrzehntelang Ballen, Fässer, Kisten und Säcke geschleppt. Heute war das Geschichte, und die restaurierten Schuppen waren Eventlocation und Museum.

»Kennst du die Petrov-Brüder?«

Zottel nickte.

Fred hatte nichts anderes erwartet. Männer fürs Grobe gab es nicht unzählige und dann noch Brüder … »Für wen arbeiten sie?«

»Für den, der am meisten zahlt!«

Das brachte Fred nicht weiter. »Glaubst du, sie haben meine Frau auf dem Gewissen?«

»Vermutlich!«

»Scheiße, warum bist du immer so pragmatisch. Mit einem Wort erzählst du mir, dass ich die Mörder meiner Frau habe entkommen lassen. Die Kerle verdienen es zu krepieren!« Er redete sich in Rage. »Was weißt du über die beiden?«

»Bulgaren. Sind nicht die hellsten Kerzen auf dem Kuchen und für alles zu haben, wofür man Muckis braucht. Security, Einschüchterung, Aufräumen … such dir was aus.«

Freds Wut loderte. »Wir fahren hin, schauen uns um. Sie werden kaum geladene Gäste des Firmenjubiläums sein. Eher Security. Dann stehen sie entweder vor dem Gebäude oder auf dem Parkplatz.«

Zottel nickte schweigend.

Der Wind trug ihnen Düfte von Pfeffer und Muskat zu, als sie in Schritttempo auf die Australiastraße bis ans Ende auf die Schuppen zufuhren. Die schweren Wolken am Himmel ließen den Nachmittag dunkler erscheinen, als er sein sollte.

»Du bist sicher, die Petrov-Brüder, ja?«, fragte Zottel und ließ das Auto über den Parkplatz rollen.

»Sie haben versucht, mich umzubringen. Warum und für wen?« Freds Kiefermuskeln spannten sich an. Die Scheinwerfer, die hinter ihm aufgeflammt waren, das kreischende Metall, der schleudernde Wagen, die Kontrolle, die ihm entglitt – es war alles frisch in seinem Gedächtnis. Fast wäre er draufgegangen. Das würde er nicht unkommentiert lassen.

Zottel rollte mit dem Wagen direkt vor den Eingang der hintersten Halle. Hier warteten Fahnen und mit weißen Hussen überzogene Stehtische auf Nachzügler. Ohne Eintrittskarte brauchten sie es gar nicht erst zu versuchen.

Zottel fuhr langsam bis ans Ende der Straße, kehrte und wollte vor dem Schuppen in den Bremer Kai abbiegen, als Fred die Chauffeure in einer Ecke vor den Luxuskarossen stehen sah. »Da! Siehst du den Kerl mit dem zerdengelten Gesicht? Fahr vorne rechts ran. Parallel zum Schuppen. Kannst du die beiden hierherlotsen?« Jede Faser seines Körpers spannte sich an. Er war in höchster Alarmbereitschaft, bewaffnet, auf alles vorbereitet und wild entschlossen.

Zottel stieg aus und schlenderte zu den geparkten Autos. Fred blieb einen Moment sitzen, holte seine Pistole und überprüfte, ob sie geladen war. Er würde es heute zu Ende bringen. Was danach kam, war ihm egal. Er stieg aus.

Zottel kam mit zwei Männern auf ihn zu, und Fred sah erstmals ihre Gesichter, die gestern Abend unter Skimasken verborgen gewesen waren.

Der eine war groß und hager mit einer eingefallenen Visage wie ein Totenschädel. Der andere massig, mit den Blessuren im Gesicht, die Fred ihm verpasst hatte.

Kaum vorstellbar, dass sie Brüder sein sollten. Und doch identifizierten sie sich selbst, als sie Fred erkannten und ihn erschrocken anstarrten.

Bevor Fred ein Wort sagen konnte, zog Zottel seine Waffe und bugsierte die Brüder neben den Wagen an die Mauer. Vor neugierigen Blicken geschützt. »Wir müssen reden!«

Die beiden Brüder sahen irritiert von einem zum anderen.

»Ihr Flitzpiepen habt gestern versucht, mich umzupusten!«, sagte Fred. »Ich will wissen, wer euch geschickt hat!«

Die beiden schwiegen.

»Ihr habt es vermasselt. Euer Boss ist sicher nicht glücklich darüber.«

Der Hagere blinzelte. Ein erster Hauch von Unsicherheit schlich sich in seinen Blick. Trotzdem presste er eine Drohung zwischen den Zähnen hervor: »Verdammte Scheiße, du hast ja keine Ahnung, mit wem du dich anlegst.«

»Wer? Und warum? Und vor allem: Warum habt ihr die Frau von der Fähre gestoßen?«

Das Gesichtswrack wechselte einen nervösen Blick mit seinem Partner und starrte Zottel an.

»Warum habt ihr sie über die Reling …«

Zwei Schüsse fielen. Fred zuckte zusammen.

Die Brüder sackten leblos auf den Boden.

Das dumpfe Ploppen der Schüsse hallte in Freds Kopf. Die Stille danach war noch lauter.

Er starrte Zottel an, der eine Waffe mit Schalldämpfer in der Hand hielt, die Augen zusammenkniff und auf die reglosen Körper sah. »Was für ein Abschaum! Sie haben deine Frau ermordet!«

Und plötzlich wusste Fred es.

Er war in eine Falle getappt.

Die beiden Männer lagen tot am Boden. Zwei gezielte Schüsse, bevor sie den Namen verraten hatten.

Freds Puls hämmerte. Er drehte sich langsam zu Zottel um. Der steckte seelenruhig seine Waffe ein.

»Scheiße gelaufen für die beiden. Aber is' besser so«, erklärte er.

Fred fixierte ihn mit seinem Blick.

Zottel zuckte mit den Schultern. »Gesocks. Sie haben deine Frau getötet … haben sie doch zugegeben. Sie hätten dir nie den wahren Namen ihres Auftraggebers gesagt, glaub mir!«

»Du weißt, wer dahintersteckt?«

Ein kurzer, kaum merklicher Moment der Veränderung. Zottel hielt für einen Wimpernschlag inne, bevor er sich wieder in seine lässige Maske flüchtete. »Nein, natürlich nicht. Die Welt ist zu kompliziert, um auf schwierige Fragen einfache Antworten zu bekommen!«

Freds Herz schlug hart gegen seine Rippen, aber seine Stimme blieb gefasst. »Erklär's mir.«

Zottel lachte. »Komm, Manni. Sei kein Idiot.« Er trat einen Schritt nach vorn und legte ihm kumpelhaft eine Hand auf die Schulter.

In diesem Moment empfand Fred die Kälte.

Nicht des Windes, sondern die von etwas Endgültigem. Von der Wahrheit, die lauerte. Es war Zottels Blick, die Art, wie er seine Hand für eine Sekunde zu fest auf seine Schulter legte. Zottel testete ihn. Wog ein letztes Mal ab.

»Weißt du, was das Problem ist?«, fragte Zottel und dehnte die Worte, als wäre es eine belanglose Plauderei. »Ich hab Rücken. Die Bandscheibe. Richtig scheiße. Ich erledige nur noch selten Jobs selbst, verstehst du? Daher kannte ich die beiden. Ich hab sie für mich arbeiten lassen. Sie sind … ein wenig überengagiert.«

Ein Frösteln kroch über Freds Haut. War sein Bruder bereit, ihn zu töten? »*Du* hast es befohlen?«

Zottel zog die Hand zurück, seine Miene verhärtete. »Lass es, Manni!«

Fred schüttelte den Kopf. »Ich soll vergessen, dass du meine Frau und mich zum Abschuss freigegeben hast?«

In Zottels Gesicht las er die Überraschung, dass er die Wahrheit direkt angesprochen hatte.

»Das hier … musste wohl irgendwann passieren«, antwortete er nach ein paar Sekunden Bedenkzeit. »Wir wussten es beide. Du warst zu nah dran. Ich musste eine Entscheidung treffen.«

Freds Finger kribbelten von dem Adrenalin, das seinen Körper flutete. Er trat einen Schritt zurück, kaum merklich, aber genug, um außerhalb von Zottels direktem Zugriff zu sein. »Seit wann triffst du eigene Entscheidungen? Das erlaubt Karl dir sicher nicht!«

Zottel zog seine Waffe.

Fred war schneller. Er hatte damit gerechnet, und durch den Schalldämpfer war Zottels Waffe unhandlich.

Ohne zu zögern, ließ er seine Waffe auf Zottels Kopf krachen.

Ein dumpfer Schlag, kein schönes Geräusch.

Die Pistole fiel klirrend auf den Boden, als Zottels Hand die Kraft verließ, sie zu halten. Er keuchte, sackte auf die Knie.

Er schlug noch einmal zu, und Zottel fiel bewusstlos zur Seite. Fred brauchte keine Antworten mehr. Er wusste alles.

Er ahnte das *Warum!* Und er wusste, *wer!*

Er stand vor dem größten Kampf seines Lebens.

KAPITEL 49

Die Tür zum WSPK 2 schwang elektrisch auf, und Tom ließ Jonna den Vortritt. Ihm schwirrte der Kopf, sein Hemd klebte ihm schweißnass am Rücken, und er brauchte unbedingt etwas zu trinken. Sie hatten die Strecke von Geesthacht mit dem Boot in Rekordzeit zurückgelegt, um die weiteren Maßnahmen zu koordinieren. Trotzdem war es Mittag, als sie ankamen.

Die Übergabe an die LKA-Kollegen der Abteilung Organisierte Kriminalität war in der Nacht vorbereitet worden, und nachdem sie den Container geöffnet und wieder versiegelt hatten, verfolgten die dessen weiteres Schicksal. Am Zielort in Berlin war es die Aufgabe des LKA, herauszufinden, wo die Ware hingebracht, wer sie entgegennehmen und verteilen würde. Mit etwas Glück würden sie die gesamte Kette sprengen. Bis auf die Ursprungsfabrik in China natürlich. An die kämen sie sicher nicht heran. Aber vielleicht an die deutschen Hintermänner.

Zigaretten!

Gefälschte Markenzigaretten!

Damit hatte er nicht gerechnet. Er war Nichtraucher, und ihm fehlte die Vorstellungskraft, dass jemand Menschen ermordete, um ein paar Kippen günstiger zu kaufen! Natürlich, das Geld. Drogen oder Zigaretten. Am Ende ging es nur ums Geld – die Ware war beliebig austauschbar. Der Schmuggel war wie ein Schnellzug ohne Bremsen. Kriminelle stiegen ein, weil sie glaubten, am Ende mit Koffern voller Geld auszusteigen. Risiko, Moral und Menschenleben blieben auf der Strecke.

Der Wachhabende sprang auf, als sie eintraten, und lehnte sich über den Empfangstresen. »Charlotte wartet in deinem Büro«, sprudelte er hervor. »Se hett bannig Wichtiges för euch! Und Schrotti Hansen hockt achtern.« Dann hielt er einen ganzen Batzen Zettel hoch. »Anrufe … all för dich! Hier geiht dat to wie inner Heringstonne. Wat 'n Gewimmel!«

Jonna schubste ihn vorwärts. »Zuerst Charly! Vielleicht weiß sie, wo Cullmann sich aufhält!«

Charlotte saß vor seinem Bildschirm, die Stirn vor Konzentration zerfurcht, ihre Finger fest um eine Tasse geschlungen.

»Da seid ihr ja endlich!«, rief sie, ohne den Blick vom Monitor zu nehmen. »Ihr glaubt nicht, was ich hier habe!«

Toms Magen zog sich zusammen. Er erwartete nach dieser Nacht nichts Gutes mehr. Auch nicht von Charly.

Jonna zog ihre Jacke aus und stellte sich hinter Charlotte, um ihr über die Schulter zu sehen. Dabei nahm sie ihr den Becher aus der Hand und trank einen großen Schluck.

Charlotte lehnte sich im Bürostuhl zurück. »Wie ist es gelaufen? Habt ihr den Container gefunden?«

»Du zuerst«, sagte Jonna und starrte fassungslos auf den Becher in ihrer Hand. »Pfefferminztee?«

Tom ließ sich auf den Stuhl vor seinem Schreibtisch fallen und musterte die beiden Frauen, die seine Tage aufregender, seine Nächte kürzer und seinen Job besser gemacht hatten.

Charly gab eine Zusammenfassung davon, wie Schrotti an einen USB-Stick von Melanie Cullmann gekommen war und was sie bereits gesichtet hatte.

»Sie hat alle Containerbewegungen minutiös dokumentiert und ihrem Vorgesetzten Timmermann nachgewiesen, dass er Containersiegel ausgetauscht hat. Sie hat ihm nachspioniert und lückenlose Beweise zusammengetragen.«

Jonna nickte. »Timmermann ist geständig, das passt. Aber warum hat Melanie Cullmann den Stick auf den Friedhof gebracht? Für wen ist er bestimmt? Verstehe ich nicht!« Sie zog sich einen

Stuhl heran und setzte sich. »Timmermann hat nichts davon gesagt, dass sie ihn erpresst hat.«

Tom hörte schweigend zu. Er war nach drei Stunden Schlaf zu müde, um ihren Gedankenspielen zu folgen.

»Was war in dem Container?«, fragte Charlotte. »Ihr habt noch gar nichts gesagt!«

Jonna zog eine Augenbraue hoch und schenkte ihr ein Lächeln, das irgendwo zwischen Belustigung und wohlgehütetem Geheimnis schwebte.

»Kokain?«

»Kalt!«

»Ecstasy, Khat, andere Drogen?«

»Zigaretten.«

»Oh.« Charlotte klang enttäuscht. »Zigaretten? Nicht besonders sexy.«

»Sag das nicht«, mischte er sich nun doch ein. »Damit macht man ähnlich viel Geld wie mit Koks! Riesige Gewinnmargen!« Er lächelte sie an, in der stillen Hoffnung, ihre Aufmerksamkeit noch einen Augenblick lang festhalten zu können. »Es sind Markenfälschungen aus China. Sieht aus wie eine echte Packung Marlboro, ist aber Billigschund. Selbst die Steuerbanderolen sind gefälscht.« Er seufzte. »Die kommen in Containern nach Deutschland, werden ins Inland verteilt und auf dem Schwarzmarkt verhökert. Der Endverbraucher spart eine Menge Geld, das Geschäft lohnt sich. Spannend ist doch, dass die kriminellen Vereinigungen genauso professionell agieren wie die Drogenkartelle, nur haben sie den Handel anders organisiert.«

»Wieso? Wie läuft das?«

Er berichtete Charly, was sie mit den Kollegen vom LKA in der Schleuse diskutiert hatten. Die Kette, von der Herstellung der Zigaretten in Fabriken in Fernost bis zum Endverbraucher in Deutschland, wurde abschnittsweise über das Darknet organisiert.

»Kriminelle bieten den Versandfirmen«, er malte Gänsefüßchen in die Luft, *crime as a service* an. Sie übernehmen jeweils nur einen kleinen Teil der Versandkette und arbeiten anonym. Sie wissen nichts von den Akteuren vor und nach ihnen in der Kette. Die Markenfälschungen kommen per Container in Hamburg an, dort werden Zöllner bestochen, Speditionen unterwandert …«

»… und diesmal haben sie sich jemanden gekauft, der ihnen den Containerstandort manipuliert und geholfen hat, den Container als zollabgefertigt neu zu verschließen! Schon ist der Container problemlos in Deutschland eingeführt«, führte Charlotte seinen Satz fort. »Genau das hat Melanie Cullmann dokumentiert.« Sie wies auf den Monitor. »Dann geht die Reise neuerdings auf dem Binnenschiff in die Hochburgen Ruhrpott und Berlin zu den Abnehmern.«

Tom nickte. Der Kollege vom LKA hatte ironisch gemeint, die Kriminellen hätten nie Facharbeitermangel, während der Zoll keine Leute hätte, um die siebentausend Kilometer Binnenwasserstraßen zu überwachen, um die Nadel im Heuhaufen zu suchen. Binnenschiffe ließen sich nicht mal eben *herauswinken,* um sie zu durchsuchen. Davon mal abgesehen, dass die Gefahr zu groß war, damit den Schiffsverkehr durcheinanderzubringen, und der Aufschrei der Wirtschaft bis nach Timbuktu zu hören wäre.

»Ist clever, den Versand auf unterschiedliche Dienstleister zu verteilen«, überlegte Charlotte laut. »So ist eine Verfolgung viel schwieriger, und wenn doch einer erwischt wird, ist nicht gleich die ganze Kette zerstört.«

Die Lautsprecherdurchsage über die Hausanlage unterbrach sie.

»Einsatz für den 52/1 und 52/2. Terminal Tollerort tritt ätzende Flüssigkeit aus einem Container aus. Zwei verletzte Personen. Umweltzug der Feuerwehr ist alarmiert! Einsatz für 52/1 und 52/2!«

Tom schüttelte den Kopf. Er wollte nicht gestört werden. Die Kollegen kämen schon klar. Er stand auf und holte aus der Ecke des Büros eine Wasserflasche und drei Gläser. Seine Gedanken hingen noch an dem Anblick des geöffneten Containers. Er stellte die Gläser vor Jonna ab und schenkte mechanisch ein.

»Den Zigarettenschmuggel gibt es seit den 90ern, aber das hier ist anders. Es sind Menschen getötet worden, das ist eine neue Dimension … und … der Container war bis oben hin voll mit Zigaretten. Sie haben nicht mal versucht, das Zeug zu verstecken. Sie waren sich hundertprozentig sicher, dass der Zoll den Container nicht anfasst, und haben deshalb ein Vielfaches schmuggeln können. Das ist wirklich selbstbewusst.«

Jonna nahm ihm dankbar das Glas aus der Hand. »Stimmt. Vielleicht ist da ein neuer Player auf dem Markt – einer, der sich noch nicht auskennt, aber unbedingt mitmischen will. Der durch die Zollplomben für ein paar Container den perfekten Weg anbieten kann. Jemand, der keine Lust hat, für Steuerhehlerei im Knast zu landen, und stattdessen in seiner verqueren Moral lieber über Leichen geht!«

»Manchmal denke ich, die Sitten verrohen immer weiter«, sagte er. »Heutzutage brechen sie einem nicht mehr die Finger, wenn etwas schiefläuft, sondern statuieren ein Exempel, um klarzumachen, dass sie keine Fehler dulden!«

»Was springt denn bei so 'ner Ladung raus?«, fragte Charlotte. »Wenn auf dem Weg jeder mitverdienen will, muss da doch ordentlich was zusammenkommen, oder?«

»Die Kollegen haben uns vorgerechnet, dass die Gewinnspanne bei den gefälschten Zigaretten bei fünfhundert bis neunhundert Prozent liegt. Hunderttausend in der Herstellung in den Fabriken bringen eine Million Euro Verkaufserlös! Davon kann man schon ein bisschen Geld an die Zwischenhändler abtreten«, antwortete Jonna. »Allein in Deutschland werden im Jahr über vierundsechzig Milliarden Zigaretten verkauft … und wenn man da ein Stückchen vom Kuchen abbekommt, indem man sie illegal einführt, um die Steuern zu sparen … macht man einen Riesengewinn. Der Zoll schätzt, dass rund 2,3 Milliarden illegaler Zigaretten jährlich hier verkauft werden. Bummelig gerechnet …« Sie überlegte einen Moment. »Wenn man den Container randvoll mit Zigaretten packt, und das Zeug nicht in anderen Waren verstecken muss, passen laut den Kollegen fünfhunderttausend Packungen in einen Container. Das sind zehn Millionen Zigaretten! In einer Fuhre!« Sie verzog den Mund. »Keine Ahnung, was für die Hintermänner von Timmermann und dem Zöllner rausgesprungen ist, aber man dürfte schon mit zwei oder drei Containern fürs Leben saniert sein, oder was meint ihr?«

»Wer sind diese neuen Zwischenhändler? Wer hat sich die Plomben für die Container besorgt und sich bei der Zigarettenmafia ins Spiel gebracht? Ich habe noch nicht alle Dateien durchgesehen«, sagte Charlotte, »aber Melanie Cullmann ist genau diesen Hintermännern auf die Spur gekommen, und deshalb musste sie sterben!«

»Dirk Röder, der Zöllner, der die Containerplomben herausgegeben hat, hat einen Namen ausgespuckt. Sven *Zottel* Pötter«, antwortete Jonna. »Kein Unbekannter. Daan hat alle verfügbaren Fahnder auf der Straße. Der geht uns heute ins Netz, da bin ich sicher.«

Es klopfte an der Tür, und der Wachhabende steckte seinen Kopf herein. »Moin, ich stör ja echt ungern, aber Herr Hansen wartet nicht länger. Er sacht, wenn er das …«

»Wenn ich es jetzt nicht beichte, dann nie.« Hansen drängelte sich vorbei. »Bitte!«

Jonna winkte ihn herein. »Sie haben den Stick gefunden? Können Sie uns noch etwas dazu sagen?«

Die Frage brachte ihn aus dem Takt. Er drehte einen Umschlag hilflos zwischen den Händen.

»Das Ding … nein. Ich habe ihr versprochen, kein Sterbenswörtchen zu verraten. Sie hat sich mir anvertraut, als die Entscheidung anstand, aber jetzt … vielleicht hilft es Ihnen, Melanies Mörder zu finden.«

»Was meinen Sie?«

Er reichte Charlotte den Umschlag.

»Sie war … Melle gehörte doch zu Ihnen. Zur Polizei! Ja, sie gehörte dazu!«

KAPITEL 50

Fred griff an Zottels Hals und suchte seinen Puls. Zottel hatte eine fiese Platzwunde am Schläfenlappen, aber sein Atem rasselte, und er hatte einen kräftigen Herzschlag. Er war nur bewusstlos.

Fred sah sich um. Er brauchte etwas, um die drei provisorisch abzudecken, er konnte sie schlecht so liegen lassen, denn er war hier noch nicht fertig. Er fand aber nichts, womit er sie hätte unsichtbar machen können.

Er beugte sich zu Zottel herunter und fischte aus dessen Jackentasche die Autoschlüssel und das Handy. Vielleicht ging es so. Er fuhr das Auto schräg vor die drei. Zumindest wenn man aus dem Schuppen 52 kam, versperrte das Auto die Sicht auf die Leichen.

Fred war seltsam ruhig. In ihm war eisige Entschlossenheit.

Zottel traf keine Entscheidungen unabhängig von Karl.

Karl also? Sein Vater hatte die Ermordung Melles angeordnet! Wie konnte er ihm das antun? Späte Rache dafür, dass Fred sich vor weit über zehn Jahren von ihm losgesagt hatte? Alterssenilität?

Er hatte sich von ihm einlullen lassen. In der Speicherstadt. Von wegen Rainer als Geschenk. Er hatte ihm einen Brocken Fleisch hingeworfen, wie bei einer Raubtierfütterung. Unmenschlich. Gnadenlos.

Er war sich sicher, wenn die beiden Petrov-Brüder trotz ihrer Verletzungen hier waren, dann, weil sie sich um Karl kümmerten. Sie hatten ihn gefahren und beschützten ihn.

Er war hier!

Freds Blick war auf die Kaischuppen gerichtet, die letzten erhaltenen Umschlagsorte aus der Kaiserzeit. Früher hatten sich die Hafenarbeiter hier ihren Buckel krumm geschleppt, heute stießen die Reichen mit Champagner an. Pittoresk drapiert, lagen weiter vorn die MS *Bleichen* und der historische Viermaster *Peking*. Ein lohnendes Ausflugsziel für Touristen, die das Hafenmuseum und die Schiffe besuchen wollten.

Die Toten hinter Zottels Wagen passten nicht in die Idylle.

Es war an der Zeit, Karl die Laune zu verderben.

Fred überlegte, wie er ihn aus der Veranstaltung locken könnte. Ihm fiel nichts ein. Das Adrenalin pulsierte in ihm wie ein Sturm, der jeden klaren Gedanken hinwegfegte.

Er kickte einen Stein beiseite. Fluchte leise.

Es half nicht.

Die Hände in den Taschen, stand er vor dem Wagen und sah auf den Parkplatz. Welches war Karls Auto? Sollte er auf Verdacht eines wählen und im Auto auf ihn warten? Wenn er das falsche erwischte, wäre er geliefert. Wenn Karl mit allen anderen am Ende der Feier herauskäme, wäre ein ruhiger Zugriff sowieso nicht möglich. In diesem Moment surrte sein Handy in seiner Jackentasche.

Nicht seins. Es war Zottels Handy. Er ignorierte es, aber hatte eine Idee. Er könnte Karl eine Nachricht senden, die ihn auf Trab brächte. Er ging zurück zum Auto und sah sich um. Niemand da. Dann trat er auf die andere Seite und hielt das Display vor Zottels Visage. Gesichtserkennung.

Es funktionierte. Er ließ lautstark die angehaltene Luft entweichen und scrollte durch das Adressbuch.

Karl. Er schrieb ihm eine Whatsapp-Nachricht: *Petrov-Brüder erschossen. Sofort Veranstaltung verlassen. Ruhe bewahren.*

Wenn das Karl kaltließe, wusste er auch nicht weiter.

Es dauerte geschlagene neun Minuten, bis zwei blaue Häkchen an der Nachricht aufleuchteten. Na endlich.

Fred setzte sich ins Auto und ließ den Motor an.

Er war bereit.

Es vergingen weitere sechs Minuten.

Dann sah er ihn.

Mit ernster Miene schlängelte sich Karl durch die Autos. Er hatte Marion eingehakt und sah sich suchend um. Vermutlich suchte er die Petrov-Brüder. Nun, die würde er nicht finden.

Mein Gott, Mutter ist alt geworden, dachte Fred und lächelte in sich hinein. Seine Eltern!

Karl zog Marion eilig zu einem Lamborghini Huracan, sie stiegen ein und gaben Gas.

Fred hängte sich dran.

Sie saßen in ihrem Wagen, aber das änderte nichts – sie waren ihm ausgeliefert.

KAPITEL 51

Melanie Cullmann gehörte zur Polizei?«

Irritiertes Schweigen folgte den Sätzen von Johann Hansen.

Der zeigte mit zittrigen Fingern auf den Umschlag.

Charlotte riss ihn auf und schüttete dessen Inhalt auf den Tisch.

Geld. Fünfzigeuroscheine.

Quittungen. Mit einem Gummiband zusammengehalten.

Jonna griff nach den Quittungen. »Behördenstempel!«, krächzte sie.

»Was bedeutet das?«, fragte Tom.

Jonna schüttelte den Kopf. In Sekunden fielen die ganzen Puzzlesteine an ihren Platz. »Was für eine Scheiße!« Sie warf die Quittungen angeekelt auf den Schreibtisch. »Was das bedeutet? Das kann ich dir sagen. Melanie Cullmann war eine VP, eine Vertrauensperson, und hat uns …« Sie zeigte mit dem Finger auf sich selbst. »Hat dem LKA Informationen zugespielt.« Sie sah Hansen mit wütendem Blick an. »Und damit kommen Sie erst jetzt?«

Tom sah von einem zum anderen. »Und das LKA quittiert das Schmiergeld, oder was?«

»Natürlich. In einer Behörde hat alles seine Ordnung.« Jonna blätterte rastlos durch das Geld. »Fürs Geld hat sie es jedenfalls nicht getan.«

»Warum hat das LKA uns nicht informiert?«, fragte Tom.

»Das ist die Frage aller Fragen.« Jonna merkte, wie die Wut durch ihren Körper pumpte. Das würde sie mit Meyfahrt und der LKA-Führung klären. Sie überblickte die ganzen Auswirkungen noch gar nicht. »Wahrscheinlich hat Melanie herausgefunden, dass ihr Ehemann samt seiner Familie mit drinsteckt. Dass er sich nicht geändert hat. Dass er mit seiner Familie Geschäfte macht.«

»Nee, der Fred hat keine Ahnung«, mischte sich Hansen ein. »Es war ein verdammtes Geheimnis. Die Melle, die hatte so einen irrsinnigen Gerechtigkeitssinn. Geld wollte die gar nicht haben. Das konnte sie dem Fred nicht sagen, der ist ja kein Freund der Polizei.« Er schluckte, als er seinen Fauxpas bemerkte. »Also, er hat eine bewegte Vergangenheit. Sie hat mich gefragt … was hätte ich denn sagen sollen?«

»Ich verstehe nicht, warum man uns nicht verständigt hat! Ihr Verbindungsmann muss doch wissen, dass sie getötet wurde!« Jonnas Gedanken blieben bei der unverständlichen Geheimhaltung. Hatte die Chefetage beschlossen, die laufende Operation nicht zu gefährden, um an die Hintermänner heranzukommen? Sie starrte auf die Quittungen auf dem Schreibtisch, als ob sich dort eine Erklärung herauslesen ließ. Eine VP. Das Mordopfer war eine verdammte Verbindungsperson des LKA – und sie hatte es weder geahnt, noch hatte es ihr jemand gesagt. Jetzt verstand Jonna auch, weshalb ihre Vorgesetzte Meyfahrt so großzügig Ressourcen zur Verfügung gestellt hatte. Sie hatte entweder gewusst, wer da getötet worden war, oder war bald von der LKA-Führung eingeweiht worden.

Hatte man befürchtet, dass Jonna zu viele Fragen stellen würde? Dass sie eine laufende Ermittlung gefährden könnte? Hielt die LKA-Führung sie nicht für vertrauenswürdig? Was bedeutete das für ihre Zukunft? Was sagte das über ihre bisherige Arbeit aus?

Jonna strich sich müde über die Augen.

Hätte sie anders ermittelt, wenn sie von Anfang an Bescheid gewusst hätte? Natürlich, sie hätte sich nicht auf Fred Cullmann eingeschossen, sie hätte sich auf Melanies Arbeitsplatz fokussiert.

Oder wäre genau das ein Fehler gewesen? Hatte der Polizeipräsident das verhindern wollen? Gehörten Fred und seine Familie in diese neue Dimension des Zigaretten-Schmuggels, aber man konnte es ihnen noch nicht nachweisen? Waren sie die gesuchten Hintermänner?

Warum hatten sie Melanie Cullmann nicht geschützt? Oder waren sie genauso von den Ereignissen überrollt worden wie die arme Frau? Vielleicht hätte man Benjamin Unger retten können? Diese Frage würde sie Meyfahrt stellen, und sie konnte nur hoffen, dass sie eine gute Antwort darauf hatte.

Das Telefon auf Toms Schreibtisch schrillte unangenehm in ihre Gedanken. Der Alltag. Der marschierte einfach weiter, auch wenn ihre Zeit gerade stehen geblieben war.

Tom nahm den Hörer ab und erstarrte.

Charlotte hatte es ebenfalls bemerkt und setzte sich sofort auf.

»Quetsche! Endlich! Wo bist du? Ist alles in Ordnung? Und was ist das für eine Nummer?« Er warf Schrotti einen Seitenblick zu und stellte den Ton laut. »Jonna und Charlotte hören mit.«

Eine atemlose Stimme drang aus dem Lautsprecher. »Nix ist in Ordnung. Schießerei Hansahafen, vor Schuppen 52. Leitstelle und RTW sind verständigt. Zwei Tote, ein Verletzter. Ich konnte nicht eingreifen – keine Waffe, kein Handy, kein verdammtes Gar-nichts. Hab nur 'ne verfluchte Sicherheitsweste. Tom, was passiert in unserem Hafen? Die Typen waren gestern Abend in einen Unfall auf der Zellmannstraße verwickelt. Ich bin ihnen gefolgt. Habt ihr da was?«

Tom nickte hektisch. »Ja, ja … wer sind die?«

»Ich geb es Ihnen ja gleich zurück!« Die Stimme klang gepresst. »Mensch, ich telefoniere mit der Polizei!« Ein kurzes Rascheln, dann: »Sorry, das Männeken will sein Handy zurückhaben. Hört zu: Ich brauche Verstärkung und Begleitschutz für den Verletzten.

Er hat zwei Männer erschossen. Und Achtung: Fred Cullmann stand daneben!«

Schrottis Aufschrei lenkte Jonna ab, doch Quetsches Stimme drang trotzdem zu ihr durch.

»Cullmann jagt einem Wagen nach. Veddeler Damm. Köhlbrandbrücke!«

KAPITEL 52

Entgegen Freds Vermutung bog Karl rechts auf den Veddeler Damm ab und raste in Richtung Köhlbrandbrücke. Bei dieser Geschwindigkeit waren die beiden nicht zu stoppen – das Risiko eines tödlichen Unfalls war zu hoch.

Andererseits hatte Fred nichts mehr zu verlieren.

Er benötigte Antworten.

Karl erhöhte das Tempo weiter. Er hatte bemerkt, dass ihn jemand verfolgte. Und näher kam.

Fred brauchte Geduld. Doch genau die war ihm abhandengekommen.

Sie waren noch nicht auf dem Scheitelpunkt der Brücke, als sich eine Chance auftat. Sie hatten einen Schwertransport eingeholt, der vor ihnen die Steigung der Brücke erklomm. Zum Überholen blieb kein Platz, und so wurde Karl fast zum Stehenbleiben gezwungen. Das erklärte Fred, warum die Brücke so wenig befahren war. Die Polizei begleitete den Riesen, der sich behäbig Zentimeter für Zentimeter voranwalzte. Vor ihm kroch das Begleitfahrzeug mit rotierenden gelben Leuchten, direkt dahinter der Streifenwagen, dessen Leuchtschrift einen auf den Schwerlastwagen hinwies. Bis dieses Ungetüm die Brücke überquert hatte, würde es dauern.

Fred zögerte nicht länger. Er riss die Waffe aus der Jacke, stoppte seinen Wagen, drückte die Fahrertür auf und stürmte nach vorn. Der Fahrer des einzigen Wagens hinter ihm hupte. Fred drehte sich um und zeigte ihm seine Waffe. Kurz erhaschte er einen Blick auf das erschrockene Gesicht des Mannes, der ausstieg und ohne ein weiteres Wort die Brücke in die entgegengesetzte Richtung hinunterrannte.

Fred war es egal. Er konzentrierte sich auf das Auto vor ihm.

Die Türen des Lamborghini waren bereits geöffnet. Karl hatte mitbekommen, was sich hinter ihm abspielte, und wusste, dass Fred seinetwegen hier war. Er hatte Zottels roten Audi R 8 sicher erkannt. Er versuchte, ihm zu entkommen.

Keine Chance, alter Mann.

Endlich stand er Melles Mörder gegenüber. Demjenigen, der mit ein paar Worten die Petrov-Brüder instruiert hatte, sie über die Reling der Fähre zu stürzen.

Er hasste ihn. Seinen Vater.

Dann war es Mutter, die ihn außer Fassung brachte. Sie schnappte erschrocken nach Luft, als sie in den Lauf seiner Pistole blickte.

»Manni? Schlumpf-Liebling!«

So hatte sie ihn schon immer genannt. Er hatte ihren liebevollen Singsang geliebt. Ihre Stimme hallte in seiner Erinnerung viel klarer wider, als er ihr Gesicht erkannte. Das war faltig und fremd geworden.

Entschlossen brüllte er sie an. »Raus. Beide. Hinter den Wagen, zu mir, los, los!« Er war nicht mehr ihr Schlumpf.

Karl folgte seiner Anweisung langsam, die Hände halb erhoben, sein Blick wachsam, kalkulierend. Marion hingegen schwankte und hielt sich eisern an der Tür fest. Der Wind zerrte an ihrem Kleid, wirbelte die dünnen Stoffbahnen um ihre Beine.

»Bitte nicht …«, sagte sie. Ihr Blick huschte zur Brückenkante.

Sie waren auf dem ersten Drittel der Brücke, trotzdem schon hoch über der Elbe. Unter ihnen die Lichter der Stadt und das schwarze Wasser.

Karl bewegte sich langsam um das Heck des Wagens zu seiner Frau.

»Sie hat Höhenangst, weißt du nicht mehr, Manni?«

Marion stand zitternd neben dem Wagen und atmete flach, fast hastig. Ihre Lippen bewegten sich tonlos, und sie sah Karl panisch entgegen, als hoffe sie, dass er sie erlösen käme. Der Wind, der hier oben heftig wehte, verstärkte vermutlich ihre Angst, dass eine falsche Bewegung sie in die Tiefe hinabziehen könnte.

»Polizei! Bleiben Sie ruhig! Legen Sie die Waffe runter!«

Fred warf den beiden Polizisten, die den Schwertransport begleiteten und inzwischen ebenfalls mitbekommen hatten, was sich hinter ihnen abspielte, einen kurzen Blick zu. Der eine hielt irritiert seine Dienstwaffe in der Hand und schien sich zu fragen, in welch absurdes Schauspiel er da hineingeraten war. Der andere sprach in sein Funkgerät und rief Verstärkung. Beide blieben in Entfernung. Sie hatten keine Schussposition, in der sie sicher sein konnten, Fred zu treffen, ohne Karl und Marion zu gefährden. Falls sie überhaupt schon verstanden hatten, was sich vor ihren Augen abspielte.

Fred blieb nicht mehr viel Zeit. Er ignorierte die Polizisten.

»Warum?« Seine Stimme war kalt, ein dunkles Grollen aus den Tiefen seiner Kehle. »Warum hast du sie töten lassen?«

Karl reagierte langsam. Er wich ein kleines Stück zur Seite, wollte Distanz schaffen, was angesichts der Waffe in Freds Händen und der sich an ihn klammernden Marion rührend wirkte.

»Es klingt schlimm, ich weiß, aber wenn du mich ausreden lässt …«

»Ich habe die Angst meiner Frau am Telefon gehört. Ich habe sie tot am Ufer liegen sehen. Angespült wie Treibgut. Los, los, da rüber.« Er scheuchte sie an die Seite, ließ sie über den Versorgungsgang klettern und sich direkt ans Brückengeländer stellen. Marion keuchte und zitterte. Der Wind rupfte an ihren Haaren und ließ die losen Strähnen vor ihrem Gesicht flattern. Ihre Finger versuchten vergeblich, die Frisur zu retten.

»Los, Mutter, sag ihm, er soll den Mund aufmachen, sonst werde ich ihm helfen, dich über die Brüstung zu stoßen.«

»Manni, bitte … Karl, tu doch was!«

Sie war nicht mehr die kühle Übermutter, die alles im Griff hatte. Für Fred war sie eine alte und verängstigte Frau. Trotzdem war es eine verdammte Ironie des Schicksals, dass sie keine Angst vor ihm und der Waffe in seiner Hand hatte, sondern vor der Brücke und der Höhe!

»Ich schwöre dir, Manni, wir wollten das nicht«, antwortete Karl, wie Marion es ihm befohlen hatte. »Es war nicht geplant, sie sollten ihr nur ein wenig Angst machen, damit sie aufhörte, uns nachzuspionieren.« Sein Ton glitt ins Läppische. »Die jungen Wilden heutzutage, schlagen immer gleich über die Stränge. Nicht wie bei uns damals. Wir hatten Ehrgefühl!«

Fred wollte weder Ausreden noch Klagen hören.

»Wir wussten doch gar nicht, dass sie zu *dir* gehörte, Junge. Woher sollten wir das wissen? Wir hatten dich viele Jahre nicht mehr gesehen. Für uns war sie eine übereifrige Logistikerin, die ihrem Chef hinterherspionierte.« Karl kam einen Schritt auf ihn zu. »Ich kann dir erklären, was passiert ist!«

Fred wusste, dass Karl auf Zeit spielte. Auch er hörte das Martinshorn näher kommen. Die Verstärkung traf ein, und Karl hoffte offenbar, sich freireden zu können.

»Auf den Boden«, schrie einer der Polizisten, »Waffe weg, und legen Sie sich auf den Boden!«

»Schießt doch! Aber ich nehme hier noch ein paar mit.«

Er ließ sich nicht ablenken. Er war durch Karls harte Schule gegangen. »Warum? Sag es mir, verdammt noch mal!«

»Du weißt doch gar nicht, wie es uns ergangen ist.« Karl stützte sich auf das Geländer, als würde es ihn aufrecht halten. Sein Blick abschätzend und kalt. »Manni, du hast es nie verstanden.«

Drei Streifenwagen stoppten hinter ihm.

Das zuckende Blaulicht nervte. Karls Gejammer ebenfalls.

Fred sah aus den Augenwinkeln, dass nicht nur die Mordermittlerin ausstieg, sondern auch Charlotte Severin und … Schrotti. Was machte der hier?

Er konzentrierte sich auf Karl.

»Du bist ein Mörder!« Freds Hände zitterten von der Anstrengung, die Waffe hochzuhalten. »Du wolltest mich schon immer brechen, so wie du alles zerbrichst, was du angeblich liebst. Jeder muss nach deiner Pfeife tanzen.«

Der Alte lachte heiser, bitter. »Ich hab dich nicht gebrochen. Du bist gegangen, Manni. Weggerannt wie ein feiges Kind.«

»Du hast mir die Luft zum Atmen genommen.« Er trat näher an die beiden heran, um Schrotti nicht mehr sehen zu müssen. »Melanie – sie hatte mit alldem nichts zu tun! Warum sie?«

Ein Zucken im Gesicht des Alten. Er wirkte faltiger denn je und kleiner. So viel kleiner als damals, als er noch ein Großer war.

»Lass es«, rief Schrotti. »Mach keinen Quatsch!«

»Sie hat sich in Dinge eingemischt, die sie nichts angingen.« Karls Stimme war gefährlich ruhig. »Deine kleine Dame hat für die Polizei gearbeitet, ist das nicht lustig?« Er lachte heiser auf. »Du hast dir einen Spitzel zur Ehefrau genommen. Du hast wirklich noch nie etwas richtig gemacht!«

Fred verschlug es die Sprache. Wovon redete Karl? Melanie und die Polizei?

Fred fühlte es mehr, als dass er sah – die Polizisten hinter ihm, lautlos in Bewegung, suchten fieberhaft nach einer Möglichkeit, zuzugreifen. Doch der Versorgungsgang war eng. Sobald sie versuchten, drüberzuklettern, würde Fred die Waffe benutzen. Klar, danach würde die Polizei auf ihn schießen. Es war ihm egal, er hatte keine Angst zu sterben.

»Du hast alles zerstört, was ich hatte!«, fluchte er.

Der Alte richtete sich auf, zog das Kinn hoch. »Dann tu, was getan werden muss. Bring es zu Ende, Manni.«

Freds Hand zitterte. Ein Schritt. Noch einer. Der Abstand zwischen ihnen schmolz. Der Wind riss an ihnen, als wolle er entscheiden, wer zuerst fiel.

»Nein!«, rief Schrotti. »Lass dich nicht provozieren!«

»Was hat sie über dich herausgefunden?«, fragte er.

»Wir sind deine Familie«, krächzte Marion mit angespannter Stimme. »Du hast uns verlassen! Du hast selbst entschieden, alles zu zerstören!« Sie wedelte seine Argumente mit der Hand weg wie eine lästige Fliege. »Wir haben unser Leben lang hart gearbeitet, und im Alter sitzen wir nicht herum und lösen Kreuzworträtsel. Dein Vater ist nicht mehr der Jüngste. Unser Leben ist teuer, Rente gibt's in unserer Branche nicht, und wir müssen für uns sorgen. Sonst tut's keiner. Und dein Bruder will auch abgesichert werden, was glaubst du denn?«

»Paktiert ihr mit der Drogenmafia, oder was?«

»Mensch, Schlumpf! Karl ist alt. Wir kommen doch mit dem ganzen neumodischen Kram gar nicht zurecht. Smartphone, Trackings Apps, Drogen-Kartelle ... die sprechen nicht mal Deutsch. Glaubst du wirklich, wir pfuschen denen ins Handwerk und laufen dann so einem durchgeknallten Marokkaner vor die Flinte?«

Fred übersetzte die Worte seiner Mutter in deren gängiges Weltbild. »Ihr habt etwas unter dem Radar angezettelt. Was?«

»Deine Fragerei nervt!« Karl winkte ab.

Er nahm ihn immer noch nicht ernst. Nicht mal im Angesicht einer auf ihn gerichteten Waffe.

»Dein Vater kann nicht mehr nächtelang in irgendwelchen Bars rumstehen. Wir haben geholfen, ein paar Container aus dem Hafen zu bringen, das war's. Deine kleine Dame hätte einfach die Füße stillhalten sollen, und es wäre nichts passiert.«

»Was war in den Containern?«

»Das geht dich nichts an, Schlumpf!«

Er hob die Waffe höher und zielte direkt auf ihren Kopf. Er war kurz davor zu schießen. Ihm war alles egal.

»Zigaretten.«

Fred keuchte, lachte, hustete. »Ihr tötet für ein paar Giftnudeln? Ihr raucht doch nicht mal!«

»Junge, pro Container 'ne knappe Mille. Davon kann man ein paar Helfer gut bezahlen! Wir haben einen todsicheren Weg gefunden«, sagte Karl, und Fred meinte, einen gewissen Stolz darin zu hören.

»Siehst du, Fred, das ist das Problem mit dir, du hast keine Visionen.« Mutters Stimme klang verächtlich. »Mit diesen paar Containern haben wir Millionen gemacht und unser und Zottels Leben abgesichert!«

»Erzähl keinen Scheiß. Niemals ist Karl in der Lage, einen solchen Deal zu managen! Er ist …« Fred schoss ein anderer Gedanke durch den Kopf. Etwas stimmte an der Aussage nicht. Etwas …

»Warum nennst du mich Fred?«

KAPITEL 53

Keiner rührte sich, als sich Freds Welt für immer veränderte. Melanie hatte für die Polizei gearbeitet und ihm nichts davon gesagt?

Marion wusste, dass er nicht Manni, sondern Fred war! Wann hatte sie das herausgefunden?

»Hast du geglaubt, du könntest einfach so verschwinden? Eine Mutter spürt, was in ihrem Kind vorgeht, lange bevor es selbst davon weiß. Ich hab sofort gemerkt, dass du jemanden kennengelernt und dich verliebt hast. Damals. Aber dass du es tatsächlich durchziehst und gehst – das hätte ich dir nicht zugetraut!« Sie verzog den Mund. »Ich wusste zu jedem Zeitpunkt, wo du warst und wer sie war. Ich habe jeden Tag den Schmerz gespürt!«

»Marion?«, auch Karl hatte offenbar Mühe, den Sinn der Worte zu begreifen. »Warum hast du mir nichts gesagt, ich hätte ihn doch zurückgeholt!«

»Eine Mutter bettelt nicht um die Liebe ihrer Kinder«, giftete sie ihn an. »Wir haben alles für ihn getan. Ihn aus der Gosse geholt und ihm ein gutes Leben ermöglicht, und so dankt er es uns? Wir müssen auf ihn und seine Gefühle keine Rücksicht nehmen.«

»Hast *du* angeordnet, dass Melanie …?« Fred war nicht in der Lage, die Worte auszusprechen. Seine Mutter hatte ihm die Ehefrau genommen? Die Frau, die einst sein sicherer Hafen war, war zur Verräterin geworden – seine größte Feindin.

»Das ist mein Job. Einer muss die Familie zusammenhalten. Unsere Geschicke organisieren. Dein Vater …«, sie warf Karl einen kurzen Blick zu. »Mein Gott … je älter er wird, desto rührseliger ist er.«

»Herr Cullmann, Fred …«, hörte er erstmals eine andere Stimme. Es war die Psychologin. Er stand in ihrer Schuld, seit sie ihm ermöglicht hatte, von Melanie Abschied zu nehmen. Aber er hatte ihr die Fotos zur Verfügung gestellt, das reichte, oder?

»… Johann hat recht. Lassen Sie sich nicht provozieren. Wir wissen, dass die beiden im Zigarettenschmuggel drinstecken. Wir wissen, wie sie es durchgezogen haben und wie oft. Wir wissen, dass sie den Mord an Ihrer Frau veranlasst haben, und wir werden es ihnen lückenlos nachweisen. Machen Sie jetzt keine Dummheit!«

Fred zögerte. Wenn die Polizei alles wusste, könnte er … nein, er wollte Gerechtigkeit für seine Frau. Karl durfte nicht davonkommen.

Fred hörte den Polizeifunk.

»An das Boot im Köhlbrand, Elbe 31 für 52/10.«

»Hört.«

»Vier Personen auf Köhlbrandbrücke in Fahrtrichtung Waltershof. Eine Person bewaffnet. Unklare Bedrohungslage. Postiert euch unter der Brücke, falls Personen stürzen oder springen. Sperrt den Köhlbrand und informiert die Nautische Zentrale über Seefunk.«

»Elbe 31 hat verstanden. Köhlbrand ist frei von Fahrzeugen.«

Karl wandte sich mit weicher Stimme an Marion. »Weißt du, Liebling, es ist an der Zeit, unsere Geschicke ein letztes Mal zu lenken. Lass es uns zusammen beenden. Für den Knast sind wir zu alt. Lieber ein Ende mit Schrecken als … du weißt schon.« Er kletterte auf die Brüstung und reichte ihr seine Hand. »Komm!«

»Los, rauf da, spring mit Vater!«, feuerte Fred sie an. »Du hast doch solche Angst, in die Tiefe gezogen zu werden. Finde raus, wie es sich anfühlt!«

»Um dir die Arbeit abzunehmen?«

»Hast du mir eure Handlanger auf den Hals gehetzt? Gehst du so weit und lässt deinen Sohn töten – für ein paar Zigaretten?«

»Du bist genauso stur wie diese Melanie. Weißt einfach nicht, wann es genug ist. Stehst hier und redest, statt abzudrücken.«

In diesem Moment fühlte Fred, wie sich etwas in ihm veränderte. Es ging nicht mehr um Rache. Sie traf die Falschen. Seine Eltern würden nie verstehen, wie viel Schmerz sie anderen zufügten. Egal, wie oft er auf sie schoss oder einstach. Er musste einen Weg finden, mit dem Verlust von Melanie weiterzuleben. Und vielleicht lag der erste Schritt darin, die beiden Mörder ihrem Schicksal zu überlassen und sich nicht an ihnen die Hände schmutzig zu machen.

»Die Petrov-Brüder sind tot!«, sagte er mit einem letzten Rest trotzigen Aufbegehrens. Gab es denn nichts, was den beiden wehtat?

»Hast du sie umgebracht? Das glaube ich dir nicht. Selbst wenn, die sind kein Verlust. Hat dir jemand geholfen?« Sie sah ihn aus zusammengekniffenen Augen an. »Zottel? Ja, dein Bruder hat längst angefangen, eigene Entscheidungen zu treffen, ohne sich von uns zu distanzieren. War es Zottel?«

Fred ließ die Frage im Raum stehen, wo sie explodierte und Marion mit voller Wucht traf. Endlich zeigte sie eine Regung.

Sie kreischte auf. »Du hast ihm etwas angetan. Du Vieh! Er ist dein Bruder!«

KAPITEL 54

Er konnte nicht länger zusehen, wie die drei sich ankeiften, sich um sie herum die Polizei postierte und alle mit ihren Waffen fuchtelten. Vielleicht wollten die Polizisten nicht schießen, doch sie waren nicht fähig, die gefährliche Lage zu beenden. Nicht mit Worten und nicht durch beherztes Eingreifen. Fred würde die Waffe nicht niederlegen.

Also musste er die Initiative ergreifen, um das Ruder herumzureißen.

»Genug!« Nur ein Wort, aber es schnitt in die aufgereizte Stimmung wie ein Messer. Schrotti trat mit ein paar schnellen Schritten auf die drei zu, bevor ihn jemand zurückhalten konnte. Er hob die Hände, als wolle er kämpfende Hunde auseinanderzerren. »Genug! Seht euch an! Ihr zerfleischt euch gegenseitig, aber am Ende klebt nur mehr Blut an euren Händen. Sonst nichts!«

Seine Brust hob und senkte sich schwer. Er war solche Aufregung nicht gewohnt.

Der alte Mann, den Fred mit Vater angesprochen hatte, griff nach seiner Frau und zog sie langsam auf die Brüstung. Freds Hand mit der Waffe zitterte. Es musste ein Ende finden. Sofort.

»Denk nach, Fred.« Schrottis Stimme war leiser, aber kein bisschen sanfter. »Denk an Melle. Meinst du, sie hätte gewollt, dass du dein Leben für Rache wegwirfst – für so'n Mist? Du konntest sie nicht retten, und sie kommt nicht zurück.« Er schnaubte, sah auf die beiden Alten, die sich damit abmühten, die Brüstung hochzusteigen. »Guck sie dir an. Die sind es doch nicht wert. Lass den Quatsch. Leg die Waffe weg, bevor du's ein Leben lang bereust.«

Schrotti sah Fred an, dass er überlegte. Gab Fred endlich auf?

Plötzlich eine Bewegung. Nicht von Fred. Nicht von der Polizei. Nicht von ihm selbst.

Von dem alten Mann auf der Brüstung.

»Es gibt nichts mehr, was wir noch tun können«, sagte er und ließ sich vornüberfallen – in die Tiefe.

Schrottis Herz setzte aus. Ein Schrei. Seiner? Ihrer? Er kletterte halb auf die Brüstung, um besser sehen zu können.

Ein dumpfer Aufprall unten. Weit unten.

Ein Augenblick, in dem nur der Wind existierte.

Die Alte stand neben ihm. Sie schrie. Vor Angst. Vor Entsetzen. Schrotti griff nach ihr, um sie von der Brüstung herunterzuholen.

Die Frau schwankte, suchte ihr Gleichgewicht. Ihre Hände fuchtelten in der Luft, fanden keinen Halt. Im nächsten Moment kippte sie nach vorn – nicht freiwillig, sondern weil die Schwerkraft sie zog.

Er packte ihren Arm. »Halt fest!«, schrie er.

Ihre Hand glitt an seinem Jackenärmel ab. Ihre Panik griff fester zu, klammerte sich an ihn – und dann, mit einem einzigen Ruck, wurde er mit in die Tiefe gerissen.

KAPITEL 55

Die Schreie übertönten einander.

Toms eigener Schrei.

Der von Marion Schrader.

Die der Kollegen.

Hatte Johann Hansen geschrien?

Die drei waren in die Tiefe verschwunden. Nach wenigen Sekunden die furchtbaren Geräusche ihres Aufpralls.

Instinktiv schnellte Tom vorwärts und drückte Fred Cullmann mit aller Kraft gegen das Brückengeländer. Er entriss ihm die Waffe. »Vorsicht, Waffe!«, schrie er und schleuderte sie hinter sich auf die Straße.

Weg, nur weg damit.

Obwohl Cullmann keinen Widerstand leistete, war Tom froh, als die Kollegen aus dem Streifenwagen ihm halfen, Cullmann zu Boden zu ringen und seine Arme auf den Rücken zu zerren. Tom legte ihm Handfesseln an und zog so fest zu, dass Cullmann vor Schmerzen aufstöhnte.

»Alles unter Kontrolle, Waffen weg«, schrie er. Mithilfe des Kollegen wuchtete er Cullmann auf die Füße, zerrte ihn über die Leitplanke und legte ihn mit dem Gesicht nach unten auf die Straße.

Er richtete sich auf und rang nach Atem.

Charlotte und Jonna hingen über der Brüstung und starrten ins Wasser. Sie sprachen kein Wort.

Was zuerst? Das Boot! Der Funk kam ihm dazwischen.

»Elbe 52/10 von Michel. Wir brauchen eine Lage, was ist da los? Braucht ihr Verstärkung?«

Er atmete tief durch, versuchte, sich zu beruhigen, um überhaupt sprechen zu können. Er drückte die Sprechtaste seines Funkgeräts.

»Wir haben drei Springer. Ich wiederhole: drei Personen von der Köhlbrandbrücke gesprungen ... im Wasser. Eine Person mit Waffe überwältigt. Das Boot ist auf der Suche nach den Verunglückten. Wir brauchen einen RTW und Notarzt zum Anleger Neuhof. Das Boot sucht ... sucht.«
»Verstanden. RTW, NAW gehen raus. Braucht ihr noch weitere Kräfte?«
»Nein. Lage unter Kontrolle.«

Tom sah in der Ferne ein zweites Wasserschutz-Boot kommen.

Doch Charlotte und Jonna regten sich nicht. Also hatten sie keinen Sichtkontakt zu einem der drei.

Gab es dort unten noch Leben?

KAPITEL 56

Wenn Jonna Anfang der Woche noch gedacht hatte, sie sei müde und erschöpft, war ihr Zustand heute ungleich schlimmer. Vor ein paar Tagen hatte sie während einer laufenden Ermittlung Benjamin Unger nicht retten können. Auf der Köhlbrandbrücke war alles schiefgelaufen. Fred Cullmann hatte seine Waffe zwar nicht benutzt, kein Schuss war gefallen, trotzdem hatte es Tote gegeben.

Manchmal war ihr Job richtig scheiße!

Wieder saß sie auf einem der bequemen Stühle der Bar in der *Residenzia Alessia*. Der Whisky schmeckte so gut wie immer. Und doch war alles anders.

Die Hotelbar war heute relativ leer. Nur zwei Pärchen knutschten in entlegenen Ecken. Die hatten es gut.

Sie ahnte, dass sie lange brauchen würde, den Fall hinter sich zu lassen. Dieser Fall hatte ihre Gedanken über Rache und Gerechtigkeit neu entfacht. Schon oft war sie ihnen begegnet, und noch immer entdeckte sie neue Facetten.

Fred Cullmann hatte auf Rache gedrängt. Aber hatte er Gerechtigkeit bekommen? Nach allem, was passiert war, ließ sich dies kaum voneinander unterscheiden. Gerechtigkeit brachte Melanie Cullmann und Benjamin Unger jedenfalls nicht wieder ins Leben zurück. Vergeltung auch nicht.

Gerechtigkeit war langsam, träge, manchmal blind an den falschen Stellen und eben selten zu haben. Rache hingegen … war einfach. Direkt und schnell. Vielleicht hatte sie Fred Cullmann sogar einen Moment der Erleichterung verschafft. Aber Rache war wie ein Bumerang. Man warf ihn mit Wucht, und er kam zurück – härter, unberechenbarer als zuvor. Fred Cullmann würde nicht nur mit einer Anklage vor Gericht für seine Rache bezahlen.

Konnte sie noch an das Gute glauben, wenn man gesehen hatte, wozu Menschen fähig waren? Liebende Menschen, Familie? Wenn Geld Moral und Werte korrumpierte. War Vertrauen eine Schwäche? Oder der letzte Funken Hoffnung, der noch übrig blieb?

Melanie Cullmann war bereit gewesen, viel zu opfern, um das Richtige zu tun. Oder sie war naiv, was wusste Jonna schon über sie. Sie hat ihren Ehemann jedenfalls nicht eingeweiht, weil der ihr abgeraten hätte, sich mit der Polizei einzulassen. Sie hatte den Konflikt vermieden, um ihrem Gerechtigkeitsempfinden nachzugeben und um ihn zu schützen.

Dabei hatte sie die Brisanz der Vorkommnisse unterschätzt und nicht gewusst, mit wem sie sich anlegte. Dass es um persönliche Kränkungen ging. Der Mutter, des Vaters, des Bruders – ihres Ehemanns.

Eine Gemengelage, die sie das Leben gekostet hatte.

Und das von Benjamin Unger.

Und Karl Schraders. Den sie nicht gefunden hatten.

Fred Cullmann, der sich vor Gericht verantworten musste.

Und Marion Schrader. Die schwer verletzt im gleichen Krankenhaus lag wie Sven *Zottel* Pötter.

Sie traute sich kaum, zu Dorian hinüberzusehen. Gerade spielte er ein melancholisches Stück, das sie nicht kannte. Seit er ihr vor ein paar Tagen dieses wundervolle Kompliment gemacht hatte, war viel passiert. Es war der Abend gewesen, an dem sie Tom angerufen hatte und sie live am Telefon die Tötung von Benjamin Unger erlebt hatte. Sie war nicht in die Bar zurückgegangen, und selbstverständlich wusste Dorian nichts davon. Er hielt sie vermutlich für unhöflich.

Oder er erinnerte sich nicht mal mehr an sie.

Sie riskierte einen Blick.

Er lächelte.

Mist. Er hatte sie also nicht vergessen, und sie schuldete ihm eine Erklärung. Dabei fiel ihr auf, dass sie keine Lust hatte zu lügen. Heute Abend nicht.

Der Fall war abgeschlossen. Harte Tage lagen hinter ihr. Eine desaströse Bilanz mit Toten und Verletzten. So etwas hatte es in den letzten dreißig Jahren nicht gegeben. Sie nippte an ihrem Whisky und beobachtete die bernsteinfarbene Flüssigkeit.

Wäre alles anders gekommen, wenn Meyfahrt gleich die Karten auf den Tisch gelegt hätte? Jonna hätte Fred Cullmann gar nicht ins Visier genommen, sondern sich sofort auf die Container konzentriert. Aber das hätte den Witwer auch nicht von seinem Rachefeldzug abgehalten.

Jonna war nicht gekränkt, dass die Information, dass Melanie Cullmann eine VP für die Polizei war, nicht bis zu ihr durchgesteckt worden war. Die Tatsache war zu brisant, als dass sie in den unteren Etagen ankam. Der Kontaktmann der Polizei hatte sich regelmäßig mit Melanie Cullmann am Grab ihrer Eltern getroffen. Sie hatte sich erst vor wenigen Wochen an die Polizei gewandt und war sofort einverstanden gewesen, alles laufen zu lassen und nur sorgfältig zu dokumentieren, damit die Polizei an die Hintermänner und den weiteren Versandweg herankam.

Das Lied war zu Ende. Die Musik verstummte.

Dorian stand plötzlich neben ihr, und der Barkeeper stellte ungefragt ein Glas Wasser auf den Tresen. Dorian nickte ihm einen Dank zu.

»Der Drink geht auf mich«, sagte Jonna und lächelte. Es fiel ihr schwer.

»Sie sehen nicht so aus, als hätten Sie etwas zu feiern.«

Sie drehte das Glas in ihren Händen. »Sie sind ein guter Beobachter. Ich habe meinen Job gemacht, aber zu feiern gibt es wahrlich nichts.« Jonna seufzte. »Ich möchte Sie um Entschuldigung bitten, dass ich vor ein paar Tagen so abrupt abgehauen bin. Das war nicht geplant.«

»Sie sind mir keine Erklärungen schuldig. Sie sollen sich hier entspannen.«

Er trank sein Glas leer. »Zeit für die nächste Runde«, sagte er und wollte sich umdrehen.

»Warten Sie«, sagte Jonna. Sie zögerte kurz. »Ich weiß, es ist albern, aber … ich kenne nicht mal Ihren Vornamen. Also offiziell. Martin …«, sie nickte zu dem Barkeeper hinüber, »hat ihn mir mal gesagt …«

Wieder huschte dieses feine Lächeln über sein Gesicht. »Dorian«, sagte er schlicht.

»Dorian, lassen Sie mich Ihnen einen Whisky ausgeben. Als Dank. Für die Abende. Die Musik.«

Er neigte leicht den Kopf. Eine elegante, unaufdringliche Geste, und Jonna deutete es als Zustimmung.

Sie bat Mario, zwei Gläser zu bringen.

Dorian setzt sich neben sie.

Sie tranken schweigend.

Jonna beobachtete, wie das Licht der Bar sich in seinem Glas brach. In ihrem. Sie hätte ihn so viel fragen können. Warum er hier spielte, wo er Klavierspielen gelernt hatte, was ihn bewegte.

Aber sie fragte nicht.

Ihr Kopf war zu voll mit den Gedanken an den Fall.

Sie wollte das nicht vermischen und hoffte, dass er das verstand. Nur wie sollte er das, wenn sie es ihm nicht erklärte?

Dorian nahm einen letzten Schluck, erhob sich wortlos und ging zurück zu seinem Flügel und spielte.

As Time Goes By.

»Danke für den Drink«, sagte er leise.

KAPITEL 57

Der Himmel hatte sich anstandshalber in ein tristes Grau gehüllt, als er an der Kapelle eintraf. Tom hatte lange überlegt, ob er zur Trauerfeier gehen sollte.

Er hatte das Opfer nicht gekannt.

Er hatte ihren Ehemann verhaftet.

Cullmann war gegen tägliche Meldeauflagen um eine Untersuchungshaft herumgekommen, aber ihn erwartete ein Gerichtsprozess.

Nun stand Tom doch hier in der Fritz-Schumacher-Halle, der größten Kapelle auf dem Ohlsdorfer Friedhof. Die über zweihundertfünfzig Sitzplätze waren fast vollständig belegt.

Er war allein gekommen und hatte vor, sich still in eine der hinteren Reihen zu setzen. Jonna und Van der Waal wollten nicht kommen, auch Quetsche hatte abgelehnt.

Charlotte zu fragen, hatte er sich nicht getraut.

Er blieb im Eingang stehen.

Die Pracht überwältigte ihn.

Die hohen, bunten Fenster und das schillernde Mosaik an der Stirnseite warfen kaleidoskopartige Muster aus Licht auf den Steinboden. Das Murmeln der Trauergäste lag wie Brummen in der Luft. Vereinzelt schniefte jemand leise, und das Rascheln von Mänteln mischte sich mit dem Schaben von Stühlen.

Es war richtig, dass er gekommen war.

Ganz vorn standen zwei Särge. Zwei dunkle Silhouetten in einem Meer aus bunten Blumen. Kerzen an den Seiten flackerten sanft.

Er schluckte.

Melanie Cullmann.

Johann *Schrotti* Hansen.

Seinetwegen war er hier.

Die Namen der Opfer hallten in seinem Kopf, vermischten sich mit Erinnerungen an Schrottis Stimme neben seinem Kutter, auf der Köhlbrandbrücke. Momente, die nur noch Schatten waren.

Langsam trat er näher.

Vor den Särgen waren großformatige Fotos aufgestellt.

Melanie Cullmann. Eine warmherzig lächelnde Frau, die er nie kennengelernt hatte.

Johann Hansen, der kauzige alte Mann mit der typischen Schirmmütze der Hafenarbeiter.

Die beiden, die das Schicksal 1984 zusammengeführt hatte. Der Moment, in dem Schrotti Melanie das Leben rettete und seine eigene Familie ertrank.

Neben dem Bild aus heutigen Tagen war ein weiteres Foto aufgestellt. Johann mit seiner Frau. Jung und strahlend. Nicht ahnend, wie kurz ihre gemeinsame Zeit sein würde.

Johanns Frau. Tom hatte auch sie nie kennengelernt, aber ein Blick auf das Foto genügte, um zu ahnen, wie sehr dieser Verlust Johann ausgehöhlt haben musste.

Endlich waren sie wieder vereint.

Tom sah sich um und erkannte einige vertraute Gesichter unter den Gästen. Barkassenkapitäne, Hafenarbeiter, Mitarbeiter vom *Duckdalben*, von der Kaffeeklappe …

Die dunklen Holzstühle, das Kerzenlicht und der schwache Duft der Blumen machten die Verluste auf bedrückende Weise spürbar.

Er bemerkte eine winkende Hand. Charlotte. Sie saß weit vorn und winkte ihm zu. Er bog in den Mittelgang ein, um zu ihr zu gehen. Sie hatte einen Platz frei gehalten. Für ihn?

Die Musik erklang, und das Murmeln erstarb. *Ave Maria* von Schubert. Gesungen von einem hellen Tenor.

Die leisen Töne berührten Tom tief. Der Duft der Blumen, den er hier vorn deutlich wahrnahm, das Lächeln auf den Fotos, die Särge mit dem Leben, das nicht mehr existierte. Er schluckte, doch es half nichts.

Charlotte legte ihre Hand auf seine.

Fred Cullmann stand auf und trat ans Mikrofon.

Es dauerte einen Moment, bis er sprechen konnte.

»Ich habe mir nie vorgestellt, dass ich diesen Tag erleben würde. Ich habe keine Worte, keine Sätze, die beschreiben könnten, was es bedeutet, euch zu verlieren. Die Welt ist kalt ohne Melanies Lachen, ohne Johanns Gesang.«

Toms Gedanken drifteten ab. Er schloss die Augen. Er sah Charlotte vor sich – ihr Lächeln, das sie in letzter Zeit kaum noch gezeigt hatte, ihre Stimme, die kühler klang, wenn sie mit ihm sprach. Noch vor der Sturmflut im letzten Jahr hatte sie ihn anders angesehen. Sie hatte laut gelacht, wenn er einen dummen Witz gemacht hatte, hatte sich ihm anvertraut. Nach der grauenhaften Hochwassernacht – nichts mehr. Abstand. Sie hatte eine Grenze gezogen, und er musste sie respektieren. Er musste lernen, sie nicht zu vermissen. Lernen, dieses Ziehen in der Brust zu ignorieren, wenn er sie sah. Herausfinden, was ihm in seiner Ehe fehlte.

Er mochte sich nicht vorstellen, wie seine Welt aussähe, sollte ihm jemand Lisa nehmen.

Und doch hielt gerade Charlotte seine Hand und tröstete ihn.

»Ich habe gedacht, dass es einen Weg gibt, diesen Schmerz auszulöschen …«, drang Fred Cullmanns Stimme wieder zu Tom durch. »… aber ich habe mich geirrt. Mein Zorn und der Vergeltungswunsch haben Johann das Leben gekostet.« Seine Stimme brach, er räusperte sich. Vergeblich.

Ein neues Lied erlöste ihn.

Tom lächelte.

Ein Shantychor erklang. Er hörte die Unruhe unter den Gästen. Sie lächelten alle.

Abschied vom Meer, von Wolken, von Winden, von Sternen …

Freddy Quinn.

Charlotte drückte seine Hand.

Abschied von Männern, von Masten und vom Glück,
Abschied von Seefahrt, ein schwerer Augenblick.

KAPITEL 58

Tom stand im Bug der WS 35 und genoss den Sonnenschein. Der Wind hatte sich gelegt, eine sanfte Brise strich über die Wasseroberfläche, und sie schipperten auf die Köhlbrandbrücke zu. Das Wetter hatte nach der Trauerfeier so schnell gewechselt wie Kampraths Laune. Toms Revierleiter war nicht amüsiert darüber, dass das LKA ihnen wichtige Informationen über Melanie Cullmann vorenthalten hatte. Dass sie als Informantin der Polizei ihren Vorgesetzten beobachtet und an das LKA gemeldet hatte, hätte aus seiner Sicht die Ermittlung gravierend verändert.

Heide Meyfahrt und das LKA sahen das anders.

Tom seufzte. Daran ließ sich nicht mehr rütteln. Er war erleichtert, dass Alltag eingekehrt war. Momentan steuerte Gunnar Wagner das Streifenboot die Süderelbe hinunter, Quetsche, Marvin und er standen an der Reling, sahen aufs Wasser und brauchten Zeit, zu verarbeiten, was in den letzten Tagen passiert war.

»Hast du eine neue Mütze bekommen?« Tom zeigte auf die weiße Mütze auf Marvins Kopf. Seine alte war vor wenigen Tagen bei ihrem Einsatz mit der höhenphobischen Frau die Köhlbrandbrücke hinuntergesegelt.

»Sie ist mit der Stafette gekommen!« Marvin strahlte.

»Wie bitte?«

»Die Kollegen vom Boot haben meine Mütze aus der Elbe gefischt und mir mit der Hauspost geschickt. Ab in die Waschmaschine, und sie ist wie neu. Cool, oder?«

»Ein Happy End. Kaum zu glauben, bei allem, was wir mit dieser elenden Brücke schon erlebt haben!«

»Dabei sieht sie heute hübsch aus …«, sagte Marvin, und Quetsche führte den Satz fort: »… man könnte glatt vergessen, was für ein Biest sie ist!«

Tom stimmte ihnen zu. Die Morgensonne kroch in diesem Moment an den Stahlseilen entlang und ließ sie aufblitzen wie taufeuchte Spinnweben. Ihr Bogen hob sich klar und kühl gegen das blasse Blau des Aprilhimmels ab.

»Wann kommt die neue Brücke, von der alle reden?«, fragte Marvin.

Tom winkte ab. »Die Wirtschaftsbehörde laboriert seit Jahrzehnten an Ideen herum, *was* die Brücke ersetzen soll. Sie haben von Tunneln geträumt und riesigen Brücken. Die Wasserschutz hat den Architekten erst mal verklickert, dass ein Tunnel angesichts der Gefahrgutauflagen unbezahlbar wäre. Denen war überhaupt nicht klar, welches Gefahrgut Lkw durch die Gegend schaukeln. Wenn in der Unterführung einer verunglücken würde … eine Katastrophe.« Er schüttelte den Kopf. »Dann kam die Idee auf, eine neue Brücke mal eben zwanzig Meter höher zu bauen. Doch das ist problematisch: Es fehlt der Platz für lange Auffahrtsrampen, und gleichzeitig können schwer beladene Lkw steile Anstiege nicht bewältigen.«

»Warum wird die alte Brücke nicht saniert?«, fragte Marvin.

»Zu teuer«, antwortete Quetsche.

»Angeblich gibt es ein Gutachten, das der Brücke bescheinigt«, sagte Tom, »dass sie bis in die zweite Hälfte dieses Jahrhunderts stabil bleibt. Vermutlich sitzt die Politik die Entscheidung aus. Dabei haben sie allein bis heute für die Planungen schon über sechsundfünfzig Millionen Euro ausgegeben!«

»Wow!«

Sie passierten steuerbord den Sandauhafen.

Marvin verzog sich ins Führerhaus zu Gunnar Wagner, und Quetsche lehnte sich zu Tom. »Erzähl mir die Details … was ist auf der Köhlbrandbrücke genau passiert?«, fragte er.

Tom wandte sich Quetsche zu. »Schön, dass du wieder zurück auf der Schicht bist! Wie hat dir dein Intermezzo als Zivilfahnder gefallen?«

Der ließ sich Zeit mit der Antwort. »Weißt du, was Johann Hansen zu mir gesagt hat, als ich ihn unbekannterweise in der Zellmannstraße getroffen habe und die Schießerei losging?«

Tom schüttelte den Kopf. Ihm war erst spät klar geworden, dass Quetsche und Schrotti sich vorher nicht persönlich begegnet waren. Quetsche hatte nie im Reviergebiet des WSPK 1 gearbeitet und kannte Johann Hansen daher nur dem Namen nach.

»Er hat gesagt, dass er die bewundert, die helfen, obwohl es sie ihr Leben kosten könnte … nicht nur Melanie Cullmann. Er hat mich auch daran erinnert, was wir Polizisten bereit sind, zu tun. Wir halten unseren Buckel hin, um anderen zu helfen. Die wenigsten danken es, aber wenn dann mal einer kommt …« Er schüttelte sich, als wolle er den sentimentalen Gedanken schnell wieder loswerden. »Jedenfalls hab ich nicht mitbekommen, was dieses alte Ehepaar getrieben hat.«

»Karl *der Fuchs* Schrader. Ein Kiezaner der alten Schule. Ihm ist das Geld ausgegangen, und er wollte ein letztes Mal in einem großen Deal mitmischen und sich sanieren. Er hat sich von unserem Zollkollegen Röder die Containerplomben besorgt und seine Dienste im Darknet angeboten. Hat gut geklappt, bis Melanie Cullmann argwöhnisch geworden ist. Der Fuchs hat dann Sven Pötter losgeschickt, seinen Mann fürs Grobe.«

»Und der hat die Cullmann von der Fähre gestoßen?«

»Der hat es im Kreuz.« Tom schmunzelte, obwohl es nicht lustig war. »Selbst Rotlichtgrößen sind nicht immer einsatzbereit. Er schickte die Petrov-Brüder, um Cullmann einzuschüchtern, und die haben sie über die Reling gestoßen. Pötter hatte ausgesagt, dass das nicht geplant war und dass Schrader getobt habe. Nicht wegen der toten Frau, sondern weil sie damit Aufsehen erregt haben!«

Sie schwiegen und versuchten zu verstehen, welch erschreckende Gleichgültigkeit hinter diesem Satz stand.

»Und dann bringt der Ehemann alles durcheinander?«, fragte Quetsche.

»Der alte Schrader erfuhr erst, dass sie Fred Cullmanns Frau von der Fähre gestoßen hatten, als Fred, alias Manni, wieder auf dem Kiez auftauchte. Die Ehefrau vom Fuchs, Marion Schrader, wusste es die ganze Zeit! Sie hatte Manni nie aus den Augen verloren, ohne je ein Wort darüber zu verlieren. Als die Sache mit Melanie Cullmann schiefging, übernahm sie das Ruder. Skrupel? Fehlanzeige. Als Fred Cullmann ihnen langsam auf die Spur kam und die Fotos rumzeigte, ließ sie jeden aus dem Weg räumen, der ihnen gefährlich werden konnte. Sogar ihn selbst hat sie zum Abschuss freigegeben. Die Kränkung, dass er sie vor Jahren verlassen und dem Kiez den Rücken gekehrt hat, war grenzenlos. Ihr ergebener Ziehsohn Pötter zog die Drecksarbeit durch. Erst fuhr er Benjamin Unger tot, dann erledigte er die Petrov-Brüder, bevor die Karl Schrader verraten konnten. Van der Waal hat das Unfallfahrzeug in Pötters Garage gefunden!«

Quetsche pfiff durch die Zähne. »Aber warum musste Unger sterben?«

»Unger hat seinen Chef erpresst. Timmermann war der typische Hafen-Innentäter. Er hat für Schrader die Container präpariert. Und er hat Schrader über die Erpressung Ungers informiert. Schrader zögerte, seine Frau Marion schaffte Fakten. Dann war da immer noch Fred. Und die Fotos. Schrader ließ Cullmanns Haus durchsuchen, fand aber die Fotos nicht. Sie wollten noch den letzten Container weiterleiten und dann aufhören. Marion Schrader war die anonyme Anruferin, die Cullmann bezichtigt hat, auf der Fähre gewesen zu sein.«

Langsam glitt ihr Streifenboot an den Seehäfen 1–4 vorbei, und man sah steuerbord das WSPK 3. Weithin war das türkisgrüne

Gebäude sichtbar. Es lag idyllisch am Überwinterungshafen, inmitten einer kleinen Werft mit Booten und edlen Wohnanlagen, deren Wasserblick spektakulär war.

»Wie geht es Marion Schrader? Überlebt sie den Sturz von der Brücke? Wär ja ein Wunder!«

»Sie liegt auf der Intensivstation, ist nicht über den Berg. Sven Pötter sitzt in U-Haft.«

»Dass sie Cullmann in der Zellmannstraße zum Abschuss freigegeben hat …«, er schüttelte den Kopf. »Ich hab ja nur die Brüder gesehen, dass es Cullmann war, wusste ich nicht.«

»Warum bist du denen gefolgt? Du hättest dich echt mal melden können!«

»Hast du dir Sorgen um deinen besten Mann gemacht?« Quetsche lachte. »Instinkt. Ich wusste, dass die Kerle wichtig sind.«

Tom nickte. »Instinkt. Eine gute Sache. Aber Teamarbeit ist besser.« Er knuffte Quetsche in die Seite. »Am Ende war's eine Spur der Verwüstung. Ich glaube, diese Marion Schrader hat sich gut gefühlt, Herrin über Leben und Tod zu sein. Hat immer warm und trocken in ihrem Bau gehockt wie eine giftige Spinne. Im Grunde kann der Zollkollege Röder froh sein, dass sie ihn nicht aus dem Weg geräumt haben, nachdem sie die Containerplomben abgestaubt hatten. Ich glaube, das ist ihm auch bewusst geworden, deshalb hat er bei Jonna ausgepackt.«

»Mensch, wenn ich früher draufgekommen wäre, dass die paar Plomben so viel Geld bringen, hätte ich welche von unseren abgezwackt.«

»Ich war gestern bei den Kollegen vom Zoll«, erzählte Tom weiter. »Die sind noch ganz aufgeregt wegen Röder. Das hat ihm niemand zugetraut. Er hat mir erklärt, dass der Schmuggel mit unversteuerten Zigaretten sich erst mit der deutschen Wiedervereinigung und der Verwirklichung des EU-Binnenmarktes entwickelt hat.« Er berichtete Quetsche, dass er von dem Kollegen erfahren hatte, dass in den 90er-Jahren vietnamesische Banden den Schwarzmarkt dominierten. Auch ehemalige sowjetische Militärangehörige verkauften steuerfreie Zigaretten und heizten so den Schwarzmarkt an.

»Wie lief das ab?«

»Sie nutzten Schwachstellen im europäischen Zollrecht und haben Zöllner bestochen. Am Anfang gab es noch Trägerkolonnen an der grünen Grenze mit kleinen Schmuggelmengen. Heute transportiert man in ganz großem Stil in Containern, und es gibt auch keinen offenen Straßenverkauf mehr, sondern verdeckte Verkaufswege mit Zustellservice! Der Steuerschaden beträgt dreistellige Millionenbeträge jedes Jahr.«

»Dann ist klar, warum die Kippen immer teurer werden! Man zahlt schon über acht Euro für eine Packung, da verstehe ich, dass die Konsumenten nach günstigeren Produkten Ausschau halten.«

»Apropos, wir fahren schon seit einer Stunde, und du rauchst gar nicht. Hab ich was verpasst?«

»Yep, ich hab das Schmöken aufgegeben.«

»Ach?«

»Charlotte meinte, ich müsse was ändern.«

»Charly?«

»Jo. Wir reden ab und zu. War doch deine Idee!«

Tom runzelte die Stirn.

»Ich vermute zwar …«, Quetsche grinste, »… dass sie was anderes meinte, aber ist doch ein Anfang. Jetzt, wo ich weiß, was manche Leute für ein paar Kippen zu tun bereit sind, verzichte ich gerne. Ich trink dafür mehr Bier.«

»Guter Tausch!« Tom nickte lächelnd.

Sie erreichten die Bunthäuser Spitze. Für Tom war es eines der schönsten Ausflugsziele Hamburgs. Hier vereinten sich Norder- und Süderelbe zu einer Elbe.

Quetsche stieß sich von der Reling ab. »Genug Gequatsche, Gunnar soll Gas geben, damit wir nach Hause kommen!«

In diesem Moment klingelte Toms Handy. »Kamprath«, flüsterte Tom und stellte das Gespräch auf laut.

Der Revierleiter kam gleich zur Sache. »Bendixen, wo sind Sie?«

»Streifenfahrt!«

»Kommen Sie rein. In zwei Wochen ist Hafengeburtstag, und nichts ist vorbereitet! Ist das Ihr Ernst?«

»Ich habe das im Auge. Wir hatten mit dem Tötungsdelikt zu tun …«

»Jaja, haben Sie gelesen, wie die Presse auf uns rumhackt? Der Hafengeburtstag drückt, der lässt sich nicht verschieben, also ich erwarte Sie.«

Tom seufzte. Kamprath hatte aufgelegt.

Jedes Jahr die gleiche Aufregung. 2025 jährte sich der Hafengeburtstag zum 836. Mal. Sollte man doch annehmen, dass langsam Routine einkehrte, aber jedes Jahr gab es neue Probleme. Millionen von Touristen, feiernde Massen, zu viel Alkohol und irgendwo dazwischen jene, die das Chaos für ihre eigenen Pläne nutzten. Tom ließ den Blick über das Wasser schweifen.

»Lass uns ein paar Tage Urlaub nehmen«, sagte er und legte eine Hand auf Quetsches Arm. »Ich meine es ernst. Ich brauche Abstand. Ich kann nicht immer nur arbeiten.«

Quetsche kniff die Augen zusammen. »Du meinst, eine kurze Pause, bis die Elbe uns wieder Arbeit vor die Füße spült?«

Ein Moment der Stille hing zwischen ihnen, nur das Plätschern der Bugwelle, die sich gegen die Bordwand kräuselte, war zu hören. Dann grinste Quetsche schief.

»Na gut. Aber spätestens zum Hafengeburtstag sind wir zurück. Das Event wird uns wieder alles abverlangen!«

Er sollte recht behalten.

GLOSSAR

AIS: Automatisches Identifikationssystem. Ein Funksignal, das von Schiffen ausgesendet wird, um deren Position genau zu bestimmen.

Aufstoppen: Ein Schiff bremst nicht, sondern stoppt die Maschinen. Ggf. Maschine rückwärts.

Back: Oberdeck, direkt am Bug, oft leicht erhöht.

Baplie-Meldungen: BayPlan Including Empties. Eine in der Schifffahrt weitverbreitete Nachricht, die die genaue Stauposition der Ladung an Bord mitteilt.

Barkasse: Kleines Wasserfahrzeug für Rundfahrten im Hamburger Hafen.

Beschuldigtenbelehrung: Eine im Strafrecht notwendige Belehrung, die darin besteht, den Beschuldigten bei einem Ermittlungsverfahren darauf hinzuweisen, dass er das Recht auf einen Verteidiger hat und es ihm freisteht, sich zur Sache zu äußern oder zu schweigen.

BIC-Nummer: Die **BIC Container Nummer** ist eine weltweit standardisierte Identifikationsnummer. Sie dient der eindeutigen Kennzeichnung und ermöglicht eine effiziente Nachverfolgung von Containern weltweit.

Containerplomben: Fortschrittliche High-End-Versiegelung von Containern zum Schutz vor Manipulation, bestehen aus einem PIN aus Stahl und dem dazugehörigen Kunststoffgehäuse mit Zertifikatsnummer. Eine Fälschung ist aufgrund des einmaligen einzigartigen Aufdrucks praktisch unmöglich.

Dienstgruppenleiter (DGL): Leiter einer Wachdienstgruppe und gleichzeitig Einsatzleiter.

Duckdalben Internationaler Seemannsclub: Im Herzen des Hamburger Hafens gelegen. Versorgt die Seeleute, die aus der ganzen Welt nach Hamburg kommen, mit Einkaufsmöglichkeiten, Abhol- und Bringdienst zu den Schiffen, Essen und Trinken, Freizeitaktivitäten und Andachtsräumen für alle großen Religionen sowie günstigen Möglichkeiten, weltweit zu telefonieren, skypen, faxen oder ins Internet zu kommen. Selbst eine kostenlose und anonyme ärztliche Behandlung ist möglich. Wurde vor einigen Jahren zum besten Seemannsclub der Welt gekürt. Finanziert durch die Stadt Hamburg, die Nordelbische Kirche und private Spender.

Einbruch gewesen: Polizeisprache für die Tatsache, dass ein Einbruch entdeckt wurde, die Täter aber nicht mehr vor Ort sind. Es besteht also nicht so hohe Dringlichkeit und Gefährdung, als wenn die Täter noch vor Ort wären = »Einbrecher am Werk«.

Funknamen:

Michel: Rufname für die Einsatzzentrale der Polizei Hamburg.
Elbe 51: Wache WSPK 1.
Elbe 52: Wache WSPK 2.
Elbe 53: Wache WSPK 3.
Elbe 52/1: Der erste Wagen des WSPK 2.
Elbe 52/2: Der zweite Wagen des WSPK 2.
Elbe 52/3: Der dritte Wagen des WSPK 2 etc.
Elbe 52/10: Der Wagen mit Dienstgruppenleiter an Bord.
Elbe 23 oder 35: Die Boote des WSPK 2.

Gangbord: Gang an Deck zwischen Aufbauten und Reling. Die Gangbord führt an den beiden Seiten des Schiffs entlang. Es ist der Bereich, auf dem man von vorne nach hinten geht.

Gefährderansprache: Maßnahme der Polizei zur Verhütung von Straftaten. Ein potenzieller Gefahrenverursacher wird ermahnt, Störungen der öffentlichen Sicherheit zu unterlassen.

»Hab ich mit«: Gebräuchliche Abkürzung im polizeilichen Funkverkehr für: »Das habe ich mitbekommen und verstanden«.

HADAG-Fähre: Hamburger Dampfschifffahrt Aktiengesellschaft, Seetouristik und Fährdienst AG. Hamburger Hafenfähren im öffentlichen Nahverkehr.

Hafen-Innentäter: Sog. Hafen-Innentäter sind Personen, die ihre berufliche Tätigkeit im Bereich der Hafenwirtschaft dazu missbrauchen, um Tätergruppierungen der Organisierten Kriminalität bei der Drogeneinfuhr maßgeblich zu unterstützen, und dabei helfen, das Risiko einer Entdeckung beim Einfuhrschmuggel und somit der Sicherstellung des Rauschgiftes deutlich zu minimieren.

HaSiBe: Abkürzung für **Ha**fen**si**cherheits**be**amter der Hamburger Wasserschutzpolizei. Die HaSiBes kontrollieren die gefährlichen Güter im Hafen.

Kombüse: Seemännische Bezeichnung für die Schiffsküche.

Lage: Konkrete Situationsbeschreibung des Einsatzes.

Lagedienst: Der Führungs- und Lagedienst der Polizei Hamburg ist eine zentrale Einheit der Polizei, die die Polizeikommissariate bei revierübergreifenden Einsatzlagen anleitet und unterstützt, in Krisensituationen und bei Großlagen eine koordinierte und effektive Einsatzführung gewährleistet.

Lascher: Ein Lascher ist ein zur Ladungssicherung spezialisierter Hafenarbeiter. Laschen bezeichnet das Befestigen und Verzurren der Schiffsladung.

Leiste: Polizeisprache für den Empfangstresen (= Wachtresen) der Polizeiwache. Besetzt mit dem Wachhabenden und dem Wachhabenden-Vertreter.

MEK: Mobiles Einsatzkommando der Polizei. Die MEK-Einheiten arbeiten oft im Hintergrund und kommen in den Fällen zum Einsatz, bei denen Verdächtige beobachtet und unerkannt überwacht werden müssen.

Michel: Rufname der Hamburger Polizei. Benannt nach dem Schutzpatron der Polizei, dem Erzengel Michael. Der war auch Namensgeber der Hamburger Hauptkirche, St. Michaelis, genannt: Michel.

Michel-Sprecher: Disponent im Einsatzzentrum am Funk.

Milieufahnder: Zivilfahnder, die in der kriminellen Szene (z. B. auf dem Kiez) tätig sind, sich dem Umfeld anpassen, um sich umzuhören, Informationen zu erlangen, Verbrechen zu verhindern oder aufzuklären.

NAW: Notarztwagen.

Niedergang: Treppen im Schiff, die von Deck zu Deck führen, heißen Niedergang, auch wenn sie nach oben führen.

Polder: Ausgewiesene Areale des Hafens, die durch Fluttore und Flutschutzmauern vor den Wassermassen geschützt sind. Polder sind nichts anderes als Deichringe, wobei es in diesem Ring sehr viele Tore und mobile Schutzelemente gibt, weil die Hafenbetriebe beweglich hantieren müssen. Dort ist kein Wohnen erlaubt.

PK: Gängige Abkürzung für Polizeikommissariat.

Reling: Schiffsgeländer außen.

Rib-Boot: Ein Schlauchboot mit festem Rumpf (englisch RIB als Kurzform für *Rigid Inflatable Boat*). Es verfügt über bessere Auftriebseigenschaften als gewöhnliche Schlauchboote, ist besonders schnell und für Offshore-Anwendungen tauglich.

RTW: Rettungswagen (ohne Notarzt an Bord).

Ruderhaus: Führerhaus, in dem der Schiffsführer steht und steuert (auf Barkassen und Kuttern, in kleineren Fahrzeugen). Auf größeren Schiffen heißt dies »Brücke« oder »Kommandobrücke«.

Schleppverband: In der Schifffahrt nennt man einen Schlepper und ein oder mehrere geschleppte Wasserfahrzeuge ohne einen eigenen Antrieb (z. B. Schuten oder Pontons) einen Schleppverband.

Schott (Plural Schotten): Wasserdichte Trennwand im Schiffsrumpf. Auch allgemeine Bezeichnung für eine Schiffstür.

Schute: Zum Transport besonders von Schüttgut benutztes offenes Wasserfahrzeug, das keinen eigenen Antrieb hat. Eine Schute wird von einem anderen Wasserfahrzeug geschleppt oder geschoben.

Sicherer Raum: Vorstufe zu einer Zelle in jeder Polizeidienststelle. Die Einrichtung ist sicher verschraubt, und es besteht keine Möglichkeit, sich oder andere zu verletzen.

Sonderrechte: Als Sonderrechte wird in Deutschland die Befreiung von den Vorschriften der Straßenverkehrs-Ordnung (z. B. § 35 StVO) genannt. Oft verbunden mit Blaulicht und Martinshorn, um die Inanspruchnahme deutlich zu machen (dann auch Wegerechte).

Sperrstellen: Feste Einrichtungen zur Sperrung und Leitung des Verkehrs bei Hochwasser im Hamburger Hafen. Diese Einrichtungen müssen aktiv in Betrieb genommen werden.

Steuerbord/Backbord: Steuerbord bezeichnet, vom Heck zum Bug gesehen, die rechte Schiffsseite. Die linke Seite wird Backbord genannt.

TEU (*Twenty Foot Equivalent Unit*): 20-Fuß-Standardcontainer. Statistische Recheneinheit, die im Containerverkehr benutzt wird.

Trackingsysteme im Hamburger Hafen: EDI (Electronic Data Interchange), DAKOSY Support, RFID-Chips u. a.

Van-Carrier: Portalhubwagen. Ein hochbeiniger Wagen, der Container von oben mit einem besonderen Greifer (»Spreader«) anheben kann.

Verdeckter Ermittler: Beamter, der unter einer ihm verliehenen und auf Dauer angelegten Legende (Tarnbiografie) im kriminellen Umfeld eingesetzt wird, um zu ermitteln und an Informationen zu kommen.

V-Person (Vertrauensperson): Privatperson, die Informationen an die Polizei gibt. Ein privater Tippgeber, der auch aktiv nach Informationen suchen kann und diese an die Polizei weiterträgt.

Wasserstandsstufe (WST 0–4): Die Stadt Hamburg hat aufgrund der Elbelage ein eigenes System von Wasserstandsstufen. Je nach Stufe des Hochwassers werden entsprechende Maßnahmen eingeleitet.

WH: Wachhabender. Mitglied einer Dienstschicht, welcher während des Dienstes die Kommunikation zur Leitzentrale *Michel* und der Fahrzeuge/Boote untereinander koordiniert. Er führt Buch über alle Vorgänge und Einsätze innerhalb seiner Schicht und sitzt an der Leiste (= Wachtresen).

WS 23: Leichtes Streifenboot der Wasserschutzpolizei (passen auch in die schmalen Gewässer der Speicherstadt, passen eher unter Brücken durch).

WS 35: Schweres Streifenboot der Wasserschutzpolizei.

WSPK: Wasserschutzpolizeikommissariat.

Zeugenbelehrung: Vor der Vernehmung (nicht: Verhör) werden Zeugen (nicht: Beschuldigte) zur Wahrheit ermahnt und über die strafrechtlichen Folgen einer unrichtigen und unvollständigen Aussage belehrt. Auf die Möglichkeit der Verteidigung werden sie hingewiesen.

Zielfahnder: Zielfahnder werden speziell auf eine kriminelle Person (= Ziel) angesetzt, die von der Polizei gesucht wird. Zielfahnder spüren diese Person auch im In- und Ausland auf und nehmen sie fest.

Zivilfahnder: Polizeibeamte, die ihre polizeilichen Ermittlungen in Zivil, also in Alltagskleidung statt in Uniform verrichten. Sie beobachten, oberservieren, sollen Straftaten verhindern oder sofort einschreiten (von Taschendiebstahl über Brandstiftung bis zu Gewalt- und Drogendelikten). Sie sind bewaffnet und können jederzeit eingreifen.

DANK

Ein Buch zu schreiben ist eine Reise! Es fühlt sich an wie eine lange Schiffsreise, voller Entdeckungen, unerwarteter Wendungen und gelegentlicher Stürme. Eine Reise, die einsam beginnt, doch niemals allein endet.

Wir sehnen jedes Jahr das Ende der Reise herbei, wenn der Austausch mit euch beginnt. Mit den Buchhändlern, die unser Buch mögen und empfehlen. Mit euch Lesern, Bloggern und Fans, die als Zuhörer und Gesprächspartner bei Lesungen das Buch weiterempfehlen und in die Welt schicken. Ihr seid es, die den Geschichten Leben einhaucht, indem ihr sie nicht nur lest, sondern über sie sprecht, sie empfehlt und sie in die Hände von Menschen legt, die sie noch nicht kennen.

Wir danken euch von Herzen für die Rückmeldung per E-Mail, Brief und Postkarte aus allen Teilen Deutschlands, Österreich und der Schweiz!

Unser Dank gilt denjenigen, die diese Fahrt bis zum Ende mitgemacht haben. Ihr habt das Steuer nicht selbst in der Hand gehabt, aber ihr wart der Grund, warum es sich gelohnt hat, weiterzuschippern. Freunde, Familie, Kritiker, Mutmacher, Informanten, Namensgeber: Klaus, Carolin, Ulrike, Fred, Zottel, Manfred, Volker, Romy, Tibor und ein verdeckter Ermittler vom LKA Hamburg.

Vielen Dank euch allen!

LESEPROBE

TATORT HAFEN

Band 4

DER FLUCH VOM MOLDAUHAFEN

KNAUR

Sie wollten feiern. Und trinken. Mehr nicht. Alles andere passierte einfach.

Dabei hatte sich Finn für diese Nacht etwas Besonderes überlegt. Normalerweise überquerte niemand die Bahngleise vom Stadtteil Veddel aus, um an den Moldauhafen zu gelangen. Wozu auch, hier donnerte tagsüber nur der Lkw-Verkehr über die Sachsenbrücke, nachts herrschte Totentanz. Der kleine tschechische Hafen, diese seltsame Anomalie im Hamburger Hafengebiet, war nach Mitternacht menschenleer. Er wurde schon lange nicht mehr bewirtschaftet, und da er seit dem Versailler Vertrag 1929 an Tschechien verpachtet war, konnte die Stadt Hamburg nichts daran ändern. Das Hafenbecken vergammelte.

Er wollte Vanessa den alten Trawler aus der DDR zeigen, der dort ebenfalls seit Jahren vor sich hinfaulte. Neulich hatte er Licht an Bord gesehen. Für einen Moment nur, dann war es verschwunden. Heute wollte er diesem Lichtschein auf den Grund gehen, und der Lost Place sollte ihre ultimative Partylocation werden. Er hatte sein Lehramtsstudium abgeschlossen, und das musste begossen werden. Darüber hinaus versank bald ganz Hamburg drei Tage lang in ausgelassener Feierlaune – der alljährliche Hafengeburtstag würde die Stadt fest im Griff haben, und sie wollten mitmachen.

Sein bester Freund Moritz, Vanessa und er bewegten sich schwankend durch das abschüssige Ufergelände des Moldauhafens. Der matschige Abhang war tückisch, rutschig nach dem Regenschauer am Nachmittag. Seine Hose und die Turnschuhe waren bereits feucht vom nassen Gras.

Der Frühling hing warm und schwer in der Nachtluft, durchzogen vom fernen Grollen eines Gewitters, das irgendwo über der Elbe flackerte. Genau der richtige Sound für sein Vorhaben.

Finn kletterte vorneweg und leuchtete Vanessa mit der Lampe seines Handys den Weg. Sie schwenkte ihre halb geleerte Bierdose wie eine Trophäe. Dahinter stapfte Moritz, der immer wieder über den eigenen Schatten stolperte. Sie waren ordentlich beschwipst und unternehmungslustig.

»Da vorne«, raunte Finn und deutete auf den dunklen Umriss eines Schiffs, das wie eine halb verweste Leiche am Steg des Moldauhafens dümpelte. »Das ist der alte Kutter. Wie gefällt er euch?«

»Ein Lost Place de luxe!« Vanessa schob sich nah an ihn heran. Ihr Atem roch nach Bier und Menthol. »Du willst da echt drauf?«

»Hab's dir doch versprochen.«

Sie grinste. »Du versprichst viel.«

Was meinte sie damit? Sie stichelte – noch immer.

Hinter ihnen fiel Moritz fast über seine Füße und fluchte, was in der Stille der Nacht unangenehm laut war.

»Ich brech mir noch den Hals wegen deines doofen Kutters. Wahrscheinlich sind da nur Ratten drauf!«

Gemeinsam erklommen sie das Deck. Das Schiff ächzte unter ihren Schritten, als ob es sich erinnerte, wie es war, zu leben. Es war unheimlich, den alten Kahn zu betreten, ohne viel erkennen zu können. Die Nacht war dunkel und der Himmel schwer. Ein Blitz tauchte den Trawler für einen Moment in klares Licht. Nichts war zu sehen. Keine Bewegung. Keine Seele.

Finn hoffte, dass sie unter Deck irgendetwas Spannendes finden würden. Alte Seekarten vielleicht oder ein Logbuch?

Vanessa blieb nah bei ihm. Ihre Hand umfasste wie zufällig seinen Arm.

»Wenn da gleich Ratten rauskommen, schrei ich«, flüsterte sie und klammerte sich noch ein bisschen fester. »Nur damit du's weißt.«

»Ich beschütze dich.«

»Du? Du bist doch der Erste, der rennt, wenn es irgendwo raschelt.«

Finn grinste. »Dann renn halt mit mir.«

Sie lachte. Tief und kehlig.

Er liebte dieses Lachen. Noch immer. Obwohl sie seit über einem Jahr getrennt waren.

»Was haltet ihr von ein bisschen Vitamin K?«, fragte sie und rüttelte an einer Tür. Das Schott öffnete sich nicht, war offenbar eingerostet.

»Hast du was dabei?« Moritz schwankte krachend gegen die Aufbauten. Er war schon ohne Alkohol tollpatschig. Aber mit …

Finn hörte aus Moritz' Frage heraus, wie sehr er darauf gehofft hatte. Und tatsächlich drehte Vanessa sich um und ließ ein durchsichtiges Tütchen mit dem weißen Pulver vor ihren Gesichtern baumeln.

»Mir nach!«

Sie öffnete die vergammelte Holztür zum Ruderhaus. Sämtliche technischen Geräte waren herausgerissen, und selbst der Kapitänssessel sah zerfleddert aus. Trotzdem setzte sie sich und gab etwas von dem weißen Pulver auf ihr Handydisplay. Mit flinken Fingern rollte sie einen zerknitterten Fünfeuroschein zusammen und sniefte das Pulver in die Nase. Dann gab sie ihr Handy und den Geldschein an Moritz weiter, der sich ebenfalls eine Nase zog. Finn zögerte. Er wollte den Abend nicht im Ketaminrausch verbringen, andererseits auch kein Spielverderber sein. Er zog den Rest des Pulvers in die Nase.

Die Zeit wurde weich.

Vanessa lachte über etwas, das Finn entgangen war.

Moritz' Antwort klang seltsam weit weg, als käme sie aus dem Inneren des Schiffes:

»Fühlt ihr es auch? Als würde der Kahn … leben.«

Niemand antwortete, aber Finn wusste genau, was er meinte.

»Lasst uns mal unten nachsehen, vielleicht finden wir was Schräges.« Vanessa schälte sich ungeschickt aus dem angeschraubten Drehstuhl, griff nach ihrer Bierdose und ging die Treppe hinunter aufs Deck. Finn hielt sich dicht hinter ihr.

Plötzlich zerriss ein gellender Schrei die Nacht.

»Ahhhhh! Was zur Hölle …?«

Sie erstarrten.

Die Stimme war kratzig, wütend und kam aus dem Inneren des Schiffs, herausgeschleudert wie ein Fluch. Ein Scheppern folgte, etwas stürzte um, dann Tritte – schwere Schritte.

Ein Knarzen. Ein dumpfer Schlag. Eine Luke klappte direkt neben ihnen auf. Sie wichen zurück.

In dem schwankenden Schatten von Finns Handylampe ragte ein Gesicht auf, das aussah, als sei es gerade vom Meer ausgespuckt worden. Der zottelige Bart erinnerte an einen Algenklumpen, und der Blick war hasserfüllt.

»Fuck!« Vanessas Bierdose fiel dumpf auf das Deck. Finn riss sie instinktiv zurück. Moritz stolperte schon wieder, diesmal schwerer, er stieß mit dem Fuß gegen eine rostige Kette.

Das Schiff schien sich zu bewegen, als ob es erwachte. Genauso empört über die Störung wie die Stimme des Zottelmauls.

»Los! Weg hier!«, rief Finn und schubste Vanessa voran. Sie kletterten und sprangen von Bord und hasteten wieder das schlammige Ufer hinauf. Finn hörte, wie hinter ihnen eine Tür schlug. Metall auf Metall. Dann ein Splittern. Eine Flasche.

Das Donnern des Gewitters kam näher, grollend, drohend – als wäre es aufgewacht vom Gebrüll des alten Mannes im Bauch des rostigen Trawlers. Keuchend rannten sie Richtung Dessauer Straße. Erst als sie außer Sicht waren, hielt Finn an und spähte in die Dunkelheit, ob der betrunkene Kerl ihnen nachstellte. Nichts rührte sich.

Moritz kicherte. »Glorreiche Erkundung!« Er ließ sich gegen ein Geländer fallen. »Wenn die Fellfresse dort wohnt, dann will ich nicht wissen, wie es unter Deck aussieht!«

Vanessa trat neben Finn und sah ihm in die Augen. Ihr Blick flackerte ängstlich. »Das war doch kein normaler Penner. Der Kerl war wirklich gruselig!«

Er wollte widersprechen, aber sie sprach aus, was er dachte. »Wenigstens war er zu betrunken, um uns zu folgen.«

Moritz schüttelte den Kopf. »Apropos betrunken … Sagt mir lieber, was wir jetzt machen. Ich hab keine Lust, nach Hause zu gehen. Ich will Party machen.«

»Ich zeig euch was«, sagte Finn und überlegte fieberhaft, ob er Vanessa mit dieser Idee begeistern könnte.

»Noch ein Lost Place mit Junkie? Nee, lieber nicht.« Moritz winkte ab.

»Lasst uns rübergehen zum Parkhaus. Du wirst es nicht bereuen.«

Moritz grinste. »Hast du ein Auto dabei?«

Natürlich nicht, aber das wollte Finn nicht gleich zugeben. Moritz wusste, dass er in seinem Nebenjob die Autos der Kreuzfahrtpassagiere ins Parkhaus Dessauer Straße brachte, wenn vor dem Terminal mal wieder kein Parkplatz frei war. Ein kostenloser Service für die betuchten Touristen. Er lächelte. Wenn die beiden wüssten, dass er auch mal die ein oder andere verbotene Spritztour mit den Wagen unternahm … Vorgestern erst war er mit einem coolen Chevrolet Bel Air 1957 Cabrio Oldtimer durch die Stadt gegondelt. Nur so zum Spaß. Wie hatte er die bewundernden Blicke der Passanten und das unvergleichliche Fahrgefühl genossen!

Es war noch früh im Mai, und die Kälte hatte nicht zum offenen Verdeck gepasst – aber die Sehnsucht war stärker gewesen.

Vanessa würde den Wagen lieben. Sie folgte ihm, ohne zu murren. Der alte Speicherkomplex zog sich die ganze Dessauer Straße entlang und endete in einer Lagerhalle, die zu einem Parkhaus umgebaut worden war. Ein altes Backsteingebäude mit moderner Zufahrt, Graffiti an den Wänden, dem Saalehafen auf der Rückseite und absolute Einsamkeit. Hierher verirrte sich nachts keine Menschenseele. Perfekt für eine Party.

Finn beschleunigte seine Schritte. Das Aufeinandertreffen mit dem Unbekannten auf dem Schiff ließ ihn nicht los. Eigentlich war es ausgeschlossen, dass auf diesem alten Kahn jemand lebte. Kein Strom, kein Wasser … also wieso war der Kerl an Bord gewesen? Zum Saufen? Allein? Wo kam er her, und warum hielt er sich auf diesem Seelenverkäufer auf? Die Begegnung hatte Finn die Laune verdorben.

Er warf Vanessa einen kurzen Seitenblick zu. Ob sie auch noch an den Mann dachte? Sie zog gerade ihre Jacke aus, schmiss sie sich mit einer beiläufigen Bewegung über die Schulter und ließ sie an einem Finger hängen. In ihrem Gesicht vermochte er nicht zu lesen, was in ihr vorging.

Moritz holte drei Bierdosen und einen Bluetooth-Lautsprecher aus seinem Rucksack. »Ich will weder nüchtern noch ohne Musik am Moldauhafen entlangspazieren. Ist schon am Tag eine langweilige Gegend, aber bei Nacht echt gruselig.«

Sie eilten die Rampe zum Parkhaus hoch. Der Chevrolet stand im ersten Stock. Ihre Schritte hallten hohl wider, vermischt mit dem kratzigen Sound von Moritz' monotoner Techno-Musik. Es roch nach nassem Beton und altem Öl.

»Ich parke hier die Autos der Kreuzfahrtpassagiere vom Terminal Überseequartier«, erklärte Finn Vanessa. »Samstag taufen die einen Luxusdampfer, das halbe Geldadel-Geschwader hat sich da eingebucht.«

»Überseequartier? Am Westfield Center?«, fragte sie. »War ich mal, ist riesig!«

Er bog auf der ersten Etage in die Parkreihen ab.

Moritz und Vanessa setzten sich auf ihre Jacke auf die Begrenzungsmauer und ließen den Blick über die Autos schweifen, während sie ihr Bier tranken.

Vanessa schoss ein paar Fotos mit ihrem Handy. Moritz und Finn machten Faxen dazu. Irgendwann wies Finn auf einen chromblitzenden, tiefroten Oldtimer, der hinter einer Säule stand. »Seht ihr den da? Den hab ich hergefahren!«

Vanessa sprang auf. »Geiler Schlitten! V8er Motor, oder? Wie viel PS?«

Finn grinste. Überraschung gelungen. »Ich weiß nicht. Über zweihundert?«

Vanessa lief zu dem Wagen, strich ehrfürchtig über den roten Lack und runzelte die Stirn. »Riecht ihr das? Irgendwas stinkt hier …«

Finn roch es auch. Faulig. Süßlich. Schwer. Als läge ein feuchter Teppich unter dem Wagen.

Finn hielt sich die Nase zu. Woher kam dieser Gestank? »Das war gestern noch nicht so. Vielleicht 'ne tote Katze?«

»Lasst uns abhauen, das ist ja eklig!«, rief Moritz.

Vanessa schlenderte schnuppernd um den Oldtimer herum, verzog den Mund und zeigte auf den Wagen. »Damit bist du gefahren? Wirklich eklig!«

Finn ging auf die Knie, lugte unter den Wagen und leuchtete sich mit dem Handy. Aber da war nichts. Er richtete sich wieder auf.

Vanessa ruckelte am Kofferraum.

»Nicht …«, setzte Finn an. »Der lässt sich nicht ab…« Zu spät. Der Deckel sprang auf.

Stille.

Ein würgender Laut von Moritz.

»Finn …«, krächzte Vanessa.

Er rappelte sich hoch, trat einen Schritt näher zum Kofferraum und leuchtete mit seinem Handy hinein.

»Scheiße … was?«, stammelte er.

Im Kofferraum lag ein Mann.

Tot.

Sein Körper war unnatürlich verdreht, das Gesicht aufgedunsen, die Lippen blau-schwarz. Die Kleidung alltäglich: Jeans, Jacke, Turnschuhe. Eine Hand ragte nach oben, fast wie zum Gruß.

Das war kein Witz. Das war … real. Und irreal.

Keiner sagte etwas. Die Musik war verstummt.

Moritz drehte sich um und erbrach sich neben einem anderen Auto. Sein Würgen brachte Finn zu sich. Er nahm das Handy hoch und wischte zum Ziffernblock des Telefons. Sie mussten die Polizei rufen.

Plötzlich: ein Klacken. Leise. Aus der Tiefe des Parkhauses. Irgendwo unter ihnen.

Vanessa griff nach Finns Arm. »Was war das?«, fragte sie leise. »Lass uns weg hier. Ich will keinen Ärger mit den Bullen. Du weißt schon … mein Vater. Ey, wir sind high, ich krieg voll Ärger. Wir rufen später anonym an.«

Finn starrte immer noch in den Kofferraum, als könne er dort etwas finden, das den Anblick irgendwie erklärlich machte. Einen Hinweis. Irgendwas.

Aber da war nichts. Hätte er nur das Pulver nicht genommen.

Vanessa nahm ihm das Handy aus der Hand. »Weg hier! Wir waren nie hier«, flüsterte sie mit tonloser Stimme und starrem Blick.

Dann lief sie los. Mit seinem Handy in der Hand. Moritz hinterher.

Finn wusste nicht, was er tun sollte. Aber ohne Handy …

Er ließ den Kofferraumdeckel offen stehen und hetzte, wie von Teufeln gejagt, die Rampe hinunter ins Erdgeschoss und seinen Freunden nach.

Als sie unten ankamen, schob sich eine Bewegung in Finns Augenwinkel. Er drehte sich um – niemand, nur Autos.

Und doch. Schritte. Ein leises Klappern.

Hinter ihnen.

Jemand war dort.

Sie rannten.

Aus dem Parkhaus, Richtung Sachsenbrücke. Erste Tropfen prasselten plötzlich wie Nadelstiche auf die Haut. Nicht viele, aber schwer, warm und schmutzig.

Ein Blitz zuckte. Kein zu greller, fast bläulich, kalt. Für den Bruchteil einer Sekunde war alles sichtbar – die alten Speicher, der Lkw-Parkplatz, sogar der Trawler schien noch einmal kurz aufzuleuchten, als wäre er wach. Dann: Stille. Die Art von Stille, die so tief geht, dass man sie hören kann. Und danach – ein Donnerschlag. Dumpf, lang, ein rollender Tod, der über die Stadt kroch.

Finn lief. Und ein Gedanke lief mit: Jemand hatte sie gesehen.

Eine Leiche im Wasser, Blinde Passagiere,
ein gewaltiges Orkantief und nur 24 Stunden,
um einen Mörder zu stellen!

KÄSTNER ⚓ KÄSTNER

TATORT HAFEN

TOD IM SCHATTEN DER ELBFLUT

KRIMINALROMAN

Ein gewaltiges Orkantief zieht auf Hamburg zu. Während Wasserschutzpolizist Tom Bendixen den Hafen unter Hochdruck auf eine Sturmflut vorbereitet, wird in der Elbe die Leiche eines Afrikaners gefunden. Mordermittlerin Jonna Jacobi findet heraus, dass der Tote auf einem Containerschiff war, das eben in den Hafen eingelaufen ist. Bei der Durchsuchung des Schiffes entdeckt die Wasserschutzpolizei eine Blinde Passagierin mit einem kleinen Kind – außerdem scheint ein Crewmitglied zu fehlen. Jonna bittet Charlotte vom Opferschutz, die verängstigte Mutter zu betreuen. Inzwischen gilt Warnstufe 3, der Hafen wird evakuiert. Doch irgendwo auf dem Gelände schwebt ein weiterer Blinder Passagier in Lebensgefahr, der nicht nur von der Polizei als Zeuge gesucht wird …
Der zweite Fall in der Erfolgsserie rund um die Wasserschutzpolizei Hamburg

KNAUR